HAYMON verlag

1.

Wie der Mann dort auf dem Baumstumpf saß: mit zittrigen Fingern an einer Zigarette saugend, in eine graue Wolldecke gehüllt, die ihm einer der beiden Sanitäter übergelegt hatte, blass und verstört, ein Häuflein Elend, bemitleidenswert. Ein Glück für ihn. Sonst hätte Schäfer wohl längst einen schweren Ast aufgehoben und ihn totgeschlagen. Dieses Arschloch. Wer zu blöd war, einen Läufer von einem Wildschwein zu unterscheiden, sollte nicht mit einem Gewehr in den Wald gelassen werden. Restalkohol wahrscheinlich oder wärmender Morgenschnaps; von diesen grenzdebilen Kreaturen stieg doch keine nüchtern in den Geländewagen, wenn es zum Halali und Herumballern ging.

„Null Komma null", merkte Inspektor Plank fast schüchtern an und hielt Schäfer das Testgerät hin.

„Ist wahrscheinlich auch sein IQ", murrte der und trat zwei Schritte zurück, weil ihm der Gestank von Erbrochenem in die Nase stieg. Beim ersten Versuch, seinen Atemalkohol zu messen, hatte sich der Jäger auf Planks Schuhe übergeben, beim zweiten hatte ihn ein Hustenanfall außer Gefecht gesetzt, erst der dritte war erfolgreich gewesen.

„Ich will eine Blutprobe", wandte Schäfer sich an den Notarzt, der nun auf ihn zukam und sich die Einweghandschuhe abzog.

„Würde ich lieber warten, bis er ein bisschen stabiler ist."

„Stabil, hm", murrte Schäfer und deutete mit dem Daumen über seine Schulter, wo in etwa zwanzig Metern Entfernung unter einer Aludecke ein Mann lag, aus dessen zerfetzter Oberschenkelarterie ein paar Liter Blut in den Waldboden gesickert waren. „So wie der da hinten, oder?"

„Lassen Sie Ihren Grant nicht an mir aus", erwiderte der Arzt ohne merkbare Erregung in der Stimme.

„Tschuldigung“, Schäfer hob den Blick zu den Baumwipfeln. Er atmete tief durch und versuchte sich auf das Hämmern des Spechts zu konzentrieren, der dort oben unbekümmert seinem Tagwerk nachging. Wenn hier wer stabil werden musste, dann er selbst, gestand er sich ein. Dafür könnte er losrennen, eine halbe Stunde, bis er die Wut und den Hass herausgeschwitzt hätte, die in ihm brodelten. Er könnte auch den Arzt um irgendein Beruhigungsmittel bitten. Oder er könnte den Ast aufheben, auf dem er stand, und.

„In einer Stunde sind sie da“, sprach Inspektorin Auer ihn an.

„Wer?“

„Der Dobrits vom LKA und die Spurensicherung“, Auer steckte ihr Handy ein und wartete offenbar auf Anweisungen.

„Passt ... Scheiße“, fluchte Schäfer, als das fremde Handy in seiner Jackentasche abermals läutete. Er nahm es heraus, sah aufs Display, Sylvia, er wartete, bis es verstummt war, und steckte es wieder ein. „Hat sich der Erwin gemeldet?“

„Ja, aber der ist mit der Familie in der Wachau und ...“

„Schon klar.“

„Soll ich, vielleicht ... weil ich sie doch kenne, die Frau Thurner und ...?“

„Nein“, Schäfer schüttelte den Kopf, ließ seine Zähne ein paar Sekunden gegeneinander reiben und entfernte sich fünfzig Meter vom Zentrum des Geschehens. Drei Anrufe innerhalb einer Stunde. Das hieß wohl, dass Sylvia Thurner sich Sorgen machte. Oder dringend etwas brauchte. Zu Hause war sie nicht, das hatten Plank und Auer überprüft. Vielleicht wartete sie irgendwo auf ihren Mann. Krank vor Angst, dass Günther beim Joggen einen Herzinfarkt erlitten haben könnte. Nein, kein Infarkt, Frau Thurner, wo denken Sie hin, Ihr Mann war doch noch keine Vierzig und bei bester Gesundheit, ups, habe ich jetzt *war* gesagt? Verdammt. So lange er nicht wusste, wo oder in welchem Zustand sie war, wollte er Sylvia Thurner nicht anrufen und ihr mitteilen, dass ihr Ehemann vor einer guten Stunden verstorben war. Weil ihn ein Jäger mit einem Wildschwein verwechselt und ihm eine Kugel in den Oberschenkel geschossen hatte. Vielleicht saß sie gerade hinter dem Lenkrad, 160 auf der Autobahn, weil sie es gar nicht mehr erwarten konnte, bei ihm zu sein. Scheiße. Schäfer hob einen Fichtenzapfen auf, riss eine Schuppe heraus, steckte sie in den Mund und kaute auf ihr herum. Bitter. Er wollte rauchen. Doch damit würde er die Keine-vor-Mittag-Vereinbarung brechen, die er erst vor zwei Wochen mit sich selbst getroffen hatte. Ausnahmen in besonders belastenden Situationen hatte er sich keine zugesagt – mit so einem Selbstbetrug würde er es als Polizist nie schaffen, mit dem Rauchen oder Trinken aufzuhören. Er bemerkte zwei junge Männer und eine Frau in farbenfroher Sportkleidung, die ihre Mountainbikes zögerlich in seine Richtung schoben. Er ging ihnen entgegen und machte sie darauf aufmerksam, dass es sich hier um polizeiliches Sperrgebiet handelte.

„Was ist denn passiert?“, wollte die Frau wissen.

„Ein Unfall“, Schäfer drehte sich kurz weg und spuckte das bittere Holzstück aus, „von euch hat nicht zufällig wer eine Zigarette da, oder?“

„Doch, aber nur Tabak und …“, meinte einer der beiden Männer und wurde umgehend rot im Gesicht.

„Ich hab früher selber gedreht“, antwortete Schäfer und hielt fordernd seine rechte Hand auf.

„Ja, ich hab halt nur“, der Mann zog den Zipp seiner Bauchtasche auf, gab Schäfer eine Packung Tabak und Zigarettenpapier in XXL. „Nur Papier für große Männerhände“, ergänzte Schäfer, nahm ein Blatt, riss es entzwei und legte Tabak drauf. „Sonst denken meine Kollegen noch, dass ich hier einen Joint rauche.“

„Ist da wer gestorben?“, ließ die Neugier der Frau nicht locker, nachdem Schäfer seine immer noch verdächtig große Zigarette angezündet bekommen hatte.

„Ja“, Schäfer blies eine dichte Rauchwolke nach oben, die sich jedoch hartnäckig über ihren Köpfen hielt. Tiefdruck. Ein kräftiger Regenschauer, der wäre ihm jetzt ganz willkommen. „Könnt ihr eh alles morgen in der Zeitung lesen“, meinte er im Weggehen, klemmte sich die Zigarette zwischen die Lippen, nahm sein Handy sowie das des Toten heraus und übertrug die Nummer von dessen Frau.

„Frau Thurner? ... Major Schäfer hier ... Darf ich fragen, wo Sie sich gerade aufhalten? ... Ja, Frau Thurner, es geht um Ihren Mann ... es hat einen Unfall gegeben und ... es tut mir sehr leid, dass ich Ihnen das sagen muss, Frau Thurner, aber ... Ihr Mann ist leider verstorben.“

2.

Kurz vor drei Uhr nachmittags kam er nach Hause. Sich sofort umzuziehen und laufen zu gehen, wie er es sich im Wald und dann auf dem Posten erwartungsfroh ausgemalt hatte, reizte ihn nun überhaupt nicht mehr. Er ging in die Küche, trank einen halben Liter gespritzten Traubensaft, lehnte an der Spüle und starrte Löcher in die Luft. Zwei Stunden hatte er gemeinsam mit einem Kollegen vom Landeskriminalamt den Schützen einvernommen. Und ihn dann nach Hause gehen lassen. Schließlich gab es außer Schäfers Zorn nichts, was eine Verhaftung rechtfertigte. Nichts, was für einen Vorsatz sprach – wieso hätte er, Wolfgang Kappl, denn absichtlich auf Günther Thurner schießen sollen? Ja, sie hatten sich gekannt, flüchtig, wie man sich auf dem Land eben kennt, wenn man sich nicht näher kennt, aber Streit hätte es zwischen ihnen nie gegeben, auch nichts, um das sie sich streiten hätten können, wieso bitte hätte er denn absichtlich auf den schießen sollen?, hätte er auf irgendjemanden absichtlich schießen sollen? Kappl war 53 Jahre alt, geboren und wohnhaft in Schaching, Inhaber eines kleinen Speditionsbetriebs, der in den letzten paar Jahren drei Mal am Konkurs vorbeigeschrammt war – aber damit war er in der Gegend nicht allein. Fast dreißig Jahre verheiratet, zwei erwachsene Kinder. Seit zwanzig Jahren besaß er eine Jagdberechtigung, noch nie war es zu einem Zwischenfall gekommen. Und was war heute anders gewesen? War etwas anders gewesen? Hatte er Medikamente genommen, die seine Wahrnehmungsfähigkeit beeinträchtigten? War am Vortag oder im Laufe der Nacht etwas vorgefallen, das ihn außergewöhnlich belastet hatte, so dass er womöglich unkonzentriert gewesen war? Nein, nein, nein, nein. Wie oft musste er denn das noch wiederholen: Er hatte ein Wildschwein im Visier gehabt und keinen Menschen. Er hatte das Tier verfehlt und die Kugel hatte versehentlich, aber wie oft musste er das denn noch erzählen.

Schäfer schüttelte heftig den Kopf, als wollte er die Reste eines bösen Traums loswerden. Er machte sich einen Kaffee, stellte fest, dass die Milch aus war, und ging auf die Terrasse. Im Garten hüpften zwei Amseln umher und pickten in der braunen, matschigen Masse unter dem Kirschbaum nach Verwertbarem. Der Rasen – falls dieser Begriff noch zulässig war – sah nach dem misslungenen Experiment aus, eine künstliche Moorlandschaft anzulegen. Braungelb klebte das schlaffe Gras auf der Krume, darunter schlängelten sich wie Geschwülste die Aufschüttungen der Wühlmäuse, am Gartenzaun gesellten sich ein paar Maulwurfshügel dazu. Unberechenbares Luder, diese Natur. So sehr Schäfer die zunehmende Verwilderung des Gartens im vergangenen Jahr gefallen hatte: Jetzt fehlten nur noch ein paar herumliegende Doppelliter-Weinflaschen sowie eine ausgediente Waschmaschine und er würde im Ort als Mann im freien Fall gelten. Und wessen Arme waren schon stark genug, einen 46-jährigen Fall dieses Kalibers aufzufangen, ohne sich selbst mit in den Abgrund zu reißen. Herr Schrödinger spazierte mit seinem Hund vorbei, blieb am Gartenzaun stehen.

„Ja ja, da gibt's ganz schön was zu tun", meinte er lächelnd.

„Ja", Schäfer machte ein paar Schritte in den Garten hinaus, worauf sich seine Hausschuhe sofort voll Wasser sogen. „Am Wochenende habe ich eh ein paar Freigänger aus Stein da, die erledigen das."

„Und wie ... und wer ..."

„War nur ein Scherz", winkte Schäfer ab, „ich hab schon einen Gärtner bestellt."

„Ah! Immer wieder fall ich auf Sie herein, Herr Major!", theatralisch mit dem Kopf schüttelnd machte Schrödinger einen Abgang.

Eine halbe Stunde später schob Schäfer einen Einkaufswagen durch den Baumarkt und bemühte sich, inmitten all der zielstrebig wirkenden Heimwerker, Schwarzarbeiter und Kampfgärtnerinnen nicht allzu hilflos zu erscheinen. Was trieben diese Menschen hier? Was taten sie mit diesen Massen an Zementsäcken, Spitzhacken, Schlagbohrmaschinen, Farbfässern, Plastikrohren, Armaturen ... böse Ahnungen stiegen in ihm auf, Bilder von heimlich ausgehobenen Kellern, ausgebauten Verliesen, verschleppten Kindern – Schluss jetzt, er war hier, um seinem Polizistenleben etwas entgegenzusetzen, nicht, um es noch mehr aufzublähen. Bei den

Baustoffen vorbei, dann rechts, geradeaus und da, wo Sie die Lampen sehen, noch einmal rechts: die Gartenabteilung. Alleine die Menge an Dingen, die Schäfer bekannt erschienen, überforderte ihn, ganz zu schweigen von all denen, die er nicht zuordnen konnte. Also kapitulierte er, packte in den Einkaufswagen, was ihm brauchbar erschien, und damit würde er eben bewerkstelligen, was möglich war.

Nachdem er den Kofferraum eingeräumt hatte, querte er den Parkplatz und betrat den Supermarkt. Suchte alle Taschen nach dem Einkaufszettel ab. Der wohl irgendwo zwischen Gartentisch und Baumarktkassa verloren gegangen war. Langsam zog er durch die Korridore, seine Augen scannten die Warenmassen, während das Gehirn versuchte, sich an die Worte auf dem gelben Zettel zu erinnern. Vor den Tiefkühlschränken kam Schäfer neben einem Mann in seinem Alter zu stehen, den er flüchtig kannte; zumindest die Adresse und dass von dort im letzten Jahr des Öfteren besorgte Nachbarn wegen lautstarker Streitereien inklusive wüster Drohungen angerufen hatten. So heillos überfordert, wie der Mann nun vor den Fertiggerichten ausharrte, war die Scheidung nun wohl endgültig. Schäfer nickte einen Gruß, ging rasch weiter, verwarf alle Gedanken an den verlorenen Zettel und füllte den Einkaufswagen nach Gutdünken. Die Impulsgondel, erinnerte er sich an diesen perversen Begriff, den er Jahre zuvor in einem Fachmagazin für Marketing aufgeschnappt hatte, das versehentlich im Postkasten seiner Wiener Wohnung gelandet war. Vielleicht würde die drohende Vergammelung der Lebensmittel, die er eben sammelte, seinem Sozialleben einen wichtigen Impuls geben, sinnierte er, während Frau Plaschg von der Feinkost einen riesigen geselchten Schweineschenkel auf die Wurstschneidemaschine hievte. Eine gute Gelegenheit, eine Einladung zum Abendessen auszusprechen. Stichwort Ablaufdatum. Sich wieder einmal die Frage stellen, ob sein Junggesellenleben immer noch zufriedenes Alleinsein oder schon bitter machende Einsamkeit war.

Aber wen sollte er so spontan anrufen? Marlene? Ein Zwiespalt. Einerseits hatte er sie sehr gerne; hatte sie vom ersten Augenblick an gemocht, als er ihr vor gut einem halben Jahr begegnet war. Sie arbeitete als Betreuerin für ein Heim der Lebenshilfe in einem Nachbarort und kümmerte sich dort mit drei Kolleginnen um gut zwanzig Menschen, die aufgrund verschiedener geistiger und körperlicher Beeinträchtigungen nicht alleine für sich sorgen konnten. Eine davon, eine 40-jährige Frau mit Down-Syndrom, büchste allerdings gerne aus, zog sich, sobald sie ihren Betreuerinnen entkommen war, Hose und Unterhose aus, lief freudig kreischend durch die Gegend, fummelte an ihrer Vagina herum und liebte es, Personen männlichen Geschlechts an sich zu drücken. Da sie kräftig war wie ein Fleischhauer, rief dieses Verhalten immer wieder die Exekutive auf den Plan. So hatte Schäfer zuerst eine wollüstige Gudrun kennen gelernt, die – kaum war er aus dem Streifenwagen gestiegen – auf ihn zugestürmt kam, ihn umklammerte und ihren Unterleib an ihm rieb; und kurz darauf Betreuerin Marlene, ein wandelndes Lachen, eine menschliche Sonne, die den Wunsch auslöste, sie zu umarmen und sich an ihrem Frohsinn zu wärmen.

Zwei Wochen später hatte er sich tatsächlich dazu durchringen können, sie anzurufen und zu einem Spaziergang einzuladen. Spaziergang? Na ja, die Vorstellung, in einem der örtlichen Cafés oder Restaurants mit ihr zu sitzen, hatte ihn beklemmt. Nicht der anderen Leute wegen, ganz bestimmt nicht, hatte er ihr versichert; es fiel ihm leichter zu reden, wenn er sich bewegte; vielleicht hatten ihn aber auch die unzähligen Stunden bei Vernehmungen so weit gebracht, dass er einer quasi unbekannten Person, der er länger als zehn Minuten gegenüber saß, nur mit Misstrauen begegnen konnte.

Zwei Tage später hatte Marlene ihn zum Abendessen eingeladen. Er hatte eine Flasche hinterhältigen spanischen Rotweins mitgebracht und war bis zum Frühstück geblieben. So weit, so unkompliziert. Bis er ein paar Wochen später in ihrem Bett von seinem eigenen Schreien wach geworden war, schweißnass und mit grässlichen Bildern im Kopf. Ob er schlecht geträumt hatte, wollte sie klarerweise von ihm wissen, und wovon. Irgendeinen Blödsinn, antwortete er. Du hast schon viele schlimme Dinge gesehen, oder?, fuhr sie fort, nachdem sie sich aufgesetzt und die Nachttischlampe angeschaltet hatte. Und er: Hm. Wegen deinem Beruf früher, bei der Mordkommission, gab sie nicht auf, drückte seinen Kopf sanft von ihrem Brustbein weg, so dass er quasi gezwungen war, sie anzusehen, wenn er nicht den Eindruck eines stereotypen Polizisten erwecken wollte, der sein privates Horrorkabinett strikt für sich behielt. Aber die Crux an der Sache war: Er behielt es nicht nur lieber für sich, er wurde launisch und bissig, wenn jemand ihn drängte, sich zu öffnen. Supervision, Rebriefing, Kriseninterventíon und was sonst noch alles ihm und seinen Kollegen nach besonders belastenden Erlebnissen zur Verfügung stand: Er achtete diese Maßnahmen und die Menschen, die sich dafür einsetzten; doch ihm selbst war es nie gelungen, daraus Nutzen zu ziehen. Abgetrennte Gliedmaßen, verweste Leichen, tote Kinder ... was hatte er davon, sich diese Scheußlichkeiten absichtlich in Erinnerung zu rufen? Die Scheiße gehörte begraben. Und wenn sie nach oben quoll: Dann war Alkohol noch immer das beste Mittel, um sie schnellstmöglich hinunterzuspülen.

Frauen und ihr Wunsch nach Offenheit, nach Reden, Reden, Reden. Sollten sie. Untereinander. Es ging doch nicht um die Wahrheit, nicht um Vertrauen, emotionale Intelligenz oder sonst einen der Begriffe, mit denen die entsprechenden Magazine mehr heiße Luft bliesen als die Trockenhauben, neben denen sie lagen. Schäfer wusste doch, warum Frauen ihn attraktiv fanden: Er stand für Schutz und Stärke, für Macht und Kontrolle. Eine Polizeiuniform alleine macht Schultern automatisch ein paar Zentimeter breiter. Und das sollte er sich dann Satz für Satz zunichtemachen? Welcher Frau, die halbwegs bei Verstand war, würde denn gefallen, was er da preiszugeben hätte: die Ängste, die Depressionen, die Wut, der regelmäßig wiederkehrende Alkoholmissbrauch, ganz zu schweigen von den Dingen, die er in seinem letzten Jahr in Wien verbrochen hatte. Er selbst hielt es schon irgendwie aus mit sich und seinen Dämonen; aber dass jemand anderer an seiner Oberfläche so lange kratzte, bis der ganze stinkende Dreck darunter zum Vorschein kam, wollte er nicht zulassen.

Und so hatte er – noch bevor Marlene ihn tatsächlich gedrängt hätte, sein Innenleben preiszugeben – die Beziehung langsam abkühlen lassen; Ausreden erfunden, SMS später oder gar nicht beantwortet, es vorgezogen, für einen gestörten Einzelgänger gehalten zu werden. Du hast es wieder einmal verbockt, sagte er sich, als er in der Schlange an der Kassa stand und an den Einkäufen der Menschen vor ihm hochrechnete, welche unglaublichen Mengen an Alkohol der Österreicher im Schnitt am Wochenende trank. Erstaunlicherweise schien Marlene ihm sein Verhalten wenig bis gar nicht übel zu nehmen. Liefen sie sich zufällig über den Weg, lachte sie ihn an, redete mit ihm, als ob er nie etwas falsch gemacht hätte. Vielleicht sah sie in ihm ja auch einen Lebenshilfe-Fall. Für sein Selbstwertgefühl war diese Vorstellung nicht gerade förderlich.

Die Sachen aus dem Baumarkt ließ er im Kofferraum. Trug nur die beiden Einkaufstaschen mit den Lebensmitteln in die Küche und begann mit dem Einräumen. Als er fertig war, hatte er so viel Schinken, Essiggurken, Olivenbrot, Käse, Salzmandeln und Müslikekse im Magen, dass sein Vorhaben, zum Abendessen ein Steak zu braten, keinen Fürsprecher mehr fand. Er goss eine Kanne Melissentee auf, griff sich eine Bezirkszeitung vom Altpapierstapel und ging ins Bad. Während die Wanne volllief, saß er auf einem Holzschemel, nippte am Tee und blätterte durch den Chronikteil. Wie eine Komödie: der Bericht über den Bauern, der vor drei Wochen kurz vor Anpfiff eines lokalen Fußballspiels mit seinem Traktor an den Rand des Spielfelds gefahren war und gedroht hatte, es zu verwüsten, wenn er nicht sofort sein Geld bekäme. Damit richtete er sich an den Trainer der Heimmannschaft, der ihm im Zuge eines Brennholzverkaufs 500 Euro schuldig geblieben war. Während Schäfer und Plank mit der Hand am Pfefferspray den violettköpfigen und schwer alkoholisierten Bauer in Schach hielten, fuhr der Trainer zum Bankomat. Das Spiel begann mit einer halben Stunde Verspätung, endete mit einem 5:2-Sieg für die Heimmannschaft; am Abend kam es in einem nahegelegenen Wirtshaus zu einer Schlägerei zwischen gegnerischen Fans, zu der die Polizei ebenfalls ausrücken musste. Bei der Festnahme eines Beteiligten, der sich partout nicht beruhigen wollte, brach Schäfer diesem zwei Finger; daran trug allerdings sicher auch der cholerische Bauer Schuld.

3.

Kurz vor vier erwachte er auf seiner Couch. Im Bademantel, einen grässlichen Geschmack im Mund, den Kopf umwölkt von bösen Traumschwaden. Er war im Zick-Zack durch den Wald gelaufen, alle paar Meter hatte eine Kugel in nächster Nähe eingeschlagen, der Schweiß, der ihm in die Augen gelaufen war und ihn beinahe blind gemacht hatte, war rot gewesen. Nicht gerade originell, aber für einen deprimierenden Sofaschlaf ausreichend. Er überlegte, ins Schlafzimmer zu wechseln und dort sein Glück zu versuchen. Wozu. Er ging ins Bad, duschte heiß-kalt und zog sich an. Kurz darauf landete das Steak, das er eigentlich für den Vorabend gekauft hatte, in siedendem Olivenöl, gefolgt von zwei Eiern und reichlich Tabasco. Danach hatte er Magenschmerzen, die er mit einem doppelten Espresso und zwei Zigaretten niederrang. Rauchend stand er auf der Terrasse und lauschte. In seinem ersten halben Jahr hatte er der nächtlichen Stille hier misstraut; hatte immer wieder mit der Zunge in die Nacht geschnalzt oder sich lautstark geräuspert, um zu sehen, ob sich irgendwelche lauernden Bestien aufschrecken ließen. Doch abgesehen vom Rufen eines Käuzchens, dem Schnofen eines werbenden Igels oder den Kampfschreien zweier Katzen gab die Dunkelheit hier wenig her. Und Schäfer hatte begonnen, sich damit anzufreunden.

Deshalb verzichtete er auch darauf, das Auto zu starten; schob es schwer schnaufend in die Garage und begann, die Einkäufe aus dem Baumarkt auszuräumen. Demnächst müsste er hier ausmisten, sagte er sich; den ganzen Krempel, den sein Vormieter, Chefinspektor Stark, hinterlassen hatte, dazu seinen eigenen, damit er den Wagen endlich zur Gänze unterbringen konnte. Doch das hatte er sich seit seinem Einzug mindestens einmal im Monat vorgenommen; ab November einmal die Woche, ab dem ersten Schnee jeden Tag. Ein ganzes Jahr nun. Und großteils war es friedsam vorbeigezogen. Nicht wie die letzten Jahre in Wien, die über ihn gekommen waren wie das Heer des Dschingis Khan; eher wie eine Karawane am Horizont, deren Vorwärtsbewegung man kaum wahrnimmt, die man zeitweise sogar für eine Fata Morgana hält. Vielleicht solltest du dem Frieden zu trauen beginnen. Die Garage aufräumen, den Garten herrichten, das wären auf jeden Fall Schritte in die richtige Richtung.

Wieso zum Teufel hatte er Blumentöpfe gekauft? Hätte er sich davor in der Garage umgesehen, wäre ihm aufgefallen, dass Stark an die zwanzig davon zurück gelassen hatte. Großteils unbenutzt, wie Schäfer konstatierte. Hatte der alte Postenkommandant von Schaching irgendwann die gleichen Ambitionen gehegt? Das Haus und den Garten verschönern, zu einem wahren Heim zu machen, einem sicheren Nest, nein, zu einem Fuchsbau, in den man sich nach dem Kampf mit den Bösewichten zurückzieht. Wobei Kampf und Bösewichte für die Mehrzahl der hiesigen Delikte etwas übertrieben war. Vom Thron der Kriminalarbeit in der Einheit für Gewaltverbrechen war Schäfer heruntergestiegen, respektive gestürzt, um jetzt den Stall sauber zu halten. Alkolenker, Vandalismus, häusliche Gewalt, Diebstähle ... Kleinvieh, das immerhin genug Mist machte, um seine Anstellung zu rechtfertigen. Außerdem hatte er es vergangenen Sommer über Wochen mit einem Wahnsinnigen zu tun gehabt, wie diese Kleinstadt wohl noch nie zuvor einen gesehen hatte. Wobei er fast den Eindruck gewonnen hatte, dass die Einheimischen auch ihn selbst irgendwo, irgendwie für dieses Unheil verantwortlich machten. Na ja, wundern wird man sich ja wohl noch dürfen: Kein halbes Jahr da, der Herr Major aus Wien, und dann schon so was, so was Unglaubliches, so was, so, Gegenwart: hinaus mit den Tontöpfen in den Garten.

Während Schäfer den Garten mit dem Rechen von seinem fauligen Wildwuchs befreite, kam ihm eine Idee. Etwas Außergewöhnliches, Großes, höchst Individuelles; gewiss mit viel Arbeit verbunden, manuell als auch geistig, aber eben ein Projekt, das er sein Eigen würde nennen können. Er stellte den Rechen an den Kirschbaum und ging ins Haus. Aß eine Banane und ließ sich dann mit einer Tasse Kaffee und einem Kollegblock am Gartentisch nieder. Hallo, Amsel, auch schon auf, murmelte er, während er einen Plan zeichnete, aus dem ein Außenstehender nicht so bald schlau werden würde.

Er hörte ein Auto in die Einfahrt kommen. Was war das? Post? Polizei? Mit dem Spaten in der Hand trollte er sich um die Ecke, wenig neugierig, wer ihn in seinem Werk störte.

„Oha", rief Schäfer aus, als er Chefinspektor Bergmann aus dem Wagen steigen sah, seinen ehemaligen Assistenten aus Wien.

„Ich hätte also doch noch einmal anrufen sollen."

„Nein", meinte Schäfer nach einem Zögern, „wir haben ausgemacht ... Frühstücken und danach Radfahren... ich habe nur nicht damit gerechnet, dass Sie schon so früh ..."

„Punkt sieben", Bergmann öffnete den Kofferraum und nahm eine Papiertasche heraus. „Länger will ich mit dem Frühstück nicht warten, Zitat Major Schäfer. Was machen Sie mit dem Spaten? Feindabwehr?"

„Arbeiten."

Obwohl es noch eine Spur zu kühl war, wollte es sich Schäfer nicht nehmen lassen, im Freien zu frühstücken.

So hatte er sein Projekt im Auge; das hielt seine Motivation aufrecht, die er ansonsten zu verlieren fürchtete.

„Hat das einen bestimmten Grund, dass Sie die Blumentöpfe in der Erde eingraben?“, wollte Bergmann wissen.

„Sicher.“

„Aha ... soll ich raten?“

„Bitte“, antwortete Schäfer mit vollem Mund.

„Sie wollen vermeiden, dass die Wühlmäuse an die Wurzeln von irgendwelchen Pflanzen kommen, die Sie irgendwann ...“

„Nicht schlecht ... aber falsch.“

„Sie bauen Fallgruben für ... Marder?“

„Interessant ... aber falsch.“

„Also machen Sie irgendwas, das sich jeder menschlichen Logik entzieht.“

„Im Gegenteil. Das wird ein Bewässerungssystem.“

Bergmann zog die Augenbrauen hoch, setzte zu reden an, räusperte sich.

„Interessant“, meinte er schließlich.

„Interessant“, wiederholte Schäfer verächtlich, „das haben wahrscheinlich auch die freundlicheren Nachbarn von Noah gesagt, als er mit der Arche angefangen hat.“

Bergmann schwieg, aß eine Semmel, löffelte ein Ei, trank seinen Tee.

„Noah kann keine freundlichen Nachbarn gehabt haben. Die wären sonst auch gerettet worden.“

„Haarspalterei ... Sie verstehen einfach das Konzept nicht.“

„Sicher. Das soll wie bei Topfpflanzen funktionieren, mit diesen kleinen Tonkegeln, wo ein Schlauch in ein Gefäß mit Wasser hängt“, meinte Bergmann, „Sie füllen Wasser in die Töpfe, damit sie Feuchtigkeit an die Umgebung abgeben.“

„Genau.“

Abermals schwieg Bergmann.

„Sie suchen etwas, um mir mein Projekt madig zu machen“, sagte Schäfer angespannt.

„Nein.“

„Doch, tun Sie ... nur sagen Sie es nicht.“

„Ich bin nur gespannt, was daraus wird ... wenn zum Beispiel der Boden im Winter friert ...“

„Sie können mir gerne helfen“, rief Schäfer, der die Gartenarbeit wieder aufgenommen hatte, während Bergmann in einer der beiden Sonntags-Zeitungen blätterte, die er mitgebracht hatte.

„Hm ... jetzt weiß ich, wieso mir der Name bekannt vorgekommen ist“, Bergmann hielt die Zeitung hoch.

„Was für ein Name?“

„Thurner ... der Jagdunfall von gestern ...“

„Unfall, ja genau“, murrte Schäfer und fluchte, als ihm einer der Blumentöpfe beim Versenken ins Erdreich zerbrach.

„Zukünftige Archäologen werden sich die Köpfe darüber zerbrechen, was in diesem Garten einst getrieben worden ist ...“

„Fahrlässige ... Tötung ... war das!“, wütete Schäfer weiter. „Wenn mir nicht seit einer Woche das Knie so weh täte, wäre ich wahrscheinlich selber gestern früh im Wald laufen gewesen und ...“

„Waren Sie beim Arzt?“, fragte Bergmann, rhetorisch, nur um das Thema zu wechseln.

„So schlimm ist es auch nicht, ich lege eh Topfenumschläge auf ... diese ... wenn es nach mir ginge, müssten 50 Prozent der Jäger ihre Waffen abgeben, weil sie nicht damit umgehen können ... Trotteln.“

„Und mindestens die Hälfte der Autofahrer ihr Fahrzeug“, meinte Bergmann süffisant. Manchmal war es die beste Strategie, Schäfer in seinem Zorn noch weiter aufzustacheln, so dass er quasi überhitzte und die gesamte negative Energie in einem lauten Knall verpuffte. Freier Himmel und ein gewisser Sicherheitsabstand waren gegeben – also war es einen Versuch wert.

„Ja ja, spotten Sie nur ... aber was ist ein BMW mit 220 PS in den Händen von einem 20-jährigen Provinzdeppen anderes als eine tödliche Waffe, hä?"

„Die zwei toten Frauen letzte Woche? Ich hab's gelesen ... tragisch, ja."

„Und wenn der sich wenigstens nur selbst umbringt, aber nein, da müssen zwei völlig Unschuldige draufgehen und er, der Arsch, der überlebt."

„Haben Sie die Frauen gekannt?"

„Ja, na ja, vom Sehen, zwei Schwestern ... waren davor bei der Chorprobe ... da wo dieses Arschloch mit hundert Sachen überholt hat, war ein Siebziger und doppelte Sperrlinie ... und wissen Sie, was der drei Tage später auf seiner Dings, was der auf Facebook postet?"

„Nein."

„Gelobt sei die deutsche Sicherheitstechnik!"

„Screenshot machen und an den Staatsanwalt schicken", meinte Bergmann, „vielleicht trägt's zu einer Haftstrafe bei."

„Mach ich vielleicht wirklich ... so eine Drecksau ... was sind das für Eltern, die solche Monster aufziehen?"

„Wieso können Sie überhaupt in seinen Facebook-Account schauen? Ich hab geglaubt, Sie weigern sich da mitzumachen?"

„Ich habe meine Quellen ..."

„Quellen? ... soll entweder heißen, dass Sie den Freund Ihrer Nichte, diesen Computerfreak, zu halblegalen Taten angestiftet haben oder wieder Spitzel rekrutieren ... hoffentlich keine Minderjährigen!"

„Spitzel", Schäfer schnaubte verächtlich aus, „ich pflege einen vertrauensvollen Kontakt zu ein paar Jugendlichen, die so wie ich in einer rechtschaffenen Gemeinde leben möchten."

„Ah, rechtschaffen ... und? Haben Sie auch einen Namen für die Gang? Schäferhunde? Schäfchen?"

„Spotten Sie nur ... ich hab schon zwei Meth-Dealer dank deren Hilfe schnappen können ... was da in letzter Zeit mit diesem Gift abgeht, davon haben Sie überhaupt keine Ahnung!"

„Sapperlot, und was gibt's als Gegenleistung? Haben Sie Marihuana entkriminalisiert?"

„Meine Dankbarkeit und Anerkennung", Schäfer pfiff ein paar Takte eines Marsches; für Bergmann ein untrügliches Zeichen, dass sein ehemaliger Chef etwas zu verbergen hatte.

„Passen Sie nur auf, dass Sie den Bogen nicht überspannen", Bergmann zündete sich eine von Schäfers Zigaretten an.

„Seit wann rauchen Sie tagsüber?" Schäfer warf den Spaten ins Gras, wusch sich die Hände am Gartenschlauch, gesellte sich zu Bergmann und nahm ebenfalls eine Zigarette.

„Nur wenn ich frei habe."

„In Ihrem Alter denkt man normalerweise ans Aufhören und fängt nicht damit an."

„Pff ... ich habe zwanzig Jahre wie ein Mönch gelebt."

„Eh, vor allem was die Vorliebe für fesche junge Männer betrifft."

„Ich habe wenigstens Sex ... oder haben Sie Ihre ..."

„Nein, wir treffen uns nicht mehr."

„Schade, sie war nett. Marlene, oder?"

„Ja, ist sie ... was wollten Sie vorher wegen dem Thurner sagen?"

„Hä? Ach so", Bergmann nahm die Zeitung und schlug den Artikel auf. „Seine Frau, das ist doch die Politikerin, oder?"

„Landesrätin, ja, warum?"
„Haben Sie mit ihr gesprochen?"
„Sicher, Kollege Friedmann war auf Familienausflug in der Wachau, jetzt hab ich den Todesengel spielen dürfen ... hat's aber eh mit Fassung getragen, nach außen hin zumindest ... wieso?"
„Nur so", Bergmann zuckte mit den Schultern.
„Sie können es nicht lassen, oder?"
„Was denn?", fragte Bergmann mit Unschuldsmiene.
„Bei jedem Vorfall hier heroben ... fast habe ich das Gefühl, als hoffen Sie, dass mir wieder so eine Scheiße passiert wie letztes Jahr."
„Überhaupt nicht", meinte Bergmann entrüstet, „ich nehme halt Anteil und ..."
„Ich geh mich umziehen", raunte Schäfer, „haben Sie eine Fahrradpumpe dabei? Meine Reifen sind ziemlich luftlos."
„Luftlos", murmelte Bergmann und rief dann, „ja, hab ich."

„Haben Sie schon gehört, wer sich in Ihrem Revier ansiedelt?", fragte Bergmann, während sie gemächlich nebeneinander herfuhren.
„Wenn Sie den Bosch meinen, ja, der ist schon letzte Woche hergezogen ... woher wissen Sie das?"
„Ich war am Mittwoch in Garsten wegen einer Befragung ... der Lusser hat's mir erzählt."
„Unser Lusser? Der sitzt immer noch ein?"
„Wieder ... mehr als ein halbes Jahr hat er's nicht ausgehalten, ohne wen niederzuschlagen."
„Unglaublich, wie viel hat der jetzt schon drauf?"
„23 Jahre, mit 52."
„Dabei wäre der eigentlich ziemlich vif", meinte Schäfer, „und drei Lehrabschlüsse hat er auch schon."

„Jo eh, Hähr Inschpekta“, imitierte Bergmann, „oba des Tembarament, des hoaße Bluad!“

„Und der war mit dem Bosch in einer Zelle?“

„Sicher nicht ... stellen Sie sich vor, was der Lusser mit einem macht, der eine Siebenjährige umgebracht hat ...“

„Ja“, meinte Schäfer verächtlich, „könnte ich ihm in so einem Fall nicht einmal verübeln ... warum der Arsch wieder hier herzieht, geht mir auch nicht ein ... der kann sich ja nur verstecken ... und Arbeit bekommt er hier sowieso keine bei der Vorgeschichte.“

„Vielleicht weil er sonst nirgends hin kann?“

„Dann soll er den Hof halt verkaufen und woanders hingehen statt hier alte Wunden ... statt hier böses Blut zu machen.“

„Einen Hof hat der?“, wunderte sich Bergmann.

„Ja ... hat ihm der zweite oder dritte Mann von seiner Mutter vererbt.“

„Und sie? Seine Mutter?“

„Ist schon vor ein paar Jahren gestorben“, antwortete Schäfer, „tot gesoffen, was man so sagt.“

„Wie alt ist der Bosch jetzt? 40?“

„18 war er, wie er die Kleine umgebracht hat, 27 Jahre ist er gesessen.“

„Hat er irgendwelche Auflagen?“

„Soweit ich weiß nicht“, Schäfer räusperte sich mehrmals und spuckte in den Straßengraben. „Ein freier Mann mit einer zweiten Chance.“

„Wenn er nach Kanada geht, vielleicht.“

„Würde ich ihm sogar den Flug zahlen“, erwiderte Schäfer und steigerte das Tempo.

4.

„Ist ja wohl nachvollziehbar, dass ich da in einem Zwiespalt bin, oder?“, meinte Friedmann, während er den Streifenwagen in einer Ausweiche parkte und den Motor abstellte.

„Eh“, Schäfer stieg aus und ging langsam auf die weiß furnierte Pressholztafel zu, die irgendjemand in der Nacht von Sonntag auf Montag an zwei Holzstangen geschraubt und gut zwanzig Meter neben der Bundesstraße ins Feld gestellte hatte. *Achtung! 250 m links. Hier wohnt der Kindermörder Frederik Bosch.*

„Schaut nach einer Tischplatte aus“, Friedmann stellte sich neben Schäfer und rüttelte an der Tafel. „Ordentlich versenkt ... alleine schaffst du so was nicht.“

„Wenn dein Zwiespalt zu groß ist, kann ich das Teil auch alleine abreißen“, Schäfer trat gegen eine der Stangen, was die Tafel nur leicht zum Wackeln brachte.

„Das Aufstellen habe ich gemeint“, Friedmann lehnte sich mit dem Rücken gegen die andere Stange und stemmte seine Absätze ins Erdreich. Zehn Sekunden später lag die Tafel auf dem Boden. Dieser Mann muss in einem vorigen Leben ein Elefant in Hannibals Heer gewesen sein, dachte Schäfer. „Aber als Vater ... ich hab zwei Töchter ... da siehst du solche Sachen mit anderen Augen.“

„So ein Schwachsinn“, Schäfer bückte sich, griff sich eine Stange, fixierte die Tafel mit dem rechten Fuß und brach sie aus der Verschraubung. „Ich muss keine Kinder haben, damit mich so was ankotzt.“

„Zwischen Ankotzen und Angst haben ist aber schon noch einmal ein Unterschied.“

„Ja“, gab Schäfer zu, worauf sie die Tafel hochhoben, zum Auto trugen und in den Kofferraum packten, der sich jetzt nicht mehr schließen ließ. „Das ist mir schon klar ... aber was soll ich machen?“

Was sollte er denn machen? Die Tafel stehen lassen und hoffen, dass sie ein paar Leute zu einem Lynchmob inspirieren würde, der mit Mistgabeln, Sensen und Fackeln zu Boschs Hof zog? Die Situation war beschissen, das musste ihm niemand erklären; doch aus rechtlicher Sicht war sie eindeutig: Bosch hatte seine Strafe abgesessen, zwölf Jahre in einer Anstalt für abnorme Rechtsbrecher, fünfzehn weitere Jahre im normalen Vollzug inklusive Therapie. Laut der zuständigen Kommission und dem Richter war er nun fähig und willens, ein Leben in Freiheit zu führen, ohne eine Gefahr für seine Umwelt darzustellen. Unter den gegebenen Umständen war der Begriff Freiheit allerdings eine Farce. Wie stellte sich der Scheißkerl das vor? Keine fünf Kilometer entfernt von dem Ort zu leben, wo er ein siebenjähriges Mädchen umgebracht hatte. Inmitten von Menschen, denen ohne Zweifel sogar ein Bus voll Asylwerber aus Tschetschenien lieber wäre als so ein, so ein ...

„Da hat's aber einer besonders eilig", Friedmann deutete mit dem Kinn über Schäfers Schulter hinweg, wo in etwa einem halben Kilometer Entfernung ein schwarzer SUV eine schmale Straße herunterraste.

„Wenn er auf das Stoppschild auch noch pfeift, fassen wir ihn uns", meinte Schäfer und begann langsam, von zehn rückwärts zu zählen.

„Das ist der Strommer Luis", sagte Friedmann, nachdem der Wagen ohne stehenzubleiben in die Kreuzung eingefahren war und in hohem Tempo auf sie zufuhr.

„Der war mir immer schon sehr sympathisch", murrte Schäfer, stellte sich auf die Straße und hob den Arm.

„Tut mir leid", meinte Strommer jovial, nachdem er schwungvoll vor dem Streifenwagen eingeparkt hatte und aus seinem Porsche Cayenne gestiegen war, „ich hab euch nicht gesehen."

„Uns dürfen Sie auch gerne übersehen", erwiderte Schäfer, „aber das Stoppschild da hinten, das ist immer gleich beleidigt, wenn wer nicht stehen bleibt und kurz Hallo sagt."

„Ah, das ... ja, da würde eine Vorfahrtstafel sicher auch reichen ... Servus Erich, alles klar bei dir? Den Mädels geht's gut?"

„Alles bestens", erwiderte Friedmann, „hast es eilig?"

„Na ja, weißt eh, wie's ist, von einem Termin zum nächsten."

„Dann schauen wir lieber ganz schnell nach, ob die Sicherheitsausrüstung komplett ist, oder?", schlug Schäfer vor.

„Ach so", Strommer schaute etwas verwirrt von Friedmann zu Schäfer und ging zum Kofferraum. „Ja ja, Ordnung muss sein."

„Aha", Schäfer griff in den Kofferraum und holte ein Gewehr hervor, „Standardausrüstung bei Geschäftsterminen, oder?"

„Der Luis ... der Herr Strommer ist Jäger", brachte Friedmann schnell ein.

„Ja, blöd von mir", Strommer grinste, „ich war gestern mit einem Freund jagen und da hab ich sie am Abend, weil's spät geworden ist ..."

„Verstehe", sagte Schäfer, ohne den Mann anzusehen, führte den Repetierhebel am Gewehr zurück und entnahm zwei Patronen. „Dass Waffe und Munition beim Transport separat aufzubewahren sind, wissen Sie eh, oder?"

„Ja, freilich, mach ich normalerweise eh, nur ..."

„Weil's spät geworden ist", Schäfer legte das entladene Gewehr zurück in den Kofferraum. „Wo kommen Sie eigentlich gerade her?"

„Wie, jetzt? Vom ... oben, vom Reininghaus seinem Hof."

„Wo jetzt Frederik Bosch wohnt."

„Ja, leider", meinte Stromer, „ich würde ihm den Hof eh sofort abnehmen."

„Abnehmen wie ..."

„180.000 hab ich ihm geboten!", Strommer ging zur Beifahrertür, öffnete sie energisch, nahm einen Metallkoffer heraus und hielt ihn am Griff in die Höhe wie eine Trophäe. „Bar auf die Hand, wenn er seine Sachen packt und sofort verschwindet!"

„Auch nicht übermäßig", meinte Friedmann, „mit dem Grund dabei und dem Wald dahinter."

„Ah, das war eine Verhandlungsbasis ... bis 250 wäre ich auf jeden Fall gegangen", Strommer warf den Koffer auf den Rücksitz und knallte die Tür zu.

„Aber?", wollte Schäfer wissen.

„Nichts aber ... er verkauft nicht, um keinen Preis, hat er gemeint ... so ein Arschloch, ein präpotentes!"

„Ich hoffe, dass Sie sich zu keinen unüberlegten Aktionen hinreißen haben lassen", meinte Schäfer und klopfte an die Rückscheibe des Wagens.

„Ah wo, wegen so einem ..."

„Machen Sie sich nicht die Hände schmutzig?"

„Ich muss jetzt weiter", Strommer blickte fragend von Schäfer zu Friedmann.

„Werfen Sie das nächste Mal 50 Euro in den Klingelbeutel und die Sache ist erledigt", meinte Schäfer.

„Was?", fragte Stromer verblüfft, „ah so, wegen dem, ja, passt ... aber da müsste ich für das Kirchendach, das ich quasi alleine bezahlt habe, eh noch ziemlich was gut haben, oder? Ha ha, nichts für ungut, Herr ..."

„Major Schäfer."

„Ja, genau, Schäfer, ja, Servus Erich, grüß mir die Sonja!"

„Was ist, worauf wartest du?", Schäfer sah Friedmann an, der gedankenverloren die Hand am Zündschlüssel hatte, ohne ihn zu drehen.

„Sollen wir hinauffahren?"

„Wohin, zum Bosch? Was tun? Ihm die Tafel ans Haus montieren?“

„Schauen, ob alles in Ordnung ist wegen …“

„Wegen dem Strommer? Sicher nicht“, wehrte Schäfer ab, „wenn ich mich da jetzt schon auf eine Verdachtsermittlung einlasse, nur weil der beim Bosch oben war, kann ich gleich Personenschutz abstellen.“

„Wie du meinst“, Friedmann zuckte mit den Schultern und startete den Wagen.

„Kennst du den Bosch eigentlich von früher?“, wollte Schäfer wissen, nachdem sie ein paar Minuten schweigend ihren Gedanken nachgegangen waren.

„Hm? … Ja, vom Sehen hab ich ihn gekannt und was man halt so geredet hat“, Friedmann seufzte, „und dann natürlich wie die Geschichte mit dem Mädel passiert ist … Tatortsicherung, bei der Festnahme war ich auch dabei. Mein erster Mord und dann gleich so was …“

„Hmh“, machte Schäfer und ließ das Fenster hinunter, „so was ist schon hart, ja.“

„Danach habe ich mir schon ein halbes Jahr überlegt, ob ich mir das weiter antun soll.“

„Da bin ich jetzt ehrlich froh, dass du dich so entschieden hast.“

„Mir ist einfach nichts Besseres eingefallen“, meinte Friedmann und erlaubte sich ein Lächeln.

5.

Zurück am Posten ging Schäfer wie jeden Montag die ungeklärten Straftaten des vergangenen Monats durch; ob neue Hinweise eingegangen waren, ob sich seit der letzten Durchsicht ähnliche Delikte zugetragen hatten, ob er oder einer seiner Kollegen vielleicht etwas übersehen hatten, ob sich seine eigene Perspektive durch den wiederholten Blick auf die Akten und den zeitlichen Abstand änderte, ob ihm vielleicht die Gnade eines Geistesblitzes zuteil wurde, so dass er mit angewinkelten Armen und geballten Fäusten aus seinem Büro stürmen und laut: *Heureka! Ich hab's!* schreien konnte. Wobei die meisten der aktuellen Delikte sich mit so einem Maß an Pathos wohl nicht ganz vertrugen, wie er sich mit Blick auf den Bildschirm eingestehen musste. Heureka, ich weiß, wer dem alten Schöpf Zucker in den Tank seines Rasenmähers geschüttet hat? Voller Stolz kann ich verkünden, wer die Telefonzelle am Bahnhof demoliert hat?

Einen Fall wollte er allerdings tatsächlich so schnell als möglich aufklären: Seit fast zwei Monaten trieben sich ein oder mehrere Sprayer in Schaching und neuerdings auch in zwei Nachbargemeinden herum, die zahlreiche Gebäude mit Hakenkreuzen, SS-Runen und diversen faschistischen Parolen versehen hatten. Nachdem erste Befragungen nichts erbracht hatten, meldete Schäfer den Fall dem Bundesverfassungsschutz. Da von den dortigen Beamten erfahrungsgemäß mehr als einer auf dem rechten Auge blind war, erwartete sich Schäfer keine Unterstützung; doch wenn den Schmierereien schwerwiegendere Delikte folgen sollten, wenn demnächst ein Haus mit türkischen Bewohnern brannte, musste er sich wenigstens nicht vorwerfen lassen, nichts unternommen zu haben. Erneut ging er die Beweisfotos durch, versuchte, aus den Adressen der beschmierten Häuser irgendeinen Rückschluss zu ziehen; blickte auf ein ihm bislang unbekanntes Bild, die Seitenwand der Kirche, *Sieg Heil* und *ACI.*

„Auer!", rief er gegen die Glaswand, die sein Büro von den Amtsräumen trennte.

„Jawoll!", fünf Sekunden später stand die Inspektorin vor Schäfer und schlug die Fersen zusammen.

„Wann ist das passiert?“, Schäfer drehte den Bildschirm um 90 Grad.

„Steht eh drunter“, Auer beugte sich vor, „Samstag Nacht ... der Messner hat es Sonntag Früh gemeldet.“

„Das ist mir jetzt aber nicht mehr Wurscht“, Schäfer trommelte mit den Fingern auf die Tischplatte. „Vorschläge?“

„Vielleicht meldet sich ja diesmal auf den Aufruf in der Zeitung wer“, meinte Auer vorsichtig. Und während Schäfer sie mit seinem berüchtigten Ist-das-wirklich-alles-was-dir-dazu-einfällt-Blick bedachte: „Weil sie wahrscheinlich aufgeschreckt worden sind, ist doch möglich, dass sie wer gesehen hat.“

„Wieso aufgeschreckt?“

„Sie sind nicht fertig geworden“, Auer deutete auf den Bildschirm. „ACI, das hätte sicher ACAB werden sollen, oder?“

„All cops are bastards? Jetzt wird’s auch noch persönlich“, knurrte Schäfer und vergrößerte das Bild. „Nimm dir bitte noch einmal eine Stunde und schau die Internetforen durch ... da weißt du eh besser, wo sich was abspielt.“

„Geht in Ordnung“, Auer stand auf, „auf Facebook gibt’s übrigens schon eine Gruppe gegen Frederik Bosch, gegründet von ...“

„Stopp!“, Schäfer zeigte der Inspektorin seine Handinnenfläche. „Von unserem heimatliebenden Gemeinderat Aribert Rauch.“

„Albert heißt der, oder?“

„Eh ... hätte mich ja gewundert, wenn diese braune Krätze sich einmal nicht auf Kosten von einem Außenseiter profilieren will ... wenn irgendwas ganz Wüstes auf der Seite auftaucht, meldest du’s mir.“

„Ja ... sicher“, meinte Auer zögerlich.

„Keine Sorge, bleibt alles unter uns“, erwiderte Schäfer, der Auers Bedenken nachvollziehen konnte. Wenn sich jemand wie Rauch regelmäßig als Ordnungshüter und Sittenwächter aufspielte, dabei hetzte, log und verleumdete, ohne dafür belangt zu werden, konnte er in der Regel auf ein starkes Netzwerk vertrauen. Auf Seiten der Exekutive tat er sich dafür logischerweise mit Vertretern der AUF zusammen, der einflussreichen freiheitlichen Polizeigewerkschaft. Sich mit dieser anzulegen war gerade bei jungen Polizisten eine sichere Karrierebremse. Und Inspektorin Auer war neben Schäfer die Einzige in der Inspektion, die nicht Mitglied der AUF war. Hornig, mit 57 der Älteste von ihnen, gehörte dem rechten Lager aus fester Überzeugung an – wenn man dem alten Sack eine Hitlerrede vorspielte, in der Rrrecht und Orrrdnung vorkam, bekam er wahrscheinlich eine spontane Erektion. Friedmann war nach Schäfers Ansicht alleine deshalb bei der AUF, weil schon sein Vater dabei gewesen war und diese Zugehörigkeit über ihn gekommen war wie das Weihwasser über einen unwissenden Täufling. Auch bei Plank tippte Schäfer mehr auf soziale Adaption denn auf irgendeine politische Überzeugung. Wer wegen einer Mehlallergie als Bäcker aufhören musste und dann über eine Zwischenstation als erfolgloser Webdesigner zur Polizei kam, tat sicher gut daran, sich seinen älteren Kollegen anzupassen. Umso mehr hatte sich Schäfer gewundert, als er erfahren hatte, dass Inspektorin Auer nicht bei der freiheitlichen Polizeigewerkschaft war. Ihr oftmals martialisches Auftreten bei Einsätzen, die Vorliebe für Schnürstiefel und Barett sowie ein paar sehr grenzwertige Aussagen über ausländische Täter waren für Schäfer eindeutige Indizien gewesen. Er hatte sich getäuscht. Mit so einem Chauvinistenverein will ich nichts zu tun haben, hatte sie erwidert, als er sie einmal wie nebenbei darauf angesprochen hatte. Pluspunkt für Auer. Die allerdings im Gegensatz zu Schäfer noch nicht die Erfahrung gemacht hatte, dass man über die Seilschaften zwischen Gewerkschaft, Politik, Medien und manchen Wirtschaftstreibenden gerade deswegen stolpern und böse fallen konnte, weil man nichts damit zu tun haben wollte.

Schäfer stand auf, ging zum Waschbecken und spritzte sich kaltes Wasser ins Gesicht. Beschissene Politik. Sobald er ihren hohlen Phrasen und dem populistischen Geplärre zu nahe kam, ballten sich ihm die Fäuste, knirschte er mit den Zähnen, begann er diese korrupten, gierigen und rückgratlosen Lumpen zu verwünschen, in deren Schlangengrube er selbst vor einigen Jahren gefallen war. Schluss damit, sagte er sich und trank gierig zwei Glas Wasser. Vom Schreibtisch meldete sein Handy mit einem Piepsen, dass ihm bald der Strom ausginge. Hab dich doch gestern erst aufgeladen, murmelte Schäfer und blickte aufs Display. Das Batteriesymbol zeigte fast hundert Prozent. Schäfer setzte sich und schaltete die Schreibtischlampe an. Oha, unterschlagenes Beweismaterial, sagte er sich grinsend, als er das Handy von Günther Thurner erblickte, das er vergangenen Samstag im Wald an sich genommen hatte. Er überlegte einen Moment, dann rief er vom Festnetz Sylvia Thurner an. Landete nach mehrmaligem Läuten auf ihrer Mailbox und teilte ihr mit, dass er ihr gerne das Handy ihres Mannes zurückgeben würde.

Sehr beherrschte Frau, diese Thurner, dachte er, während er absichtslos das digitale Telefonbuch des Toten durchging. Keine Tränen, kein Wutausbruch, totale Gefühlskontrolle, so musste man wohl zwangsläufig sein oder werden, wenn man sich einen Landesratposten bei den Schwarzen antat. Schäfer wechselte zur Anrufliste. Sein letztes Gespräch hatte Günther Thurner am Abend vor seinem Tod kurz nach neun mit einem Luis geführt. Neun Minuten und zwölf Sekunden. Luis wie Luis Strommer?, fragte sich Schäfer. Gut möglich, schließlich war Sylvia

Thurner dessen Nichte. Er ging die Liste bis zum letzten erfassten Gespräch durch, das vier Wochen zuvor geführt worden war. Legte das Handy beiseite, schaute ein paar Sekunden ins Leere und nahm es abermals in die Hand. Fünf Anrufe in vier Wochen, notierte Schäfer für sich. Zumindest am Telefon dürfte sich das Ehepaar Thurner nicht mehr allzu viel zu sagen gehabt haben.

6.

Auch wenn es höchst unwahrscheinlich war, dass ihr auf dem Weg zur Eingangstür jemand über den Weg lief, der sie erkannte, blieb Sylvia Thurner so lange im Wagen sitzen, bis der Parkplatz menschenleer war. Lächerlich, dachte sie, als sie die Stiege in den dritten Stock nahm. Da rede ich im Landtag groß daher von einer besseren psychosozialen Versorgung; dass es genau so normal sein soll, einen Therapeuten aufzusuchen, wie zum Frauenarzt zu gehen; und selber schleiche ich mich da hinein, als ob es etwas Illegales wäre. Zweiter Stock, Cevik, Korn und Mitterer, da bleibst du jetzt wieder stehen, bis oben die Tür aufgeht und der Termin vor dir herauskommt. Wartest brav, bis er in den Lift gestiegen ist, dann darfst du hinein. Es ist so erbärmlich; ja, ja, Onkel Luis, warum rede ich nicht mit dir, ich kann doch über alles reden mit dir, du bist doch immer da für mich, egal, was es ist, Mädel!, da musst du doch nicht zu so einer, ich kenn dich doch viel besser als sonst wer, ja, natürlich weiß ich, dass du mich gleich nach der Geburt gehalten hast, weil der Papa nicht da war, das hast du mir oft genug erzählt, dass du in der ersten Sekunde gewusst hast, dass ich eine echte Strommer bin, zum Glück nach deiner Schwester gekommen bin und nicht nach meinem Vater, weil wir Strommer, wir wissen, wo unser Platz in der Welt ist, und den nehmen wir uns auch, ach scheiß doch drauf, ich mag nicht mehr.

„Möchten Sie einen Tee?“, fragte die Therapeutin, nachdem sie Thurner eine weiche, warme Hand hingehalten hatte.

„Gerne“, Sylvia Thurner lächelte freundlich, ging ins Behandlungszimmer und setzte sich in einen der beiden apfelgrünen Polstersessel. Ein paar Sekunden starrte sie auf ein Acrylgemälde an der gegenüberliegenden Wand, das wohl einen glühenden Frauenkörper darstellen sollte, dann nahm sie ihre Handtasche, holte das Handy heraus und aktivierte die Lautlosfunktion.

„Bitte schön“, meinte die Therapeutin leise, während sie den Tee in die Tasse goss, dann setzte sie sich, legte die Hände im Schoß übereinander und sah Thurner mit Augen an, die wohl wärmstes Mitgefühl ausdrücken sollten.

„Danke, dass Sie mich so schnell eingeschoben haben.“

„Natürlich, dafür bin ich doch da.“

„Ja“, Thurner nippte an ihrem Tee und atmete seufzend aus.

„Ja“, meinte die Therapeutin, nickte fast unmerklich und schob die Taschentücher, die auf dem Tisch zwischen ihnen lagen, zu Thurner. „Wie geht's Ihnen denn?“

„Hm“, Thurner zuckte mit den Schultern und zog die Lippen nach oben. „Den Umständen entsprechend.“

„Können Sie schon trauern?“

„Ff“, machte Thurner. Was sollte diese Frage? Musste sie trauern? Wollte sie überhaupt trauern? Wer wusste denn besser als die Frau ihr gegenüber, dass sich ihr Mann und sie in den letzten zwei Jahren völlig auseinander gelebt hatten? Dass die Liebe erloschen war? Darum hatte sie getrauert, lange genug, wie sie meinte, aber jetzt?

Jetzt war Günther endgültig weg und sie empfand ... gar nichts? Heute Morgen war ihr das Haus leer vorgekommen; die Stille, in der sie am Küchentisch gesessen war, nachdem sie den Anrufbeantworter gelöscht hatte; da hatte sie angefangen, sich in eine Trauer hineinzufühlen, sich den Verlust zu vergegenwärtigen, wie man so schön sagt. Doch dem stand schnell wieder der Abend vor ein paar Monaten gegenüber, an dem sie entdeckt hatte, dass sich ihr Mann regelmäßig in einem Laufhaus gleich nach der Grenze vergnügte, von wegen Hausbesuche, Herr Heilmasseur, Arschloch Nuttenficker! Sogar zu einem Waldspaziergang hatte er diese tschechische Hure getroffen! „Ich weiß es nicht ... es ist alles so ..."

„Überwältigend?"

„Vielleicht ... nein, es ist mehr so, als ob ich gar nichts fühle."

„Weil der Schmerz noch zu groß ist. Weil Sie sich selbst davor schützen."

„Ich weiß nicht ... vielleicht sind auch einfach keine Gefühle mehr übrig."

„Sie waren über zehn Jahre verheiratet."

„Ja, eh", erwiderte Thurner launisch und wandte den Blick zum Fenster.

„Sie sind wütend."

„Nein, ja ... keine Ahnung", Thurner griff sich rasch ein Taschentuch und schnäuzte sich zurückhaltend. Ja, sie war wütend. Aber jetzt gerade auf diese blöde Kuh, von der sie sich endlich befreien musste. Fast drei Jahre kam sie schon hierher, und was hatte es gebracht? Die hatte doch studiert. Die musste doch irgendwann zum Kern der Sache vordringen, oder? Aber inzwischen war sie schon so weit, dass sie sich selbst einredete, der Ärger über die Unfähigkeit ihrer Therapeutin wäre eine Projektion, die eigentlich wem anderen galt. Wem denn? Ihrem treulosen Vater? Ihrer unfähigen Mutter? „Mein Onkel, der ..."

„Ja?"

„Irgendwie habe ich das Gefühl, dass er zurzeit meine einzige echte Beziehungsperson ist, verstehen Sie?"

„Und das ist Ihnen zu wenig."

„Ja, nein, doch, weil ... es ist einfach so, dass bei meiner Arbeit ..."

„Dass Sie eine Rolle spielen?"

„Ja, sicher ... aber das machen in der Politik eh so gut wie alle", Thurner seufzte und ließ die Schultern sinken.

„Was ist denn mit der Vorstellung, dass Sie in Ihren alten Beruf zurückkehren? Das war doch einmal Ihr Wunsch, oder?"

„Alter Beruf, ts ... ich habe nicht einmal die Facharztausbildung fertig", meinte Thurner verächtlich.

„Ja, aber Sie sind erst siebenunddreißig ... und schon Landesrätin ... mit Ihrem Ehrgeiz und Ihrem Potenzial ..."

„Ja, eh", meinte Thurner. Mit meinem Potenzial. Wirst du doch nicht als Kinderärztin am Land versauern! Die Leute mögen dich, die vertrauen dir, das merkst du doch, oder? Ja eh, Onkel, die Leute mögen mich. „Nur ... zur Zeit habe ich keinen Kopf für so was ... im Herbst sind die Wahlen und ..."

„Wollen Sie das oder Ihr Onkel?"

„Ich natürlich", erwiderte Thurner, „mein Onkel natürlich auch, aber ...", sie schloss die Augen. Ich will raus hier. Ich mag nicht mehr mit dir reden, weil du eh nichts kapierst, ich mag nichts denken, ich hasse das alles hier.

7.

Mit Daunenjacke und Wollmütze der abendlichen Kühle trotzend saß Schäfer an seinem Gartentisch und verschlang eine sehr großzügige Polizistenportion Spaghetti

Carbonara. Hatte er sich auf dem Nachhauseweg im Ristorante Chianti einpacken lassen. Wo er beim Betreten des Lokals sogar kurz überlegt hatte, sich einen Tisch zu nehmen – doch war dies einer der Abende, an dem Gesellschaft die Einsamkeit nur größer machte. Kauend starrte er in den Garten und dachte an die Katze und den Raben, die im Vorjahr bei ihm gelebt hatten. Wieso hatte er eigentlich kein Foto von den beiden gemacht? Kein einziges, du Idiot! Wer – außer Bergmann und Sanders, die die beiden verrückten Tiere selbst gesehen hatten – würde ihm diese Geschichte in zehn Jahren noch glauben? Außerhalb des Dienstes war schließlich auch er nicht davor gefeit, als seltsamer Junggeselle mit noch seltsameren Anekdoten zu gelten. Was war denn überhaupt fotografisch bezeugt von seinen letzten zehn, zwanzig, dreißig Jahren?, setzte er seine sentimentale Reise fort. Abgesehen von den Bildern im Familienalbum, Klassenfotos, die Maturareise, einige Feierlichkeiten, die paar Urlaube, die er mit seinem Bruder, Freunden oder Frauen verbracht hatte – allerdings waren auch von diesen Aufnahmen so gut wie keine in seinem Besitz. Also, wo waren die Bilder, bei denen man in Erinnerungen schwelgen durfte? Würden nur die Medienfotos bleiben? Das, was das Internet ausspuckte, wenn er sich selbst googelte: Pressekonferenzen, Beförderungen, Verleihungen, Angelobungen – er mit vom Blitzlicht geblendeten Augen, mit erschöpftem Gesicht, weil er wochenlang auf Mörderjagd gewesen war, mit falschem Lächeln, weil er den verschwitzten Händedruck von diesem Idioten von Innenminister, von dieser Hyäne von Innenministerin ertragen musste, in Galauniform und mit entgleister Miene, weil irgendein Empfang nur betrunken zu ertragen gewesen war ... das war der Major. Aber wo war er, der Mensch Schäfer? Kurz überlegte er, die selbst erzeugte Melancholie bis zu einem Tränenausbruch zu steigern, der als Spannungslöser manchmal fast so gut funktionierte wie Alkohol; dann leerte er sein Weinglas in einem Schluck und räumte den Tisch ab.

Zehn Minuten, nachdem er sich vor dem Fernseher eingerichtet hatte, klopfte das schlechte Gewissen an. In der Garage standen ein Birnbäumchen, ein weiß blühender Oleander, zwei Rosenstöcke (Sommerwind und Queen Elisabeth), eine Passionsblume, ein Winterjasmin, winterharte Alpenveilchen, ein Rhododendron sowie verschiedene Nutzkräuter (Verbene, Rosmarin, Salbei). Wenigstens gießen könntest du uns, du Faulsack, schrien sie durch die Wände. Schon gut, murmelte Schäfer und drehte den Fernseher ab.

Er holte einen alten Norwegerpullover aus dem Schlafzimmer und ging in die Garage. Als erstes machte er sich an die Rosen. Füllte zwei Tontöpfe zur Hälfte mit Erde, grub mit den Händen eine Mulde und setzte – zog Arbeitshandschuhe über – und setzte die Blumen ein. Dann kümmerte er sich um den Oleander und die Passionsblume vor. Nachdem er die Pflanzen allesamt gut gewässert hatte, nahm er den Spaten, eine kleine Handschaufel und einen Sack Erde, klemmte sich im Bücken das Kistchen mit den Alpenveilchen unter die Achsel und ging in den Garten. Wohin mit dem Zeugs, fragte er sich und versuchte sich zu erinnern, was der Verkäufer ihm geraten hatte. Egal. Wenn die am Berg überlebten, konnte an der Hausmauer nicht viel schief gehen. Nach einer Zigarettenpause fing er zu graben an. Kniete dann über dem neu erschaffenen Beet, war so zufrieden mit sich, so versunken in sein Tun, dass er das Auto in der Einfahrt nicht hörte, die Türglocke ebenso wenig, schlussendlich gewaltig erschrak, als plötzlich ein Paar Frauenbeine auf hohen Absätzen und in grauen Seidenstrümpfen neben ihm auftauchten.

„Entschuldigung!“, stieß Frau Thurner aus, erschrocken über Schäfers Schrecken, „ich habe geläutet und ...“

„Mein Fehler“, erwiderte Schäfer, der sich mit schmerzenden Knien erhob, die rechte Hand ausstreckte und sofort wieder zurückzog. „Tschuldigung, Erde ... ich war jetzt ganz weggetreten ...“

„Sollte ich vielleicht auch einmal probieren“, meinte Thurner und lächelte.

„Was?“

„Gartenarbeit ... zum Abschalten.“

„Ach so, ja“, Schäfer tippte sich an die Stirn und lotste seinen Gast zur Terrassentür. Warum hatte er ihr auf die Mailbox gesprochen, dass sie das Handy auch bei ihm zu Hause abholen konnte, wenn er überhaupt keine Lust auf fremden Besuch hatte. „Ich habe ja selber gerade damit angefangen, also nicht nur heuer, überhaupt ... ähm, wollen Sie ein Glas Wein oder ...“

„Gern“, antwortete sie zu Schäfers Überraschung und Missfallen. Auch das noch. Ihm wäre es lieber gewesen, das Handy los zu werden und gleich im Garten weitermachen zu können.

„Rot oder weiß?“

„Weiß“, erwiderte sie und musterte sein Wohnzimmer.

„Nehmen Sie Platz“, meinte Schäfer etwas unbeholfen und ohne auf eine konkrete Sitzgelegenheit hinzudeuten. Frau Landesrätin. Die Couch oder eins der beiden abgewetzten Lederfauteuils? Der Esstisch war vollgeräumt, besser am Küchentisch? Verdammt, wieso schämte er sich plötzlich?

„Hier okay?“, fragte sie und saß schon in einem der Fauteuils.

„Sicher ... ich geh mir nur schnell die Hände waschen.“

Zumindest über den Wein wird sie nicht lästern können, dachte Schäfer, als er Thurner ein Glas vom besten Riesling einschenkte, den er im Keller gefunden hatte. Die Hände waren sauber, der muffige Norweger gegen einen feinen Kaschmir-Seide-Pullover eingetauscht, stilvoller konnte er es binnen so kurzer Zeit nicht geben. Musste er auch nicht; war ja nicht so, dass er sie verführen wollte.

„Ich wollte mich ohnehin noch einmal bedanken dafür, dass Sie am Samstag so einfühlsam waren", meinte Thurner und hielt Schäfer das Glas zum Anstoßen hin. „Zum Wohl."

„Zum Wohl", erwiderte Schäfer leicht betreten. Einfühlsam, das klang in seinen Ohren schon intim. Was hatte er denn getan als seinen besten Hundeblick aufzusetzen und ein paar eingeübte Phrasen abzuspulen? Er nahm einen Schluck und flüchtete in die Küche, um das Handy zu holen.

„Danke", sie warf einen Blick darauf, drehte es um die Längsachse und ließ es in ihrer Handtasche verschwinden.

„Heute Vormittag habe ich Ihren Onkel getroffen", sagte Schäfer, dem kein anderes Gesprächsthema einfallen wollte.

„Dienstlich?"

„Na ja ... er hat's recht eilig gehabt und auf dem Rückweg vom Reininghaus-Hof ein Stoppschild übersehen."

„Wo dieser Frederick Bosch jetzt wohnt?", Thurner führte schnell ihr Weinglas an den Mund. Beim Trinktempo war sie auf jeden Fall geeichte Politikerin.

„Ja ... Ihr Onkel wollte ihm quasi ein großzügiges Oneway-Ticket überreichen."

„Was soll das heißen? Wollte er ihm etwas antun?"

„Nein, keine Sorge", erwiderte Schäfer, „den Hof wollte er ihm abkaufen ... damit er wegzieht, aus Schaching."

„Ach so, ja, sicher, so was hat er eh einmal angedeutet", Thurner zwang sich zu einem Lächeln und schüttelte leicht den Kopf, als machte sie sich über ihren abwegigen Gedanken lustig.

„Wollen Sie noch?“, Schäfer hielt die Weinflasche über ihr leeres Glas.

„Ja, gerne ... obwohl, ja, gut, das letzte, ich muss ja noch fahren.“

„Und zum betrunken Fahren sollte ich Sie als Letzter verleiten.“

„Richtig, das wäre“, sie trank einen Schluck und schaute für einen Moment gedankenverloren auf Schäfers Bücherregal. „Das ist für Sie, also für die Polizei, ja sicher auch eine heikle Geschichte, oder?“

„Was jetzt genau?“

„Dass dieser Bosch wieder hier ist.“

„Ach so“, Schäfer zuckte mit den Achseln. „Schwer einzuschätzen ... in so einem Fall sind die Emotionen der Leute meistens das größere Problem als der Entlassene ... der wäre ja nicht frei, wenn er von Fachleuten als gefährlich eingestuft worden wäre.“

„Natürlich ... aber dass er dann wieder dorthin zieht, wo ...“

„Dafür habe ich auch keine Erklärung ... lieber wär's mir, wenn er das Geld von Ihrem Onkel nimmt und nach Australien geht.“

„Vielleicht überlegt er es sich ja noch“, murmelte Thurner, stand plötzlich auf, streifte ihren Rock glatt und griff nach ihrer Handtasche. „Jetzt habe ich Sie aber wirklich lange genug aufgehalten.“

„Ich bringe Sie noch hinaus“, meinte Schäfer, überrascht über ihren abrupten Aufbruch und den förmlichen Ton.

Er stand in der Einfahrt, hob die Hand zum Gruß und wartete, bis ihr Wagen außer Sichtweite war. Seltsames Frauenzimmer, sagte er sich, während er ihr Glas spülte und verkehrt neben die Abwasch stellte. Pflanzt sich in mein Fauteuil wie eine Katze, sauft fast die ganze Flasche allein und springt dann weg wie Aschenputtel um Mitternacht. Hatte er etwas überhört, übersehen? Wollte sie mit ihm über ihren tragischen Verlust sprechen? Oder gehörte sie gar zu jener Kategorie von Frauen, die der plötzliche Tod eines Angehörigen mit einer sexuellen Energie erfüllt, die sie dringend entladen wollen. Was maßt du dir an, korrigierte er sich umgehend, ihr Mann ist vor zwei Tagen erschossen worden, da hat man jedes Recht, sich sonderbar zu verhalten.

8.

Am Vormittag betraten zwei junge Männer den Posten – einer mit einen zugeschwollenen Auge und einer Naht über der Braue, der andere mit einem Pflasterverband quer über der Nase. Plank ließ sie an seinem Schreibtisch Platz nehmen und griff sich einen Schnellhefter aus dem Regal hinter ihm. Schäfer, der nichts Dringendes zu erledigen hatte und keine Lust auf das wenig Dringende verspürte, beobachtete die beiden durch die Glasscheibe, die sein Büro von den Amtsräumen trennte. Im Laufe des vergangenen Jahres hatte er, zumindest seiner eigenen Einschätzung nach, beachtliche Fortschritte im Lippenlesen erzielt. Na ja, hätte ein Sachkundiger womöglich erwidert und sich doppelt geräuspert – doch so einer hatte gewiss nicht in Betracht gezogen, dass die hiesige Bevölkerung einen sehr eigenständigen Dialekt sprach, einige Begriffe wesentlich mehr als eine Bedeutung haben konnten und Schäfers Gehirn somit gleichsam doppelte bis dreifache Arbeit leisten musste. So schlussfolgerte er letztendlich aus dem, was er auf der anderen Seite der Scheibe sah, dass die beiden Männer sich gegenseitig so zugerichtet hatten und auf eine Anzeige gerne verzichten wollten.

„Hast du Zeit?“, unterbrach Friedmann die Gehirnakrobatik seines Chefs.

„Wofür?“

„Hat wer angerufen, dass sich beim Bosch oben ein paar versammelt haben.“

„Versammelt?“, Schäfer stand auf und schlüpfte in die Uniformjacke. „Wenn da der Rauch dahinter steckt, breche ich der Ratte endgültig das Genick.“

„Hast du was gehört, ob wir neue Leute kriegen?“, wollte Friedmann wissen, als sie im Auto saßen.

„Nein“, Schäfer ließ das Fenster hinunter und zündete sich eine Zigarette an. „Glaub ich auch nicht ... 110 Inspektionen wollen sie bis Jahresende auflassen, da können wir froh sein, wenn wir nicht ganz zugesperrt werden.“

„Sauerei“, knurrte Friedmann, was Schäfer nur mit einem Achselzucken beantwortete.

Seit zwei junge Polizisten aus seiner Gruppe ein halbes Jahr zuvor ihre Ausbildung bei der Cobra begonnen hatten und nicht nachbesetzt worden waren, konnten sie keinen Nachtdienst mehr aufrecht erhalten. Angesichts der relativ bescheidenen Anzahl an Delikten und Notfällen erwuchs dem Ort daraus auch keine große Bedrohung. Doch in Zeiten, wo die Innenministerin andauernd etwas von Strukturreformen, Zusammenlegungen und Synergieeffekten schwafelte, löste so eine Personalkürzung zwangsläufig Zweifel über den Fortbestand der Dienststelle aus.

„Solange solche Gestalten frei herum laufen, sind wir immerhin unersetzlich“, meinte Schäfer angesichts des Dutzends Leute, das sich vor dem Vierkanthof versammelt hatte. *Mördersau! Wir wollen dich hier nich* prangte an dessen Vorderfront in dicker roter Farbe.

„Der Beihammer, die Sau", Friedmann stellte den Motor ab, „den hab ich eh schon gefressen."

„Der Fette da?"

„Hm."

Sie stiegen aus und gingen gelassen auf die Gruppe zu, die aufgebracht diskutierte und immer wieder Beschimpfungen in Richtung des Gebäudes losließ. Schöner Hof, kam es Schäfer in den Sinn. Die rostroten Dachziegel mit einer leichten, wie aufgemalten Patina, die Außenmauern gekalkt wie vor hundert Jahren, zur Rechten des Haupttors – einem mächtigen Rundportal aus Stein – lehnte ein riesiges Wagenrad, zur Linken thronte ein Granitblock, aus dem beidseitig rostige Eisenringe ragten. Die hölzernen Torflügel standen so weit offen, dass man das Heck eines Kleinbusses erkennen konnte.

„Aaaaah, der Verein der Naturfreunde", wandte Schäfer sich fidel der Gruppe zu, „schön, dass ich Sie alle einmal persönlich kennen lerne ... wie geht's denn heute?"

„Wieso Naturfreunde", motzte der Mittfünfziger, den Friedmann kurz zuvor als Beihammer, die Sau, bezeichnet hatte. Eine untersetzte und fettleibige Gestalt, die offensichtlich an Bluthochdruck litt, mit kleinen Augen, an denen auf den ersten Blick keine Wimpern oder Brauen zu erkennen waren. Wenn der Charakter dieses Mannes sein Äußeres spiegelte, dann war der Sau hier kein Kompliment getan.

„Nicht? ... Eins, zwei, drei", Schäfer zählte still weiter, „fünfzehn Personen, die sich gruppieren, ohne dass eine Vereinstätigkeit oder eine angemeldete Demonstration vor sich geht? Wonach sieht so etwas auf den ersten Blick aus, Kollege?" Schäfer drehte sich zu Friedmann um, der gerade einen Blick in den Innenhof warf.

„Unerlaubte Zusammenrottung."

„Genau … und wenn dann auch noch herumgebrüllt oder gar randaliert wird …"

„Landfriedensbruch", brummte Friedmann und baute sich neben Schäfer auf.

„So ist das also!", ereiferte sich eine kleine, sehnige Frau, „ein Serienmörder darf hier einfach einziehen und wir sind die Verbrecher!"

„Frau …", setzte Schäfer an.

„Mösenlechner", half Friedmann aus.

„Mösenlechner-Klopitz", ergänzte die Frau scharf.

„Frau Mösenlechner-Klopitz", wiederholte Schäfer und vergaß für einen Moment, was er sagen hatten wollen, zumal die beiden zornigen Bürger vor ihm solch eine verstörende Einheit bildeten: hier die Flachsen, dort das Fleisch. „Wir … also zum Ersten ist dieser Mann kein Serienmörder. Was er getan hat, ist schrecklich, doch er hat seine Strafe verbüßt und jetzt …"

„So einer gehört doch für immer weggesperrt!", fiel Beihammer Schäfer ins Wort.

„Herr Beihammer", Schäfer trat einen Schritt näher. „Sie dürfen gerne am Posten erscheinen und Ihre Anliegen unterbreiten, aber jetzt verschwinden Sie alle von hier, sonst lasse ich die Hundestaffel kommen."

„Das hat ein Nachspiel", murrte Beihammer mit inzwischen violettem Kopf und drehte sich hilfesuchend zu den anderen um, die ihm jedoch wenig bis gar keine Unterstützung signalisierten, „damit gehe ich an die Öffentlichkeit!"

„Ja", erwiderte Schäfer, der keine Ahnung hatte, was der dicke Mann damit sagen wollte. „Aber jetzt: Abmarsch."

„Willst du mit dem Bosch reden?", fragte Friedmann, als Schäfer sich eine Zigarette anzündete, Richtung Hoftor ging und an einem der Eisenringe in dem Granitblock zog.

„Wofür sind die gut?“

„Für die Rösser, denk ich ... zum Anhängen“, Friedmann trat neben Schäfer und stieß mit der Schuhspitze gegen den Stein.

„Rösser, hm“, Schäfer machte ein paar Schritte zur Außenmauer hin und tippte mit dem Zeigefinger in die rote Farbe. Trocken. Also nicht der Bagage von eben zuzuschreiben. Aber eher Erwachsene als Jugendliche. Die wären bestimmt mit einer Spraydose angerückt und nicht mit einem dicken Pinsel und einem Kübel Farbe. So hatten sich von den Buchstaben – als ob sie bluteten – dünne Rinnsale ihren Weg nach unten gesucht und erst kurz vor dem Boden halt gemacht. „Wir wollen dich hier nich“, zitierte Schäfer und wandte sich Friedmann zu, „hat das ein Deutscher geschrieben?“

„Schaut mehr so aus, als ob ihnen die Farbe ausgegangen wäre“, Friedmann stemmte die Hände in die Hüften. „Also, sollen wir mit ihm reden?“

„Sei so gut und wart im Wagen“, meinte Schäfer und marschierte zum Tor.

„Dein Ernst?“, hörte er Friedmann in seinem Rücken.

„Sicher.“

„Herr Bosch!“, rief Schäfer, während er über den Innenhof schlenderte. Er mochte diese Bauten, den burgartigen Schutz, den sie mit den mächtigen Außenmauern versprachen, dazu im Kontrast das so friedlich anmutende Innenleben, die wie inszeniert wirkende Unordnung aus landwirtschaftlichen Geräten, Werkzeug und Gerümpel, der Brennholzstapel, der Birnbaum, unter dem eine schmale Bank stand, wie schön, diese harmonische Einheit aus Arbeit und Leben.

„Ja?“, holte eine heisere Stimme Schäfer aus seiner Träumerei. Ein junger Mann mit verschlafenem Gesicht und zerzausten dunkelblonden Haaren stand in der Eingangstür – ausgewaschene Jeans, schwarzer Kapuzenpulli, darauf der blaue Schriftzug einer längst zerfallenen Rockband, barfuß.

„Sie sind Frederik Bosch?“, fragte Schäfer zweifelnd und trat näher. Der Typ hatte keine einzige Falte im Gesicht, sah aus wie Anfang dreißig.

„Ja, sicher, warum?“

„Ach“, Schäfer zögerte. Was war mit Boschs linkem Auge? „Sie schauen jünger aus, als ich es mir vorgestellt habe.“

„Hm“, Bosch trat nun zur Gänze ins Freie, steckte die Hände in die Hosentaschen und zeichnete mit seiner großen Zehe einen Kreis in den Kies. „Die UV-Belastung ist minimal dort, wo ich war.“

„Ja ... ich bin Major Schäfer, Inspektionskommandant von Schaching“, Schäfer überlegte, ob er Bosch die Hand reichen sollte, ließ es bleiben. „Ein Nachbar hat uns angerufen, dass sich ein paar Leute vor Ihrem Hof versammelt haben ... außerdem hat jemand die Mauer angeschmiert.“

„Hm, und deswegen kommt gleich der Chef persönlich?“, Bosch grinste leicht, ohne Schäfer in die Augen zu sehen.

„Ich mach das, was mir wichtig ist“, antwortete Schäfer, zündete sich eine Zigarette an und hielt Bosch die offene Schachtel hin.

„Danke“, Bosch ließ sich Feuer geben, inhalierte unbeholfen und hustete.

„Rauchen Sie überhaupt?“

„Nur in Gesellschaft.“

„Aha, nun, so wie's ausschaut, ist ein Teil der hiesigen Bevölkerung offensichtlich nicht sehr glücklich über Ihre ... Wiederkehr.“

„War nicht meine Absicht."

„Aber Sie verstehen die Situation, in der Sie sich befinden, oder?", fragte Schäfer nun etwas strenger.

„Klar, aber", Bosch zuckte mit den Schultern, bückte sich, drehte die halbgerauchte Zigarette vorsichtig auf einem Pflasterstein aus und behielt sie in der geschlossenen Hand wie ein Insekt, das er bald freilassen wollte. „Jetzt muss ich mich halt erst einmal wieder eingewöhnen, bevor ... bevor ich neue Pläne ... mir was überlege halt, wie's weitergeht."

„Verstehe", Schäfer sah Bosch so lange an, bis dieser seinen Blick erwidern musste. Ein Glasauge, eindeutig.

„Bleistift", hatte Bosch Schäfers Gedanken erraten. „Als Mädchenmörder ist man nicht sehr beliebt."

„Daran sollte man denken, bevor man's tut", erwiderte Schäfer, trat seine Zigarette aus und hob sie auf. „Aber was mich betrifft, sind Sie ein freier Mann, dem die gleichen Rechte zustehen wie jedem anderen Bürger. Und ... wegen dem Geschmiere, da kann ich vorerst eine Anzeige gegen Unbekannt aufnehmen, wenn Sie möchten."

„Wie Sie wollen."

„Ich bin nicht Ihr Vormund oder Bewährungshelfer", meinte Schäfer nun ungehalten. Ihn fröstelte, obgleich sie beide in der prallen Sonne standen.

„Sorry ... ja, von mir aus."

„Gut ... vielleicht sollten Sie sich einen Hund anschaffen", ohne Eile ging Schäfer Richtung Tor.

„Was für einen denn?", fragte Bosch nun offensichtlich interessiert und trottete hinter Schäfer her.

„Ff", machte Schäfer. Der Mann war wirklich weit davon entfernt, resozialisiert zu sein. „Collie, Bernhardiner ... was Großes, das Respekt einflößt, ohne dass man gleich eine Heidenangst bekommt, das macht Sie ..."

„Menschlicher?", Bosch blieb stehen.

„Ja, kann man so sagen … jedenfalls könnten Sie damit ein paar Sympathiepunkte bei den Einheimischen bekommen."

„Sie sind auch nicht von hier?"

„Ich? Nein … erst seit gut einem Jahr."

„Haben Sie irgendwas … ich meine: Sind Sie freiwillig hier?"

„Wieso?", erwiderte Schäfer forsch.

„Na ja", Bosch deutete auf Schäfers Schulterklappen. „So genau kenne ich mich ja nicht aus, aber das schaut nach Offiziersrang aus."

„Richtig", Schäfer überreichte Bosch seine Karte. „Rufen Sie an, wenn irgendetwas nicht stimmt."

„Mach ich", Bosch schien nicht recht zu wissen, wohin mit seinen Händen, also steckte er sie in die Hosentaschen und machte zwei Schritte rückwärts. „Danke."

„Ich habe Hunger", waren Schäfers erste Worte, als er in den Streifenwagen stieg.

„Dann fahren wir halt was essen", brummte Friedmann und drehte den Zündschlüssel.

„Ich bin alleine hinein gegangen, damit wir ihn nicht einschüchtern."

„Und? Hat's was gebracht?"

„Keine Ahnung … seltsamer Typ, so ein Bubigesicht, schaut aus wie höchstens dreißig."

„Na ja, Sonnenbrand wird er keinen gekriegt haben drinnen."

„Das hat er auch gesagt."

„Wohin?", wollte Friedmann wissen, als sie auf die Bundesstraße einbogen.

„Sushi wäre wieder einmal super", meinte Schäfer versonnen.

„Gibt's noch immer nicht … außerdem", Friedmann schüttelte den Kopf, „der rohe Fisch, Schwermetalle,

Weichmacher vom Plastikmüll, sogar Östrogen haben sie jetzt einmal nachgewiesen, weil das von der Pille über das Wasser ...“

„Genau“, unterbrach Schäfer seinen Kollegen, „aber die Schnitzel beim Tischlerwirt, die Schweine vom Reindl seinem Bruder ... die wachsen schneller als die Schwammerl nach dem Regen. Dass da keine Hormone im Spiel sind, brauchst du mir nicht erzählen.“

„Nächste Woche kommt eh der Veterinär“, beschwichtigte Friedmann, ließ die Seitenscheibe hinunter und foppte zwei Mitarbeiter des Bauhofs, die am Straßenrand Schneestangen aus der Erde zogen und auf ihren Pritschenwagen luden.

„Wieso stellt der nicht auf Bio um?“, setzte Schäfer fort, „spart er sich das Geld für die Anabolika und kann das Fleisch auch noch teurer verkaufen.“

„Kann ich dir sagen wieso: weil er dann nicht mehr die größten Schweine hat.“

„Provinzdeppen“, meinte Schäfer kopfschüttelnd.

„Danke ... und warum bist du dann hierher gekommen?“

„Hm ... Italiener?“

„Von mir aus“, murrte Friedmann und setzte den Blinker.

9.

Später Nachmittag. Gedankenverloren sortierte Schäfer seine Post, darunter immer noch Schreiben, die aus der Zeit seines Kurzurlaubs vor über einem Monat stammten. Bezirkshauptmann Höllriegel würde mit Ende Mai in Pension gehen, und zum Abschied wünschte er sich einen Galaabend in Anwesenheit der „gesamten

Polizeimannschaft, der er während seiner Amtszeit immer besonders zugetan war", wie er es ausdrückte – oder eher seine Sekretärin, zumal der scheidende Bezirkshauptmann in der Regel schon zu Mittag ordentlich betrunken war und Schäfer ihn seiner Erinnerung nach nie einen grammatikalisch korrekten Satz hatte sagen hören. Ein Wahnsinn, dieser Mann. Man konnte nur mutmaßen, wie viel er über die Leichen im Keller der ÖVP-Männer wusste, die ihn schon so lange stützten.

Dann ein Schreiben von Diplom-Ingenieur Seelig. Betreff: In Angelegenheiten meines Sohnes. Schäfer seufzte theatralisch. Das war bereits der dritte Brief dieser Art. Seelig, ein Landesbeamter in Sachen Wildbachverbauung und dergleichen, war in permanenter Sorge um das moralische, gesundheitliche und generelle Wohlergehen seines siebzehnjährigen Sohnes. Nach Ansicht des Vaters war dieser in höchstem Maße gefährdet, auf die schiefe Bahn zu geraten, zu einem Drogensüchtigen, Stricher, Einbrecher, Autodieb oder alles zusammen zu werden. Seeligs Frau hatte vier Jahre zuvor das Weite gesucht; lebte jetzt offenbar in Marseille (und verdingte sich bestimmt als kokainsüchtige Prostituierte, die nebenbei Autos stahl und in die Villen der Reichen einbrach). Und was hatte er, der Postenkommandant, damit zu tun? Nun, als erfahrener Ordnungshüter und mittlerweile auch in Jugendkreisen anerkannte Autorität, könnte er sich den jungen Mann doch einmal zur Brust nehmen – dieser Ausdruck irritierte Schäfer besonders –, ein Gespräch von Mann zu Mann führen, einfühlsam, aber doch rigide, bla bla bla. Schäfer rief Friedmann zu sich.

„Der Seelig wieder", Schäfer wachelte mit dem Brief.

„Keine Chance", erwiderte Friedmann grinsend, „der geht nur zum Schmied und nicht zum Schmiedl."

„Ist der überhaupt schon einmal auffällig geworden?"

„Der junge nicht, aber der alte terrorisiert uns, seit seine Frau weg ist. "

„Ja, das habe ich auch mitbekommen ... aber die Chance, dass der eine neue findet ... "

„Ich fahre ins Krankenhaus", meinte Friedmann, „da hat ein Bub anscheinend ein paar blaue Flecken an den falschen Stellen."

„Kennst du die Eltern?"

„Vom Namen", erwiderte Friedmann, seufzte und stemmte die Hände in die Hüften. „Gut, wir sehen uns morgen."

„Passt."

In der folgenden Stunde sah Schäfer ein paar Ermittlungsberichte durch, die erst mit seiner Unterschrift an die Staatsanwaltschaft oder Bezirkshauptmannschaft weitergeleitet werden durften. Ein Unfall mit Fahrerflucht, eine leichte, eine schwere Körperverletzung, eine gefährliche Drohung, eine Lärmbelästigung, Drogenkonsum. Bis auf den letzten Fall gab Schäfer überall seinen Sanktus; aber bei zwei 17-Jährigen Schülerinnen ohne Vorstrafe, die Hornig am Bahnhof beim Kiffen erwischt hatte, lehnte er sich nicht zu weit hinaus, wenn er selbst einen Freispruch erteilte. Seit er in Schaching die Inspektion leitete, hatte er noch nie eine Strafverfolgung wegen Cannabis-Konsums in die Wege geleitet. Was sollte dieses reaktionäre Gehabe, mit dem Polizisten wie Hornig sich da aufspielten. Selber nach sechs Gespritzten noch am Fahrersitz, aber groß das Maul aufreißen. Aber nicht dealen anfangen!, drohte er der Akte, in der die beiden Teenager-Mädchen erfasst waren, bevor er sie im hintersten Winkel seines Büroschranks verlegte.

„Yo, not all cops are bastards“, gratulierte er sich anschließend, klatschte mit beiden Händen auf die Tischplatte und stand auf. Verharrte einen Moment, setzte sich wieder, griff zur Tastatur und öffnete den Ordner mit den Nazi-Schmierereien.

„Hm“, machte er, als er das ACI an der Kirchenwand sah, das laut Auer einen unterbrochenen Versuch darstellte, ACAB zu sprayen. „Hm, hm, hm“, als er das Bild des Postkastens fand, auf dem die Zahl 8 und ein Kringel zu sehen waren.

„Auer!“, brüllte er wie gehabt in den Raum.

„Zu Diensten, Meister“, keine halbe Minute später stand sie vor ihm.

„88 steht für HH, steht für Heil Hitler, oder?“, er drehte den Monitor zu ihr, stellte die beiden Aufnahmen nebeneinander, klopfte mit einem Bleistift aufs Bildschirmglas und blickte Auer herausfordernd an.

„Ja, schon“, Auer setzte sich, „mehr als ein Achter ist es aber nicht geworden.“

„Ja, haha!“, tönte Schäfer, „und warum?“

„Weil sie da auch wer verscheucht hat?“

„Schau genauer hin, auf die Farbdichte und die feinen Spritzer.“

„Ah so, denen ist die Farbe ausgegangen“, Auer sah Schäfer fragend an. „Und jetzt?“

„Jetzt ... wie lange hat der Baumarkt offen?“

„Bis sieben.“

„Das geht sich noch aus“, Schäfer griff sich sein Notizheft, schrieb ein paar Zahlen hinein, die unter den Beweisbildern standen, schlüpfte in einen Ärmel seiner Uniformjacke und war schon aus dem Büro.

„Ach, wirklich, Wahnsinn, das ist ja gewaltig“, meinte Schäfer, als ihm der Filialleiter des Baumarktes die Vorzüge des neuesten Warenerfassungssystems erklärte. „Und angenommen, ich habe jetzt irgendeinen Artikel und will wissen, ob Sie den in einem bestimmten Zeitraum verkauft haben, klicken Sie da rein und zack prack ..."

„Wenn wir ein Gebinde respektive eine Produktnummer oder einen EAN-Code haben, natürlich", erwiderte der Filialleiter stolz. „Um welchen Artikel geht es denn genau?"

„Sprühfarbe, schwarz und blau."

„Und in welchem Einsatzbereich?", die Finger des Mannes tanzten über die Tastatur.

„Vandalismus."

„Was?", die Finger stockten kurz. „Ach so ... Sprayer, Tags und so, ja ... uh, wo fange ich da an", murmelte der Mann sich selbst zu, „also wenn wir davon ausgehen, dass diese Zielgruppe eher auf Niedrigpreisprodukte fokussiert, dann ... za za za ... blau und schwarz haben Sie gesagt, das ist der Multipack von Molotow, nein, zu teuer ... schauen wir bei Nigrin und Marabu, was haben wir da lagernd ... von der Qualität ist da ja nicht viel Unterschied, also: für Laien ... da die 400 ml, die sind aktuell bei 4,99 ... die gibt's im Sechser um 24,99, ja, das ist, also wenn ich", der Filialleiter trat einen Schritt zur Seite und deutete auf den Bildschirm, wo verschiedene Miniaturansichten von Spraydosen zu sehen waren. „Das wären die drei, wo ich sage: erste Wahl in Hinblick auf dieses Kunden, ähm, -segment."

„Ja, sehr gut ... und jetzt könnten wir also schauen", Schäfer nahm sein Notizheft heraus, „ob in ... sagen wir, drei Tage nach diesen beiden Daten eines von besagten Produkten verkauft worden ist, oder?"

„Aber sicher", der Filialleiter warf einen Blick ins Notizheft und hatte die Hand schon wieder an der Maus. „Das kopier ich da heraus, Moment ... sechster bis neunter ... da ist nix ... schau schau!", meinte er keine Minute später und strahlte, „sogar beide Male dieselbe Marke! Und jetzt schau ich Ihnen den Gesamtposten an ... Moment ... ah ja, Energy-Drinks, den 4er von unserer Eigenmarke, AA-Batterien, das war das 36er-Sonderangebot, und einmal die DVD-100er-Spindel ..."

„Sapperlot", meinte Schäfer nun ganz aufrichtig, „an Ihnen ist ein Kriminalist verloren gegangen."

„Ja, das wäre", der Mann lachte und hob die Arme, „da bin ich dann doch froh, dass ich das hier mache."

„So, jetzt kommt aber der heikle Teil", fuhr Schäfer fort, während der Filialleiter verstohlen auf seine Armbanduhr sah. „Die Kameras im Kassabereich ..."

10.

„Ich bin's!", rief Friedmann, nachdem er die Tür ins Schloss gedrückt hatte. Er hängte die Uniformjacke an die Garderobe, setzte sich auf die schmale Bank darunter, bückte sich, murmelte etwas von *wieder mehr Sport machen* und zog seine Schuhe aus. Danach ging er ins Bad, nahm den Becher mit Schmierseife aus dem Unterschrank und wusch sich die Hände – rieb sie aneinander, als hätte er zuvor den Ölfilter an seinem Wagen gewechselt. Einer alten Gewohnheit folgend blieb er danach noch eine gute Minute stehen und sah sich im Spiegel an. Alles gut? Eh alles gut, oder?

Er ging in die Küche, wo seine Frau an der Anrichte stand und hektisch Gemüse klein schnitt.

„Kann ich dir helfen?", Friedmann trat hinter seine Frau, legte ihr eine Hand an die Hüfte und küsste sie auf den Hals.

„Nein ... ist eh gleich fertig", erwiderte sie und blies sich eine störrische Haarsträhne aus dem Gesicht.

„Wo sind die Mädels?“, Friedmann hob den Deckel von einem der beiden dampfenden Töpfe am Herd und roch hinein.

„Die Jasmin ist oben, die Anna isst heute bei den Zimmermann ... danach wollen sie sich noch einen Film anschauen, kannst du sie dann abholen?“

„Abholen? Die hat zwei gesunde Füße“, Friedmann griff sich eine halbe Karotte und steckte sie in den Mund. „Wieso ist sie nicht mit dem Rad hin?“, setzte er nach, da seine Frau nichts erwiderte.

„Ist ja egal, ich kann sie schon holen.“

„Hab ich irgendwas verpasst? Hat sie sich weh getan?“

„Nein“, Frau Friedmann schob ihren Mann vom Kühlschrank weg und holte einen Becher Rahm heraus. „Vergiss es, das war meine Idee, ist eh ein Blödsinn.“

„Du, entweder stehe ich völlig auf der Leitung oder irgendwas ist an mir vorbeigegangen.“

„Nein“, sie ließ das Messer los, drehte sie sich zu ihrem Mann hin, legte für einen Moment ihre Hände an die Schläfen und atmete tief durch. „Ich weiß, dass es hysterisch und unlogisch und sonstwas ist, aber ...“

„Wegen dem Bosch“, schloss Friedmann, holte eine Flasche Bier aus dem Kühlschrank und verteilte den Inhalt auf zwei Gläser. „Wir waren heute eh oben bei ihm, der Schäfer und ich.“

„Und?“, Frau Friedmann nahm das Glas aus der Hand ihres Mannes.

„Der Beihammer, weißt schon, der Unsympathler, der früher auf der Bank gearbeitet hat, war mit zwanzig anderen da, herumgeplärrt haben sie, und auf der Hauswand steht schön groß: *Mördersau! Wir wollen dich hier nicht ...*“

„Das ist ekelhaft“, Frau Friedmann schüttelte den Kopf und nahm einen Schluck Bier, „aber wem sag ich das ... ich schäme mich ja selber, dass ich so hysterisch bin.“

„Mir geht's nicht viel anders, kannst mir glauben ... ist ja kein Wunder, wenn man zwei Töchter hat, dass einen so was aufregt, aber ..."

„Was aber?", wollte sie wissen, während sie sich wieder um das Abendessen kümmerte.

„Ich kenn die Abläufe bei so einem Verfahren", setzte Friedmann fort, „die Psychiater, die Gutachter, die Richter, da schaut nicht nur einer drauf, und die lassen so einen nicht frei, wenn sie glauben, dass er noch gefährlich ist."

„Das ist mir schon klar ... ich glaub ja eh nicht, dass ... aber in die letzten Tage habe ich halt immer wieder dran denken müssen, wie das damals war, die Susanna, ihre Familie", Frau Friedmann drehte sich rasch um und vergrub ihren Kopf am Brustkorb ihres Mannes.

„Uns passiert nichts, das versprech ich dir", sagte Friedmann leise und drückte seine Lippen auf die Haare seiner Frau.

11.

„Das glauben Sie nicht, was uns gestern Abend noch passiert ist!", meinte Auer, als Schäfer zur Arbeit erschien.

„Habt ihr wenigstens ein Kondom benutzt?", erwiderte Schäfer, zwinkerte Plank zu und ging pfeifend zur Kaffeemaschine.

„Was? Ah ... genau", begehrte Auer auf, „aber wenn ich so was sage ..."

„Das ist eben der Unterschied zwischen Papst und Ministrant ... also: was ist passiert?"

„Der Kloibenschädel", begann Plank und konnte vor Kichern nicht mehr weiterreden.

„Ah, der Cognac-Kurt ... wo habt ihr ihn diesmal aufgeklaubt?“, Schäfer setzte sich mit einer Gesäßhälfte auf Planks Schreibtischkante.

„Mit dem Fahrrad war er unterwegs und ... erzähl’s du!“, Plank fing an zu kichern wie ein Teenager nach einem Furz bei der Rede des Landesschulinspektors.

„Also“, fuhr Auer fort, „gerade, wie ich das Telefon umleiten will, ruft einer an, dass auf der Bundesstraße einer mit dem Rad Schlangenlinie fährt ... sind wir hin, war’s der Kloibenschädel, da ist er aber schon im Straßengraben gelegen und hat gesungen ... und zwar?“

„Und zwar?“, spielte Schäfer mit, der Auers gute Laune diesmal tatsächlich als ansteckend empfand.

„Und diese Biene, die ich meine, nennt sich Maajaaaa!“, mimte Plank einen betrunkenen Sänger.

„Aber das Beste kommt noch!“, Auer wischte sich die Tränen aus den Augen. „Wir holen ihn herauf und schauen, ob er verletzt ist, hat ihm aber eh nichts gefehlt ... dann wollen wir ihn blasen lassen, der Florian hält ihm den Alkomat hin und ...“, Auer und Plank prusteten beide heraus.

„Und dann!“, fuhr Auer fort, „nimmt ... nimmt der Kloibenschädel den Alkomat in die Hand, setzt ihn an den Mund und will draus trinken!“

„Wir brauchen unbedingt Kameras im Auto“, meinte Friedmann, nachdem ein paar weitere Alko-Anekdoten die Runde gemacht hatten. „Mit so was auf Youtube rekrutieren wir zehnmal mehr Nachwuchs als mit diesem depperten Werbespot vom Innenministerium.“

„Ah, apropos Film“, meinte Auer und reichte Schäfer ein quadratisches Kuvert, auf dem nur sein Name stand, „da war gleich beim Aufsperren einer da, der das abgegeben hat. Irgendwelche Aufnahmen, Sie wüssten schon, um was es geht ...“

„Oha“, Schäfer riss das Kuvert auf und entnahm ihm eine DVD sowie einen Zettel, auf dem *Bitte vertraulich behandeln MfG Kutrowatz* stand. „Da bewirbt sich wer um die Ehrennadel der Exekutive.“

„Wer war das?“, wollte Auer wissen, bemüht, nicht allzu neugierig zu erscheinen.

„Ein Freund und Helfer“, Schäfer grinste Auer an und verschwand in seinem Büro.

Zwei Aufnahmen der Überwachungskamera im Kassabereich, jeweils zu dreißig Sekunden, mehr war auf der DVD nicht gespeichert. Das hätte er mir auch mailen können, sagte sich Schäfer, aber wahrscheinlich muss er die Restposten von der famosen 100er-Spindel aufbrauchen. Er warf einen schnellen Blick zu seinen Kollegen und klickte die erste Datei an. Ein Mann, der seine Bankomatkarte in das Terminal schiebt, während er mit der Kassiererin redet, die zustimmend nickt und dabei mit dem Handscanner gestikuliert. Der Mann an der Kassa hebt die linke Hand zum Gruß und schiebt mit der rechten seinen vollbeladenen Einkaufswagen weiter. Jetzt kommen die nächsten Kunden ins Bild, stellen zwei Spraydosen und zwei Getränkeflaschen aufs Förderband; Teenager, sagt sich Schäfer, zumindest die weibliche Person schätzt er auf höchstens 18. Ihr Begleiter, der zwei Kopf größer ist, trägt eine Baseballkappe, weshalb sein Gesicht nur einmal flüchtig zu erkennen ist, als er noch während des Bezahlens die PET-Flasche öffnet und trinkt. Überhaupt keine Manieren. Schäfer lässt den Film ein paarmal abspielen und öffnet schließlich die nächste Datei. Diesmal ist der Käufer der Sprühfarbe alleine; doch es handelt sich um dieselbe Person, ist sich Schäfer sicher; dieselbe Kappe, dieselbe Körperhaltung; leider bezahlt er bar und lässt auch keine Kundenkarte scannen. Schäfer fertigt mehrere Screenshots an und überträgt sie samt beiden Filmen auf sein Handy. Dabei hat er das Gefühl, etwas zu tun, was nicht nur gegen seine Grundsätze verstößt, sondern tatsächlich nicht in Ordnung ist. Dass er den Filialeiter des Baumarkts zu diesen grenzlegalen Taten überredet hatte, ging ja noch durch; dessen Beteiligung würde er selbstverständlich nie preisgeben. Aber dass er, Hüter des Gesetzes, auf Basis eines lächerlichen Indizes, dem Kauf von zwei Dosen Sprühfarbe, zwei Menschen zu Verdächtigen stempelte, hatte einen bösen Beigeschmack. Er durchsuchte seinen Kopf nach irgendwelchen schlauen Sprichwörtern, die Wahrheit, Weg, Steine, Dornen oder ähnliches enthielten; fand nichts; stellte fest, dass sein plötzliches schlechtes Gewissen peinlich war, zumal er damit am Vorabend hätte anfangen müssen, und griff zum Telefon.

„Servus, du Grottenolm, wie geht's ... besser als den Bösen, wie immer ... das glaub ich ... ja, wem erzählst du das ... sprich mich nicht darauf an, ich hab gestern schon eine ganze Bürgerwehr verscheuchen müssen ... genau der ... ja, aber was anderes: Ich hab da etwas, wo du mir vielleicht helfen kannst, zwei Gesichter, vielleicht hast du die schon einmal ... wart, wie spät ist es jetzt, ja, geht sich aus, dann bis gleich."

Schäfer legte auf, schloss die Augen und drückte seinen Kopf ein paarmal so weit es ging in den Nacken. Dann stand er auf, zog sich die Uniformjacke an und verließ den Posten.

Zehn Minuten später stellte er den Streifenwagen vor einem Supermarkt ab, spazierte zweihundert Meter stadtauswärts, querte den so gut wie leeren Parkplatz vor dem Club Karmakura, ging um das Gebäude herum und hämmerte schließlich kräftig an eine Feuerschutztür.

„Sheriff, alte Bockhaut!", ein hünenhafter Mittfünfziger mit ergrautem Pferdeschwanz und ausgewaschenem

Nirvana-Pulli stand in der Tür und entließ einen Schwall abgestandener Nachtlebenluft in die Freiheit. „Herein mit dir, sonst sieht dich noch wer und dann heißt es wieder, ich verkauf untertags Rauschgift."

„Ich könnt eh wieder einmal eine ordentliche Dröhnung vertragen", erwiderte Schäfer und folgte dem Nachtclubbesitzer Werner zwanzig Meter durch neonbeleuchtete Betonkatakomben, vorbei an zwei graffitigeschmückten Toilettentüren, ein paar Stiegen mit unzähligen Brandlöchern im Linoleum hinauf, hinein in eine geräumige Mischung aus Büro, Opiumhöhle und Kapitänsbrücke.

„Du hast aufgeräumt", meinte Schäfer und ließ sich in einen gut abgehangenen Loungesessel fallen.

„Der Chefsessel, ist dir eh klar", beschwerte sich Werner wie gewohnt und nahm auf einem breiten Schemel mit Kuhfellbezug Platz.

„Einmal pro Monat in einem Original Eames Chair, das wirst du einem kunststoffverdorbenen Polizistenarsch wohl gönnen, oder."

„Dass da schon der Bryan Ferry drinnen gesessen ist, wie ich in Berlin ..."

„Hast du mir erzählt, ja ... Iggy Pop auch ..."

„Nein, das hast du erfunden, der war nie bei mir, Nick Cave, aber der war so paniert, das war nur mehr unnötig ... hast du übrigens die Neue von Damien Jurado schon gehört?"

„Nein."

„Wahnsinn! Fantastisch!", Werner sprang auf und stand schon an seiner Stereoanlage. „Und danach sagst du mir die Referenz."

Während das Lied lief, war an keine Kommunikation zu denken, nachdem Werner überzeugt war, dass man Musik mit dem ganzen Körper spüren musste, vor allem mit dem Zwerchfell, das seine Bassboxen eindrücken konnten wie ein startender Kampfjet. Schäfer legte die Füße auf die Ottomane und zündete sich eine Zigarette an. Werner stand mit wippendem Kopf vor dem offenen Kühlschrank und starrte hinein, als ob dort ein spannender Film lief. Was für ein Freak.

Keine zwei Monate nach Schäfers Umzug nach Schaching war Werner eines Vormittags auf dem Posten erschienen und hatte darauf bestanden, mit dem Inspektionskommandanten persönlich zu sprechen. Trotz der je nach Toleranzspielraum eigenwillig bis abgesandelt wirkenden Erscheinung – Werner sah aus wie der Chef-Roadie einer Psychedelic-Rock-Band, deren Mitglieder sich mit 60 noch einmal für eine Tournee zusammenraufen, um die Rente zu sichern – hatte er Schäfer sehr schnell für sich eingenommen. Ohne einen Gedanken daran zu verschwenden, dass er möglicherweise sich und sein Lokal gefährdete, erzählte er Schäfer von zwei Tschechen und einem Einheimischen, die im Karmakura ihr Crystal Meth loszuwerden versuchten. Marihuana, da hätte er nichts dagegen, das rauchte er selbst genug, das sollte jeder für sich selbst entscheiden, fuhr Werner fort und hatte anscheinend bereits vergessen, dass er einem Polizisten gegenüber saß; aber mit dieser synthetischen Scheiße, und da wären ja auch Schüler im Karmakura und andere, die keine Ahnung hätten, was für ein Gift sie sich da andrehen ließen!

Am folgenden Wochenende waren Schäfer und Friedmann zivil in Werners Lokal unterwegs. Verdeckte Ermittlung war für diesen Einsatz allerdings ein überzogener Begriff. Die beiden Tschechen, keine zwanzig Jahre alt, holten vor etwaigen Interessenten die Plastiksäckchen mit den weißen Kristallen aus ihren Bauchtaschen, als wären es Kaugummis. Ein streng verdrehter Arm, eine ins Hinterhaar gekrallte Faust – schon lagen die beiden draußen am Parkplatz und wimmerten. Bevor Schäfer und Friedmann die beiden auf den Posten brachten, drehten sie noch eine der Wahrheitsfindung dienliche Extrarunde auf einer sehr dunklen Forststraße. Zwei Wochen später konnte die Suchtgiftabteilung des LKA einen bedeutenden Schlag gegen die Drogenszene vermelden. Gemeinsam mit tschechischen Beamten war es gelungen, ein Labor auszuheben, 120 Kilo Suchtgift zu beschlagnahmen und sieben Personen festzunehmen. Dass am Beginn dieses Erfolgs ein Typ stand, der selbst aussah wie der Koks-Lieferant von Keith Richards, ließ der leitende Beamte des LKA ebenso unter den Tisch fallen wie die Mitarbeit der Inspektion Schaching. Und nicht nur das. Vier Wochen später bildete sich der präpotente Arsch eine Großrazzia im Karmakura ein, weil besorgte Eltern und Lehrer den Verdacht geäußert hatten, dass dort Haschisch geraucht und womöglich sogar gespritzt würde. Ehrensache für Schäfer, dass er Werner empfahl, Lokal und Büro einem Großputz zu unterziehen und seine Pappenheimer vorzuwarnen.

Well, der Beginn einer wunderbaren Freundschaft, sinnierte Schäfer und sah, wie Werner dem Kühlschrank zwei kleine Glasflaschen mit einer cremefarbenen Flüssigkeit entnahm. Mit dem Feuerzeug ließ er die Kronenkorken in den Raum schießen und drückte Schäfer eine Flasche in die Hand. Bananensap stand in gelber Retro-Schreibschrift auf dem Etikett – zumindest hoffte Schäfer, dass es nur auf alte Zeiten getrimmt war. Vervaardigd in Nederland. Er dachte daran, vor dem Kosten zu riechen, merkte jedoch, dass Werner ihn die ganze Zeit im Auge behielt, wohl um seine Reaktion abzuwarten. Also nahm er einen guten Schluck. Fantastisch. Das war ... die Essenz. Die Idee des Bananenhaften. Mehr Banane ging nicht. Schäfer sah zu Werner auf, der stolz grinste und mit dem rechten Auge zwinkerte. Jetzt war auch das Lied zu Ende.

„Wahnsinn", meinte Schäfer und drehte die Flasche, die angeblich honderd procent zongerijpte bananen enthielt. „Ist das legal?"

„Gewaltig, oder? Hab ich vor Jahren einmal in einem Coffeeshop in Nimwegen getrunken, den hat ein Dings geführt, wo war der jetzt her, Surinam oder so was, ein Neger halt ... und vorigen Monat, wie der Körfer da war, weißt schon, mein Händler, hat der wieder so ein paar Werbe-, so Produktblätter halt dabei, das meiste schmeiß ich eh ungeschaut weg, aber auf dem einen, lauter so tropisches Zeugs drauf, eh grauslich das meiste, kannst ja nie verkaufen bei uns, aber ..."

„Dein heiliger Bananensaft", kürzte Schäfer ab, stellte die Flasche auf den Boden und nahm sein Handy heraus. „Und das geht?"

„Den verkauf ich doch nicht", erwiderte Werner beinahe beleidigt, „ein paar Sachen müssen schon preisfrei bleiben."

„Respektable Einstellung in Zeiten des hemmungslosen Raubtierkapitalismus."

„Du sagst es ... also, zeig her die Bilder", Werner deutete auf Schäfers Handy. „Meine Gäste an die Polizei verpfeifen ... wenn mir das vor zehn Jahren wer gesagt hätte ..."

„Ah ah", winkte Schäfer ab, „komm mir nicht wieder mit der Tour ... erstens habe ich meine Kollegen vom Rauschgift an dich verpfiffen, sonst gäbe es den Laden gar nicht mehr ..."

„Passt eh, passt eh, ich mach mich ja nur über mich selber lustig."

„Außerdem geht's um die Nazi-Schmierereien ..."

„Ah, haben sie mir auch schon die Häuslwand damit voll gesprayt. Arschlöcher ... die da kenn ich", Werner tippte mit dem Zeigefinger auf das Handy-Display, worauf das Bild plötzlich verschwand, „oh, was ist jetzt?"

„Geht gleich wieder", Schäfer grinste verhalten und holte das Bild zurück.

„Das ist die Blauhaarige, die beim Libro lernt ... vielleicht hat's jetzt auch grüne oder rosa Haare, aber voriges Wochenende waren sie noch blau ... und er?"

„Das frag ich dich", meinte Schäfer, nahm das Handy und vergrößerte den Bildausschnitt.

„Hm ... die Kappe, ja ja, ziemlich sicher, dass er auf die HTL in Rohrbach geht ... weil da kenne ich ein paar ganz gut, mit denen ist er ab und zu unterwegs ... wie bist du denn zu den Aufnahmen gekommen?"

„Sag ich dir, wenn du mir beim nächsten Mal einen Karton von dem Bananensaft mitbestellst."

„Na, Schäfer, sicher nicht, das ist Nektar und Ambrosia ... das wird nur am Olymp konsumiert."

„Akzeptiert", Schäfer presste sich schwerfällig aus dem Sessel, „aber von dem Ginger Beer hätte ich gerne wieder einmal eins."

„24 von den 0,25? Das Fentimans war das, oder?"

„Richtig."

„Sag ich dem Körfer das nächste Mal ... findest du alleine hinaus?"

„Um die Uhrzeit hoffentlich schon noch ... Danke dir, war mir wie immer ein Pläsier."

„Schau wieder einmal vorbei ... ah! Sheriff!", rief Werner, als Schäfer schon auf der untersten Stiege war, und riss die Tür auf. „Ist dir aufgefallen, worauf der Durado in dem Lied zum Schluss anspielt?"

„Sicher, Deep Purple, Child in Time", meinte Schäfer und zwinkerte mit dem rechten Aug.

„Ha, du bist ein Hund, Schäfer! Sei nicht zu grob mit den Kindern, die sind jung und dumm."

„Versprochen. Ich schick sie dir zur Entnazifizierung."

12.

Friedmann hatte sich den Nachmittag frei genommen. War in die nächste Stadt ins Bad gefahren, um eine Stunde zu schwimmen und anschließend die Sauna aufzusuchen. Das hätte er auch in Schaching haben können und sich die Stunde im Auto gespart. Dann wäre er allerdings mit ziemlicher Sicherheit auf den einen oder anderen zumindest flüchtig Bekannten getroffen. Und wer einmal auf dem Land nachmittags eine öffentliche Sauna aufgesucht hatte, wusste, dass ein Stammtisch eine Ruhezone dagegen war. Noch dazu jetzt, wo Frederik Bosch allen Selbstjustizlern, Kastrationsvertretern und Todesstrafe-Anhängern den Blutdruck hoch und den Geifer aus dem Maul schießen ließ. Nein danke. Friedmann wollte abschalten, den Kopf freibekommen. Was ihm auch so gut gelungen war, dass er sich um halb sechs mit einem zufriedenen Seufzer auf die Wohnzimmercouch fallen lassen, die Beine hochlagern und die Zeit bis zum Abendessen mit dem Durchblättern leicht verdaulicher Illustrierter verplanen konnte. Gelobt die Stunde, in der nichts den Löwen aus der Ruhe bringen kann.

Ich bin nicht da, grunzte er, als es keine Viertelstunde später an der Haustür läutete. Er ignorierte auch das zweite und dritte Läuten. Nicht mehr ignorieren konnte er allerdings das Gesicht, das ihn plötzlich durch das Fenster hinter dem Fernseher ansah. Ja spinn ich jetzt, brummte Friedmann, stand auf und deutete der Frau, zur Vordertür zu kommen.

„Entschuldige, Erich, ich wollte dich wirklich nicht stören", auf dem Treppenabsatz standen Frau Felber und ihre blauhaarige Tochter, beide mit einem Gesichtsausdruck, der nichts Gutes verhieß.

„Ist was passiert?", Friedmann trat unwillig zur Seite, was als Einladung, ins Haus zu kommen, reichen musste.

„Es tut mir wirklich leid, dass wir dich in deiner Freizeit belästigen", meinte die Frau und schüttelte den Kopf, als könnte sie es selbst nicht glauben. „Aber die Sarah ..."

„Setzen wir uns in die Küche", sagte Friedmann.

„Also“, forderte er die beiden auf, ihm eine Erklärung zu liefern.

„Sarah“, wandte sich Frau Felber an ihre Tochter.

„Das mit den ...“, die Gesichtsfarbe des Mädchens wechselte von rot zu weiß, „die Hakenkreuze und so, das waren wir.“

„Und wer ist wir?“, wollte Friedmann wissen.

„Der Marcel und ich.“

„Marcel Pöschl“, ergänzte die Mutter, „der geht in die HTL.“

„So so“, Friedmann stand auf und holte sich eine Flasche Bier aus dem Kühlschrank. Setzte sich wieder, sah die beiden an, worauf ihm einfiel, dass sie irgendwie auch Gäste waren. „Entschuldigung, wollt ihr auch was?“

„Was Starkes würde mir jetzt sicher nicht schaden“, erwiderte Frau Felber, während ihre Tochter nur schüchtern den Kopf schüttelte.

„Einen guten Williams hab ich da“, Friedmann stand erneut auf und ging ins Wohnzimmer, wo er den Schnaps aufbewahrte. Sein Zorn begann abzuflauen. Die Felber. Die geile Gabi, wie sie genannt worden war, vor Ewigkeiten, als sie in einem Lokal gekellnert hatte, in dem Friedmann mit Kollegen unzählige Feierabend-, Frust- und Feierbiere getrunken hatte. Um die saublöden Sprüche und rauschigen Annäherungsversuche wettzumachen, müsste er ihr eigentlich mindestens einmal die Woche eine kostenlose Sprechstunde anbieten, sagte sich Friedmann, während er mit der Flasche und zwei Stamperl in die Küche zurück kam.

„Und warum hast du es jetzt plötzlich so eilig mit deinem Geständnis?“, wandte er sich an Sarah, nachdem der Schnaps die Anspannung auf beiden Seiten etwas gelöst hatte.

„Weil dein Chef Bescheid weiß“, antwortete die Mutter.

„Der Schäfer? Woher?“

„Keine Ahnung“, meinte Sarah, „in der letzten Stunde hat mich heute der Schulwart aus der Klasse geholt und draußen hat er auf mich gewartet.“

„Aha“, konnte Friedmann darauf nur sagen, der wusste, dass sein Vorgesetzter immer wieder recht eigenwillige Einzelaktionen inszenierte. „Und dann?“

Also berichtete das geknickte Mädchen, wie Major Schäfer kurz vor fünfzehn Uhr den Schulwart der Berufsschule Rohrbach ins Klassenzimmer der Einzelhandelslehrlinge geschickt hatte, um die Schülerin Sarah Felber wegen einer wichtigen Angelegenheit aus dem Englischunterricht zu holen. Draußen würde er warten, hatte der Schulwart gemeint und irgendwie schadenfroh gegrinst, worauf Sarah dem Perversling innerlich den Mittelfinger gezeigt hatte und vor das Schulgebäude gegangen war. Erst durch einen kurzen, schrillen Pfiff war sie auf ihn aufmerksam geworden, auf den Polizisten, der – das war eigentlich eh ganz okay – so weit abseits geparkt hatte, dass der Streifenwagen aus den Klassenräumen nicht zu sehen gewesen war.

„Steig ein“, hatte er sie aufgefordert, jetzt gar nicht streng, sondern mehr wie jemand, der sie wie ausgemacht abholte. Auf der Mittelkonsole war ein Gefrierbeutel gelegen, darin eine Dose mit schwarzer Sprühfarbe.

„Geht’s?“, wollte er wissen. Dass es ihr plötzlich nicht mehr sehr gut ging, hatte er wohl irgendwie mitgekriegt, auch wenn sie es geschafft hatte, die Tränen zu unterdrücken. Dann fuhren sie los, vielleicht fünf Minuten, in denen er gar nichts sagte, sie auch nicht, Scheiße, was denn auch, die Sachen mit dem Anwalt und dem Recht auf Schweigen und das Ganze, was man halt so glaubt, dass man sagen wird, das ist nicht mehr da, wenn man neben einem sitzt, der eine Waffe am Gürtel hat und so schaut wie der. Die ganze Zeit musste sie so dringend aufs Klo, dass sie sich fast in die Hose gemacht hätte, aber sie hat sich nichts sagen getraut, aber er muss es gemerkt haben, weil er bei einer Tankstelle stehen geblieben ist und gesagt hat, dass sie sich beeilen soll.

„Wart“, sagte er, als sie die Wagentür aufdrückte, griff in seine Hosentasche und gab ihr einen Geldschein, „nimm uns was zum Trinken mit und irgendwas zum Knabbern.“

Dann fuhren sie zum Seerosenteich beim Weißenbach; setzten sich an einen der Picknicktische. Tranken Cola, aßen Tortilla-Chips, den Plastiksack mit der Spraydose hatte der Polizist mitgenommen und neben sich auf die Bank gelegt. Nachdem er eine geraucht hatte, holte er aus der Innentasche seiner Jacke ein Schwarz-weiß-Foto, so richtig alt, mit Gelbstich und diesen komischen gezackten Rändern, drauf waren drei Buben in Lederhosen.

(An dieser Stelle der Erzählung räusperte sich Friedmann, fast hätte er das Mädchen mit einer Frage unterbrochen. Er war sich sicher, dieses Foto zu kennen. Als Schäfer sein Büro bezogen hatte, waren ihm beim Ausmisten der Schränke ein paar Sachen in die Hände gekommen, die wohl seinem Vorgänger gehört hatten. Darunter zahlreiche Straßenkarten, uralte Postkarten und Fotos mäßiger Qualität, wie sie sich auch bei Familien, die sich nichts wegzuwerfen getrauen, gerne ansammeln. Friedmann hatte sich angeboten, den ganzen Krempel umgehend in einen Karton zu packen und bei nächster Gelegenheit zum Mistplatz mitzunehmen; worauf Schäfer ihm erklärt hatte, dass er noch ein paar Tage Zeit bräuchte, um das Material zu sichten; man wusste ja nie, wozu bestimmte Gegenstände noch nützlich sein könnten, wenn man sie nur mit der richtigen Geschichte auflud. Was Friedmann verständnislos wohl nur mit einem Aha, na gut, oder einem teilnahmslosen Achselzucken kommentiert hatte.)

„Der in der Mitte ist der Halbbruder von meinem Großvater gewesen“, erklärte der Polizist, als Sarah das

Bild unschlüssig in den Händen hielt. „Der schlimme Franz, so haben sie ihn genannt ... ich hab ihn nie kennengelernt, aber was ich so erfahren habe, dürfte er ein ziemlich frecher Kerl gewesen sein. Sein Stiefvater hat ihn zu einer Bauernfamilie gegeben, weil er ihn selber nicht aufziehen wollte. Da ist der Franz aber gleich einmal ausgerissen und nach Innsbruck. Dreizehn war er, wie ihn die Polizei zum ersten Mal erwischt hat, weil er beim Markt was gestohlen hat. Er ist in ein Heim gekommen, aber da hat's ihm natürlich auch nicht gefallen. Das war 1937, und was er die nächsten zwei Jahre gemacht hat, weiß eigentlich keiner ... außer, dass er einmal eine Woche eingesperrt war wegen einer Rauferei. Dann hat er sich im Sommer 1939 in Kufstein mit einem von der SS angelegt. Zuerst haben sie ihn eingesperrt und ordentlich verdroschen. Dann hat sich sein Stiefvater, also mein Urgroßvater, doch noch für ihn eingesetzt und der Franz ist zur HJ gekommen ... für drei Wochen ... wie sie im Ausbildungslager in Kitzbühel waren, ist er abgehaut ... bis Hochfilzen ist er gekommen. Und von dort direkt nach Wien auf den Spiegelgrund ... Jugendfürsorgeanstalt haben die Nazis dazu gesagt ... in Wahrheit haben sie dort sogar Kleinkinder für medizinische Experimente missbraucht und ermordet ... als sozial und erbbiologisch minderwertig haben sie den Franz jetzt bezeichnet, dauerhaft unerziehbar und unbrauchbar ... was die da mit ihm gemacht haben, willst du gar nicht wissen ... aber er hat's überlebt ... zumindest bis sie ihn nach Hartheim gebracht haben. Schloss Hartheim, das sagt dir was, oder?"

„Nein, nicht wirklich", gestand Sarah ein, die mittlerweile nicht nur fror, sondern es auch zunehmend mit der Angst bekam.

„Hab ich mir fast gedacht", erwiderte darauf der Polizist und stand unerwartet auf. „Komm, ich bring dich heim."

„Und das war's?", wollte Friedmann wissen.

„Dass ich mir das über den Spiegelgrund und Hartheim im Internet ansehen soll, hat er noch gesagt."

„Servas Kaiser", murmelte Friedmann und seufzte. Sein Chef war ein Wahnsinniger, das hatte er schon abgespeichert, aber die konkreten Bestätigungen waren dann doch immer wieder recht heftig. Hätte Sarah Felber einen Anwalt als Vater, würde der wahrscheinlich bei Nötigung loslegen, über die Vorspiegelung falscher Tatsachen und Beweismittelfälschung zum Freiheitsentzug rattern und wegen eines aufgrund der Kälte am Seerosenteich eingefangenen Schnupfens erst bei der Körperverletzung aufhören.

„Glaubst, das geht vor Gericht?", fragte Frau Felber ängstlich.

„Kommt drauf an", mehr wusste Friedmann auch nicht zu sagen; schenkte sich und der Frau stattdessen noch einen Schnaps ein.

„Aber was sollen wir denn jetzt machen?", zack, war das Stamperl schon leer.

„Kommt gleich morgen in der Früh auf den Posten und redet mit ihm ... ich weiß ja nicht, was er mit dem anderen, dem Marcel noch vorhat ... du, Sarah, sagst auf jeden Fall, dass es dir leid tut und dass du, ja, wieder gut machen klingt da jetzt blöd ... lass dir was einfallen, was weiß ich, dass du ein Projekt in der Schule machst zur Geschichte von Schloss Hartheim."

„Das schaust du dir heute noch an!", wandte sich Frau Felber an ihre Tochter, „dass du einmal was Gescheites machst im Internet ... mein Gott, Erich, ich sag's dir, jetzt ist mir schon viel leichter."

„Der Schäfer ist manchmal scharf, aber kein Böser", meinte Friedmann, „bei Wiederbetätigung hätte er auch ganz andere Saiten aufziehen können, das könnt ihr mir glauben."

„Hast gehört?", herrschte Frau Felber ihre Tochter an, „da kannst ins Gefängnis kommen dafür!"

„Na ja, so schlimm muss es auch nicht kommen", Friedmann hörte aus dem Vorraum die Stimmen seiner beiden Töchter und begann, den Tisch abzuräumen.

„Und wie ... was mag er denn gern, dein Chef?", fragte Frau Felber beim Hinausgehen.

„Was, willst ihn bestechen?", Friedmann lachte auf, „da bist am Falschen ... einen unaufgeklärten Mordfall kannst ihm mitbringen, dann hast du Ruhe vor ihm."

13.

Gernot Reindl, Pächter des Tischlerwirts, stand an der Zapfanlage und ließ seinen Blick über den Gastraum schweifen. Neben dem Stammtisch waren noch vier weitere Tische besetzt; nicht schlecht für einen Dienstag. Seit ein paar Wochen kamen die Leute wieder vermehrt zum Essen; seitdem er sich endlich dazu durchringen hatte können, den Josip zu entlassen und eine neue Köchin einzustellen. Hart für einen 55-jährigen mit drei Kindern, keine Frage; gerne hatte er es sicher nicht getan, aber wenn einer von Berufs wegen kochte, sollte es den Gästen eben auch schmecken. Und jetzt, mit der neuen, der Anke, die vorher sechs Jahre in Ischgl gewesen war und sich nach dem Wahnsinn jetzt nach was Ruhigerem umgeschaut hatte, da war das endlich so, wie er es sich vorgestellt hatte; ein Glücksgriff eben, die ging selber einkaufen, stellte die Karte zusammen, hatte aber nicht gleich von Anfang alles umgekrempelt, was ja auch nicht ideal ist in einem Ort, wo die Leute Wert auf Beständigkeit legen. Echt ein Glücksgriff, die Anke, anders konnte er es gar nicht ausdrücken.

„Was ist jetzt?“, kam es vom Stammtisch herüber, „wird das heute noch was mit unserem Bier?“

„Ja ja“, raunte Reindl, der tatsächlich die letzte Bestellung seiner Kartenrunde vergessen hatte. Zur Wiedergutmachung – oder im Sinne des Customer Relationship Managements, wie er beim letzten Fortbildungskurs gelernt hatte – stellte er neben die drei Biergläser und den Krug Wein vier Stamperl Hausbrand aufs Tablett. „Kommt der Wolfgang heute gar nicht?“, fragte er in die Runde, während er die Gläser abstellte.

„Gesagt hat er nichts“, erwiderte Spieler eins, legte die eben gemischten Karten ab und ließ seinen Tischnachbarn abheben. „Geh leck, jetzt hat der Hund schon wieder einen Kriten ...“

„Dass er kommt oder dass er nicht kommt?“, setzte der Wirt nach.

„Nichts hat er gesagt, hab ich gesagt!“, die Männer fächerten die ihnen zugeteilten Karten auf. „Was ist los heute, Wirt? Vergesslich und begriffsstutzig, bist in deine neue Köchin verschossen?“

„Schlagwechsel“, kam es von Spieler zwei.

„Depp“, der Wirt räumte die alten Gläser ab und leerte den Aschenbecher. „Nachfragen wird man wohl noch dürfen.“

„Unter“, rief Spieler eins. „Hast du ihn die letzten Tage einmal gesehen?“

„In die Herz.“

„Seit vorletzter Woche schon nicht mehr, deswegen frag ich ja“, meinte der Wirt und verließ den Tisch.

„Die Gitti hab ich beim Spar getroffen, gestern“, brachte Spieler drei ein und warf eine Karte in die Tischmitte.

„Drei“, kam es von Spieler eins. „Und? Hat’s was gesagt, wie’s ihm geht?“

„Ja eh, hat’s gesagt ... was ist? Geht’s mit?“

„Sicher ... was für mich heißt, dass es ihm beschissen geht, weil sonst ist die Gitti eine, die nichts aus lässt, und wenn die einmal sagt: Ja, eh ... das heißt schon was.“

„Sakra, hat der den Weli auch noch“, brummte Spieler vier, „na ja, ich möchte auch nicht in seiner Haut stecken ... einen erschießen, und noch dazu einen von da, den Mann von der Thurner ... nervlich war er nie der stärkste, der Wolfgang, und mit seiner Firma, wie lange das noch geht ...“

„Und der gehört auch noch uns, danke, meine Herren“, Spieler eins sammelte die Karten ein, stapelte sie und gab sie an seinen Tischnachbarn weiter. „Ich hätte ja geglaubt, dass der schon lange nicht mehr auf die Jagd geht ... schreibst du eh richtig, Karli, ein Dreier war das, gell!“

„Ist er auch nicht ... Zehner ... sicher fünf Jahre schon nicht mehr, frag ich mich eh, was den da geritten hat.“

„In die Eichel ... wird’s ihm halt wieder einmal zu eng geworden sein daheim ... meine Frau hat neulich gesagt, dass die überhaupt kurz vor der Scheidung stehen ... die Gitti kann ja schon eine ganz schöne Giftspritze sein, wenn du mich fragst ...“

„Milchspritze wohl eher, bei dem Balkon“, meinte Spieler drei, worauf das Stammtischlachen das ganze Lokal erfüllte.

„Und ... kriegt er jetzt einen Prozess?“

„Ja was glaubst ... fahrlässige Tötung, auf jeden Fall“, wechselte Spieler eins ins Hochdeutsch, „kann er froh sein, wenn er nicht sitzen geht!“

„Das macht den Thurner auch nicht wieder lebendig ... Geht’s?“

„Hast du was?“, Spieler zwei musterte sein Gegenüber. „Na dann gemma halt ... was muss der Depp da auch in aller Herrgottsfrüh im Wald herumlaufen.“

„Ja so ist es jetzt auch wieder nicht, dass man bei uns im Wald damit rechnen muss, erschossen zu werden", Spieler drei wischte die Karten zusammen und begann mit dem Mischen. „Da hat schon noch der Jäger die Hauptverantwortung, möchte ich meinen."

„Sicher, sicher ... war ja nur so daher geredet, wegen dem Thurner, mit dem bin ich nie warm geworden. Komischer Vogel ..."

„Aber die Sylvia, die wäre schon einmal was zum Bettwärmen."

„Ass ... das probierst du, dann schießt dich der Strommer nieder", meinte Spieler vier und nickte ernsthaft, „kannst dich erinnern, damals, beim Maifest, wie ihr der Harald, in der Fetten, so nachgestiegen ist, zack, hat er eine Watschen picken gehabt ... da versteht er keinen Spaß, der Onkel Luis."

„In die Schell."

„Ja, ganz sauber ist das nicht, das Verhältnisvon den beiden, wenn du mich fragst."

„Ah, red nicht so gescheit daher", Spieler eins leerte sein Bier und winkte dem Wirt. „Zuerst macht sich der Vater aus dem Staub, dann stirbt die Mutter so jung ... da wärst du auch froh, wenn sich jemand so um dich kümmert."

„Mir auch noch eins!", rief Spieler zwei dem Wirt zu. „Ja, keine Frage, damals war das sicher die Rettung ... aber seit sie in der Politik ist, sei mir nicht böse, da ist doch hauptsächlich er dahinter, wenn du mich fragst."

„Reaktionäre Deppen seid's ihr", brachte Spieler vier ein, „kaum ist eine Frau in der Politik, muss gleich wer anderer dahinterstecken ... ich finde die sehr sympathisch, verglichen mit den korrupten Bonzen bei den Schwarzen ist die ja eine Lichtgestalt ..."

„Was Schöneres."

„Ja! Und das weiß er, der Strommer!", Spieler zwei kippte seinen Schnaps hinunter und schlug das leere Stamperl auf den Tisch. „In zehn Jahren ist die Gesundheitsministerin, spätestens, hat er zu mir gesagt, letztens, bei der ... der Vernissage da ..."

„Ja ja, warum nicht ... jung ist sie, fesch, gescheit ... der Strommer kennt Gott und die Welt ..."

„Und hat das nötige Geld", ergänzte Spieler vier.

„Hilft halt auch nicht immer", meinte Spieler zwei, „beim Bosch hat er sich die Zähne ausgebissen, was ich gehört habe."

„Ja, den wenn der Wolfgang erschossen hätte", sinnierte Spieler eins, „da würde ihm keiner den Prozess machen."

„Red nicht so saudumm daher", mischte sich der Wirt ein und stellte die Getränke ab. „Solche Sprüche will ich da herinnen wirklich nicht hören."

14.

Wo waren die Xanor? Wo waren diese beschissenen Tabletten! Frederik Bosch riss alle Schubladen auf, wühlte die vier Kartons durch, die er unter dem Küchentisch hervorgezogen hatte. Nichts. Die Zigarette, die der Bulle ihm gegeben hatte. Wo hatte er die halbgerauchte Zigarette hingetan? Er fand sie schließlich in seiner Hosentasche. Setzte sich auf die Matratze am Boden und rauchte sie in drei tiefen Zügen fertig. Er stand auf, ging zur Spüle und trank zwei Glas Wasser auf ex. Wunderbar kalt war das hier. Er wusch sich den kalten Schweiß von der Stirn, griff zur Fernbedienung und versuchte erneut, ein Bild auf den Fernseher zu bekommen. Was funktionierte nicht mit diesem Scheiß? Schneerauschen. Er ließ den Fernseher an. Starrte aus dem Fenster. Dunkelheit. Bis wieder irgendetwas den Bewegungssensor der Außenbeleuchtung auslöste. Ein Tier wahrscheinlich. Warum hatte er die Waffen in den Keller gebracht? Er stellte sich vor, dass es sich gut anfühlen müsste: die Hand um den Griff der Pistole, das Gewehr auf den Küchentisch zu legen. Aber jetzt in den Keller hinunter. Das traute er sich ebenso wenig, wie über den Hof zum Auto, um im Handschuhfach nach den Tabletten zu suchen. Wie spät war es? Halb eins. Er hätte sich den Computer kaufen sollen, wie er es vorgehabt hatte. Dazu so ein Internet, das man ohne Kabel sofort installieren kann. Oder zumindest ein paar DVDs. Bücher, Scheiße, schaffte er nicht. Wenn er schon bei Dan Brown nach einer halben Seite vergaß, was er gelesen hatte. Und der war wirklich Sonderschulniveau. Da brauchte er mit dem Dostojewski-Schinken, den ihm Jürgen gegeben hatte, gar nicht erst anfangen. Fuck, das einzige Geschenk, Abschied oder Willkommen, scheißegal, das einzige Geschenk, das er hatte, war von einem Pädophilen. Wenn man die beiden Waffen außer Acht ließ, die ihm Heinz da gelassen hatte. Aber ob das Überhaupt Absicht gewesen war? War ja zum Schluss auch nicht mehr ganz klar im Kopf gewesen, was er so gehört hatte. Scheiße, Heinz. Das Beste, was seiner Mutter je passiert war. Dass er mit dem Suff klargekommen ist. Ist ja echt kein Spaß, eine Alte zu haben, die sich jeden zweiten Tag vollkotzt oder anscheißt. Aber vielleicht hat sie sich mit ihm ja halbwegs in den Griff bekommen, war ja möglich, dass sie in den letzten Jahren noch einmal ein paar helle Momente gehabt hat. Als er sie das letzte Mal gesehen hatte, bei einem ihren raren Besuche, hatte sie schon eine Haut wie eine überreife Williamsbirne gehabt, Zirrhose im Endstadium, die Haut an den Händen wundgekratzt von zwischenzeitigen Entzugsversuchen, Zeige- und Mittelfingerkuppen braun vom Kettenrauchen, wie eine Sandlerin war sie ihm erschienen. Er leerte den Inhalt eines der Kartons auf den

Küchenboden, nahm ein gerahmtes Bild, wischte mit dem Ärmel seines Pullovers darüber und stellte es aufs Fensterbrett. Er sah sein Gesicht in der Fensterscheibe, drückte die Stirn an das kühle Glas und wollte weinen.

15.

Als Schäfer morgens am Posten erschien, warteten dort schon zwei Besucher auf ihn: Sarah Felber und ihre Mutter. In beider Gesichter stand Demut und Scham – entsprechend freundlich bat Schäfer sie in sein Büro und bot ihnen etwas zu trinken an. Sie lehnten dankend ab.

„So“, meinte er, nachdem sie alle an seinem Schreibtisch saßen, „was machen wir jetzt.“

„Herr Schäfer“, begann Frau Felber und legte ihre Hand auf die ihrer Tochter, „ich wollte Ihnen sagen, dass mir das mit Ihrem Großonkel schrecklich leid tut.“

„Ja“, erwiderte Schäfer. Großonkel, hä? Ah, das Foto, der schlimme Franz, ja, sicher. „Das muss Ihnen nicht leid tun, aber danke.“

„Wir sind wirklich keine Nazis, das ist seit dem Opa vorbei ... wir wählen ja nicht einmal die Freiheitlichen.“

„Der Papa schon“, brachte Sarah leicht trotzig ein, worauf sie einen harschen Blick ihrer Mutter abbekam.

„Darum geht's jetzt nicht“, griff Schäfer ein, „ich bin ja kein Politiker, der Ihnen vorschreibt, wen Sie wählen sollen ... es geht hier um zwei Delikte: das Beschmutzen von Gebäuden und, weil dabei nationalsozialistische Symbole verwendet worden sind, um Wiederbetätigung ... und ich möchte wissen, ob es eine Möglichkeit gibt, dass wir das ohne Anzeige und Gerichtsverfahren aus der Welt schaffen ... Sarah?“

„Ich habe mir die Seiten im Internet angeschaut", sagte das Mädchen, „ich habe das wirklich nicht gewusst, was das für perverse Schweine waren, echt nicht."

„Sarah!", kam die Rüge der Mutter.

„Wo sie recht hat, hat sie recht", meinte Schäfer, „na ja, das ist ja schon einmal ein erster Schritt ..."

„Und ich möchte bei uns in der Schule ein Projekt machen", fuhr das Mädchen nun ermutigt fort, „über die Geschichte von Schloss Hartheim, eine Ausstellung oder so, und dass alle Klassen dorthin fahren ..."

„Das ist eine tolle Idee", erwiderte Schäfer. Er war tatsächlich gerührt.

„Da bin ich dahinter, dass sie das wirklich macht", fügte Frau Felber rasch hinzu.

„Ich schlage vor, wir lassen dich einfach einmal zwei Wochen machen und dann sehen wir ja, wie ernst du es meinst, oder?"

„Ja, sicher", stimmte Sarah zu.

„Du kannst deinen Lehrern auch gerne sagen, dass du die Unterstützung des Inspektionskommandanten hast, das klingt immer gut", meinte Schäfer. Und weil eine Hand die andere wäscht, wirst du mir irgendwann vielleicht auch mit ein paar Informationen nützlich sein, fügte sein Gehirn stumm hinzu, ohne dass er es wollte.

„Danke", sagte das Mädchen und suchte im Gesicht der Mutter nach Anerkennung.

„Ja, vielen Dank, Herr Schäfer ... und ... Sarah, kannst du kurz draußen warten?"

„Okay ... auf Wiedersehen, Herr Schäfer, bis bald."

„Ja, ich freue mich schon", Schäfer stand auf und reichte dem Mädchen die Hand, das mit sichtlich leichterem Herzen rasch sein Büro verließ. Und was wollte die Mutter jetzt noch? Ihm ein unmoralisches Angebot machen? Attraktiv war sie ja, das war nicht zu ignorieren. Mein Gott, Schäfer, reiß dich jetzt zusammen!

„Vielleicht hat's Ihnen der Erich, also der Herr Friedmann ja erzählt", begann sie, „früher, vor der Sarah, da hab ich als Kellnerin gearbeitet, im Servus, jetzt heißt es Il senso, sechs Jahre war ich dort, da waren die Gendarmen vom ganzen Bezirk meine Stammgäste", sie lächelte Schäfer vertraulich an, der seinen Blick rasch von ihrem sehr tiefen Ausschnitt löste. Wo ging denn diese Reise jetzt hin? „Und da hab ich auch viel erzählt bekommen ... Sie wissen ja: in vino und so ..."

„Ja ja, da ist schon was dran", pflichtete Schäfer bei, „und worum genau geht es da jetzt?"

„Das ist mir ja erst wieder eingefallen, als es geheißen hat, dass der Bosch wieder herzieht ..."

„Frederik Bosch, der kürzlich aus der Haft Entlassene", ergänzte Schäfer wie ein Computer. Konnte denn kein einziger Tag ohne diesen Scheißkerl vergehen.

„Genau, der die kleine Paulus damals umgebracht hat", Frau Felber verfiel in ein schweigendes Starren, das Schäfer nicht anders als durch lautes Räuspern zu beenden wusste. „Ja, und da war eben der Toni ... Anton, jetzt weiß ich gar nicht mehr, wie der mit Nachnamen heißt ..."

„Nicht so wichtig, das lässt sich bestimmt herausfinden."

„Ja, bestimmt ... auf jeden Fall hat der, nachdem das mit der Susanna passiert ist ... der war auch ein Stammgast bei mir, der Toni, und, er war ein bisschen so, zurückgeblieben würde man heute vielleicht sagen."

„Wieso war?", wollte Schäfer wissen, „lebt der nicht mehr?"

„Doch doch, glaub ich schon, also, gehört hab ich nichts, dass er gestorben ist, aber gesehen hab ich ihn sicher seit zehn Jahren nicht mehr."

„Gut, und der hat Ihnen also etwas erzählt, dieser Toni ..."

„Ja, weil", Frau Felber rückte auf dem Stuhl nach vorne, als wollte sie jeden Moment aufspringen. „Tut mir leid,

Herr Schäfer, das ist ja idiotisch, dass ich mit dieser uralten Geschichte da ..."

„Bis jetzt ist es noch keine Geschichte, sondern nur ein Name."

„Ja, eh, aber ich hätte gar nicht damit anfangen sollen", sie errötete, „das war doch nur ..."

„Ich verstehe schon", meinte Schäfer verständnisvoll, „nicht Ihr Gewissen hat Ihnen das aufgetragen, sondern die Sorge um Ihre Tochter."

„Wie bitte?"

„Egal ... erzählen Sie mir einfach, was Sie wissen, und ich vergesse sofort, dass ich es von Ihnen habe."

„Aha, ja", Frau Felber schaut ihn fragend an.

„Der Toni, Frau Felber ... was hat er Ihnen erzählt?", sprach Schäfer auf sie ein wie auf ein Kleinkind. Fesch war sie tatsächlich. Aber offensichtlich nicht die Hellste. Gut, wer hält es auch freiwillig sechs Jahre in einer Kneipe aus, wo Polizisten Stammgäste sind.

„Dass er ... dass er den Bosch woanders gesehen hat, also an dem Tag, zu der Uhrzeit, wo das passiert ist ... aber das hat er eh auch der Polizei gesagt, nicht nur mir."

„Ein Entlastungszeuge", meinte Schäfer mechanisch.

„Ja genau, so heißt das bei ... aber geglaubt hat ihm halt niemand, und das hat er mir jeden Tag vorgejammert ... und wenn er dann rauschig war und welche von den ... Ihren Kollegen da waren, ist es schon ein paar Mal brenzlig geworden."

„Inwiefern?"

„Na ja", Frau Felber lächelte unsicher, „lässt sich ja niemand gerne als ... was er genau gesagt hat, weiß ich jetzt auch nicht mehr, beleidigt hat er sie halt, aber ernst genommen hat den Toni in Wahrheit eh niemand."

„Sie haben ihn also ernst genommen?", wollte Schäfer wissen.

„Ich? Nein, nicht wirklich ... der hat schon einen Schaden gehabt, das hat man auch gesehen, und wenn er dann noch getrunken hat ...“

„Verstehe“, Schäfer richtete sich auf und stützte die Ellbogen auf die Tischplatte. „Haben Sie sich irgendwann seit diesem Verbrechen gedacht, dass Frederik Bosch vielleicht unschuldig ist?“

Statt einer Antwort hob sie nur unschlüssig die Achseln und fing an, auf ihrer Unterlippe zu kauen, wodurch sich der dick aufgetragene Lipgloss auf die Zähne übertrug. Okay, sie wollte einen Bonus einheimsen für ihre Tochter, war sich Schäfer nun endgültig sicher. Hat sie sich wahrscheinlich heute früh beim einstündigen Schminken zurecht gelegt und dann nicht mitgekriegt, dass die Kleine ohnehin schon so gut wie aus dem Schneider war. Egal, ihre Information war kaum als Denunziation einzustufen, also: Schwamm drüber. „Ich werde mir die Akte noch einmal ansehen“, schloss er, worauf sie sich rasch erhob, bedankte und verabschiedete.

Während sie im Gemeinschaftsraum zu viert beim Mittagessen saßen – wo sich Hornig wiederholt darüber ausließ, dass dieses Asia-Zeugs, dieses Wok-Gemüse, ja überhaupt nicht seines wäre, worauf Plank ihn gewohnheitsgemäß fragte, wieso er es dann bestellte, worauf Hornig fast schon stolz behauptete, dass er sich ja nicht nachsagen lassen wollte, für nichts Neues offen zu sein, worauf Schäfer in den Raum brummte, dass man mit offenem Mund nicht aß –, in diese entspannte Atmosphäre hinein stellte die Notrufzentrale einen Anruf durch. Auer nahm ab, klemmte sich den Hörer zwischen Schulter und Wange, kritzelte mit der rechten Hand etwas in ihren Notizblock und schlüpfte mit der linken in die Uniformjacke.

„Beim Kreisverkehr draußen haben's einen Mopedfahrer abgeschossen", beantwortet sie Schäfers fragenden Blick. Im nächsten Augenblick waren sie und Plank verschwunden.

„Wie sie den Bosch verhaftet haben ...", wandte sich Schäfer nach einem mehrminütigen, unangenehmen Schweigen an Hornig.

„Wir haben den verhaftet!"

„Mein ich ja, ihr, wir, das LKA ... wie ihr den verhaftet habt, kannst du dich da an irgendeinen Toni erinnern, der als Entlastungszeuge aufgetreten ist?"

„Was?", Hornig kaute zehn Sekunden dahin, dann schien die Information in die Großhirnrinde vorgedrungen zu sein. „Der Larcher? Der Gleis-Toni?"

„Von mir aus ... wenn es der ist, der den Bosch zum Tatzeitpunkt woanders gesehen haben will."

„Ja, der Gleis-Toni, genau!", Hornig verfiel in ein überhebliches Nicken. „Nur dass es mit seiner Glaubwürdigkeit schon davor nicht so gut ausgeschaut hat."

„Wieso?"

„Wieso?", abermals folgten ein paar Sekunden, in denen Hornig seine Gedanken zu sammeln schien. Dann führte er seine Faust vor die Stirn, machte ein paar kreisende Bewegungen, ließ die typische Trinker-Geste folgen und schloss: „Gluck, gluck, aber zu Mittag schon."

„Verstehe", erwiderte Schäfer und rechnete still, wie viele Jahre Hornig noch bis zur Pension hatte. „Kannst du mir einen Gefallen tun?"

„Der wäre?"

„Ruf beim LKA und bei der Staatsanwaltschaft an und sag, dass wir den Akt zum Bosch brauchen ... wenn sich's heute noch ausgeht, dass du hinunter fährst und den holst, wäre das noch besser ... ich will wissen, wer da aller was gesagt hat und mit wem wir es zu tun haben."

„Aha, und was genau?“

„Polizeibericht, Beweismittel, das psychiatrische Gutachten, Prozessakten … alles, was du kriegst.“

„Wird erledigt“, Hornig nickte mehrmals, als hätte er in einem Schlagabtausch obsiegt. Nein, sie beide würden wohl nie Freunde werden.

„Gut“, Schäfer blickte aus dem Fenster, weil sich plötzlich ein finsterer Schatten in den Raum gedrängt hatte. Ein Wolkenheer stand vor der Sonne, schlagartig ging ein klassisches Aprilgewitter nieder, das bestimmt bald irgendwo einen Regenbogen zeugen würde. „Wieso habe ich plötzlich das Gefühl, dass diese Geschichte noch ein paar unangenehme Überraschungen parat hat …“

„Was?“, rief Hornig in den Lärm aus Donner und wütendem Prasseln hinein.

„Hab nur mit mir selbst geredet“, erwiderte Schäfer gelassen, anstatt den Inspektor patzig darauf hinzuweisen, dass es *Bitte* und nicht *Was* hieß. Vorläufigwollte er alles vermeiden, was das Risiko barg, dass Hornig beim Feierabendbier wieder über den Scheiß-Wiener herzog. Im Augenblick brauchte er – wo er nach dem Einsatz gegen die Demonstranten wahrscheinlich schon als Boschs Beschützer dastand – keine zusätzlichen Minuspunkte bei den Einheimischen.

16.

18:37, und in den Redaktionsräumen der Bezirkszeitung war nur mehr ein Schreibtisch besetzt, wie Chefredakteur Harald „Harry“ Fritsch missmutig feststellte, als er aus seinem Büro kam. Nicht, dass es irgendwelche dringenden Aufgaben gäbe, die nun an ihm hängen blieben –

die aktuelle Ausgabe war am Nachmittag pünktlich in Druck gegangen und würde im Laufe der Nacht ausgeliefert werden. Doch eine Redaktion: da sollte doch bis spät in die Nacht, zumindest bis zehn, etwas los sein. Es gab schließlich nicht nur die wöchentliche Druckausgabe, sondern auch die Website, da war es doch nicht zu viel verlangt, dass man am Abend noch einmal mit der Polizei, der Rettung oder irgendeinem Politiker telefonierte und nachfragte, was sich untertags so getan hatte, das war schließlich der Sinn des Internets, permanente Aktualität, twentyfourseven, vor Ort und in real time. Aber die Gesichter, wenn er das seinen Mitarbeitern predigte, die eine musste das Abendessen pünktlich auf den Tisch bringen, der andere zum Fußballtraining, kein Wunder, dass die Zeitung so war, wie sie war, kein punch, kein drive, verschnarcht wie der ganze Bezirk, dachte Harry. Aber er würde diesen Job ohnehin nur mehr maximal zwei Jahre machen, dann würde er zu den Nachrichten wechseln, die suchten immer gute Leute, wie ihm der Anzeigenchef beim Media-Ball vorigen Monat versichert hatte, oder gleich zur Krone, was ihm natürlich am liebsten wäre, aber die hatten ihm schon zweimal abgesagt, und bevor er sich noch einmal bewarb, wollte er ein paar ordentliche Knaller in der Mappe haben. Die Hände in die Hüften gestützt wartete Fritsch vor dem Drucker, bis dieser einen A3-Bogen ausspuckte. Die aktuelle Titelseite, vergrößert und auf Fotopapier. Mit ausgestreckten Armen hielt er sie vor sich und machte ein paar Schritte zum einzig noch besetzten Schreibtisch, wo sein derzeitiger Grafik-Praktikant Marcel Pöschl an einem Layout werkte.

„Und, was sagst?“, wollte er wissen.

„Bitte?“, Pöschl nahm seine Kopfhörer ab, aus denen nun Geräusche wie von Sperrfeuer und Hochhaussprengungen kamen.

„Was du zum neuen Titel sagst."

„Hm", Pöschl starrte mit teilnahmslosem Gesicht auf den Ausdruck. *Aufregung um Rückkehr des Mädchenmörders*, als Bild darunter die Tafel, die für keine zwölf Stunden neben der Straße gestanden hatte. „Ja, eh."

„Was, ja eh! ... Cool, oder?", bellte Fritsch, immer noch verstimmt wegen des Streits, den er keine zwei Stunden zuvor mit Iris, der stellvertretenden Chefredakteurin gehabt hatte. Hetzerisch, hatte sie zu seiner Headline gesagt, die blöde Kuh. Was wollte sie denn? *Vorbereitungen fürs Schachinger Keltenfest laufen auf Hochtouren*? *Unsere Kartoffelkönigin heißt heuer Katharina*? Da hatten sie einmal eine gute Story, Verbrechen, Emotionen, das ganze Programm, und dann fiel ihm die Schnepfe in den Rücken.

„Ich würde halt trotzdem ein bisschen aufpassen", meinte Pöschl, „wegen dem Schäfer."

„Wegen wem?"

„Der Postenkommandant."

„Ah, der Schäfer", winkte Fritsch großspurig ab, „der hat sich doch selber nicht im Griff, was soll mir der schon tun."

„Na ja, draufkommen darf er uns nicht", sagte Pöschl.

„Wenn du den Mund hältst, kommt da auch niemand drauf, dass wir das waren, verstehst ... außerdem: was ist illegal dran, eine Tafel aufzustellen, auf der die Wahrheit steht, ha?"

„Weiß ich nicht, ich sag ja nur", Pöschl wandte sich wieder dem Bildschirm zu. Vor dem heutigen Nachmittag hatte er diesem Psychobullen ja auch nicht sonderlich viel zugetraut. Aber dann steht der Schulwart in der Klassentür, Marcel, da wartet jemand auf dich, ich glaub, das ist wichtig, was, wer, und draußen am Gang der Schäfer, macht auf supercool, wie er gerne wäre, der Spießer, raucht eiskalt eine beim Fenster hinaus, sagt, dass ich mir was anziehen und mitkommen soll, Zahnbürste brauch ich aber vorerst keine, ha ha, super Schmäh, draußen steigen wir in sein Auto, bei der Handbremse liegt eine von unseren Spraydosen, und ich Idiot sehe die und sag sofort: „Sie können mir überhaupt nichts nachweisen."

„Was nachweisen?", fragt er scheinheilig, „hab ich irgendwas gesagt?"

„Bin ich verhaftet?", will ich wissen. Weil dann soll der mir erst einmal einen Anwalt besorgen und bis dahin sag ich gar nichts.

„Weswegen?"

„Keine Ahnung", mit mir braucht der keine Spielchen spielen, ich kenn meine Rechte.

Dann bleibt er irgendwo stehen, sagt erst einmal nichts, gibt mir dann so ein uraltes Foto mit irgendwelchen Bubis in Lederhosen drauf, von wegen das ist sein Großonkel und den haben die Nazis in irgendein Heim gesteckt und wie er davon laufen wollte, haben sie ihn mit zwei anderen vor allen anderen hinknien lassen und ihm in den Hinterkopf geschossen, ja, schön und gut, aber was geht mich der alte Scheißdreck an, ist der jetzt mein Geschichtelehrer oder was.

„Über 80 % der Raubüberfälle und Einbrüche im letzten Jahr sind von Ausländern begangen worden", sag ich.

„Ja ... dann schreib das an die Wand."

„Was?"

„Was du gerade gesagt hast. Dass diese Arschlöcher von Rumänen, Slowaken oder Serben hierher kommen, einbrechen, Bankomaten sprengen, Autos stehlen, alte Leute in ihren Wohnungen überfallen und halb tot schlagen ... dass diese beschissenen islamistischen Eselficker ihre Töchter und Schwestern verdreschen, weil sie mit dem falschen Typen unterwegs waren, dass in Stein mehr als die Hälfte der Schwerverbrecher Ausländer sind ... schreib's auf! Tu dir keinen Zwang an, das ist die Wahrheit, aber spar uns deine Nazischeiße!"

„Okay", sag ich und greif vorsichtig zum Türgriff. Chill, alter Mann, krieg jetzt bloß keinen Zuckaus. „Wie haben Sie uns überhaupt gefunden?", frag ich, vielleicht lenkt ihn das ab.

„Uns?"

„Mich", sag ich, Scheiße, der ist lange nicht so daneben, wie er aussieht.

„Genau, dich ... um die Sarah kümmere ich mich schon noch, keine Sorge ... und falls es dich wirklich interessiert: Ich bin seit über zwanzig Jahren bei der Polizei, ich bin Profi darin, Leute zu finden, die gegen das Gesetz verstoßen ... womit wir wieder bei dir sind und wie du dir deine nähere Zukunft vorstellst ..."

17.

Die Blumentöpfe, die er im Garten eingegraben hatte, waren bis obenhin voll Wasser. Kein Wunder nach diesem Gewitter vom Nachmittag. Schäfer schlenderte von einem Topf zum nächsten; dort trieb eine tote Wühlmaus, die er mit einem Ast herausfischte, vorsichtig auf dessen Spitze balancierte und den Kadaver dann über den Gartenzaun in den Acker schleuderte. Er fragte sich, ob er sich für die kommenden Monate eine lange Dürrezeit wünschen durfte. Nein. Das war in einem wassergesegneten Gebiet wie diesem frevelhaft. Er musste sein Bewässerungssystem eben irgendwie den hiesigen Wetterverhältnissen anpassen. Ob nicht vielleicht eine Gießkanne doch die bessere Alternative wäre, hörte er eine innere Stimme, die Bergmanns Tonfall hatte. Besser war nicht das Thema. Er wollte ja nichts Perfektes, tausendfach Geprüftes, Testsieger Stiftung Warentest. Er wollte etwas in Gang setzen, das möglichst viel offen hielt. Wo vom völligen Reinfall über eine zehnminütige Wirksamkeit bis zum tatsächlichen Funktionieren alles möglich war. Etwas, das mit jedem Scheitern neue Erfahrungen brachte und neue Energien freisetzte. Etwas, bei dem die Nachbarn amüsiert den Kopf schütteln konnten. Etwas ... Ablenkung, Beschäftigungstherapie? Ja, möglich. Wieso denn nicht. Irgendwas musste er seinem Beruf schließlich entgegensetzen, oder? Gerade an so einem Tag. Wo er wider besseres Wissen, nein, wo er die Motivation von Frau Felber, ihm diese abgelaufene Information zu geben, genau durchschaut und dennoch die Akten angefordert hatte. Die würden morgen am Posten sein, und er würde sie Seite für Seite durchgehen. Großteils zu Haus, wie ihm jetzt schon schwante.

Er ging ins Wohnzimmer, legte „Psychedelic Pill“ von Neil Young auf und setzte sich mit Block und Bleistift an den Küchentisch. Den Gartenschlauch, den Stark in der Garage gelassen hatte. Da Löcher hinein. Dann eingraben. Und das freiliegende Schlauchende in einer Regentonne respektive Zisterne auf dem Dach versenken. Genau so würde es, könnte es funktionieren, mittels dieses Effekts, den man vom Benzinabsaugen kennt, Physikunterricht Oberstufe, Moment, ich hab's gleich, egal, damit würde sich die Erde selbst versorgen, ohne dass eine Überflutung oder Bodenversalzung zu befürchten war.

Nachdem er eine Banane gegessen und einen halben Liter Buttermilch getrunken hatte, ging er in die Garage, nahm den Gartenschlauch und trug ihn in den Keller. Öffnete dort nach einigem Zögern eine Flasche Wein und schenkte sich ein Wasserglas voll. Er trank es zur Hälfte, stellte es ab und holte die Bohrmaschine aus dem Regal. Nachdem er den Schlauch auf dem Kellerboden ausgelegt hatte, bohrte er kleine Löcher hinein; vorsichtig und mit minimaler Drehzahl, damit er den Gummi nicht beidseitig perforierte. Irgendwann läutete sein Handy, er blickte aufs Display: Isabelle, seine ehemalige ... Freundin, Lebensgefährtin, Fast-Verlobte ... er blickte auf die Dämmplatten an der Kellerdecke, wieder aufs Display, kaute an seiner Unterlippe, das Handy verstummte. Irgendwann würde es überhaupt keine Menschen mehr geben, die sich um ihn kümmerten, sagte er sich, während er mit seiner Arbeit fortfuhr. Zuletzt hatte er sogar seinen Bruder abgewürgt, als der angerufen und ihm erzählt hatte, dass er noch einmal Vater werden würde, entgegen allen Erwartungen. Was hatte ihn da in Beschlag gehalten? Ja, der Unfall, das Arschloch mit dem BMW, die zwei toten Schwestern; Schäfer hatte Jakob versprochen, ihn später zurückzurufen; und hatte es bis heute nicht getan. Schlechter Bruder, schimpfte er sich und schaffte es dennoch nicht, zum Telefon zu greifen.

Kurz vor zehn ließ er sich auf das alte Sofa fallen, das er eigentlich schon bei seinem Einzug entfernen hatte wollen. Als er es zum ersten Mal gesehen hatte, war er sich sicher gewesen, dass Stark einen Hund besessen haben musste: einen ungewaschenen, riesigen Köter, der ihm beim Handwerken oder Fernsehen hier unten Gesellschaft geleistet hatte. Dann hatte Schäfer erfahren, dass es nie einen Hund gegeben hatte. Hatte sein Vorgänger das Teil aus dem Wohnzimmer auf die Straße getragen und damit gerechnet, dass es die Zigeuner bei ihren monatlichen Sammeltouren mitnehmen würden? Und ihm, nachdem es zwei Wochen dahinerodiert war, aus Mitleid einen Platz im Keller eingeräumt? Ekelhaft, hatte Schäfer gedacht und eine alte, dicke Wolldecke über das Sofa geworfen, als wäre es ein dampfendes Pferd. Jetzt lag er selbst darauf und grübelte ohne analytischen Beistand. Freud'sche Bullencouch, kam es ihm in den Sinn; vielleicht sollte er sie auf den Posten mitnehmen – wollen wir mal sehen, wie lange es ein Verdächtiger darauf aushält, ohne zu gestehen. Er sah auf die Uhr. Immerhin vier Stunden hatte er es ausgehalten, hatte er so gut wie gar nicht daran gedacht, hatte er aufgeschoben, was er nun doch nicht unterlassen konnte. Barbados. Dort war es jetzt fünf Uhr nachmittags, wie er sich zu erinnern meinte. Die Zeit, in der er seinen Vorgänger, Chefinspektor Stark, am ehesten erreichte, während der sich dort ein eiskaltes Importbier auf seiner Strandterrasse gönnte und dem karibischen Meer lauschte.

„Dir bleibt aber auch nichts erspart!", hörte er Stark ins Telefon lachen, noch bevor er etwas gesagt hatte.

„Telepathie?", fragte Schäfer erstaunt.

„Ah woher ... auf der Internetseite von der Bezirkszeitung hab ich's gelesen."

„Was gelesen?", wunderte sich Schäfer. Bewirkte diese Zeitverschiebung auch eine Wissensverschiebung?

„Na dass der Bosch wieder da ist."

„Ah, und was schreiben sie, die Geier?"

„Aufregung um entlassenen Mädchenmörder oder etwas in der Richtung", Stark hustete stark. Also doch nicht mit den Zigarillos aufgehört.

„Da fahr ich morgen hin und scheiß denen aber so einen Haufen in die Redaktion", Schäfer stand auf und schenkte sich Wein nach. Das war sicher auf dem Mist von diesem Fritsch gewachsen, diesem Möchtegern-Aufdecker, mehr Gel in den Haaren als Verstand darunter, der Pseudoreporter.

„Also ob's nicht schon ohne so eine Hetze schlimm genug wäre."

„Ah geh, so arg?"

„Ja, was glaubst, am Montag hab ich mit dem Friedmann neben der Bundesstraße eine riesige Tafel abmontiert, Wegweiser zum Kinderschänder und Mörder, am Dienstag hat sich eine spontane Bürgerwehr vor seinem

Hof versammelt, die Hausmauer haben sie ihm angeschmiert ... wie die Viecher."

„Ja ja, das war damals noch viel schlimmer ... wenn da nicht vier vom LKA am Posten gewesen wären, die hätten uns glatt gestürmt und den aufgehängt, das war wie in einem Western."

„High Noon, und du als Marshal Kane mittendrin ..."

„Na ja, wie der Gary Cooper hab ich nie ausgeschaut, eher wie der Bob Hoskins."

„Sag", Schäfer schnaufte tief durch, „Anton Larcher, Gleis-Toni, sagt dir der was?"

„Ich hätt's mir ja denken können", erwiderte Stark und ließ einen Seufzer los, der wunderbar mit den Brandungsgeräuschen im Hintergrund harmonierte.

„Was denken?"

„Ich hab ja immer geglaubt, dass es zwei Sorten von Polizeipensionisten gibt: Die einen machen einen radikalen Schnitt und wollen mit den ehemaligen Kollegen und der Arbeit nichts mehr zu tun haben, und die anderen bleiben ein Leben lang Polizist."

„Und du?", fragte Schäfer nach, „bist eine karibische Mischform ..."

„Genau ... und deswegen sitze ich über 10.000 Kilometer entfernt am Strand und wundere mich überhaupt nicht, dass du nach dem Gleis-Toni fragst."

„Wollte er den Bosch wirklich entlasten?"

„Ja, eine Zeit lang schon."

„Heißt?"

„Dass er irgendwann von sich aus gesagt hat, dass er sich getäuscht hat, weil er nicht ganz nüchtern war und was durcheinander gebracht hat ... wie kommst du überhaupt auf den?"

„Frau Felber ..."

„Die geile Gabi?", platzte es aus Stark heraus, „sag bloß, dass du mit der ... aber die ist doch verheiratet, oder?"

„Ich hab nichts mit ihr ... da war eine Geschichte mit ihrer Tochter und im Zuge dessen hat sie den Dings, wieso heißt der überhaupt Gleis-Toni?“

„Weil er bei der ÖBB war, bei den Gleis-Räumern, damals hat’s ja die Vakuum-Toiletten noch nicht gegeben, und wenn da niemand sauber gemacht hätte ...“

„Landschaftspflege, verstehe ... und hat der wirklich irgendeinen Dachschaden?“

„Ah, das wäre übertrieben. Der Hellste ist er sicher nicht, ich glaub, dass da irgendwas bei der Geburt passiert ist, zu wenig Sauerstoff, und jetzt war er halt extrem langsam, Brillen hat er auch aufgehabt wie Aschenbecher ... na ja, weißt eh, wie’s damals war mit der Frühförderung, vier Klassen Sonderschule und dann war man froh, wenn sich irgendwas gefunden hat, wo er sich halbwegs nützlich machen kann.“

„Verantwortungsbewusst ist das aber auch nicht gerade“, merkte Schäfer an, „einen Halbblinden mit verzögerter Wahrnehmung zum Arbeiten auf ein Zuggleis stellen.“

„Hm, jetzt wo du es sagst, eigentlich wirklich ein Wunder, dass dem nie was passiert ist ... aber getrunken hat er ja immer erst nach Feierabend, da war er sehr stolz drauf.“

„Die Susanna Paulus ist aber am helllichten Tag umgebracht worden, oder?“

„Ja, wieso?“

„Weil das dann nicht zusammenpasst: seine Aussage, dass er betrunken war und sich deswegen getäuscht hat.“

„Ah, Haarspalterei, sei mir nicht böse, aber“, Stark nahm hörbar einen großen Schluck. „Punkt eins: kann es ja auch Restalkohol gewesen sein, Punkt zwei: waren die Beweise gegen den Bosch erdrückend, Punkt drei: hat er gestanden ... spät, aber doch ... und die Kollegen vom LKA haben da tiptop gearbeitet, das kannst du mir glauben, da war alles da: Fingerabdrücke an der Tatwaffe ...“

„Ich habe geglaubt, die ist ertränkt worden", wunderte sich Schäfer.

„Ja, eh, aber es hat Verletzungen post mortem gegeben, die ... ah, grausig war das, wirklich ... aber eben auch so offensichtlich, dass niemand anderer als Täter in Frage gekommen ist."

„Darauf trinke ich jetzt ein Glas", sagte Schäfer, der gerade an seine Telefonrechnung denken musste.

„Mach das, trink ein Achterl Veltliner mit für mich, der geht mir schon ab manchmal."

„Das kann ich nachvollziehen ... wobei ich ja den Riesling bevorzuge ..."

„Auch gut, ah, Schäfer, hast du eigentlich den Schrank im Keller unten ausgeräumt, den mit den schrecklichen Bauernmalereien?"

„Nein, einmal hineingeschaut und gleich wieder versperrt."

„Ha, ja, tut mir leid, dass ich dir so viel Mist dagelassen habe ... auf jeden Fall sind da ein paar Ordner drinnen, wo ich so Zeitungsartikel aufbehalten habe, da ist auch über den Bosch einiges dabei."

„Ich setz mir die Staubmaske auf und schau's mir an ... Herr Chefinspektor, recht schönen Abend noch."

„Servus, Major, und überarbeite dich nicht, bringt nichts."

„Wem sagst du das", erwiderte Schäfer und schielte auf den Bauernschrank, der ihn plötzlich wie magisch anzog.

18.

Schuld und Sühne

Seit 20 Jahren ist der Mörder Frederik B. in Haft. Sein Fall ist auch ein Lehrbeispiel über den ungelösten Konflikt zwischen humanem Strafvollzug, fragwürdigen Machtspielen und Stammtisch-Politik in Österreich.

Vier Längsstriche, einer quer, geritzt in eine Zellenwand – ein archaisches Symbol für das (Nicht-)Vergehen der Zeit im Gefängnis. Wollte Frederik B. seine Haftzeit so darstellen, würde er wohl ein Loft brauchen. 20 Jahre, 7.305 Tage. An die Wände gezeichnet hätten die in seiner 18 Quadratmeter großen Zweimannzelle längst keinen Platz mehr. Wobei B. über die Haftanstalt Karlau in Graz – so ironisch das für einen Außenstehenden klingen mag – spricht wie über ein unverhofftes Upgrade von der Economy-Class auf die Business-Class.

„Die sechs Jahre in Stein waren viel schlimmer", sagt er. „Und am Mittersteig (Justizanstalt in Wien, Anm. d. Red.) war's auch nicht so lustig." Mit einem bemühten Lächeln deutet B. auf sein linkes Auge – ein Glasauge, das ihm eingesetzt wurde, nachdem ein Zellennachbar ihn mit einem Bleistift attackiert hatte. Detail am Rande: Besagter Mithäftling, ein Bosnier, der im Zuge eines Raubüberfalls zwei Pensionisten in ihrem Haus in der südlichen Steiermark ermordet hatte, wurde 2005 nach 16 Jahren entlassen.

„Raub und alte Leute, das ist halt was anderes", antwortet B. mit einem Achselzucken, als wir ihn nach seiner Erklärung dafür fragen, warum er noch hier ist. Er, der laut Gefängnisverwaltung ein vorbildlicher Häftling ist. Über den sich auch alle Therapeuten und Seelsorger, die ihn über die Jahre betreut haben, positiv äußern. Volle Schuldeinsicht, erfolgreiche Therapien, abgeschlossene Lehre zum Installateur, alle Resozialisierungsmaßnahmen scheinen bei B. auf fruchtbaren Boden gefallen zu sein. Warum also gewährt man ihm nicht die Entlassung, die ihm schon seit sechs Jahren immer wieder in Aussicht gestellt wird?

Das Verbrechen

Am Anfang steht ein grausames Verbrechen. Ein Mord, den in Schaching, einer Kleinstadt im beschaulichen Norden Oberösterreichs, auch heute, 20 Jahre später, niemand vergessen hat. Der ein junges Leben ausgelöscht, eine Familie zerstört, eine ehemals als sicher empfundene Gemeinschaft in ihren Grundfesten erschüttert hat. Am 12. Dezember 1986 entdeckt der Briefträger Horst K. am Rande eines Bachs den leblosen Körper der siebenjährigen Susanna Paulus. Mit dem Gesicht nach unten im Wasser, die Hose bis auf die Knöchel heruntergezogen, an den Oberschenkeln zahlreiche Stiche und Schnitte. Keine drei Stunden später wird Frederik B. zu Hause unter dringendem Tatverdacht festgenommen. Beweismittel und Zeugenaussagen haben es den Ermittlern leicht gemacht: Ein Taschenmesser, von der Spurensicherung nahe der Leiche aufgefunden, wird aufgrund der eingravierten Initialen und der Zeugenaussagen eines Onkels nicht nur Frederik B. zugeordnet – auf dem ausklappbaren Flaschenöffner findet sich zudem ein Daumenabdruck, am Messer selbst Blutspuren. Als die Gendarmen die Anrainer befragen, bezeugen zwei von ihnen glaubwürdig, B. im Tatzeitraum in unmittelbarer Nähe gesehen zu haben. Der freilich streitet die Tat in den ersten Vernehmungen – und auch noch vor

Gericht – vehement ab. Er gibt zu, dass er sich ungefähr zu besagter Zeit in der Nähe des Bachs befunden hatte, wo später Susanna Paulus aufgefunden worden war. Er gibt auch den Besitz des Messers zu, erklärt, dass er sich damit beim Versuch, einen Ast abzuschneiden, an der Hand verletzt habe. Danach sei er nach Hause gegangen, um die Wunde zu versorgen. Dabei müsse er das Messer verloren haben. Auf die Frage der Ermittler, wieso er für diesen Weg fast eine halbe Stunde anstelle der üblichen zehn Minuten gebraucht habe, kann B. keine Antwort geben. Vom Posten der Gendarmerie in Schaching, wo die erste Vernehmung durch die Beamten des Landeskriminalamts stattfindet, wird B. schließlich in die U-Haft überführt.

Kurzer Prozess

Vier Monate später wird Frederik B. am Landesgericht Linz der Prozess gemacht. Unterdessen haben die ermittelnden Beamten weitere Indizien zu Tage gefördert, die B. schwer belasten. So sagte eine ehemalige Freundin aus, dass B. sie im Zuge eines anfänglich harmlosen Streits plötzlich an der Kehle gepackt, sein Messer aus der Hosentasche genommen und ihr gedroht hätte, „er würde sie aufschlitzen wie ein Schwein". Eine weitere Zeugin gab an, dass B. ihr, dem damals zwölfjährigen Mädchen, Geld dafür geboten hätte, wenn sie sich vor ihm entkleide und ihn ihre Genitalien betrachten ließe. Als sie dies verweigerte, hätte er sie an den Armen gepackt und erst losgelassen, nachdem sie heftig geschrien hätte. Auch das Gutachten eines Mediziners lässt B. in keinem guten Licht dastehen: Regelmäßiger Alkohol- und Suchtgiftkonsum würden „auf eine instabile Persönlichkeit hindeuten, wobei der erwiesene Genuss von psychotropen Substanzen am Tattag auch die Möglichkeit zulässt, dass B. infolge einer drogeninduzierten Psychose getötet hat“. Diesen Umstand – dass B. aufgrund der Einnahme von halluzinogen Pilzen durchgedreht ist und damit möglicherweise zum Tatzeitpunkt unzurechnungsfähig war – weiß der junge Staatsanwalt geschickt abzuwenden. Er gefällt sich sichtlich darin, die Details der Tat vor den Geschworenen auszubreiten und an ihre Emotionen zu appellieren: das Ergreifen des schwachen Kindes, das Packen am Hinterkopf, der Eintritt der Bewusstlosigkeit nach dem wiederholten Aufschlag der Stirn auf den Steinen des Bachbetts, das Ertrinken, die anschließende teilweise Entkleidung des Opfers, die Verstümmelungen des Leichnams. „Aus psychiatrischer Sicht“, erklärt ein Gutachter, „ist von einem Lustmord zu sprechen, von einer Tötung in einem heftigen, sadistisch sexuellen Erregungszustand“. Wer solch eine Tat begeht, noch dazu an einem Kind, verdient kein Verständnis und keine Milde. Alle Versuche des Pflichtverteidigers, die familiäre Situation – gewalttätige Übergriffe durch den Vater seit frühester Kindheit, alkoholkranke Mutter, Vernachlässigung und emotionale Defizite – zu B.s Gunsten einzubringen, werden ignoriert. Nach sechs Stunden ist der Prozess vorbei. Frederik B. wird zu lebenslanger Haft und gleichzeitiger Einweisung in eine Anstalt für geistig abnorme Rechtsbrecher „gemäß § 21 Abs. 2 StGB“ verurteilt.

Zerstörte Hoffnungen

Dieser Paragraf 21, in dem der sogenannte Maßnahmenvollzug festgelegt ist, wurde im Zug einer Justizreform Mitte der 1970er Jahre eingeführt. Sein Ziel ist es, Rechtsbrechern, deren Taten in Zusammenhang mit psychischen

Störungen stehen, über entsprechende Therapien zurück in die Freiheit zu helfen. Im Gegensatz zur herkömmlichen Haftstrafe ist der Maßnahmenvollzug jedoch an keinen Zeitrahmen gebunden. Das Gericht muss nur einmal jährlich überprüfen, wie sich der Häftling entwickelt hat und ob von ihm weiterhin eine Bedrohung für die Gesellschaft ausgeht. Doch auch wenn sich das Gericht für eine Freilassung ausspricht, muss der Gefangene noch lange nicht frei kommen, wie der Fall B. zeigt. 2000, nach 13 Jahren in Haft, hält man ihn für ausreichend therapiert und bereitet ihn auf seine Entlassung vor. Er bekommt Freigang und findet sogar einen Betrieb in Wels, der ihm eine Arbeitsstelle anbietet. Es scheint, als ob Frederik B. tatsächlich eine zweite Chance bekäme. Dann macht ihm ausgerechnet ein Mithäftling diesen Traum zunichte. Der verurteilte Zweifachmörder Karl Otto F. hat am 16. Dezember 2000 therapeutischen Freigang, im Zuge dessen er seine ehemalige Lebensgefährtin besucht. Dabei kommt es zu einem heftigen Streit mit deren 13-jährigem Sohn, der den Straftäter nicht in der Wohnung haben will. F. ersticht den Jungen, flüchtet, nimmt eine Frau als Geisel, verletzt sie schwer und wird schließlich von der Polizei erschossen. Die Aufregung in der Öffentlichkeit ist groß, die Boulevardmedien stürzen sich in gewohnter Manier auf den Fall und zeichnen das Bild eines Justizsystems, das Verbrecher hätschelt und Opfer verhöhnt. Die Politik reagiert blind und panisch: Alle therapeutischen Freigänge werden gestoppt, alle positiven Gutachten müssen neu evaluiert werden.

Rache statt Recht

Die folgenden drei Jahre verbüßt Frederik B. ohne jegliche Hafterleichterungen. 2003 tut sich unerwartet eine neue Chance auf. Dank der Fürsprache mehrerer Personen im Justizwesen darf B. eine externe Therapiegruppe besuchen, Anfang 2004 wird ihm die Entlassung in Aussicht gestellt. Dann werden von einen Tag auf den anderen alle Vergünstigungen „abgelöst", die Freilassung auf unbestimmte Zeit verschoben. Welche schicksalhaften Umstände B. diesmal kurz vor dem Ziel zurück an den Start schicken, scheint auf den ersten Blick schleierhaft. Doch im Zuge genauerer Recherchen fällt – meist hinter vorgehaltener Hand – immer wieder ein Name: Luis Strommer. Der vermögende Unternehmer und ehemalige VP-Nationalratsabgeordnete stammt wie B. aus Schaching und scheint sich den Kampf gegen dessen Freilassung zu einer persönlichen Mission gemacht zu haben. Bestens vernetzt in der lokalen als auch in der Bundespolitik, mit Freunden und „Freunderln" bei so gut wie allen relevanten Medien, will er dafür sorgen, dass „diese Bestie", wie es ihm bei einem persönlichen Gespräch herausrutscht, nie mehr in Freiheit kommt. Warum? „Wer da noch fragt warum, mit dem will ich sowieso nicht mehr reden", lautet Strommers Antwort. Dass jemand aus der Gemeinde, in der Susanna Paulus ermordet wurde, dieser Meinung ist, braucht nicht zu verwundern. Dass diese Privatmeinung – in Verbindung mit einem millionenschweren Vermögen – über das Schicksal eines Häftlings entscheiden kann, umso mehr. Dennoch ist es kein Einzelfall, sondern geradezu symptomatisch für die Politik der schwarz-blauen Regierung: Stammtischparolen übertönen profunde Argumente, Law-and-Order-Gestammel und die Anbiederung an den Boulevard verdecken erfolgreich, dass Innen- und Justizminister längst nicht mehr dem Staat dienen, sondern den Interessen der eigenen Klientel folgen. Der Schwager des Innenministers bekommt einen hochdotierten Job in Strommers Unternehmen? Wohlverdient. Die PR-Agentur eines ehemaligen FP-Pressesprechers bekommt plötzlich Aufträge im Wert von über 200.000 Euro? Reiner Zufall. Strommers Nichte Sylvia Thurner wird als Zukunftshoffnung der oberösterreichischen Landes-VP aufgebaut? Wer, wenn nicht sie.

Flucht? Nur in die Resignation

Für Frederik B. bleiben die Hintergründe dieses erneuten Rückschlags freilich im Dunkeln. Er flüchtet. In die Resignation. 18 Quadratmeter sind seine Welt. Die Zweimannzelle in der Haftanstalt Graz Karlau teilt er sich mit Jürgen S., der wegen eines pädophilen Delikts inhaftiert ist. Am täglichen Hofgang auf einem schmalen Betonweg nehmen beide nur selten teil. Ein Kühlschrank, eine Kaffeemaschine, eine elektrische Kochplatte, ein Fernseher, draußen der Tischtennistisch, das ist ihr Mikrokosmos.

B. ist zum Einzelgänger geworden, wie er selbst eingesteht. Er machte keine Probleme, will sich aber auch nicht mehr am kleinen Leben um ihn herum beteiligen. Immerhin konnte ihn seine ehemalige Therapeutin dazu bewegen, um eine Verlegung nach Garsten anzusuchen. Das Gericht dort soll angeblich nachsichtiger urteilen. Mag sein, wenn man keinen mächtigen Feind wie Luis Strommer und seine tentakelhaften Beziehungen gegen sich hat. Ob Frederik B. selbst an seine Freilassung glaubt? „Ich bin jetzt 38“, meint er teilnahmslos, „selbst wenn sie mich rauslassen, was erwartet mich da schon?“

juku. Der Falter, Ausgabe 32, März 2006

19.

Wolfgang Kappl riss am Blinkerhebel, um das Fernlicht zu deaktivieren. Wieder nur die Reflexion der eigenen Scheinwerfer an einem Begrenzungspfosten. Fahr langsamer, mahnte er sich und warf einen Blick auf den Beifahrersitz, auf das Kuvert mit dem Geld. 10.000 Euro. Überhaupt kein Problem, hatte er gemeint, als sie ihm die Summe genannt hatte. Was waren schon 10.000 Euro für den wohlhabenden Geschäftsmann, als der er sich aufspielte, den er ihr vorspielte. Aber was sollte er sonst machen? Zugeben, dass er so gut wie pleite war? Dass es der letzte Rest des Erbes seiner Frau gewesen war, mit dem er vor einem Monat zum dritten Mal die Insolvenz abgewendet hatte? Die Gitti. Scheiße noch einmal. Wenn er nur an sie dachte, an die abschätzigen Blicke, die sie ihm jedes Mal zuwarf, wenn er etwas sagte, an die verachtungsvolle Miene, wenn er nur in die Küche kam und an den Kühlschrank ging. Wie ein nutzloser Parasit fühlte er sich in ihrer Gegenwart; als ob sie was Besseres wäre, diese fette Funzen, die sich schon zu Mittag den ersten Gespritzten einschenkte, und mit der sollte er alt werden wollen? Leben wollte er. Sich wieder einmal wie ein Mann fühlen, der geschätzt und respektiert wird, das hatte er verdient. Nichts wie Arbeit die letzten dreißig Jahre, und wofür? Dass mittlerweile alle LKWs der Bank gehörten, der Saubande, der elendigen, die hatten ihn doch erst so weit gebracht, dass er sich die ganzen Kredite aufgehalst hat, vergrößern, expandieren, Osterweiterung, neue Exportmärkte, bla bla bla, diese Arschlöcher, Kappl stieg heftig auf die Bremse, weil er irgendetwas auf der Fahrbahn ausgemacht hatte, ein Tier vielleicht, doch da war nichts. Das Kuvert war vom Sitz gerutscht, 10.000 Euro, ja, war schon viel Geld, aber dann könnte sie endlich ihre Schulden abzahlen und müsste nicht mehr da oben arbeiten, würde sich schon was finden in seiner Nähe, sicher, hatte er ihr versprochen, jung war sie, hübsch, gescheit, und wenn's am Anfang nur in einem Supermarkt wäre. Kappl schüttelte den Kopf, lachte über sich selbst, weil sein Herz schneller schlug, weil er das Gaspedal automatisch nach unten trat, sobald er an sie dachte, an die unbändige Sehnsucht, die ihn zu ihr zog, diese wilde Verliebtheit, die er sich nur eingestehen konnte, wenn er alleine im Auto saß und Schlagermusik hörte. Alleine die Vorstellung, beim Stammtischabend mit seinen Kartenfreunden etwas darüber herauszulassen war absurd, nein, das war ein Thema, mit dem man sich nur lächerlich machen konnte. Seit einem Monat war er nicht mehr dort gewesen, wozu auch, diese bornierten Säcke, die alles und jeden schlecht machten, ihn sicher auch hinter seinem Rücken, nein, Zeitverschwendung war das, sich mit diesen sogenannten Freunden abzugeben, Geld ging dabei auch nicht zu wenig drauf, Geld, das er eigentlich gar nicht hatte, er konnte von Glück reden, dass die Thurner ihn im Februar gefragt hatte, ob er ihr diesen Gefallen tun könnte. 1.000 Euro die Woche, nur damit er ihrem Mann hinterherfuhr, schaute, wer seine Kunden waren, wen er da immer am Abend massieren musste. Natürlich hatte er genau gewusst, worum es ging, dass sie den Verdacht hatte, der Günther hätte eine andere, eh klar, war ja auch verständlich, dass sich der Hippie irgendwann um eine andere umschaute, weil seine Frau, die Sylvia, attraktiv, keine Frage, aber irgendwo auch kalt, berechnend, keine, die man zum Feind haben will, eine Strommer eben; wobei er, Kappl, gegen den Luis nichts Böses sagen mochte, so oft, wie der ihm unter die Arme gegriffen hatte, und da war's nicht nur um Aufträge gegangen, die er ihm zugeschanzt hatte, nein, zum Luis hatte er gehen können und sagen: Du, ich hab da ein paar finanzielle Schwierigkeiten, kannst du mir nicht aushelfen, bis das Geschäft wieder besser geht?, und der Luis: Wie viel brauchst denn?, nein, über den Strommer ließ er nichts kommen, dem hat das Leben auch böse mitgespielt mit seinen Söhnen und der Deutschen, die ihn im Stich gelassen hat, an einem Tag hast du eine Familie, und dann sitzt du alleine da mit so einem Mongo, da fragst du dich sicher, was sich der Herrgott dabei gedacht hat. Da kann ich mich überhaupt nicht beschweren, sagte sich Kappl, zumindest was die Kinder angeht, dass sie sich so gut wie gar nicht mehr anschauen lassen, ja, ist halt so, der Roland in Graz, die Marion in Wien, haben auch ihr eigenes Leben inzwischen; eigentlich wusste er auch gar nicht, was er mit seinen Kindern reden oder unternehmen hätte sollen, freute sich schon, sie dann und wann zu sehen, alle heiligen Zeiten, weil sie Weihnachten und Ostern auf jeden Fall nach Schaching kamen, aber wenn sie dann wieder fuhren, war er auch erleichtert, danach konnte er endlich wieder tun, was er wollte. Und jetzt wusste er, was er wollte, da musste er nur auf sein Herz hören, blöde Rederei, auf sein Herz hören, hätte er früher gesagt, aber da hatte es ihn auch noch nicht erwischt, so erwischt wie jetzt hat es ihn überhaupt noch nie, mit der Gitti schon gar nicht, oder? Er konnte sich gar nicht mehr daran erinnern, wie das mit ihr gewesen war, mit zwanzig heiraten, weil sie schwanger war und ihre Eltern darauf bestanden, damals hat er schon nach ihrer Pfeife tanzen müssen, aber das war jetzt vorbei, jetzt würde er sich von niemandem mehr was sagen lassen, sollten sie ihm die Firma pfänden und den ganzen Dreck, was hatte er schon noch zu verlieren, gar nichts mehr.

20.

Schäfer stand im Bad und löste den Topfen-Umschlag, den er vor dem Schlafengehen um sein Knie gewickelt hatte. Er beugte und streckte es, um der Intensität des Schmerzes nachzuspüren. Besser, aber noch nicht ganz gut. Egal. Er zog sich warme Sportkleidung an, holte sein Mountainbike aus der Garage und fuhr los. Zehn Minuten anbrechender Tag, Morgenluft, aufgehende Sonne, schon ging es ihm besser. Die Gesundheit ist das Wichtigste, zitierte er still für sich seine Großmutter und konnte ihr nur recht geben. Was schon ein leicht lädiertes Knie alles aus dem Lot bringen konnte. Psychisch in erster Linie. Denn wenn er sich nicht mindestens viermal pro Woche ausgiebig bewegte, schwitzte, im Wald herumtrieb, wurde aus dem gut integrierten Mitbewohner Melancholie sehr schnell die asoziale Depression.

Was für ein Horror, sagte er sich in Erinnerung an den Artikel, den er am Vorabend aus Starks altem Bauernschrank geholt hatte, diese Freiheit über zwanzig Jahre vermissen zu müssen, 18 Quadratmeter und zum Laufen ein bisschen Beton. Interessanterweise hatte Stark die Berichte in seinen Ordner so eingelegt, dass die jüngsten ganz oben waren. Eigentlich recht praktisch. Denn so hatte Schäfer nach dem Lesen eines einzigen Artikels bestimmt mehr gelernt, als wenn er sich von einem über 20 Jahre alten in die Gegenwart vorgearbeitet hätte. Über einen Entlastungszeugen oder mögliche Ungereimtheiten hatte der doch seriös wirkende Journalist allerdings nichts berichtet. Kein Gleis-Toni. Dafür ein Strommer Luis. Dass der Gott und die Welt kannte und mehr Geld besaß, als er ausgeben konnte, war Schäfer schon zu Ohren gekommen. Doch als rachsüchtige Krake, die ihre Tentakel in Ministerien, Redaktionen und Gerichtsäle streckte, hatte er ihn bislang nicht eingestuft. Auf jeden Fall gut zu wissen. Die nächste Einladung des Jägerverbands würde er bestimmt annehmen. Halte deine Freunde nahe bei dir, aber deine Feinde noch näher.

Ruhig war es auf dem Posten. Friedmann auf Zeitausgleich, Hornig unterwegs nach Linz, Plank bei der Schulwegsicherung; blieb Auer, die vor sich hin summend die Tastatur bearbeitete.

„Ah, Beethoven, sehr schön, du mauserst dich", meinte Schäfer im Vorbeigehen.

„Was?", irritiert ließ sie vom Computer ab und sah ihm nach.

„Das war die Klaviersonate Pathétique", Schäfer blieb stehen und hob den Zeigefinger. „Zweiter Satz, Adagio cantabile, wenn mich nicht alles täuscht."

„So ein Schmarrn ... das ist Billy Joel, war gerade im Radio."

„Der Radio ist ausgeschaltet."

„Ja, weil ich ihn abdrehe, wenn Sie hereinkommen ..."

„Sehr zuvorkommend, aber das ist trotzdem die Pathétique", Schäfer schenkte sich einen Kaffee ein. „Hundert Euro?"

„Tausend, wenn Sie wollen", Auer öffnete den Webbrowser und gab auf Youtube Billy Joel ein. „Da, und jetzt her mit den Scheinen", meinte sie grinsend, als „This Night" aus den kleinen Computerlautsprechern krachte.

„Das ist geistiger Diebstahl!", rief Schäfer aus und stellte sich an Auers Schreibtisch. „Los, geben Sie ein: Beethoven, Klaviersonate Pathétique."

„Tschuldigung", meinte Plank abgehetzt, als er den Posten betrat.

„Wofür?", wollte Auer wissen, während im Hintergrund Klaviermusik ertönte.

„Dass ich so spät dran bin“, Plank schlüpfte rasch aus seiner Uniformjacke. „Ich war noch im Krankenhaus, beim Kappl, der ist in der Nacht mit dem Auto in den Garten von seiner Nachbarin ... 2,8 Promille ...“

„Kappl, Kappl ..., der aus dem Wald?“, wandte sich Schäfer kurz seinem Kollegen zu, um dann zu deklamieren: „Na gut, Frau Inspektor, so wie’s ausschaut, haben wir beide gewonnen.“

„Sicher nicht“, protestierte Auer, „ich hab Billy Joel gesungen, das andere da kenn ich ja gar nicht.“

„Worum geht’s?“, fragte Plank und setzte sich an seinen Arbeitsplatz.

„Hundert Euro“, antwortete Schäfer, „die urheberrechtlich betrachtet eigentlich mir zustehen.“

„Tausend hab ich gesetzt“, widersprach Auer, „und die stehen mir zu, weil ich ein Lied nachgesummt habe, das fünf Minuten davor im Radio war.“

„Eine Melodie, werte Kollegin“, dozierte Schäfer, „die vor über 200 Jahren geschrieben worden ist.“

„Wovon ich keine Ahnung hatte, also: mein Gewinn.“

„Nur wegen dem Göld ... nur wegen dem Göld“, lallte Plank vor sich hin.

„Was ist denn mit dir los?“, Auer packte ihren Kollegen am Kinn und sah ihm in die Augen.

„Lass das“, Plank wand sich kichernd aus dem Griff seiner Kollegin. „Der Kappl hat das dauernd vor sich hergelallt, wie sie ihn aus dem Auto gezogen haben: Nur wegen dem Geld, nur wegen dem Geld ...“

„Vorschlag zur Güte: Ich spendiere die 100 Euro und wir verputzen sie gemeinsam in zwei Wochen beim Keltenfest“, mischte Schäfer sich wieder ein.

„Wo ich Dienst habe“, entgegnete Auer mürrisch.

„Dann trinkst du zur Abwechslung halt einmal Apfelsaft“, theatralisch mit dem Kopf schüttelnd zog Schäfer sich in sein Büro zurück.

Am frühen Nachmittag kam Hornig aus Linz zurück. Unter den Achseln tellergroße Schweißflecken, schleppte er zwei Kartons in Schäfers Büro und ließ sich ungefragt in den Besucherstuhl fallen.

„Schickt mich so ein Esel zwei Kilometer zum Lift und dann fährt der erst nur mit Schlüssel", jammerte er und schielte Richtung Kühlschrank.

„Aha", erwiderte Schäfer, stand auf und mischte Hornig einen halben Liter gespritzten Apfelsaft. Für den Weißen war es definitiv noch zu früh. „Und? Irgendwelche Schwierigkeiten? Abgesehen vom Treppensteigen."

„Wieso?", Hornig trank das halbe Glas in einem Zug.

„Also nicht", Schäfer nahm gelassen seinen Platz ein und wünschte sich ein Fenster, durch das er kubikmeterweise frische Luft strömen lassen konnte.

Dann stand er vor der Schachtel, hob den Deckel zwei Zentimeter und ließ ihn wieder sinken. Pandora, Pandora, murmelte er, setzte sich, überlegte einen Augenblick und griff zum Telefon.

„Beehehergmann", sang er in den Hörer, „ihihich bin's."

„Oh mein Gott", Bergmann seufzte und setzte gleich nach: „Wenn Sie mir jetzt mit dem Sie-dürfen-Major-zu-mir-sagen-Schmäh kommen, lege ich gleich auf."

„Oha ... schlechte Laune?"

„Ja, rundum. Jeder hat den Schreibtisch voll, kennt sich eh hinten und vorne nicht mehr aus, das Labor braucht ewig für jeden Kleinscheiß, weil die auch komplett unterbesetzt sind, und den Scheiß-Albaner-Wichsern fällt nichts anderes ein, als auf einem Spielplatz auf irgendwelche Tschetschenen zu ballern!"

„So, jetzt ist es draußen", Schäfer hieb mit der flachen Hand auf den Schreibtisch. „Kommen Sie doch am Freitag zum Abendessen ... ein kleines Feuerchen, wenn es die Witterung zulässt, einen guten steirischen Muskateller ..."

„Hm“, murrte Bergmann, „Freitag ist übermorgen, oder?“

„Richtig.“

„Na ja, würde sicher nicht schaden.“

„Nein, auf keinen Fall.“

„Also gut ... ich gebe Ihnen morgen Bescheid.“

„Ist gut“, flötete Schäfer, „und vielen Dank, dass Sie meine Einladung annehmen.“

„Entschuldigung, ist nur alles so ...“

„Ich hab’s lange genug mitgemacht. Also bis Freitag.“

Armer, armer Bergmann, sagte er sich anschließend mit leichter Schadenfreude, legte die Hände in den Nacken und blickte zu seinen Mitarbeitern hinaus, die in stoischer Ruhe ihrem Tagwerk nachgingen. So stoisch, dass sie den wahnsinnigen Seelig ohne Widerrede in die Amtsräume ließen. Die rechte Hand in den Nacken seines Sohnes gekrallt, in der anderen einen schwarzen Müllsack tragend, sah er sich kurz um und stürmte dann in Schäfers Büro.

„Das ist der Beweis!“, Seelig blickte Schäfer triumphierend an und knallte den Müllsack auf den Tisch.

„Herr Seelig, senior und junior“, bemerkte Schäfer und kratzte sich an der Wange, „ich bin gerade in einer wichtigen Besprechung.“

„Mit wem?“, Seelig sah sich perplex um.

„Mit mir ... nun denn, ähem ... was bringen Sie mir da Schönes?“, Schäfer griff sich den Sack und sah hinein. „Pflanzen.“

„Ja, Pflanzen“, Seelig lachte höhnisch und wandte sich an seinen Sohn, der wie eben aus dem Bett geholt wirkte, „erklär dem Herrn Major doch einmal, was das für Pflanzen sind.“

„Wie wär’s, wenn Sie beide Platz nehmen“, meinte Schäfer getragen und fühlte eine unbestimmte Heiterkeit aufsteigen. „Dann atmen wir alle einmal tief durch und ... und sehen weiter.“

„Meerträubelkraut, Salbei und ein Kaktus", erklärte der junge Seelig, nachdem sein Vater ihm mit dem Handrücken auf den Oberarm geschlagen hatte.

„Ephedra sinica, Salvia divinorum und Lophophora williamsii", Seelig senior nickte wie ein Schuldirektor bei der Strafpredigt. „Rauschgift."

„Rauschgift?", tat Schäfer erstaunt, nachdem er den Inhalt des Sackes auf den Schreibtisch geleert hatte. Spröde grüne Halme, trockene Blätter und zwei stachellose Kakteenknollen, tatsächlich ein Peyote; war ihm schon lange nicht mehr untergekommen; wäre vielleicht das perfektes Geburtstagsgeschenk für seinen Freund Werner.

„Sieht gar nicht so aus, gell", Seelig senior wandte sich seinem Sohn zu und zog ihn am Ohr. „Hast geglaubt, dass du mich hinters Licht führen kannst mit dem Zeug."

„Herr Seelig", aus heiterem Himmel schlug Schäfer mit der Faust auf den Tisch, dass der Bildschirm zitterte. „wenn Sie in meinem Büro noch einmal Gewalt gegen Ihren Sohn anwenden, sperre ich Sie ein, verstanden?"

„Aber, das war doch nur", stammelte Seelig, während sein Sohn Schäfer demütig und dankbar ansah.

„Was war das? Eine Erziehungsmaßnahme? ... Junior, lass mich bitte eine Viertelstunde mit deinem Vater alleine ... lass dir draußen einen Kaffee geben oder geh von mir aus spazieren."

„Was machen Sie hier?", wollte Schäfer wissen, als er mit Seelig allein war. „Sie zeigen Ihren eigenen Sohn an? Wegen den paar Stauden da?"

„Das sind hochwirksame psychotrope Substanzen!", rechtfertige sich der nun merklich eingeschüchterte Seelig.

„Das ist mir schon klar ... aber er ist Ihr Sohn. Und den schleifen Sie hier herein, als wäre er ein Einbrecher ... halten Sie das für normal in einer Vater-Sohn-Beziehung?"

„Wie soll ich ihn denn sonst zur Vernunft bringen?"

„Reden? Zuhören? Zeigen, dass Sie da sind für ihn?“, Schäfer stand auf und ließ die Jalousie herunter. „Oder glauben Sie, dass er Sie eher respektiert, wenn Sie ihm eine Vorstrafe einhandeln?“

„Chm“, machte Seelig, rutschte nervös auf seinem Stuhl hin und her und sah hilfesuchend zur bedeckten Scheibe. „Also, die Erziehung meines Sohnes ist immer noch ...“

„Ihre Privatangelegenheit, ja? ... Das hab ich schon oft gehört, glauben Sie mir ... unser neuer Mitbürger Frederik Bosch ist ein Paradebeispiel für private väterliche Erziehungsmaßnahmen“, ging es Schäfer nun endgültig durch.

„Das ist doch, aber ...“, stotterte Seelig.

„Sie setzen sich jetzt gemeinsam mit Ihrem Sohn ins Auto“, sagte Schäfer und deutete Richtung Parkplatz, „und frühestens in einer Stunde fahren Sie los, einverstanden?“

„Wenn Sie meinen“, erwiderte Seelig, stand auf und verließ grußlos das Büro.

Als die beiden draußen waren, ging Schäfer in die Gemeinschaftsküche, goss sich einen kalten Kaffee ein und baute sich anschließend vor seinen Kollegen auf.

„Werte Mitstreiter im Dienste der Gerechtigkeit, hört und lernt ... eben habe ich einen verlorenen Vater seinem Sohne zugeführt!“

„Apropos“, meinte Auer, die ihm als Einzige zugehört zu haben schien, „haben Sie gewusst, dass auf den Stiefvater vom Bosch, den Reininghaus, zwei Waffen registriert sind?“

„Und die sind jetzt wo?“

„Pff“, Auer zuckte mit den Achseln. „Irgendwo auf dem Hof wahrscheinlich.“

„Ay ay ay“, murmelte Schäfer und holte seine Jacke, „als ob ich nichts Besseres zu tun hätte.“

21.

Bei offenem Fenster fuhr er im Schritttempo an ein paar Einfamilienhäusern vorbei. Zu schade, dass er seine goldgefasste Pilotenbrille nicht dabei hatte. Vor einer festungsgleichen Thujenhecke stand eine unfassbar dicke Frau, den Oberkörper eingepresst in das Werbe-T-Shirt einer lokalen Druckerei, unten herum trug sie eine rote Turnhose – vielleicht auch ein altes Sprungtuch der Feuerwehr, in das sie zwei Löcher geschnitten hatte. Mit einer elektrischen Heckenschere in den Wursthänden wütete sie gegen den grünen Schutzwall an, hielt inne, als sie das herannahende Auto bemerkte, und warf Schäfer einen teilnahmslosen Kuh-Blick zu. Herr im Himmel, hier hatte das Fleisch den Geist einfach erstickt.

„Aufpassen mit den scharfen Geräten", Schäfer grinste freundlich.

„Ich mach's ja nicht zum ersten Mal", erwiderte die Frau, wartete einen Höflichkeitsmoment und widmete sich wieder ihrem Werk.

Schäfer stieg aufs Gas, blickte im Wegfahren noch einmal in den Rückspiegel und dachte: Scheiße, wenn die sich zehn Zentimeter weiter vorbeugt, frisst es ihr die Euter in die Schere; da will ich nicht in der Nähe sein.

Frederik Bosch war nicht zu Hause, schlief oder wollte niemanden sehen. Nachdem Schäfer an allen Türen gerüttelt und durch alle Fenster gespäht hatte, trat er den Rückzug an. Im selben Moment fuhr der Kleinbus auf den Hof, den Schäfer zwei Tage zuvor bemerkt hatte. Bosch stieg aus, öffnete die Schiebetür und beugte sich in den Wagen, ohne seinen Besucher wahrzunehmen. Hatte er den Streifenwagen vor dem Haus nicht gesehen?

„Tschuldigung, wenn ich schon wieder störe“, sagte Schäfer, worauf Bosch erschrak und sich den Kopf heftig am Fahrzeugrahmen stieß.

„Oh, mein Fehler“, schnellen Schritts ging Schäfer auf Bosch zu, „geht's?“

„Ja, eh“, Bosch presste die Augen zu und hielt sich den Kopf.

„Haben Sie was Kaltes zum Auflegen?“

„Ich denk schon.“

„Ich helfe Ihnen mit den Sachen da“, Schäfer deutete auf die Kartons im Kofferraum.

„Danke.“

„Wenn man heutzutage einen Fernseher kauft“, meinte Bosch, während er vor dem Kühlschrank am Boden saß und einen Beutel gefrorene Erbsen an seinen Kopf hielt, „kann man den nicht einfach aufdrehen und schauen ...“

„Antenne oder Kabel brauchen Sie schon“, Schäfer stellte die Kartons ab, setzte sich auf den einzigen Stuhl in der Küche, der nicht von Kleidern, Werkzeug, Gebrauchsanweisungen und sonstigem Kram belegt war, und zündete sich eine Zigarette an.

„Hab ich ... aber das nützt nichts wegen den digitalisierten Inhalten.“

„Ach so, stimmt ... da brauchen Sie so eine Box oder eine Karte ... ist das die neue Ausgabe?“, Schäfer deutete auf die Bezirkszeitung, die mit anderen Postwurfsendungen auf dem Küchentisch lag. „Darf ich?“

„Sicher ... möchten Sie was trinken?“

„Ein Wasser, gerne.“

„Lange her, dass ich es auf eine Titelseite gebracht habe“, sagte Bosch mit einem bitteren Lächeln, als er Schäfer das Glas hinstellte.

„Dieser Fritsch ist ein Arschloch“, Schäfer überblätterte den Artikel. „Der hat alleine wegen mir schon drei Abmahnungen vom Presserat kassiert.“

„Darf ich mir eine Zigarette nehmen?“

„Sicher“, Schäfer nahm einen Schluck Wasser und deutete mit dem Kopf auf die Kartons in der Ecke, die laut Außenaufdruck einen Flachbild-Fernseher, einen Computer und Lautsprecher enthielten. „Nützen Sie den Rest des Hauses nicht?“

„Vielleicht später.“

„Verstehe“, meinte Schäfer abwesend, weil er zur Seite mit den Traueranzeigen gekommen war. Auf der Parte für Günther Thurner: *Dank an Major Schäfer für die einfühlsamen Worte*. Was? Jetzt auch noch in der Zeitung. War die Witwe verliebt in ihn oder hatte er bei ihrer ersten Begegnung ein kurzzeitiges Blackout gehabt, in dem er sich in ein zuvorkommendes und teilnahmsvolles Wesen verwandelt hatte? „Wie bitte?“, wandte er sich Bosch zu, der irgendetwas zu gesagt haben schien.

„Warum Sie hier sind?“

„Ach so, ja ... Ihr Stiefvater, Herr Reininghaus, auf ihn sind zwei Schusswaffen registriert, die allem Anschein nach noch hier am Hof sind.“

„Oh“, Bosch zuckte mit den Schultern und ging zum Kühlschrank, um die Erbsen wieder ins Gefrierfach zu legen. „Keine Ahnung, wo die sein könnten ... aber wenn sie auftauchen, melde ich mich natürlich.“

„Sie könnten auch einen Waffenpass beantragen und sie behalten.“

„Wie, ich?“, Bosch drehte sich um und sah Schäfer verwundert an.

„Na ja, Gefährdungspotenzial ist gegeben, das bestätigt sogar die Bezirkszeitung ... wie es mit der psychologischen Eignungsprüfung aussieht, darüber kann ich natürlich nichts sagen ... aber vielleicht wollen Sie ja auch gar keine Waffe besitzen ...“

„Ja, nein, keine Ahnung ...“

„Müssen Sie ja nicht heute entscheiden“, sagte Schäfer und legte die Zeitung weg, „lassen Sie es sich einfach ein paar Tage durch den Kopf gehen. So eine Waffe ist ja nicht nur Schutz, sondern immer auch Gefahr, darüber muss man sich schon klar werden.“

„Mhm“, Bosch rieb mit den Händen über seine Oberschenkel, als wollte er Farbe abwischen. Will der mich loshaben?, fragte sich Schäfer. Dann bleib ich doch noch ein bisschen.

„Ich hab gestern einen Artikel über `Sie gelesen, fast schon ein Essay“, meinte er, „ist vor ...acht Jahren, glaub ich, im Falter erschienen.“

„Ach so, der, ja“, Bosch räumte einen Stuhl frei und setzte sich ebenfalls. „Der war eh ganz okay, der Journalist.“

„Hat der Strommer eigentlich persönlich etwas gegen Sie oder geht's da nur um ... die Tat?“

„Ich versteh nicht, was Sie meinen“, erwiderte Bosch aufrichtig.

„Haben Sie diesen Artikel denn nicht gelesen?“, wunderte sich Schäfer.

„Hm? Ach so, nein, ich war damals ... ich glaub nicht, dass ich den bekommen habe ... warum, was steht denn drinnen über den Strommer?“

„Pff ... na ja, positiv hat er sich nicht gerade geäußert über Sie“, wich Schäfer aus.

„Da war er aber nicht der Einzige.“

„Das stimmt, nur ... egal, inzwischen hat er sich ja offensichtlich auf finanzielle Argumente verlegt, um Sie loszuwerden.“

„Woher wissen Sie das?“, fragte Bosch und griff ohne zu fragen zu Schäfers Zigarettenschachtel.

„Ich bin der Sheriff, ich weiß alles.“

„Ah, okay, gut zu wissen."

„Speichern Sie sich meine Nummer ein", Schäfer reichte Bosch seine Karte und stand auf.

„Danke", Bosch nahm die Karte, warf einen Blick darauf und sah Schäfer skeptisch an.

„Hat nichts mit Ihnen persönlich zu tun", sagte Schäfer und ging zur Tür, „mehr so eine allergische Reaktion von mir, wenn sich ein Haufen Fanatiker gegen einen Einzelnen stellt, das fühlt sich einfach nicht richtig an, verstehen Sie?"

22.

Hermann Reinfeld, Zugbegleiter im Regional-Express, konnte die Passagiere mit größerem Gepäck meist sofort einordnen. Freitagnachmittag die Studenten auf der Heimreise, in den prallen Rucksäcken Schmutzwäsche für Mamas Waschmaschine; hin und wieder ein Reisender, der das mehrmalige Umsteigen auf dem Weg zum Salzburger, Münchener oder Wiener Flughafen nicht scheute; in den wärmeren Monaten die Radtouristen, die sich die wenig ansehnlichen Straßenabschnitte sparen wollten; in den letzten Jahren immer wieder auch Wanderer mit riesigen Tramperrucksäcken, die von zweiwöchigen Waldbegegnungen oder selbst zusammengestellten Pilgerwegen erzählten; und dann natürlich die anderen, die mit den schäbigen Koffern und Plastiktaschen, die kein Deutsch sprachen, ungepflegte Männer und abweisend blickende Frauen, Asylanten oder Illegale, die über Tschechien gekommen waren, wie Hermann Reinfeld mutmaßte, egal, solange sie ein gültiges Ticket besaßen und seinen Zug nicht beschmutzten, beließ er es bei einem prüfenden Blick und lauterem Stimmeinsatz.

„Ja, Toni!“, rief er deshalb überrascht aus, als er in Freistadt aus dem Zug stieg und den ehemaligen Kollegen Anton Larcher erblickte, der mit zwei prall gefüllten Sporttaschen und einem weinroten Kunstlederkoffer am Bahnsteig stand und nicht recht zu wissen schien, warum. „Wohin soll's gehen?“

„Zu meinem Bruder, nach Feldkirch!“, erklärte Larcher nach der bei ihm üblichen Denkpause. Dann grinste er – womöglich dankbar dafür, dass ihn Reinfeld daran erinnert hatte, was er nun zu tun hatte – und hievte die beiden Taschen in den Zug. „Einen Koffer hab ich auch noch!“, rief er, als ob das Monstrum zu übersehen gewesen wäre.

„Was machst denn in Feldkirch?“, Reinfeld entwertete Larchers Ex-Mitarbeiter-Gutscheine und setzte sich ihm schräg gegenüber.

„Zu meinem Bruder.“

„Aha ... und länger?“, Reinfeld deutete auf den Koffer zwischen Larchers Beinen.

„Das seh ich dann eh“, erwiderte Larcher zögerlich.

„Aber deine Wohnung hast schon noch, oder?“

„Ja, fesch ist die, ganz fesch, mit Balkon! ... Bin ich dem, dem Luis ewig dankbar, dass er sich da... weil mit der Invalidi ... mit der Rente ... selbstverständlich war das nicht, das kannst mir glauben.“

„Ach so, ja“, meinte Reinfeld, „aber hast ja auch gearbeitet, ist ja nicht so.“

„22 Jahre! ... Bei jedem Wetter ... wenn's nicht gar zu schiach war ... ja ja“, Larcher drehte sein Gesicht plötzlich zum Fenster hin. „War ich eh lange nicht mehr weg.“

„Na ja, wenn einem nichts abgeht ... aber Vorarlberg ist ja auch schön, mit dem See ...“

„Berge haben die, Berge“, sagte Larcher und nickte dazu heftig, „warst du schon einmal Skifahren?“

„Ja, war ich“, erwiderte Reinfeld lachend, „jedes Jahr Ende Februar fahren wir ... aber immer Niederösterreich oder Kärnten, da drüben ist es mir zu teuer, und die ganzen Gstopften, das brauch ich nicht, wenn du dir das im Fernsehen anschaust, Kitzbühel und Lech und das alles ..."

„Hast du das Rennen geschaut?"

„Was für ein Rennen?"

„Kitzbühel, Hahnenkamm, die Skifahrer", meinte Larcher plötzlich so aufgeregt, dass ein Spuckregen sein Gegenüber sprenkelte.

„Ah so, im Jänner, ja sicher."

„Super war er, gell!"

„Wer?"

„Der Reichelt, acht Jahre kein Österreicher mehr, vor ihm, aber der Miller, nur 34 Hundertstel, das ist schon auch ein Hund, der Amerikaner ..."

„Eh", Reinfeld sah auf seine Armbanduhr. „Und dein Bruder, hat der Familie in Feldkirch?"

„Ein Haus hat er, gehört ihm", sagte Larcher stolz, „die beiden Buben sind aber schon ausgezogen, Studierte, ganz gescheite!, die Frau ist ihm durch, eh schon lange, jetzt hat er zwei Hunde, Riesenviecher, mir tun sie aber nix, zum Glück."

„Ja dann ... werdet ihr's eh lustig haben", meinte Reinfeld und erhob sich.

„Sicher, der kann schon auf mich aufpassen, mein Bruder, da passiert mir nix, gewiss nicht."

„Ah", winkte Reinfeld ab, „dir passiert ja bei uns heroben auch nichts, oder?"

„Weiß man nie", Larcher riss seinen Kopf abermals zum Fenster hin. „Aber jetzt bin ich eh gleich weg."

23.

Das Rezept für das freitägliche Abendessen fand Schäfer im Internet: Thunfischsteaks in Sesamkruste mit Honig, Ingwer und allerlei spektakulärem Gemüse-Mischmasch. Anspruch: für den geübten Hobbykoch. Lief alles wie von ihm vorhergesehen, würde Bergmann ungefähr beim Frühzwiebel-Schneiden den Kopf schütteln und das Kommando übernehmen, worauf sich Schäfer in seiner Lieblingsrolle als Sommelier und Klugschwätzer gefallen durfte. Nach dem steirischen Muskateller zum Fisch würde er einen fruchtigen Tempranillo aufmachen, beiläufig ein paar Worte über Bosch verlieren, dem Chefinspektor ein wenig Honig ums Maul schmieren, indem er ihn mit den hiesigen Kollegen verglich, ein wenig Selbstzweifel drüberstreuen und ihn mit dem Hinweis auf den Entlastungszeugen Larcher in den Keller locken, wo zwei Kisten auf zwei begnadete Kriminalisten warteten.

Warum er sich so scheute, die Akten alleine durchzugehen, konnte er sich nicht vollständig erklären. Ein wenig Furcht war dabei. Als ob ein giftiges Tier in einem der Kartons lauern könnte; oder ein Bazillus, der sich in seinem Gehirn festsaugen und dort allerlei böse Sachen anstellen würde. Vielleicht war es aber auch nur das Wissen um die Tatortbilder: ermordetes Kind, das ließ sich zu zweit besser verdauen.

„Der Muskateller passt hervorragend zum Fisch“, meinte Bergmann freudig schmatzend.

„Danke, sechs fünfzig ab Hof, Wahnsinn, oder?“

„Schon, ja“, gab Bergmann zu.

„Wollen Sie eine Kiste?“

„Nein, da werde ich zum Alkoholiker.“

„Kann sie ja bei mir einstellen“, schlug Schäfer vor.

„Hm“, machte Bergmann. „Was tut sich in der Causa Bosch?“

„Die Volksseele köchelt, ein Dorfkaiser will ihn aus dem Ort hinauszahlen, eine sehr blonde Ex-Kellnerin hat mir einen angeblichen Entlastungszeugen aufgetischt und nach jüngsten Erkenntnissen dürften auf seinem Hof zwei Schusswaffen herumliegen.“

„Ist der Dorfkaiser der Strommer?“, wollte Bergmann wissen.

„Woher wissen Sie das?“, fragte Schäfer überrascht.

„Ich hab gestern ein bisschen nachgeforscht, warum der Bosch so lang gesessen ist ... 27 Jahre für einen 18-jährigen ist immerhin österreichischer Nachkriegsrekord.“

„Haben Sie den Artikel aus dem Falter gelesen?“

„Unter anderem, ja“, Bergmann schenkte sich großzügig nach. „Über einen Entlastungszeugen habe ich aber nirgends was gefunden.“

„Der hat auch nie offiziellen Status erreicht“, erwiderte Schäfer und wunderte sich über die Trinkgeschwindigkeit seines Gastes.

„Und trotzdem haben Sie sich die Akten geholt?“

„Woher wissen Sie das?“

„Wusste ich nicht, aber jetzt weiß ich's“, meinte Bergmann grinsend, „guter Trick, oder?.“

„Wenigstens irgendwas hab ich Ihnen beibringen können“, sagte Schäfer.

„Haben Sie was gefunden?“

„Ich hab sie noch nicht durchgeschaut ... liegen im Keller bereit.“

„Eine Leiche zum Dessert“, Bergmann klatschte in die Hände. „Da wechseln wir dann aber zum Roten, oder?“

„Wie viel trinken Sie denn zur Zeit so?“, fragte Schäfer, bemüht um einen lockeren Tonfall. Das hier war nicht der besonnene und steife Bergmann, den er kannte. Und schätzte.

„Zu wenig."

„Und ich hab immer geglaubt, dass mein Konsum abschreckend genug für Sie ist", meinte Schäfer und begann den Tisch abzuräumen.

„Es war eine harte Woche ..."

„Irgendwas im Speziellen?"

„Nein."

„Verstehe", erwiderte Schäfer und drückte den Geschirrspüler zu. Die ersten Zeilen des Gedichts „Howl" von Allen Ginsberg fielen ihm plötzlich ein. Sie zu zitieren erschien ihm aber doch zu pathetisch.

In der folgenden Stunde verwandelte sich Schäfers Keller in eine gruselige Kommandozentrale. Sie hatten allen herumstehenden Krempel beiseitegeräumt, in die Mitte des Raums eine alte Werkbank gestellt und an die freie Wand vier große Papierbögen geheftet. Schweigsam machten sie sich daran, die Tatort- und Opferbilder an die Wand zu heften, Beweismittel auszubreiten und die Ermittlungsakten chronologisch auf dem Boden zu verteilen. Was genau Schäfer zu finden hoffte, schien Bergmann wenig zu interessieren. Vielleicht lag es daran, dass er möglichst unbefangen an die Sache herangehen wollte. Wahrscheinlicher allerdings war, dass es ihm genauso ging wie Schäfer: dass er es schlichtweg genoss; dass er es weniger als Arbeit denn als Spiel verstand. In diesem Spiel verstanden und vertrauten sie einander dank ihrer über zehnjährigen Zusammenarbeit blind. Zudem: keine Pressekonferenzen, keine Anrufe von Vorgesetzten, kein Druck, keine Schuldgefühle. Wie Sex mit der Ex, dachte Schäfer in sich hineinschmunzelnd, während er den Obduktionsbericht las.

„So", ging Bergmann schließlich in die nächste Phase über, „Jazz?"

„Yes“, erwiderte Schäfer und lud Bergmann mit einer Handbewegung ein, die Führungsrolle zu übernehmen in dieser Ermittlungsmethode, die sie schon so oft gespielt hatten. Frage-Antwort, freies Improvisieren, Soli und Zusammenfinden.

„Wir haben eine weibliche Leiche, sieben Jahre alt, am Ufer eines Baches, teilweise entkleidet, Verletzungen an den unteren Gliedmaßen post mortem ... Todesursache Ertrinken. In der Lunge befindet sich kaum Luft, also nicht das typische Gas-Wasser-Gemisch wie wenn jemand Gegenwehr leistet und den Kopf immer wieder über die Wasseroberfläche hebt. Zusammen mit der Verletzung an der Stirn und an den Knien ergibt sich, dass der Täter sein auf dem Bauch liegendes Opfer am Hinterkopf gepackt und mit dem Gesicht ins Bachbett geschlagen hat ... daraufhin hat es umgehend das Bewusstsein verloren und ist ertrunken.“

„Wie lange war sie schon tot, als der Briefträger sie gefunden hat?“

„Höchstens eine Stunde.“

„Also ist sie zwischen neun und zehn Uhr vormittags getötet worden ... am Fundort ... was hat sie da gemacht? Warum ist sie die Böschung zum Bach hinuntergestiegen? Sie war ja nicht zum Spielen draußen.“

„Vielleicht hat sie etwas gesehen, das ihr Interesse geweckt hat.“

„Ein Tier? Katze, Hund, verletzter Vogel? Ein glitzerndes Armband?“, spekulierte Schäfer.

„Auf jeden Fall etwas Außergewöhnliches“, Bergmann schaute an die Decke. „Sie verlässt das Haus, ist unterwegs zu einer Familie in der Nachbarschaft, wo sich die Mädchen aus ihrer Klasse treffen, um Weihnachtskekse zu backen ... ein außerschulisches Projekt, die Buben gehen Iglu bauen ... also gibt es zumindest mehrere Personen, die wissen, dass sie ungefähr um diese Zeit auf diesem Weg ist, Lehrer, Eltern, Mitschüler ...“

„Wieso hat niemand ihr Fehlen bemerkt? Wieso hat niemand bei ihr zuhause angerufen, als sie nicht aufgetaucht ist?“

„Hm ... eine halbe Stunde vergeht schnell, wenn zehn Mädchen herumtanzen ... um halb zehn hat die Lehrerin bei den Paulus angerufen, da war aber niemand daheim, Handys gab’s noch keine, hat sie sich gedacht, dass die Susanna krank geworden ist oder später kommt.“

„Außerdem rechnet niemand mit so etwas ... okay“, Schäfer stand auf, nahm einen Faserstift, stellte sich an die Wand vor die Papierbögen und begann zu skizzieren. „Wer ist vorher am Bach unten? Der Täter, der das Mädchen hinunterlockt, oder sie?“

„Keine fünfzig Meter bachaufwärts hat man auf einem Baumstamm Stofffasern gefunden, die von Frederik Boschs Hose stammen“, brachte Bergmann ein.

„Richtig, was sich mit seiner Aussage deckt, dass er dort gesessen ist, um zu schnitzen.“

„Im Winter ... bei vier Grad.“

„Sie laufen auch bei Minusgraden und völliger Dunkelheit durch den Wald“, erwiderte Schäfer und sah Bergmann an. „Außerdem: Dass er da war, müssen wir unabhängig vom weiteren Verlauf der Ereignisse sehen ... der hatte Magic Mushrooms intus, zu Hause haben eine betrunkene Mutter und ein arbeitsloser Prügelvater gewartet, da bin ich auch lieber im Freien.“

„Außerdem hat er nicht gewusst, dass Susanna Paulus an diesem Tag dort unterwegs ist“, gab Bergmann zu. „Was wiederum für einen spontanen Ausbruch von Gewalt spricht oder für eine drogeninduzierte Psychose, in deren Verlauf ...“

„Stopp“, unterbrach Schäfer, „diese Theorie steht schon, ich will Alternativen.“

„Okay, wollte ich nur erwähnen“, Bergmann erhob sich und umkreiste die Werkbank. „Es gibt eine Zeugin, die

Bosch schon um viertel nach acht in der Nähe gesehen hat, mindestens 45 Minuten vor der Tatzeit ... nach der bisherigen Theorie muss er also eine Stunde oder länger dort gewesen sein ... was bei diesen Temperaturen tatsächlich außergewöhnlich ist."

„Laut der Aussage von Anton Larcher vulgo Gleis-Toni war Bosch außerdem um dreiviertel neun schon woanders", meinte Schäfer, „auf dem Feldweg beim alten Bahndamm, wahrscheinlich unterwegs nach Hause."

„Hat er die Verletzung an Boschs Hand bemerkt?", wollte Bergmann wissen.

„Das hätten ihn die vom LKA fragen sollen, aber so weit ist es gar nicht gekommen, weil ihn die Gendarmerie davor schon als unglaubwürdigen Säufer abgestempelt hat."

„Wie kommt das Blut von Susanna Paulus ans Taschenmesser von Frederik Bosch?", schwenkte Bergmann um und tippte mit dem Zeigefinger auf eins der Beweisfotos. „Sein Blut, ihres, seine Fingerabdrücke, sonst nichts Verwertbares ... wie können wir das erklären?"

„Das Messer ist dreißig Meter vom Tatort entfernt gefunden worden", fuhr Schäfer fort. Und kam nicht weiter.

„Um halb neun sitzt Bosch auf dem Baumstamm", versuchte es Bergmann, „schneidet sich in die Hand, will die Wunde auswaschen oder irgendwie verbinden, verliert dabei das Messer. Kurz darauf findet eine bislang unbekannte Person das Messer ... trifft wenig später am Bachufer auf Susanna Paulus, tötet sie, entkleidet sie, verstümmelt sie, läuft davon, wischt seine Fingerabdrücke vom Messer und wirft es in den Bach."

„Scheiße", fluchte Schäfer und wischte die Tatortbilder zu einem Stapel zusammen, „das ergibt alles keinen Sinn, oder?"

„Nur wenn wir in einer Gegend voller gewalttätiger Pädophiler wären, die sich rund um die Uhr im Wald verstecken und nur darauf warten, über ein Opfer herfallen zu können."

„Als eindeutig pädophil ist Bosch in den Gutachten nie bezeichnet worden", merkte Schäfer an.

„Ja, aber als unkontrolliert, aggressiv, verantwortungslos, emotional gestört ..."

„Hm", erneut stellte sich Schäfer an den Papierbogen. „1986, die Grenzen nach oben sind dicht, Durchzugsverkehr gleich null, jedes fremde Auto fällt auf ... dem Triebtäter von außerhalb, der zufällig vorbeikommt, gebe ich eine Wahrscheinlichkeit im Promillebereich", Schäfer zeichnete konzentrische Kreise um den skizzierten Tatort. „Nehmen wir Bosch als Täter weg, würde ich auf jemanden schließen, der in einem Radius von einem Kilometer wohnt beziehungsweise regelmäßig zu tun hat."

„Das LKA hat vier einschlägig vorbestrafte Männer aus dem Bezirk vernommen", sagte Bergmann und griff sich die entsprechende Akte, „dazu zwei Hauptschüler, die einer Volksschülerin einmal auf dem Heimweg den Rock heruntergerissen haben ... haben alle hundertprozentige Alibis."

„Ein Ersttäter?", Schäfer stellte sich dicht vor eins der Schwarz-weiß-Fotos. „Denken Sie an Dahmer. Lebt jahrelang mit extremsten Gewaltfantasien, ohne dass etwas davon nach außen dringt, und plötzlich ..."

„... sieht er einen Teil dieser Fantasien in realiter und es bricht durch ..."

„... er fällt wie im Rausch über sie her, schlägt sie bewusstlos, reißt ihr die Hose herunter ..."

„Warum sieht er von einer Vergewaltigung ab?", fragte Schäfer nach einer längeren Schweigepause.

„Vielleicht hat ihm der Anblick schon gereicht", Bergmann räusperte sich mehrfach, „vielleicht ist er plötzlich aus seinem Rausch erwacht, vielleicht hat er irgendwas gehört und ist abgehauen."

„Diese Schnitte“, Schäfer deutete auf die Verletzungen, die das tote Mädchen auf der Rückseite der Unter- und Oberschenkel aufwies, „wie haben die das gedeutet?“

„Penetrationsersatz“, zitierte Bergmann einen der damaligen Gutachter, „Eindringen in den Körper mittels eines Messers als Äquivalent et cetera.“

„Okay“, Schäfer stützte sich auf die Werkbank und sprach aufs Holz ein. „Auch wenn es sich um einen Ersttäter handelt: Was ist davor schon passiert, Annäherungen, Belästigungen, bedenkliche Aussagen, verheimlichte Übergriffe ... da gibt es in einem Bezirk mehr als die vier einschlägig Vorbestraften, aber kein einziger weiterer Verdacht taucht auf?“

„Das wundert mich nicht“, meinte Bergmann, „erstens haben wir 1986 und sind von der heutigen Sensibilisierung meilenweit entfernt, zweitens: Wozu weitere Verdächtige suchen, wenn Sie mit Frederik Bosch einen Täter haben?“

„Eben.“

„Was spricht denn wirklich gegen Bosch als Täter“, stellte Bergmann die längst überfällige Frage. „Nur dieser zweifelhafte Entlastungszeuge?“

„Eigentlich gar nichts“, antwortete Schäfer mit einem Schulterzucken. „Ich wollte mir den ganzen Kram ja auch nur anschauen, um zu wissen, mit wem ich es zu tun habe ... nicht nur der Bosch, auch der Strommer oder sonst irgendwer, der auf blöde Ideen kommen könnte ... was sagt denn Ihr Gefühl?“

„Zuerst sagt mir mein Verstand, dass die Kollegen vom LKA das nicht auf die leichte Schulter genommen haben. Zwischen Boschs Verhaftung und der Anklageerhebung haben die fast ein halbes Jahr ermittelt ... diese Ordner da sprechen auf jeden Fall nicht für eine Vorverurteilung oder ein Ho-Ruck-Verfahren.“

„Richtig“, gab Schäfer zu, „es ist ein Bilderbuchverfahren, in dem alles zueinander passt.“

„Bin gleich wieder da ...“

„Das Geständnis irritiert mich“, meinte Bergmann, nachdem er von der Toilette zurückgekommen war. „Drei Jahre beharrt er darauf, dass er es nicht war, dann versucht er es mit Blackout wegen der Drogen, und plötzlich, fünf Jahre nach der Verurteilung, bricht die Wahrheit über ihn herein?“

„So sieht es zumindest der erste Psychiater, der ihn betreut hat“, sagte Schäfer, „und als Therapiefortschritt ist es schon was wert.“

„Stimmt ... sonst wäre er wohl immer noch im Maßnahmenvollzug ... also können wir sein Geständnis als ehrliche Schuldeinsicht werten, wenn er es getan hat ...“

„Oder als kluges Kalkül, weil er draufgekommen ist, dass er sonst für immer im Häfen bleibt.“

„Was diesem Dings ja fast gelungen wäre“, schwenkte Bergmann um, stand auf und schenkte sich ein volles Viertel nach. „Was ist das für ein Typ, dieser ... Strommer? In welcher Beziehung steht der zur Familie Paulus oder zu Bosch?“

„Ich habe keine Ahnung“, erwiderte Schäfer und bemerkte zu seinem Erstaunen, dass ihm Bergmanns Wein-wie-Wasser-Trinken jede Lust auf ein weiteres Glas nahm. „Da muss ich mit Friedmann oder sonst wem von hier reden ... vielleicht mit der Thurner, mit einfühlsamen Worten.“

„Die Landesrätin? Die Witwe? Steht die auf Sie?“

„Keine Ahnung, aber sie ist Strommers Nichte.“

„Oha ... also ich für meinen Teil bin zum jetzigen Zeitpunkt der Meinung, dass es der Bosch war “, Bergmann streckte sich auf der Couch aus und schloss die Augen.

„Sie können gerne auch oben schlafen", meinte Schäfer, doch da hörte er Bergmann schon schnarchen.

24.

Trotz des Regens machte sich Bergmann um halb acht zu einem Waldlauf auf. Das Gift muss hinaus, brummte er Schäfer zu, der summend in der Küche stand und das Frühstück zubereitete. Ohne Kopfschmerzen oder sonstige Katerwehen, wie er zufrieden bemerkte. Den Großteil dürfte demnach wirklich Bergmann geschluckt haben. Sollte er sich deshalb Sorgen machen? Der sonst so beherrschte Chefinspektor gibt sich binnen drei Stunden zwei Flaschen Wein und schläft im Gewand auf der Kellercouch. Er konnte es aber auch als Kompliment sehen: Tagelang eingeschnürt im selbstgeschaffenen Korsett des tugendhaften und tadellosen Polizisten war das Schäfer'sche Domizil für Bergmann eben ein kontrollfreier Raum, eine Oase der Zügellosigkeit, eine Suhle, in der er seine primitive Seite wälzen konnte. Also würde Schäfer sich die Frage „Wie viel trinken Sie eigentlich sonst so?" für den Tag aufsparen, an dem Bergmann mit einer Fahne aus dem Auto stieg. Dann würde es allerdings Granada spielen.

Nachdem sie zwei weitere Stunden im Keller zugebracht hatten, ohne auf irgendwelche neuen Erkenntnisse gestoßen zu sein, fuhr Bergmann gegen Mittag zurück nach Wien und Schäfer ans Dreiländer-Eck zwischen Deutschland, Tschechien und Österreich. In einer Wochenzeitung hatte er vor einem halben Jahr einen Bericht über diese Gegend gelesen; über die urwaldhafte Vegetation, die besondere Vogelwelt, dass man Biber, Dachse, vielleicht sogar einen Wolf zu Gesicht bekäme.

War der eiserne Vorhang nicht eben menschenfreundlich gewesen, für die Natur hat er durchaus Vorteile gebracht, konstatierte Schäfer, als er auf schmalen Pfaden durchs Unterholz stapfte, an träge fließenden Bächen immer entspannter wurde, bis ihm ein Fuchs, der sich keine zwanzig Meter von ihm entfernt in seinen Bau verkroch, das Herz höher schlagen ließ. Warum kannst du mich nicht einmal so etwas genießen lassen, ohne mich gleich in Richtung Verbrechen umzuleiten, murmelte er ein paar Minuten später seinem Gehirn zu. Als ob die Arbeit da oben inzwischen so tiefe Furchen gezogen hätte, dass jeder Gedanke, und sei er noch so ein berufsfremdes Rinnsal, früher oder später dort hinein münden musste. Lass mich doch jetzt in Ruhe mit dem Bosch! Der ist mir im Moment so was von egal. Doch wie der rosarote Elefant, an den man nicht denken sollte, verzog sich auch Bosch nicht. Also setzte sich Schäfer auf einen umgestürzten Baum – der ihm sofort den Hosenboden nässte –, nahm sein Notizbuch und hielt seine aufgezwungene Assoziation fest: Wer streift regelmäßig im Wald, am Bach umher, wird aber nie verdächtigt? Wen blendet man aus? Hat man damals schon in Betracht gezogen, dass auch zwölfjährige Buben perverse Monster sein können? Gab es damals schon zwölfjährige Buben, die sich als perverse Monster herausgestellt haben? Klassenbücher! Durchsehen und verfolgen, was aus den Hauptschülern von damals geworden ist. Hat sich einer zehn Jahre später ohne ersichtlichen Grund umgebracht? Ist einer im Gefängnis gelandet? Hat einer vergewaltigt, gemordet, krack, Schäfer drehte sich ruckartig um. Ein Luchs. Was für ein prachtvolles Tier. Ein paar Sekunden sahen sie sich an. Na, sagte Schäfer, wie weit heute noch? Der Luchs stieß ein verächtliches Fauchen aus und verschwand im Unterholz.

Als Schäfer bei Einbruch der Dämmerung zurück zum Wagen kam, piepte sein Handy mehrmals kurz hintereinander auf. Herrlich, so eine empfangsfreie Zone, dachte er sich und sah nach, wer ihn angerufen hatte. Auer. Vier Mal.

„Frau Inspektorin, wo brennt's?"

„Der Kappl hat sich umgebracht", antwortete Auer bedrückt.

„Der vom Wald?"

„Ja."

„Wie?"

„In seiner Garage, Tranquilizer und danach Auspuffgase."

„Scheiße ... ich hab geglaubt, der liegt im Krankenhaus wegen seinem Unfall."

„War er, bis gestern."

„Ist wer vom LKA da?"

„Nein, noch nicht."

„Eine gute Stunde, dann bin ich da."

„Okay."

Kein schöner Anblick. Aber was hatte er erwartet bei jemandem, der im Vollrausch unangeschnallt in einen fremden Garten fährt, sich dabei das Gesicht am eigenen Lenkrad zerstört und zwei Tage später den Wagen seiner Frau benutzt, um sich in der eigenen Garage mit Auspuffgasen zu vergiften. Warum hatten die ihn aus dem Krankenhaus entlassen? Nach einem traumatischen Ereignis, wie Kappl es mit dem Todesschuss zweifelsohne erlebt hatte, musste so eine Alkofahrt als autodestruktiver Akt eingestuft werden; als Suizidversuch, wenn man ein wenig nachdachte; verdammt noch einmal, hatten die ihm keine psychologische Hilfe angeboten? Netter Versuch, Schäfer. Doch um wen hast du dich gekümmert, nachdem Kappl versehentlich einen

Menschen erschossen hatte? Um ihn? Oder um dich und deinen eigenen Zorn, weil wieder einmal so ein grenzdebiler Jäger seine Waffe nicht unter Kontrolle gehabt hatte? Hast du – der mehr Erfahrung mit den Betroffenen unnatürlicher Todesfälle hat als sonstwer im Ort – ihm geraten, sich psychologische Hilfe zu suchen? Oder wolltest du so schnell als möglich nach Hause und in die Laufschuhe schlüpfen? Hast du ihn vor den gefährlichen Folgen posttraumatischer Belastungsstörungen gewarnt? Ihm eine Nummer oder einen Namen genannt?

„Tabletten … nicht sehr männlich", murmelte er, als Auer ihm die Packung der verschreibungspflichtigen Beruhigungsmittel reichte.

„Was soll das denn heißen?", meinte sie angewidert.

„Was? Nein … dass es untypisch ist, wollte ich sagen, für einen Mann, aber … egal, wo ist seine Frau?"

„Räumt die Küche auf", erwiderte Auer und zuckte mit den Schultern.

„Typisch", wollte Schäfer sagen und verkniff es sich.

„Servus miteinander", betrat eine Stimme die Garage. Drobits, derselbe Kriminalbeamte, der auch bei Günther Thurner ermittelt hatte. Um den Hals eine Spiegelreflex-Kamera mit mächtigem Blitzgerät, in jeder Hand einen Metallkoffer. Er zog sich Einweg-Handschuhe über und trat an den Wagen. „Auch ein Fall von Folgetod, könnte man sagen, oder?"

„Bist du alleine?", wollte Schäfer wissen, „niemand von der Spur?"

„Grundlos scheuche ich da am Sonntag keinen auf", Drobits begann den Wagen und das Opfer aus verschiedenen Perspektiven zu fotografieren.

„Verstehe", Schäfer atmete dreimal tief durch. Unnatürliche Todesursache. Sobald das LKA vor Ort war, hatte er als Uniformierter sich nicht groß einzumischen. Egal, ob er mehr als zehn Jahre bei der Mordkommission gewesen war oder nicht. Aber einen Forensiker hätten sie schon mitschicken können, Wochenende hin oder her. „Ich schau einmal, was die Frau sagt“, meinte er und wandte sich zum Gehen.

„Dein Fall“, erwiderte Drobits, was Schäfer umgehend versöhnte.

„Schlecht geschlafen hat er“, beantwortete Frau Kappl die Frage nach dem Befinden ihres verstorbenen Mannes in der vergangenen Woche. „Mitten in der Nacht ist er auf und mit dem Auto davon ... spazieren fahren, der Depp ...“

„Hat er sich deswegen die Medikamente verschreiben lassen?“

„Nein, die haben wir schon lange im Haus gehabt“, meinte sie und drehte das Geschirrtuch zwischen den Händen, mit dem sie eben noch die Scheiben geputzt hatte. Sie setzte sich an den Esstisch in der Küche, worauf auch Schäfer Platz nahm. „Nimm dir was zum Trinken“, sprach sie nun Inspektorin Auer an, die an den Kühlschrank gelehnt stand. „Wein, Bier, Saft, was du magst.“

„Danke“, erwiderte Auer und öffnete behutsam den Kühlschrank, als gäbe es eine Totenruhe zu beachten.

„Wo ... waren Sie heute Vormittag ... als das passiert ist?“, fragte Schäfer.

„In der Kirche, danach da ... ich hab ihn ja erst um halb drei gefunden“, sie hob ihren Kopf, als wollte sie der Schwerkraft des Tränenwassers entgegenwirken.

„Das heißt“, begann Schäfer und versuchte Auer telepathisch mitzuteilen, dass sie ihm schleunigst ein Viertel einschenken sollte, „Sie haben nicht zusammen zu Mittag gegessen, also für gewöhnlich ... dass es Ihnen nicht seltsam vorgekommen ist, dass Ihr Mann nicht da war, meine ich ...“

„Wissen Sie … mir schenkst einen Roten ein", bat Frau Kappl Inspektorin Auer, die drei Gläser aus dem Oberschrank geholt hatte.

„Für Sie weiß?", wandte sich Auer an Schäfer, der mit den Augenlidern nickte.

„Sie wollten mir erklären, warum …"

„Ja ich weiß schon", winkte Frau Kappl ab und trank das halbe Glas in einem Zug. „Dass wir uns nicht mehr so gut verstanden haben, ist eh kein Geheimnis gewesen … und in der letzten Woche, nach der Geschichte mit dem Thurner … als ob er es mir zu Fleiß getan hätte …"

„Was jetzt genau?", wollte Schäfer wissen.

„Dass er wieder Jagen geht … wo es ihn jahrelang überhaupt nicht mehr interessiert hat und ich froh war, weil mir die Viecher so leidtun, anspeiben hätte ich mich jedes Mal können, wenn er eins heimgebracht und ausgenommen hat."

„Wann hat Ihr Mann denn jetzt genau wieder mit dem Jagen angefangen?"

„Was weiß ich", Frau Kappl leerte ihr Glas, stellte es geräuschvoll ab und sah Auer auffordernd an. „Vor ein paar Monaten … getroffen hat er zum Glück eh nie was … hat er halt gesagt. Vielleicht war er ja gar nicht jagen, sondern bei einer anderen, was weiß man schon bei die Mannsbilder … statt dass er sich um seine Firma kümmert …"

„Im Krankenhaus", brachte Auer ein, während sie die Gläser füllte, „mein Kollege hat Ihren Mann ja besucht und da soll er mehrmals *Nur wegen dem Geld* gesagt haben … wissen Sie, was er damit gemeint haben könnte?"

„Was für ein Geld denn", erwiderte Frau Kappl verächtlich, „hat ja fast alles in den Sand gesetzt, was er angefangen hat … das Haus, das ich von meinen Eltern bekommen habe? Weg war's bei der zweiten Insolvenz … aber ich darf mich nicht beklagen", fügte sie rasch hinzu,

„ist uns ja nie was abgegangen, im Großen und Ganzen ... weggefahren wäre ich halt gerne öfter ..."

„Das können Sie ja immer noch", sagte Schäfer frei heraus und konnte sich das vorwurfsvolle Schweigen, das folgte, nicht erklären. Hatte er nach der Lebensversicherung ihres Mannes gefragt? Eben.

„Vielleicht hat er ja gemeint, dass es ihm leid tut, dass er ... die geschäftlichen Misserfolge", versuchte Auer eine Erklärung, „dass es ihm leid tut, dass er da die falschen Prioritäten gesetzt hat und er sich besser um die Familie gekümmert hätte, statt ... oder so ..."

„Ja", stimmte Schäfer zu und nickte, obwohl er Auers Geschwafel als nicht gerade zielführend betrachtete. „Hat Ihr Mann denn bei irgendwem größere Schulden gehabt?"

„Nicht dass ich wüsste", antwortete Frau Kappl und blickte in den Rotwein, „bei der Bank was, aber das hat eh ein jeder, sonst ... vielleicht ist er dem Luis noch was schuldig gewesen, aber da fragen Sie ihn besser selbst."

„Dem Strommer?", fragte Schäfer, lauter als geplant.

„Ja ja, wem sonst ... gibt die Raika nix mehr her, gehst zum Luis, dem Millionär", Frau Kappl erlaubte sich ein weinseliges Lächeln und wippte mit ihrem Oberköper ein paar Mal nach vorne und zurück. Schäfer warf Auer einen fragenden Blick zu, den sie mit hochgezogenen Augenbrauen beantwortete. „Er hat schon auch immer wieder was für ihn gearbeitet, aber das war denk ich mehr so alibihalber, damit er kein so schlechtes Gewissen haben muss."

„Was gearbeitet?"

„Ja, was verliefert halt, oder hat er ihm den Wagen gerichtet, da war mein Mann eh geschickt ... hätte er dabei bleiben sollen, als Mechaniker statt das mit der Spedition ... ist ja ein Schwachsinn, sich da anlegen wollen mit den Preisen von den Polacken und Tschechen, kann ja keiner zahlen bei uns."

„Verstehe“, Schäfer räusperte sich, weil die Frau den Eindruck erweckte, im nächsten Moment mit dem Kopf auf der Tischplatte aufzuschlagen. „Haben Sie jemanden, der heute bei Ihnen bleiben kann?“

„Wieso?“, Frau Kappl blickte Schäfer verwundert an.

„Zum Reden ... damit Sie nicht alleine sind ...“

„Um viertel nach acht schaue ich mir die Pilcher an“, erwiderte sie, stand auf und räumte die beiden Weinflaschen in den Kühlschrank.

„Hier ist meine Karte“, meinte Schäfer und erhob sich ebenfalls.

„Wegen dem Auto“, rief Frau Kappl ihnen nach, als sie schon auf dem Weg nach draußen waren, „weil ich es halt zum Einkaufen bräuchte ...“

„Ich rede mit meinem Kollegen“, erwiderte Schäfer, drehte sich um und spürte, wie die Säure des billigen Weißweins in seinem Magen rumorte.

25.

Ein 20-jähriger attackiert seinen Vater mit Schlagring und Messer. Der 51-jährige kann sich bei einem Nachbarn in Sicherheit bringen. Der Sohn geht auf die Polizisten los und kann erst durch den Einsatz von Pfefferspray zur Räson gebracht werden. Überstellung in die Justizanstalt Linz. Nach einem Überholmanöver fährt ein 75-jähriger auf einen Traktoranhänger auf. Die Feuerwehr befreit den Schwerverletzten aus seinem Wagen, der Hubschrauber bringt ihn ins UKH Linz. Einem Maurerlehrling kommt auf einer Baustelle die Flex aus, er fügt sich schwere Gesichtsverletzungen zu. Ein alkoholisierter Mopedlenker schlittert nach einem Sturz auf die Gegenfahrbahn, wo es zu einem Auffahrunfall mit zwei Leichtverletzten kommt. Ein 65-jähriger Pensionist kehrt von einer Wanderung nicht zurück, 60 Einsatzkräfte aus dem ganzen Bezirk rücken zur Suchaktion aus. Mehrere Personen aus der Gemeinde haben von einem Inkassobüro aus Bremen ein in mangelhaftem Deutsch verfasstes Schreiben erhalten, in dem sie zur umgehenden Zahlung von mehreren hundert Euro aufgefordert werden. Ein Autofahrer, der sich kurz die Beine vertreten will, findet in einem Waldstück eine zweieinhalb Meter lange Pythonschlange, die aufgrund der kühlen Temperaturen schon völlig starr, aber noch am Leben ist. Ein 34-jähriger Holzfäller wird bei Schlägerungsarbeiten von einer Seilwinde am Kopf verletzt und stirbt noch am Unfallort. Bei einem Waldspaziergang findet ein Ehepaar eine 105-Millimeter-Geschosshülse aus dem Zweiten Weltkrieg. Als bislang unbekannte Täter bei einem Einbruchsversuch in ein Einfamilienhaus den Alarm auslösen, fliehen sie ohne Beute. Mehrere Gartenbesitzer melden den Diebstahl einer beträchtlichen Anzahl an Hortensien, verdächtigt werden Jugendliche, da besagte Pflanzen in schlecht informierten Kreisen als halluzinogene Droge gelten. Ein 17-jähriger Schüler inhaliert Feuerzeuggas und fällt ins Koma. Donnerstag, später Nachmittag: Eine junge Frau erscheint auf dem Posten, im Arm hält sie eine schwer atmende, trächtige Katze, die sie neben dem Radweg aufgelesen hat. „Aah, sehll schönn, Abendessen, ganz flisch“, meint Schäfer aufgekratzt, als er von der Toilette kommt und Inspektorin Auer mit der Katzenfrau sprechen sieht. Er erntet einen entsetzten und einen gespielt vorwurfsvollen Blick und verzieht sich in sein Büro. Darf man sich bei dem ganzen Stress nicht einmal einen Scherz erlauben? Keine fünf Minuten später stürmt eine etwa 40-jährige Frau den Posten, im Schlepptau ihren Sohn.

„Ihr Sohn lügt", sagte Schäfer kühl, nachdem er sich die Geschichte der Frau angehört hatte. Er starrte dem vielleicht Zwölfjährigen in seine niederträchtige Visage. Kurze blonde Haare mit einer einzelnen langen Locke am Hinterkopf, ein goldener Ohrstecker, ein Fußballdress mit dem Namen Özil am Rücken. Und seine Mutter erst: rabenschwarz gefärbte Haare mit zwei violetten Strähnen, links kurz, rechts lang, wodurch auch ihr verbissenes Solariumgesicht unvorteilhaft asymmetrisch wirkte. Herr im Himmel, die Schnepfe sah aus wie ein besonders hässlicher Picasso.

„Der Patrick lügt sicher nicht!", keifte sie zurück, „schauen Sie sich einmal den Bluterguss da an!" Sie zog den linken Ärmel des T-Shirts ihres Sohnes hoch, worauf ein apfelgroßer blau-violetter Fleck und eine Abschürfung zum Vorschein kamen.

„Mhm", machte Schäfer, „und das kommt von einem Ast, den der Bosch dir und deinem Freund nachgeschmissen hat, als ihr in der Nähe von seinem Hof mit dem Rad unterwegs ward?"

„Ja, sicher", meinte der Junge, „der Andi kann das bezeugen."

„So einer gehört doch weggesperrt!", ereiferte sich die Mutter.

„Haben Sie was dagegen, wenn ich mich ein paar Minuten mit Ihrem Sohn alleine unterhalte?", Schäfer lehnte sich zurück und drehte einen Bleistift zwischen Zeigefingern und Daumen.

„Was soll das bringen?"

„Sie können auch gerne zusehen", meinte Schäfer und deutete auf die Scheibe, durch die sie auf die Amtsräume blickten. „Vielleicht werden Sie da draußen sogar Zeugin einer Katzengeburt, sieht man ja auch nicht alle Tage, oder?"

Die Frau sah ihren Sohn hilflos, Schäfer wütend an, dann verließ sie das Büro.

„Dieser Ast", begann Schäfer und klopfte mit der Spitze seines Bleistifts leicht auf den Schreibtisch. „Weißt du, wo wir den finden können?"

„Ja da oben halt, beim Wald."

„Wenn wir zusammen hinauffahren, meinst du, dass du ihn wiedererkennst ... der muss ja gleich neben dem Weg liegen, wenn er dich da getroffen hat, oder?"

„Ja, sicher ... aber ..."

„Wäre schon gut, wenn wir den haben", Schäfer sprach eine Nuance lauter. „Die Spurensicherung findet darauf sicher winzige Hautreste vom Bosch und von dir und dann haben wir einen eindeutigen Beweis ..."

„Bevor ich meine Kollegen aus Linz anfordere, muss ich mir allerdings sicher sein, dass du und dein Freund die Wahrheit sagt, verstehst du", fuhr Schäfer fort, nachdem der Junge nichts zu sagen hatte. „Die Kriminalpolizei wird euch sicher auch noch einmal befragen, aber dann ist der Fall schon im Rollen, und wenn die dann draufkommen, dass ihr gelogen habt, müssen eure Eltern den Einsatz zahlen ... plus das Verfahren gegen euch wegen falscher Beschuldigung, falscher Zeugenaussage, so was kostet bald einmal 50.000 Euro ..."

Nachdem Schäfer genüsslich zugesehen hatte, wie die Mutter ihren Sohn am Ohr ins Freie gezogen hatte, entschied er sich spontan zu einem Spaziergang. Um im Ort nach dem Rechten zu sehen. Am besten am Ortsrand, am Waldrand, im Wald, in einem hohlen Baum, umgeben von einer zehn Zentimeter dicken, blick- und schalldichten Borke. Fern von solchen beschränkten Provinzschnallen, die jede Lüge glaubten, wenn sie nur dazu diente, ihre Vorurteile zu untermauern. Wie hatte ihm vor dieser Frau und ihrem ekelhaften Wurf gegraust. Zuschlagen hätte er können. Was ist los, Meister Schäfer?, fragte er sich, während er wie ferngesteuert am Stadtbrunnen vorbeischlenderte, stehenblieb, die linke Hand ins Wasser tauchte und sich schließlich das Gesicht wusch. Was willst du denn, dieser Abschaum ist die Grundlage deines Gehalts. In einer Bäckerei kaufte er sich eine Packung Fruchtmolke, setzte sich auf eine Bank, wo er nicht gleich ins Auge stach, und rauchte. Ganze vier Tage hatte er sich nicht mit Bosch beschäftigt, fiel ihm nun auf. Vergangenen Sonntag, nachdem er von Frau Kappl nach Hause gekommen war, hatte er sich vorgenommen, so bald als möglich mit Friedmann zu reden und ihm alles zu entlocken, was er über Luis Strommer und dessen ominöse Omnipräsenz wusste. Ist der letzte, der mit Günther Thurner telefoniert, bevor dieser in aller Herrgottsfrüh im Wald erschossen wird. Will Bosch aus dem Ort hinauskaufen, nachdem er jahrelang dafür gesorgt hat, dass der nicht aus dem Gefängnis kommt. Hat dem Todesschützen und späteren Selbstmörder Wolfgang Kappl offenbar Geld geliehen. Fährt mit einem geladenen Jagdgewehr herum und ist mit der Polizei per Du. Kommt das jetzt nur mir suspekt vor, ist das in der Provinz vielleicht sogar normal?, fragte sich Schäfer ernsthaft. Er fand keine Antwort, nicht einmal einen klaren Gedanken; was kein Wunder war in einer Woche wie dieser. So eine Frequenz an Notrufen kam nur sehr selten vor; keine Ahnung, woran das lag, an einem Wetterumschwung, am zunehmenden Mond, oder gar am Mars im dritten Haus, wie ein Feuerwehrmann allen Ernstes behauptet hatte. Schäfer stand auf, gähnte, streckte sich durch und trollte sich auf den Posten zurück. Auf dem Parkplatz stand Friedmann, spuckte auf einen riesigen gelben Apfel und rieb ihn mit seinem Hemd sauber.

„Fünf Stück!“, meinte er und grinste Schäfer an.

„Isst du pro Tag?“

„Nein ... Katzerl, fünf Junge hat's geworfen, das Mistviech!“

„Da drinnen?“, deutete Schäfer zur Eingangstür.

„Exakt ... aber die Tierärztin war schon da und hat sie abgeholt“, Friedmann lächelte selig. „Vielleicht bring ich meinen Mädels eine ... du willst keine?“

„Nein, die vom letzten Jahr hat mir gereicht ... ich wollte mit dir ja“, Schäfer blickte Friedmann erstaunt an. „Wo hast du jetzt den Apfel hin?“

„Weg ... mit Putz und Stängel.“

„Ah, hast du auch so eine kriegsgeschädigte Oma gehabt: Alles aufessen!“

„Nein, wegen den Ballaststoffen im Kernhaus“, gab Friedmann zurück, „was wolltest du wissen?“

„Der Strommer“, meinte Schäfer und holte die letzte Zigarette aus der Schachtel, „über den musst du mir was erzählen.“

„Gehen wir halt nachher auf ein Bier ... ist eh ziemlich was zusammengekommen zum Wegspülen diese Woche.“

26.

Abends im Garten. Saß Schäfer im Liegestuhl, streckte seine Füße in gleichmäßigen Zeitabständen zum Feuer hin und zog sie wieder zurück. Neben ihm ein A4-Kollegblock mit unlinierten Blättern, auf die er in der vergangenen halben Stunde mehrere Skizzen für seinen Dach-Wasserspeicher gezeichnet hatte; seine Zisterne, aus der das Regenwasser mittels eines Schlauches in die eingegrabenen Blumentöpfe fließen sollte und so weiter. Wo und womit er den Wasserspeicher befestigen sollte – keine Ahnung. Welches Gewicht das Dach aushielt – keine Ahnung. Zusätzliches Problem: Er war beim Durchbohren des Schlauches im Keller so gedankenverloren gewesen, dass dieser nun auf der gesamten Länge gelocht war – und damit auch der Teil, der von der Erdoberfläche an der Dachrinne entlang in den Wasserbehälter führen sollte. Egal, würde er halt ein Gaffer-Klebeband herumwickeln; damit wären die Löcher versiegelt, der Schlauch würde länger halten und dank der grauen Farbe des Klebebandes neben der Dachrinne so gut wie unsichtbar sein. An diesem Punkt seiner Überlegungen hatte Schäfer plötzlich den Kopf geschüttelt und den Block in die Wiese fallen lassen. Wem wollte er etwas vormachen? Was er hier trieb, hatte nicht einmal therapeutischen Zweck; denn dafür sollte er sich zumindest etwas suchen, das nicht schon in der Planung scheiterte. Musste ja nicht zwangsläufig die Töpferscheibe und der selbstgeformte Ton-Aschenbecher sein. Aquarell? Makramee? Vielleicht sollte er Marlene fragen; bei der Lebenshilfe hatten sie bestimmt einen reichlichen Fundus an Ideen und Werkzeugen, mit denen man seinen eigenen schwierigen Kopf zumindest für kurze Zeit vergessen konnte. Du wolltest sie sowieso anrufen, murmelte er und griff zum Handy.

„Herr Major ...“

„Frau Lebensfreude, wie geht’s?“

„Gut, die Gudrun hat mir heute ein blaues Auge geschlagen, aber sonst ist alles wunderbar.“

„Ich könnte dir einen Taser beschaffen“, meinte Schäfer.

„Vergiss es, da hat sie das letzte Mal fast einen Epileptischen bekommen.“

„Im Ernst?“

„Natürlich“, er hörte sie lachen. „Elektroschocks waren nur kurz aus der Mode ... wie geht’s dir?“

„Pff … ich wollte meinen Garten kultivieren und habe mich offensichtlich überschätzt.“

„Na ja, dass Ananas und Mangos bei uns nicht wachsen, hätte ich dir auch sagen können.“

„Oleander, zwei Rosenstöcke, Winterjasmin, Alpenveilchen, ein Rhododendron“, begehrte Schäfer auf, „aber die machen mir eh keine Probleme, noch …“

„Was dann?“

„Egal … ich wollte dich eigentlich was anderes fragen.“

„Sex?“, fragte sie mit gespieltem Entsetzen.

„Nein, doch, was“, ah, er war dieser Frau einfach nicht gewachsen. „Kennst du den Strommer Luis?“

„Den Vater vom Guido? Sicher, warum?“

„Nur so, weil mir ein Kollege heute erzählt hat, dass der Strommer einen Sohn hat mit Down-Syndrom, der bei euch untergebracht ist.“

„Ja, der Guido … nicht mehr lange, fürchte ich“, meinte sie mit einer Stimme, aus der schlagartig jede Freude gewichen war.

„Wieso?“

„Schweren Zucker hat er, dauernd was an den Bronchien, so schwach, dass er sich halt auch nicht mehr viel bewegen mag … dabei wäre das genau das, was ihnen am meisten hilft.“

„Wie alt ist der … Guido?“

„Was ist der für ein Jahrgang, 69 oder 70, 70, glaub ich, also wird er heuer 44, im Sommer, stimmt, der ist ein Krebs … wieso interessierst du dich für ihn?“

„Eigentlich mehr für seinen Vater“, meinte Schäfer, „der kommt mir in letzter Zeit dauernd irgendwo unter.“

„Sperr mir den ja nicht ein!“, mahnte sie ihn lachend, „der spendet uns jedes Jahr 50.000 Euro.“

„Aha … und taucht er auch manchmal persönlich auf, wegen seinem Sohn, meine ich?“

„Höchstens einmal die Woche ... er ist keiner von denen, die da selber was machen möchten, und dass der Guido sein Sohn ist ... Vaterliebe gibt's in der Generation nur, wenn du voll funktionierst und ... ja, weißt eh, was ich meine ..."

„Sehr gut sogar, ja", meinte Schäfer, der es genoss, wie ihr Wortschwall über ihn hinwegwogte, „aber er lasst sich sein schlechtes Gewissen wenigstens etwas kosten."

„Glaub ich nicht, dass der Strommer ein schlechtes Gewissen hat ... der spendet ja eh überall, setzt es von der Steuer ab und jeder ist ihm einen Gefallen schuldig, aus reiner Barmherzigkeit macht der das nicht", meinte Marlene und rief plötzlich: „Was hat er ausgefressen? Sag's mir!"

„Du bist verrückt", antwortete Schäfer, dem fast das Handy aus der Hand gefallen wäre, „ich besuche dich vielleicht demnächst bei der Arbeit."

„Ruf davor an, dann binde ich die Gudrun am Heizkörper fest."

„Ach, so eine herzliche Umarmung dann und wann ..."

„Kriegst du, versprochen."

Schäfer stand auf, hüpfte auf der Stelle und schlug die Arme um sich. Kurz überlegte er, noch ein paar Scheite in die Glut zu werfen. Dann nahm er den Skizzenblock, die Decke und das Weinglas und wechselte ins Wohnzimmer. Auf einem seiner Lieblings-Exoten-Kanäle lief eine Doku über ein schwimmendes Dorf vor der chinesischen Insel Hainan. Schäfer wollte schon umschalten, als ein Mann ins Bild kam, der im Begriff war, für die 3.000 Dorfbewohner in Eigenregie eine Leitung zu bauen, die frisches Trinkwasser vom Festland zu den Hausbooten bringen sollte. Eisensäge, Plastikrohre, ein paar Klemmen und Verteiler, ein langer dicker Schlauch, mehr schien der vife Mann für dieses Projekt nicht zu brauchen, wie Schäfer halb neidvoll, halb anerkennend bemerkte. Ja, du musst dich auch nicht nebenbei um Schläger, Alkoraser,

Kriegs-Blindgänger, vermisste Wanderer und trächtige Katzen kümmern, murmelte er dem Chinesen zu. Und ich mich in meiner Freizeit nicht zwangsläufig um einen Herrn Strommer, ergänzte er, griff sich seinen Block und hielt stichwortartig fest, was Friedmann beim Feierabendbier über jenen erzählt hatte.

Eine erste bezeichnende Anekdote stammte aus Strommers Jugendjahren. Gerade volljährig geworden, erlebte er 1963 mit, wie sein Vater den Familienbetrieb, ein mittelgroßes Sägewerk, beim Kartenspiel verlor. Obwohl es sich natürlich um ein illegales Spiel gehandelt hatte und die Abmachung keine Rechtskraft besaß, überschrieb der alte Strommer seinem Gegner das Unternehmen – Spielschulden waren schließlich Ehrenschulden. Keinen Monat später war das Sägewerk allerdings wieder im Besitz der Familie Strommer; genauer gesagt gehörte es nun der Mutter, die es wenig später ihrem Sohn Luis übergab. Was den Kurzzeit-Besitzer bewogen hatte, seinen Gewinn so schnell und ohne große Widerrede wieder loszuwerden, wusste Friedmann nicht im Detail zu sagen. Ob die dramatische Version stimmte – das Erwachen mitten in der Nacht mit einem Gewehrlauf an der Stirn – oder die offizielle, in der von Gewissenskonflikten die Rede war, wechselte je nach Erzähler und Zuhörer. Fakt war, dass sich Luis Strommer in den folgenden fünfzehn Jahren zu einem der größten Sägewerksbesitzer und Schnittholzhändler Mitteleuropas mauserte. Das abgebrochene Wirtschaftsstudium dürfte ihm dazu weniger verholfen haben als die richtige Mischung aus breiten Schultern und Bauernschläue, Geschäftsinstinkt und Skrupellosigkeit, selbstzweifelfreiem Charme und Stammtischhoheit. Plus ein guter Schuss Psychopathie, dachte sich Schäfer während Friedmanns Erzählung, und dem

Glück, sich mit dieser Veranlagung und dem entsprechendem Aggressionspotenzial in der Privatwirtschaft austoben zu können.

Strommers Ausflug in die Landespolitik mochte eine Reaktion auf diese privaten Unglücksfälle gewesen sein – eine zusätzliche Tätigkeit, um rund um die Uhr beschäftig zu sein – oder auch ein Versuch, sein ökonomisches Revier über politische Netzwerke auszudehnen und abzusichern. Nach einer halben Periode als Landesrat gab er allerdings auf; er sah sich als Entscheider und Herrscher, nicht als Diskutierer und Vermittler; lieber in seinem Unternehmen die erste Geige als im Landhaus die zweite oder vierundzwanzigste.

Als Strommers ältere Schwester 1984 mit nur 44 Jahren an Krebs starb, adoptierte er deren zehnjährige Tochter, seine Nichte Sylvia, deren leiblicher Vater sich schon einige Jahre zuvor aus der Verantwortung gestohlen hatte und irgendwo im fernen Ausland lebte. In dieser neuen Konstellation blühte Strommer auf; fast war es, als hätte es die herben Schläge des Schicksals gebraucht, damit er sich zu dem Familienoberhaupt entwickeln konnte, das er immer sein wollte. Wobei Sylvia, mit der er sich schon immer gut verstanden hatte, ihm diese Aufgabe denkbar leicht machte, indem sie Strommer wie ein Spiegel seiner eigenen Jugend erschien: kräftig, ehrgeizig, klug, ein Alphaweibchen, wie er sie nannte, wenn sie bei den Schulsportmeisterschaften ganz oben auf dem Podest stand oder ihn auf der Jagd begleitete und den Abzug ohne Zögern und Zittern drückte.

„Schön und gut“, hatte Schäfer irgendwann in Friedmanns Erzählung eingeworfen, „und warum hat sich der Strommer so auf den Bosch eingeschossen?“

„Wahrscheinlich, weil sie in der Nachbarschaft gewohnt haben“, erwiderte Friedmann, „also die Strommer und die Familie Paulus, nicht die Bosch.“

„Da würde ich wahrscheinlich auch auszucken ... stell dir vor, irgendeiner bringt die siebenjährige Tochter von deinem Nachbarn um."

„Ja, Ängste steht man nicht zu wenig aus mit Kindern", meinte Friedmann und stierte in sein halbvolles Bierglas.

„Was ist eigentlich aus der Familie geworden?", bemühte Schäfer sich um Ablenkung. „Paulus sind mir noch nie welche untergekommen."

„Aufgelöst haben die sich ... zuerst ist er weg, dann sie mit der anderen Tochter ... aber ich sag dir, so hart das klingt: Sogar ich war froh, dass ich die nicht mehr sehen hab müssen."

„Ihnen wird's wahrscheinlich gleich gegangen sein ... aus den Augen, aus dem Sinn."

„Er hat sich totgesoffen, hat's vor ein paar Jahren geheißen", sagte Friedmann und trank sein Glas leer, „war zum Schluss bei einer deutschen Firma, die Solaranlagen auf der ganzen Welt montiert hat."

„Und sie? Die Frau Paulus?", wollte Schäfer wissen.

„Keine Ahnung ... wollen wir hoffen, dass sie nicht irgendwann mit einer Schrotflinte beim Bosch oben auftaucht. Obwohl: Egal wär's mir auch."

„Diese Aussage schreibe ich jetzt den drei großen Bier zu", meinte Schäfer und stieß Friedmann mit dem Ellbogen in die Seite.

27.

„Die Tanja ist nicht da", Jochen Unger stand in der Küche und stützte die Fäuste in die Hüften.

„Wie, nicht da?", fragte seine Frau, die gerade an der Brotschneidemaschine hantierte. „Hast du im Bad geschaut?"

„Nix, im Bad nicht, in ihrem Zimmer nicht, im Keller nicht."

„Schau einmal nach, ob ihre Schuhe draußen sind."

„Welche?"

„Na welche hat sie dauernd an", meinte Frau Unger leicht genervt und ging selbst in den Vorraum. „Nicht da."

„Ich fahr zur Polizei", er riss seine Jacke von der Garderobe und stieg in ein Paar Turnschuhe.

„Jetzt wart einmal!", forschte seine Frau ihn an und hielt ihn am Ellbogen fest.

„Worauf? Dass wir sie in einem Bach finden?"

„Ich ruf an", Frau Unger hob ihre geöffneten Handfläche auf Brusthöhe und sah ihren Mann beschwörend an. „Du bleibst da stehen und ich hol mein Handy."

„Und?", wollte er wissen, als sie mit dem Telefon am Ohr zurückkam.

„Die Mailbox", antwortete sie und richtete ihren Blick auf den Boden.

„Wen rufst du jetzt an?", fragte er, als sie auf dem Display herumdrückte.

„Die Jasmin ... scht", sie hielt einen Zeigefinger an die Lippen. „Jasmin? Hallo, da ist die Mama von der Tanja, du weißt nicht zufällig, wo sie sein könnte ... nein, eben ... ja ja, freilich ... "

„Lass dir ihren Vater geben!", zischte Herr Unger.

„ ... danke dir, das mache ich", fuhr Frau Unger fort, während sie ihren Mann mit einer genervten Geste abwimmelte. „Ja, das wäre super, Jasmin, danke dir."

„Warum hast du nicht mit dem Friedmann geredet?", meinte ihr Mann vorwurfsvoll, nachdem sie aufgelegt hatte.

„Jetzt hör auf! Ist ja nicht das erste Mal, dass sie außer Haus schläft."

„Unter der Woche. Wenn Schule ist. Ohne, dass sie was sagt. Ich weiß nicht, woher du deine Ruhe hast, aber ich fahre jetzt zur Polizei."

„Jetzt ... wart, lass mich wenigstens noch was anziehen."

Als das Ehepaar Unger auf den Parkplatz der Polizeiinspektion fuhr, sahen sie den Inspektionskommandanten, wie er seine Chipkarte neben die Eingangstür hielt, diese aufzog, auf der Schwelle stehenblieb und sich zu ihnen umdrehte.

„Ah, das ist nett!", rief Frau Unger, während sie schnellen Schritts auf Schäfer zuging. Ihr Mann aktivierte die Zentralverriegelung und folgte in ein paar Metern Abstand.

„Unsere Tochter ist verschwunden!", stieß Herr Unger hervor, sobald er die Amtsräume betreten hatte.

„Wann?", wollte Schäfer wissen, ohne dass ihn besondere Aufregung zu befallen schien. Zumindest die beiden anderen Polizisten, Inspektorin Auer und Inspektor Plank, sprangen sofort von ihren Schreibtischen auf und warteten offensichtlich auf einen Einsatzbefehl.

„Ob sie verschwunden ist, wissen wir ja noch gar nicht", wiegelte Frau Unger ab. „Sie war heute früh nicht in ihrem Bett, wahrscheinlich hat sie woanders geschlafen und ..."

„Wie alt ist Ihre Tochter?", wieder Schäfer.

„16."

„Gestern Abend war sie noch zu Hause?"

„Ja."

„Hat es Streit gegeben?"

„Nein, also nicht direkt", Frau Unger wandte sich ihrem Mann zu, „du warst noch einmal bei ihr im Zimmer, oder?"

„Ja, und?"

„Hat es irgendeinen Vorfall gegeben, der Ihre Tochter ... wie heißt sie überhaupt?"

„Tanja."

„ ... der Tanja dazu bewogen haben könnte, das Haus zu verlassen, ohne Ihnen Bescheid zu geben?"

„Die geht nicht aus dem Haus, ohne dass sie uns was sagt!", ereiferte sich Herr Unger.

„Stimmt das, Frau ..."

„Unger, Entschuldigung, wir haben uns ja noch nicht einmal vorgestellt ... ja, nein, also ... es kann schon sein, dass sie einfach zu einer Freundin oder einem Freund ist und ..."

„Was Freund, wer?", brauste Herr Unger abermals auf, „mit dem Dings, dem Leon, das ist doch schon lange nichts mehr, oder?"

„Ähm", Schäfer machte zwei Schritte zu seinem Büro hin und wandte sich an Inspektorin Auer, „Sabine, lasst du dir bitte vom Herrn Unger die Personalien geben, ich unterhalte mich inzwischen mit Frau Unger unter vier Augen."

„Mütter, die sich ernsthaft Sorgen um ihre Tochter machen, reagieren für gewöhnlich anders", sagte Schäfer, als sie sich gegenübersaßen.

„Natürlich mache ich mir Sorgen", erwiderte sie kopfschüttelnd, „aber ... normalerweise sagt sie es mir eh, wenn sie woanders übernachtet."

„Ihnen beiden oder nur Ihnen?"

„Ich bin da eben liberaler als mein Mann, das heißt aber nicht ..."

„Fangen wir noch einmal von vorne an", meinte Schäfer milde. „Ihre Tochter hat heute Nacht das Haus verlassen, ohne Ihnen oder Ihrem Mann Bescheid zu geben."

„Ja."

„Es schaut aber alles danach aus, als ob sie freiwillig gegangen wäre ... also entführt ist sie nicht worden, oder?"

„Wieso soll sie denn ... wer soll sie denn entführt haben?", Frau Unger rückte nervös auf ihrem Stuhl nach vorne.

„Nein, niemand, ich wollte nur wissen, ob Sie irgendwelche Spuren gewaltsamen Eindringens bemerkt haben."

„Das Handy hat sie mitgenommen, Schuhe und Jacke sind weg, die Schultasche auch ..."

„Aber Sie haben sie nicht erreicht, auf dem Handy", schloss Schäfer.

„Nein", sie drehte sich zur Scheibe hin, durch die man den Rücken ihres Mannes sehen konnte. „Normalerweise machen wir das eh unter uns aus, die Tanja und ich ... wenn sie woanders schlafen will oder einmal Abstand braucht von ... nur in den letzten Tagen, da ist ihr Vater, also der Jochen, der ist da einfach ein bisschen übersensibel, wegen dem Bosch ..."

„Er glaubt, dass Frederik Bosch in der Nacht durch die Gegend streift, in fremde Häuser einbricht und Mädchen entführt", sagte Schäfer in einem Tonfall, der für Menschen bestimmt ist, die sich für Jesus oder Napoleon halten.

„Blödsinn", stritt sie ab, „er glaubt halt, dass ich ... weil ich damals gegen den Bosch ausgesagt habe und ..."

„Der Vergewaltigungsversuch?", unterbrach Schäfer sie.

„Na ja, das ist ein bisschen übertrieben."

„Steht aber so in den Akten."

„Weil die das damals so aufgeschrieben haben. Ich war elf, was habe ich denn gewusst, was eine Vergewaltigung ist, wir waren damals ja noch ... das ist ja überhaupt kein Vergleich zu den Jugendlichen heute."

„Und was genau ist damals passiert?"

„Ah ... die Unterhose hätte ich ausziehen sollen und ihn schauen lassen", meinte sie mit abgewandtem Blick, „das wollte ich dann doch nicht und da hat er mich am Arm gepackt ... aber wie ich geschrien habe, hat er mich eh gleich gehen lassen."

„Ihr Mann glaubt also, dass Bosch sich an Ihnen rächen will für diese Aussage ... indem er sich an Ihrer Tochter vergeht ..."

„Ganz ausgeschlossen ist das ja nicht, oder?", erwiderte sie trotzig.

„Ich denk schon ... Bosch ist ja nicht primär wegen Ihrer Aussage verurteilt worden. Höchstwahrscheinlich erinnert er sich nicht einmal mehr daran."

„Aber warum zieht der dann wieder hierher? Ist ja logisch, dass ihn da jeder hasst!"

„Fragen Sie mich was ...". Schäfer hielt inne, weil das Handy von Frau Unger eine Disco-Nummer aus den 90er Jahren spielte.

„Tanja! ... Wo bist du? ... Mein Gott, zum Glück ... Weil wir uns Sorgen gemacht haben, du Scherzkeks ... Ja, aber das erklärst du dem Papa selber, wir sind nämlich gerade bei der Polizei ... Das hab ich probiert, aber da versteckst du dich diesmal sicher nicht hinter mir ... Nein, Tanja, du bist jetzt ..."

„Frau Unger", mischte sich Schäfer lautstark ein.

„Wart kurz ... Ja?", erstaunt blickte sie ihn an.

„Ihre Tochter ist anscheinend gesund und munter, dann darf ich mich jetzt um andere Dinge kümmern, oder?"

„Oh, Entschuldigung, natürlich ... also, danke, und nichts für ungut ..."

„Gerne ... ah!", rief Schäfer der Frau nach, „geben Sie meiner Kollegin bitte eine Telefonnummer, unter der ich Sie erreichen kann."

28.

Frederik Bosch stand im ehemaligen Schlafzimmer seines Stiefvaters und seiner Mutter und sah in den Hof hinunter. Auf die Kleider, Bettwäsche, Bücher, Bilder, Papiere, Matratzen, zerbrochenen Porzellanfiguren, zertrümmerten Bettrahmen und Nachtkästchen; auf den ganzen Müll, den er in den vergangenen zwei

Stunden aus dem Fenster geworfen hatte. Er schwitzte; seine rechte Schulter schmerzte, weil er sich beim Herausreißen des Lattenrostes wohl irgendeinen Muskel gezerrt hatte. Seine körperliche Verfassung war jämmerlich; keine Kraft, keine Ausdauer. Aber es hatte gut getan, sich zu spüren. Er hatte Lust, den Haufen unter ihm in Brand zu setzen; durfte er das? Vor fünfundzwanzig Jahren hatte sich niemand beschwert, wenn ein Bauer seinen Unrat verbrannte. Doch es war nicht mehr 1989. Und er war kein Bauer, nur weil er einen Hof sein Eigen nennen konnte. Was war er. Ein Aussätziger. Vielleicht hatte er deswegen diesen seltsame Bullen sympathisch gefunden. Schäfer; wie passend; weil der tatsächlich wie ein wachsamer, aber vorurteilsfreier Hund auf ihn zugekommen war, ihn kurz abgeschnüffelt und für ungefährlich befunden hatte. Vielleicht. Jedenfalls war Schäfer der erste Besucher gewesen, der ihm nicht sofort das Gefühl gegeben hatte, an einer ansteckenden Krankheit zu leiden. Der Techniker von der Telekom, der ihm heute endlich die Leitung fürs Internet installiert hatte; die Verachtung in seinen Augen, in jeder Geste. Dabei war das selber nur ein Ausländer gewesen, ein Türke oder Araber mit volltätowierten Bodybuilderarmen, musste doch froh sein, hier überhaupt eine Arbeit zu bekommen, der überhebliche Arsch. Als er ihm ein Bier angeboten hat: Nein, er trinkt sicher keinen Alkohol, mit einem Gesichtsausdruck, als hätte er ihm ein Glas Pisse hingestellt. Egal, Hauptsache, der Kaffer hatte das mit der Internetleitung ordentlich hinbekommen. Den Artikel, von dem Schäfer ihm erzählt hatte, hatte er schnell gefunden. Schuld und Sühne. Hatte sich der Journalist aber besonders angestrengt. Kurt hatte er geheißen, an den Nachnamen konnte Bosch sich nicht mehr erinnern, nicht einmal das Gesicht konnte er abrufen; in diesem Erinnerungsbrei aus diesen Jahren gab es wenig Verlässliches; das Gesicht eines anderen Häftlings konnte auch das irgendeines Besuchers sein, Weihnachten 2010 hatte die gleiche Farbe wie 2007, war dieses japanische Atomkraftwerk 2011 oder 2012 explodiert?, im Frühling oder im Herbst?, war letztendlich auch egal. Aber 2008, das hatte gut angefangen, konnte er sich anhand des Artikels erinnern, die Arbeit, die Freigänge, als sich die anfängliche Panik in etwas anderes verwandelte, so ein Gefühl, ein gutes Gefühl eben. Strommer. Was hatte der gegen ihn? Damals hatte er ja gar nicht vorgehabt, hierher zurück zu kommen. Er hatte eine Stelle in Wels in Aussicht gehabt, sogar ein Zimmer in einer WG; Heinz hatte noch gelebt, keine Rede, dass er ausgerechnet ihm, dem Mörder, seinen Hof vererben würde; nein, Schaching war damals der letzte Ort der Welt gewesen, an dem er leben hätte wollen. Wäre er 2008 oder sogar früher freigekommen, hätte er sich ein Leben woanders aufgebaut, den Hof später verkauft. 180.000 hatte Strommer ihm geboten, als er vor zehn Tagen plötzlich aufgetaucht war; gleich in den Hof herein gefahren, als ob ihm eh schon alles gehören würde. Kein *Wie geht's, Was hast du vor*, den Koffer auf den Tisch geknallt, 180.000 bar auf die Hand, wenn du deine Sachen packst und bis zum Wochenende verschwunden bist. Was sollte er mit diesem Geld?, wohin sollte er denn? Ich verkaufe nicht, hatte er geantwortet, es hatte sich unecht angehört, wie von einem Film übernommen, in dem ein Ölbaron einem Farmer in den bad lands seine ärmliche Ranch abkaufen will, aber es hatte gewirkt, Strommer hatte den Koffer zugeschlagen, war grußlos hinaus und hatte beim Wegfahren im Kies zwei tiefe Rinnen hinterlassen.

Bosch ging in die Küche und trank drei Gläser Wasser. Wusch sich den Schweiß ab. Er sollte Astrid anrufen, seine letzte Therapeutin; sagen, dass ihn das alles überforderte; dass sich die Strukturen, die er mit ihr erarbeitet hatte, aufzulösen begannen. Was er in unzähligen Therapiestunden, zuerst bei Doktor Henisch und dann bei ihr, über sich gelernt hatte, kam ihm nun wie ein lächerliches Kostüm vor, das ihm drinnen nur deshalb gepasst hatte, weil alle sich damit einverstanden erklärt hatten. Seine Kindheit, sein Vater, die Schläge, seine unzuverlässige Mutter, kein Vertrauen gelernt, unterdrückte Aggressionen, Vaterangst und Mutterhass, das Trinken und die Drogen als Betäubung und Flucht, schließlich dieser Unglückstag. Drei Jahre lang war er überzeugt gewesen von seiner Version der Geschichte: 12.12.1986, frühmorgens war er aus dem Haus, weil in der Nacht wieder einmal die Fäuste und Flaschen geflogen waren. Er hatte sich extra warm angezogen, sogar eine Decke in den Rucksack gepackt, Tee mit Rum in einer Thermoskanne, ein bisschen Gras und das Säckchen mit den Pilzen, die er im vergangenen Sommer gesammelt hatte. Einen großartigen Trip versprach er sich, laut Wetterbericht würde sich sogar ausnahmsweise einmal die Sonne zeigen, ein blauer Himmel, das knallte gleich noch einmal mehr. Er kannte einen Hochsitz auf einer Fichte, bei dem schon vor Jahren die Leiter weggebrochen und nie ersetzt worden war. Wenn er ein Seil über den untersten Ast warf, konnte er sich hinaufziehen und dann locker weiterklettern. Dort oben aß er eine erste Handvoll der winzigen getrockneten Pilze. Als das Psylocibin zu wirken begann, bekam er es mit der Angst zu tun. Er fühlte sich ausgesetzt, schutzlos, packte seine Sachen zusammen und kletterte wieder hinunter. Obwohl er geplant hatte, weiter in den Wald hinein zu gehen, um nur ja niemandem zu begegnen, sah er sich plötzlich ein paar Einfamilienhäusern gegenüber. Er hatte jegliche Orientierung verloren; dazu das grelle Licht, die Geräusche von überall, da war eine Frau mit einem kleinen Kind, die in seine Richtung sah, den Mund bewegte, dann auch noch so ein dicker Junge mit riesigem Kopf und Froschaugen, der ihm irgendetwas zugrunzte, weg von hier, ein Bach, Wasser war gut, er stieg hinab und trank, ewig, wie ihm schien, doch mit dem Psylocibin war die Zeitwahrnehmung eine völlig andere. Die Böschung, die zur Straße hinaufging, war hoch genug, um ihn vor fremden Blicken zu schützen. Also spazierte er teils im, teils neben dem Bachbett strömungsaufwärts. Bis der Bach endlich in diesem kleinen Waldstück verschwand; wo er sich auf einen Baumstumpf setzte, endlich anfangen konnte, den Trip zu genießen, diese fantastischen Farben, das Moos, die Steine, die Äste, da musste er etwas machen daraus, etwas schnitzen, zum Glück hatte er sein Messer dabei. Dann, zehn Sekunden, zehn Minuten später, bemerkte er etwas Warmes und Feuchtes auf seinen Oberschenkeln, etwas Rotes, dann den tiefen Schnitt in seiner Hand, aus dem das Blut so schön floss, dass er ihm erst eine Weile zusah, bevor er sich entschied, dass so eine Wunde doch versorgt gehörte.

Ich hab einen Blödsinn gemacht, soll er zu seiner Mutter gesagt haben, als sie ihn im Bad antraf, wo er angeblich auf dem Boden gesessen war, verstört, weggetreten, mit einem ausgerollten Verband in der linken Hand, den er vergeblich um seine rechte zu binden versuchte. Dann die Polizisten, die Verhöre; aber warum denn?, hatte er immer wieder gefragt, anfangs noch unbesorgt, vielleicht sogar belustigt, weil er sich sicher war, dass sich dieses Missverständnis bald aufklären würde, weil er das ganze Spektakel immer noch als misslungenen Teil seines Trips wahrnahm, sobald der zu Ende war, wäre alles wieder im Lot. Warum sollte er denn ein siebenjähriges Mädchen töten? Das war doch absurd, völlig unlogisch, ergab überhaupt keinen Sinn. Sinn, Logik und Sinn, das war es auch nicht, was er ein paar Jahre später im Zuge seiner Therapie erkennen sollte. Vielmehr, dass er krank war, sein Gehirn eine gefährliche Maschine, der man nicht vertrauen konnte. Er sollte anerkennen, dass etwas geschehen war, das ein Teil von ihm bestimmt nicht gewollt hatte, der gesunde Teil, der ja zweifelsohne vorhanden war. Aber eben auch der andere; und mit dem gesunden müsste er eben anerkennen, sehen, vielleicht sogar verstehen, was er mit dem kranken getan hatte. Erkenntnis als erster Schritt; wohin? Das würde man erst in ein paar Jahren sagen können, in fünf, zehn, natürlich gäbe es eine Chance auf Heilung, eine Chance, dass er irgendwann ein ganz normales Leben führen könnte; dafür wäre die Therapie da, die sicher schmerzhaft werden würde. Ja, schmerzhaft, als er gemeinsam mit Doktor Henisch die Fotos vom Tatort betrachtet hatte, als er die Bilder in seine Version des Tages integriert hatte, um einen Durchbruch zu erlangen, wie der Psychiater es ihm aufgetragen hatte. In der Nacht darauf wollte er sich das Leben nehmen, sich mit einer Schraube die Halsschlagader zerfetzen, scheiterte, genauso wie die drei Versuche in den folgenden Monaten, einmal war es wirklich knapp gewesen, mit einem Kabel um den Hals hatten sie ihn in den Waschräumen gefunden, gerade noch gerettet, warum?, was verlangten die denn von ihm?, dass er damit leben sollte, ein Kind ermordet zu haben? Wieso sollte er mit so einer Schuld weiterleben, wo er doch selbst der Meinung war, dass solche Monster, wie er nun offensichtlich eines war, die Todesstrafe verdienten.

Jetzt war er keine drei Wochen in Freiheit und die Gewissheiten begannen zu zerbröckeln. Wie sollte er das interpretieren? Dass er den Jungen von damals als aggressives, verstörtes, asoziales Arschloch sehen konnte, aber nicht als Mörder. Fing sein Gehirn nun wieder mit dem Zuschütten der Schuld an, weil er sonst erneut Gefahr lief, sich zu töten? Gab es eine tiefere Wahrheit? Eine, die womöglich mit Strommer zusammenhing? Warum hasste der ihn so? Weil die Familie Paulus damals Nachbarn von ihm waren und er das Mädchen persönlich gekannt hatte? Er könnte ihn einfach fragen. Ihn anrufen und sagen, dass er gerne noch einmal über den Verkauf des Hofes reden würde. Die Pistole sollte er halt in Reichweite haben; dass dieser Strommer kein Problem damit hätte, ihn zu töten, wenn sich die Gelegenheit ergäbe, davon war Bosch überzeugt.

29.

Als ob die Woche nicht schon anstrengend genug gewesen wäre. Als ob er nicht schon mehr als genug Kontakt zu geistlosen Schwätzern und primitiven Machos gehabt hätte. Als ob der Freitag nicht dazu da wäre, sich aufs Wochenende zu freuen. Stand am Abend noch die Abschiedsgala des scheidenden Bezirkshauptmanns Höllriegel bevor. Schäfer grauste vor derartigen Veranstaltungen, die meist in elenden Wirtschaftskammer-Sälen, Mehrzweckhallen, Seminarhotels oder dergleichen stattfanden. Schlechtsitzende Anzüge, grausame Krawatten und billige schwarze Schuhe überall, öde Reden, grelles Neonlicht, schlechte Verlegenheitsscherze auf den Männertoiletten, wir sehen uns am Abend, rief Schäfer seiner Mannschaft zu und verließ den Posten kurz nach drei, um sich noch ein wenig Privatzeit gönnen.

Die beiden Oleander wurden von Schildläusen belagert; diese mit chemischen Keulen totzuprügeln kam für Schäfer nicht in Frage. Das Internet empfahl – unter vielem anderem –, eine Sprühflasche mit Seifenlauge zu füllen und sich jedes Blatt einzeln vorzunehmen. Vergleichsweise zeitaufwändig, doch wenig anspruchsvoll und mit einem sofortigem Erfolgserlebnis verbunden, war das genau die Tätigkeit, die Schäfers Geist entgegenkam. Als er beim fünften Blatt war, hörte er einen Wagen in die Einfahrt kommen.

„Ola Señor!", tönte kurz darauf ein gut gelaunter Werner, unter dem rechten Arm einen Kartontray Ginger-Beer, in der linken Hand eine Weinflasche ohne Etikett. „Ah, da kommen mir Agentenfilme in den Sinn, pensionierte Geheimdienstchefs und andere suspekte alte Männer ... die Rosenschere in den Händen, die einst kaltblütig getötet haben ..."

„Suspekte alte Männer", murmelte Schäfer und wischte ein weiteres Blatt mit dem feuchten Geschirrtuch ab, „die man lieber nicht schwach anredet, weil sie immer eine Halbautomatik im Sack mit dem Rindenmulch stecken haben."

„So geil!", stieß Werner aus, nachdem er seine Mitbringsel auf den Gartentisch gestellt hatte und zu den Rosen gegangen war, über deren Triebe er nun vorsichtig strich. „Das war immer mein Traum, Gärtner, echt, gib mir eine Schere, die gehören beschnitten."

„Sicher nicht!", meinte Schäfer entsetzt, stand auf, drückte seinen Rücken durch und stellte sich zu Werner. „Du kannst den zweiten Oleander putzen, die haben beide Schildläuse."

„Dein Limo hab ich mit", Werner ging zum Gartentisch und hielt die Weinflasche hoch. „Außerdem eine Fassprobe von einem gewaltigen Morillon aus der Südsteiermark ... geht ein Schluckerl?"

„Bereit?", Punkt sieben stand Friedmann grinsend vor der Tür und führte seine Arme, als wollte er einen Militärmarsch dirigieren.

„Völlig", Schäfer stützte sich an den Türrahmen. Mann, Werner, von wegen ganz ein leichtes Gras. Da war wohl Opium beigemischt gewesen.

„Hab ich dich geweckt?“

„Was? Nein, Rosen, ähm, Oleander hab ich ... geputzt, gespritzt ... komm herein und trink ein Glas. Ich muss noch schnell duschen.“

„Von mir aus“, meinte Friedmann, „kontrollieren wird uns heute eh keiner.“

Während der Fahrt zum Mehrzweckhaus begann Schäfer, wie ein Kleinkind am Bordcomputer herumzuspielen.

„Schon ein Wahnsinn, hm? Was die Technik in den letzten Jahren alles zustande gebracht hat.“

„Dass das Teil da auf dem letzten Stand der Technik ist, glaubst du ja selbst nicht“, entgegnete Friedmann.

„Aber grundsätzlich“, fantasierte Schäfer, den das Display und die Leuchtdioden zunehmend faszinierten. „In den 80ern sind wir noch an den Schreibmaschinen gesessen.“

„In den 80ern waren wir noch in der Schule.“

„Wir, die Polizei ... damals hat es nicht einmal DNS-Abgleiche gegeben, keine ordentlichen Spektralanalysen, keine brauchbaren Datenbanken, und die Gerichtsmedizin! ... alleine, was diese Käferforscher inzwischen alles über den Todeszeitpunkt herausgefunden haben!“

„Willst du heute die Rede halten oder der Höllriegel?“, wandte Friedmann sich verwundert Schäfer zu.

„Wahnsinn, der Höllriegel, ist das Rote Kreuz eigentlich da?“

Im Foyer des Mehrzweckhauses tummelte sich eine Hundertschaft an Uniformierten; an den Stehtischen sammelten sich die Bürgermeister, Bezirkspolizeikommandanten und sonstige Entscheider und hielten ihre Gläser wie königliche Zepter. Frauenanteil: geschätzte fünf Prozent.

„Raubüberfall mit Geiselnahme im Hotel Stern!", brüllte Schäfer, kaum dass er das Foyer betreten hatte. Worauf geschätzte zwanzig Gläser zu Boden fielen und die beschränktesten der Jungpolizisten zum Eingang sprinteten.

„Ach du Scheiße", murmelte Friedmann und entfernte sich unauffällig von seinem Vorgesetzten.

„Nur ein Scherz, nur ein ... schlechter Scherz", wehrte Schäfer grinsend und mit erhobenen Händen ab. Was war los mit diesen Affen? Das war eine Party, oder?

„Aber was für einer!", brüllte der Bezirkshauptmann, lachte sich einen purpurroten Kopf an und stampfte mit einem Glas Rotwein in der Hand auf Schäfer zu. „Junger Mann! Höllriegel, Bezirkshauptmann, noch, Gratulation zu dieser Einlage! Von welcher Einheit sind Sie denn?"

„Hüter der Lebensqualität, erste Garde", erwiderte Schäfer stramm stehend und salutierte. „Wir sind uns schon ein paar Mal über den Weg gelaufen."

„Ja, natürlich, ha ha", röhrte Höllriegel und klopfte Schäfer auf die Schulter, „ich hab's ja immer schon gesagt: Meine Mannschaft ist die beste!"

Obgleich ein paar der Anwesenden Schäfer noch mit einem missgünstigen Blick bedachten („Du glaubst wohl, nur weil du Major bist, kannst du dir alles erlauben"), schien der Bezirkshauptmann die kurzfristig angespannte Situation entschärft zu haben. Aus dem Murmeln wurde wieder ein dichter Gesprächsteppich, Gläser stießen gegeneinander, der Bezirkshauptmann entzündete eine Zigarre und hob damit das Rauchverbot auf, was Schäfer nur recht war. Einzig mit seiner Kommunikationsfähigkeit hatte er zu kämpfen. Denn wo rund um ihn eine entspannte Smalltalk-Atmosphäre herrschte, zu der ein harmloser Barpianist gepasst hätte, fand in seinem Kopf ein Jefferson-Airplane-Konzert statt. Und die Sätze, die er sich für eine unverfängliche Kontaktaufnahme zurechtzulegen bemühte, hatten das Niveau des sinnbefreiten

Dialogs, den er vor einer Stunde mit seinem Freund im Garten geführt hatte: Halleluja Maracuja, alles Roger in Kambodscha ... damit sollte er Bürgermeister König oder den Landespolizeikommandanten Wahrstätter nicht konfrontieren. Also suchte er den Raum nach seinen Mitarbeitern ab, sah Auer im Gespräch mit zwei jungen Kollegen und steuerte unverfroren auf sie zu.

„Gelungener Auftritt, Herr Major“, meinte sie grinsend.

„Eine unangekündigte Alarmübung hält den Geist wach und lockert die Stimmung, oder, Jungs?“, gluckste Schäfer und fragte sich sogleich, ob diese Anrede korrekt war. Am besten war es wohl, er hielt die Schnauze, bis das THC in seinem Kreislauf nur mehr in Ortsgeschwindigkeit fuhr.

„Jetzt wird's heiter“, sagte einer der beiden Polizisten, nachdem irgendwer wie verrückt mit einem Metallgegenstand gegen ein Glas zu schlagen begonnen hatte.

„Der Höllriegel hat ja jetzt schon zwei Promille“, flüsterte Schäfer Auer zu, während sie sich in den Menschenstrom einfügten, der dem Saaleingang zustrebte.

„Wie soll man denn sonst so einen Haufen von Bullen aushalten?“, erwiderte Auer, trank ihr Weinglas leer und stellte es im Vorbeigehen auf einem Stehtisch ab.

„Wenn ich heute noch einmal anfangen müsste“, begann Höllriegel seine Rede, „ich wüsste nicht, ob ich mir das noch einmal antäte. Ihr alle wisst, woher ich komme ...“

„Woher?“, wandte sich Schäfer an Auer.

„Keine Ahnung.“

„... und deshalb muss ich hier ja niemandem erzählen, was für Zeiten das damals waren. Wenn ich heute durch die Stadt gehe, dann sehe ich junge Menschen, die bei der größten Hitze Wollmützen tragen, die nicht grüßen können ... das, wofür wir uns eingesetzt haben, nach dem Krieg, den ich glücklicherweise selbst nicht mehr erleben musste, aber meine Eltern, und die Arbeit, die habe ich mitbekommen, wie hart es damals war … und dass wir alle zusammengeholfen haben … ja natürlich haben wir uns auch unsere Hörner abgestoßen, wir waren ja auch alle einmal jung, der Luis“, Höllriegel deutet grinsend auf Strommer in der ersten Reihe, „und wir alle, aber mit Maß und Ziel! Und immer mit Respekt vor den Älteren, in der Wertschätzung“, der Bezirkshauptmann räusperte sich und verlor sich für einen Moment in seinen Notizen, „dass wir gewusst haben, woher wir kommen, und wohin es gehen soll! Wie ich angefangen habe damals, als kleiner Landgendarm, womit wir es damals zu tun gehabt haben, und wenn ich euch heute ansehe, Rauschgift, Prostitution, Pornographie, natürlich hat uns diese globale Welt auch einen Wohlstand besorgt, doch zu welchem Preis, frage ich mich. Dieses ganze Gesindel, mit dem ihr euch herumschlagen müsst, natürlich haben wir auch Probleme gehabt damals mit ein paar Strizzis, und ich wäre der letzte, der sich einem freien Europa … wie ihr wisst, war ich mit dem Außenminister Mock persönlich droben, als wir, beim Vorhang … wir waren Idealisten, und heute? Einer Invasion der Barbaren seid ihr ausgesetzt, nein, ich bewundere euch, aber ich beneide euch nicht, was sind das für Menschen, die alte Leute in ihren Wohnungen überfallen, die unsere Jugend mit Rauschgift überschwemmen, die Kupfer von der Eisenbahn, sogar von den Friedhöfen stehlen. Und dann muss man sich auch noch anpatzen lassen dafür, dass man einmal klare Worte findet, für dieses Pack!“, Höllriegel verschnaufte und wischte sich mit einer Stoffserviette den Schweiß von der Stirn.

„Jetzt gibt er gleich w.o.“, meinte Auer.

„Schwitzt du auch so?“, gab Schäfer zurück.

„Und deshalb stehe ich hier auch mit einem lachenden und einem weinenden Auge … zu sehen, dass es noch Männer gibt, und auch Frauen, die an den Grundwerten unserer Gesellschaft festhalten, die Familie, als Kernzelle der Gemeinschaft, das zu bewahren, ich habe selbst drei Kinder großgezogen und aus allen ist etwas geworden, aber das ist heutzutage leider nicht mehr selbstverständlich ... heute laufen sie herum, mit Wollmützen auf, wo es draußen 20 Grad hat ..."

„Was hat er denn dauernd mit den Wollmützen?", flüsterte Schäfer.

„Sie haben Ihre Hand auf meinem Knie."

„Oh, Tschuldigung."

„... wo wir früher gewusst haben: Wenn einer tätowiert ist, war er ein Straftäter oder ein Matrose ..."

„Oder im KZ", sagte Schäfer, offenbar so laut, dass Höllriegel in seiner Rede verblüfft innehielt.

„Ja, Major Wolf, auch dieser Verantwortung bin ich mir bewusst, und hier gibt es auch gar nichts zu beschönigen ..."

30.

War ich peinlich?, fragte sich Schäfer am Samstagmorgen vor dem Badezimmerspiegel. Schlimmer als sonst? Das Intro, Raubüberfall im Hotel Stern, Schwamm drüber, auch Polizisten dürfen einmal entgleisen, gerade Polizisten!, deutete er mit der Zahnbürste auf sein Spiegelbild, die müssen sogar ab und zu entgleisen, sonst wird der Druck so hoch, dass sie hypertonisch werden, Hämorrhoiden bekommen oder zu katholischen Fundamentalisten mutieren. Außerdem hatte seine gelockerte Stimmung dazu geführt, dass er nach den unsäglichen Reden und einem Buffet mit 99 % Fleischanteil von Höllriegel persönlich an dessen Tisch geholt worden war, wo neben dem Bürgermeister, einem Bankdirektor und ein paar anderen Doppelkinnträgern auch Luis Strommer gesessen war. Keine Viertelstunde im Kreis der Alphamännchen und schon war Frederik Bosch das bestimmende Gesprächsthema. Die Sau die, eine Frechheit, und was er, als Polizist und Mensch, denn davon halte, wie man mit so etwas umgehen sollte, ob es da nicht Möglichkeiten gäbe.

„Den legalen Rahmen hat Herr Strommer eh ausgeschöpft“, erwiderte Schäfer.

„Wieso? Was hast denn gemacht?“, wandte sich der Bankdirektor an Strommer.

„Hinauszahlen wollte ich ihn, was denn sonst?“

„Und was hast ihm geboten?“

„Nicht genug“, merkte Schäfer mit gespieltem Bedauern an.

„Lassen wir das“, gab sich Strommer mürrisch, „wenn er mein Geld nicht will ... soll er doch verrecken dort oben.“

„Eigentlich müsste so einer ja eine Fußfessel tragen“, erwiderte ein hagerer Mann in Feuerwehruniform mit ein paar Kilo Orden drauf, „lebenslang!“

„Auch wenn es vielen schwer fällt“, meinte Schäfer salbungsvoll, „ist Integration in solchen Fällen meist die beste Lösung.“

„Ja ja“, erwiderte der Feuerwehrmann gereizt, „das muss schon noch uns überlassen bleiben, ob wir das wollen, dass der ... da muss man zuerst auch einmal an die Angehörigen denken.“

„Ist eh keiner mehr da“, brachte sich der Bürgermeister ein.

„Reden wir über was anderes“, bestimmte Strommer, „wer mag einen Schnaps?“

Nach dem Frühstück zog es Schäfer bald in den Keller, wo er sich zwei Stunden seinem Schreckenskabinett widmete. Mit Hilfe von Google Earth erstellte er eine neue Skizze des Tatorts aus der Luftperspektive. Sinnlos, gestand er sich wenig später ein; in den knapp dreißig Jahren seit dem Mord war der Bach verbaut worden, das Waldstück dahinter gerodet, der Weg, den Susanna Paulus genommen hatte, nicht mehr vorhanden, der Greißlerladen, von dem Bosch aus gesehen worden war, längst aufgelassen. Schäfer setzte sich auf die Couch und schloss die Augen. Stellte sich als Aufwärmübung ein Szenario vor, in dem zum Beispiel der Kaufmann, der als Zeuge ausgesagt hatte, zum Täter wurde. Hatte er eine Angestellte gehabt, so dass er das Geschäft jederzeit verlassen konnte? Und dann? War er regelmäßig auf gut Glück mit einer Schachtel Pralinen herumgelaufen, um das nächstbeste Mädchen zu einer kleinen Schokojause am Bachufer zu überreden? Oder hatte er Susanna Paulus an diesem Tag vorbeigehen sehen und ... Schwachsinn. Der Kaufmann war nie wegen Belästigung Minderjähriger auffällig geworden, geschweige denn hatte er sich einen Missbrauch zuschulden kommen lassen. Außerdem war er 1986 bereits 62 Jahre alt gewesen. Und Schäfer war sich sicher, dass der Täter ein junger Mann gewesen war – einer wie Bosch; besser gesagt einer, wie Staatsanwalt und Gutachter ihn als Fall Bosch beschrieben hatten: ein Mann, in dem dunkle und perverse Trieben schlummerten, die beim Anblick dieses Mädchens schlagartig erwachten und übermächtig wurden; im Akt der Gewalt reagierte das Biest sich ab und zog sich befriedigt in die hinterste Käfigecke zurück; der Täter kam zu sich, erkannte das Ausmaß seiner Gräueltat, floh in Panik, lief den Bach hinauf oder hinunter, völlig verstört, hatte das Messer noch ein paar Sekunden in der Hand, blickte darauf, ließ es fallen wie einen giftigen Skorpion ... und dann? Hatte er sich in seinen Bau verkrochen, schamerfüllt seinen Blutrausch ausgeschlafen, sich geschworen, dass so etwas nie wieder vorkäme; doch spätestens nach einem halben Jahr ... aber es hatte keinen weiteren Mordfall mit dieser oder einer auch nur ähnlichen Handschrift gegeben, sonst wäre da nicht nur bei den Ermittlern ein Alarmlicht aufgegangen. Hatte sich der Täter selbst gerichtet? Irgendein unscheinbarer Einzelgänger, der Tag für Tag zur Arbeit geht, von seinen Kollegen als nicht sehr zugänglich, aber unbedingt verlässlich charakterisiert wird; dann hängt er sich auf, kurze Erschütterung, kurzes Rätselraten, weg ist der Kerl.

Möglich, aber ebenfalls unwahrscheinlich, dachte Schäfer, stand auf, ging zur Wand und presste seine Stirn dagegen. Weil eben an diesem Tag an diesem Ort offensichtlich niemand außer Bosch zugegen gewesen war, der auch nur annähernd ein Täterprofil erfüllte. Was war mit dem engsten Familien- und Bekanntenkreis? Hatte es hier einen Onkel oder Cousin gegeben, einen Nachbarn, Schüler aus einer höheren Klasse, irgendeine Person, der Susanna vertraut hatte? Ja, aber sie alle hatten ein einwandfreies Alibi gehabt, waren bei der Arbeit, in der Schule, einer im Krankenhaus, einer im Ausland gewesen. Ich sollte es bleiben lassen, sagte Schäfer und legte sich aufs Sofa. Wo ihm der vorige Abend wieder einfiel, diese selbstherrlichen Provinzkaiser und Faschisten, denen war doch alles zuzutrauen, Vertuschung, Verschwörung, Bestechung, einen Unschuldigen 27 Jahre im Gefängnis vermodern lassen, verdammt, Schäfer, sei jetzt einmal ehrlich: Was reitet dich?

Eine Antwort fand er in dem Vormittag, als diese Blondine, deren Name ihm jetzt nicht einfiel – ach ja, die geile Gabi –, in seinem Büro gesessen war und von Anton Larcher und seiner Aussage erzählt hatte: War da ein Blutstropfen ins Revier eines ausgehungerten Haifisches gefallen? Dann noch die Aussage von Frau Unger, dass die versuchte Vergewaltigung gar nie stattgefunden hatte. Diese läppischen Informationen hatten nicht an seiner Vernunft angedockt, nicht an der Großhirnrinde, sondern irgendwo am Stammhirn, wo die archaischen Instinkte lauerten. Die zum Beispiel Männer immer noch beim Anblick eines Werbeplakates für Dessous in den Straßengraben fahren ließen? Auch nicht ganz. Denn Schäfers Intuition hatte sich in unzähligen Fällen von Gewaltverbrechen geschult und geschärft. Wenn er in den Graben fuhr, dann nur, sofern es tatsächlich eine Chance gab, mit der Frau auf dem Plakat ins Bett zu gehen, und sei sie noch so gering. Er ging ins Schlafzimmer, suchte sich etwas zum Anziehen, das ansatzweise an eine Uniform erinnerte – olivgrüne Cargohose und schwarze Regenjacke –, füllte seine Trinkflasche und holte sein Fahrrad aus der Garage.

Anton Larcher wohnte in einer Nachbargemeinde, knapp fünf Kilometer oder fünfzehn gemütliche Radminuten von Schaching entfernt. An der angegebenen Adresse fand Schäfer einen unansehnlichen Betonklotz aus den 70er Jahren, einen der typischen Zweckbauten, die damals geschaffen worden waren, um ÖBB-Bedienstete oder auch Polizisten niedrigerer Dienstgrade mit günstigen Wohnungen zu versorgen. Larcher hatte die billigste Variante ausgefasst: Erdgeschoß Nordseite ohne Balkon. Schäfer läutete mehrere Male, presste sein Ohr an die Tür, war schon im Begriff zu gehen, als die Tür der Nachbarwohnung einen Spalt weit aufging.

„Da brauchen Sie gar nicht probieren“, keuchte ein Mittsechziger in Feinripp-Unterwäsche, „der ist nicht da.“

„Ich probier nichts, ich bin von der Polizei“, Schäfer zog seinen Ausweis und hielt ihn auf Höhe der vorgelegten Sicherheitskette. Wovor hatte man sich denn hier zu fürchten? Seit wann gingen die einschlägigen Tschechen,

Rumänen, Serben oder Bulgaren auf Objekte los, die aussahen wie in der eigenen Heimat?

„Ist ihm was passiert?“, wollte der Mann wissen, nachdem er sich entschieden hatte, die Tür ganz zu öffnen.

„Wollen wir's nicht hoffen ... wann haben Sie den Toni denn zuletzt gesehen?“

„Vor ... drei Tagen, vollgepackt wie ein Muli, hat er nach Freistadt zum Zug müssen, hat er gesagt.“

„Aha ... und wohin die Reise gehen sollte hat er auch gesagt?“

„Nach Vorarlberg, zu seinem Bruder, der lebt da.“

„Wäre er mit dem Bus aber schneller in Linz gewesen“, merkte Schäfer an.

„Aber mit der Bahn fahren wir gratis“, erwiderte der Mann, sah an sich hinunter und schien sich nun seiner bescheidenen Aufmachung bewusst zu werden. „Ich war auch bei der Bahn, vierzig Jahre, am Stellwerk.“

„Bleibt der Toni länger weg, hat er was gesagt?“

„Nicht direkt.“

„Also hat er sie nicht gebeten, irgendwelche Pflanzen zu gießen, Tiere zu füttern ...“

„Hä?“

„Ich hab keine Telefonnummer finden können, unter der ich den Herrn Larcher erreichen kann“, startete Schäfer einen Alternativversuch, „haben Sie eine?“

„Die von seinem Bruder“, kam es zurück.

„Zum Beispiel, ja.“

„Larcher, Feldkirch, haben Sie ein Telefonbuch?“

„Ja, den finde ich“, meinte Schäfer, trat einen Schritt zurück und hielt die Luft an. Hatte dieses Wesen eben gefurzt? „Wenn er auftaucht, soll er sich melden, Major Schäfer, Polizeiinspektion Schaching, Wiedersehen!“

Dass Frau Unger, Mutter der kurzzeitabgängigen Tanja, auf einem Pferdehof arbeitete, war Schäfer nur recht.

Nach gut fünfzehn Kilometern auf dem Rad in zu warmer Kleidung vergaß er hier sofort seine Bedenken, wegen allfälligen Körpergeruchs unangenehm aufzufallen. Wie am Telefon verabredet stand Frau Unger an der kleineren der beiden Koppeln, wo sie zwei Reitern zusah, die gemächlich im Kreis trabten. Eines der beiden Pferde, in Schäfers Augen ein Haflinger, wurde zusätzlich von einem Mädchen um die 16 an einem Strick geführt.

„Ist das Ihre Tochter?", fragte Schäfer nach einer kurzen Begrüßung.

„Ja ... ist das so deutlich?", erwiderte Frau Unger sichtlich erfreut.

„Schon", log Schäfer, der nur geraten hatte. „Also ist alles wieder im Lot?"

„Ach, ja, Entschuldigung nochmals deswegen ... mein Mann war da ein bisschen hysterisch."

„Ihnen ist bei dem Gedanken nie unwohl gewesen? Dass Frederik Bosch wieder hier wohnt?"

„Na ja", Frau Unger verzog den Mund, „um mich selber hab ich mir eigentlich keine Sorgen gemacht, ich hab ihm ja nichts getan."

„Deshalb wollte ich eben noch einmal mit Ihnen reden", Schäfer nickte den Reitern und dem Mädchen zu, die sich gerade an ihnen vorbeibewegten. „Schaut sehr entspannt aus ..."

„Das ist auch Sinn und Zweck des therapeutischen Reitens."

„Therapeutisch ... und was wird hier therapiert?"

„Psychische Belastungssyndrome."

„So so", Schäfer nickte wissend.

„Unter uns: Der Mann leidet unter einer bipolaren Störung und die Frau hat, na ja, ein paar schlimme Sachen hinter sich."

„Missbrauch?"

„Unter anderem."

„Verstehe ... und die Pferde, was genau machen die, als Medizin?", fragte Schäfer nun ehrlich interessiert.

„Sie reflektieren die Stimmung und das Verhalten des Reiters ... wenn er zum Beispiel zu angespannt ist, wird auch das Pferd nervös und er muss gegensteuern, um die Kontrolle zu erlangen."

„Behufte Tranquilizer, sollte ich vielleicht auch einmal probieren."

„Kann ich nur empfehlen", meinte Frau Unger und gab Schäfer einen Blick, den er nicht interpretieren konnte. „Aber Sie wollten mich eigentlich etwas anderes fragen, oder?"

„Ja, sicher, Ihre Aussage damals ... am Posten haben Sie gemeint, dass es gar keinen Vergewaltigungsversuch gegeben hat ... dass Bosch nur etwas aufdringlich geworden ist, Sie aber dann gleich in Ruhe gelassen hat."

„Ja, so war es auch, zumindest soweit ich mich heute noch daran erinnern kann." Sie blickte an Schäfer vorbei in die Ferne. „Ich glaub nicht einmal, dass ich damals überhaupt Angst vor ihm gehabt habe. Ich war zwar erst elf und sicher ein Stück kleiner als er, aber das war mehr so ... so ein blödes Spiel halt, denke ich, zeig mir deins und ... dass der Frederik mir weh tun will, auf den Gedanken wäre ich nie gekommen, und ich glaub, er auch nicht."

„Wenn Sie sich da sicher waren, und ihn offenbar eh ganz gut gekannt haben, wie ist dann diese Aussage ins Protokoll gekommen?"

„Da müssen Sie schon Ihre Kollegen von damals fragen und meinen Vater ... ich hab da sicher nur Ja und Amen gesagt und war froh, wie's vorbei war."

„Also haben Sie Ihrem Vater von dem Übergriff erzählt?"

„Nein, meiner Mutter, aber ich glaub, mehr so im Scherz", Unger schnaufte hörbar aus. „Ich weiß es ehrlich gesagt nicht mehr, da waren plötzlich die Polizisten da und haben mich zu was befragt, was ihnen mein Vater erzählt hat, was der von meiner Mutter hat, stille Post ... aber das hat mich ja nie mehr betroffen, weil ...“

„Weil Bosch wegen dem Mord an Susanna Paulus verurteilt worden ist und sowieso weg war.“

„Den Zusammenhang, den hab ich nie hergestellt, dass das alles irgendwas mit mir zu tun gehabt haben könnte.“

„Hat es auch nicht ... Sie ... Ihre Aussage war ein Puzzleteil, das sehr gut gepasst hat, mehr nicht.“

„Und wieso interessiert die Polizei das jetzt plötzlich wieder?“, fragte sie. Und zum ersten Mal sah Schäfer deutliche Verunsicherung, Besorgnis, vielleicht sogar Angst in ihrem Gesicht.

„Eher mich persönlich“, rutschte es ihm heraus und er überlegte rasch, welche Strategie jetzt wohl die beste wäre. „Weil der Bosch eben wieder hier ist und ich mir einen Einblick verschaffen wollte in das, was damals passiert ist ... mit wem ich es zu tun habe ...“

„Sie waren vorher in Wien, bei der Mordkommission“, sie sah Schäfer in die Augen, auch ein Stück dahinter, dachte er. „So eine Art ...“

„Wäre mir sehr recht, wenn Sie jetzt nicht Columbo oder Monk oder etwas in der Richtung sagen“, unterbrach er sie mit einem Lächeln.

„Nein, das wollte ich gar nicht ... dass Sie sehr gut waren, hat man halt gehört, wie Sie nach Schaching gekommen sind.“

„Mag sein, ja“, Schäfer räusperte sich und wischte seine Hände an den Oberschenkeln ab, als hätte er ein schwitzendes Pferd gestreichelt. „Aber interpretieren Sie da jetzt bitte nicht zu viel hinein.“

„Das müssen Sie schon mir überlassen“, erwiderte sie, zum Glück in einem heiteren Tonfall und von einem Lachen begleitet.

„Gut, ja, dann ... ach so, eins noch“, meinte Schäfer und musste selbst grinsen, weil er sich nun tatsächlich wie Columbo anhörte. „Darauf müssen Sie nicht antworten, weil ... als Bosch Sie damals, wie soll ich sagen, als er sich Ihnen unsittlich angenähert hat, hat er Sie da Ihrer Meinung nach als Frau wahrgenommen? Im sexuellen Sinn, meine ich.“

„Ich weiß, was Sie meinen und ... Ja, sicher ... ich war frühreif, keine Frage, Busen, Pickel, alles da ... warum?“

„Sie kennen sich ja offensichtlich aus mit der menschlichen Psyche“, deutete Schäfer in Richtung der Pferde. „Wofür glauben Sie, hat man Frederik Bosch nach der Ermordung von Susanna Paulus gehalten?“

„Für ... ich verstehe was Sie meinen“, sagte Unger, schneller als Schäfer es ihr zugetraut hätte, „wieso hat er sich für mich als quasi Frau interessiert, wenn er eigentlich pädophil war?“

„Ja, so in der Richtung ... da gibt es natürlich einen Graubereich, aber ein Kernpädophiler fühlt sich nur zu Unreifen hingezogen ... aber, vergessen Sie das, ich spinne hier nur so in Gedanken herum ...“

„Ist eh sehr interessant, einmal einem Polizisten beim Denken zusehen.“

„Weil das so selten vorkommt, meinen Sie.“

„Das haben Sie gesagt.“

31.

Nach seinem Besuch auf dem Pferdehof besorgte sich Schäfer in einem Supermarkt eine Jause und radelte zu einer seiner drei Lieblingsbänke – der am Waldrand bei der großen Eiche, wie gemacht als Treffpunkt für ein heimliches Liebespaar. Ja, schon wieder bemächtigten sich unkeusche Gedanken seiner, wie er sich eingestehen musste. Diesmal war der Auslöser offenkundig eine verheiratete Frau mit Stallgeruch und einem sehr wachen Geist gewesen. Leicht hab ich's nicht als Polizist, sagte er sich, während er den ersten von drei Müsliriegeln aus der Packung nahm. In Kontakt treten geht schnell, logisch, ich bin ja einer von den Guten; aber dann, flirten anfangen geht wiederum gar nicht, weil dann bin ich eben plötzlich keiner von den Guten mehr, oder? Ich bin ein Fall für die Psychoanalyse, seufzte er. Oder fürs Puff.

Er nahm sein Handy und den Zettel, auf dem er sich die Namen der Zeugen notiert hatte. Den Briefträger wollte er noch befragen, der in der Siedlung die Post ausgetragen und die Leiche gefunden hatte. Und eine Frau Rosner. Laut Aussage war sie damals mit ihrem Sohn auf dem Weg in den Kindergarten gewesen, als sie Bosch gesehen hatte, der offensichtlich eine Begegnung vermeiden wollte, indem er den Gehweg verließ und die Böschung zum Bach hinunterlief. Einen verstörten Eindruck hätte er gemacht. Na ja, dachte Schäfer, schon mal Magic Mushrooms probiert? Was einem da geheuer erscheint und was bedrohlich, muss nichts mehr mit realen Gegebenheiten zu tun haben. Brachte es was, diese Frau nach so vielen Jahren noch einmal zu befragen? Schäfer entschied sich, es vorerst sein zu lassen und nur den Briefträger zu kontaktieren.

Obwohl er sich telefonisch angekündigt hatte und pünktlich um halb vier die Glocke neben Siegfried Heims Wohnungstür drückte, wurde nicht geöffnet. Was trieb der Kerl so lange, fragte sich Schäfer, der hinter der Tür Geräusche hörte. Bilder von minderjährigen Mädchen und Zeitungsberichte über seine Gräueltaten von den Zimmerwänden reißen? Seine ausgestopfte Mutter in die Abstellkammer karren?

„Entschuldigung“, meinte Heim schließlich, als er vor Schäfer stand, „ich wollte Sie nicht im Trainingsanzug empfangen.“

„Ach, da bin ich Schlimmeres gewohnt“, Schäfer reichte dem Mann die Hand, „Major Schäfer.“

„Von der Polizei, haben Sie gesagt, ja ... bitte, kommen Sie herein ... sollen wir uns auf den Balkon setzen? Warm genug ist es ja ... obwohl er für morgen schon wieder eine Kaltfront ansagt ...“

„Von mir aus gerne.“

„Dann gehen Sie doch bitte voraus und ich hol uns was zu trinken. Mögen Sie Holundersaft? Oder ein Bier?“

„Lieber einen Saft“, erwiderte Schäfer und ging durchs Wohnzimmer zur Balkontür. Aufgeräumt, aber frei von jeder liebevollen Häuslichkeit. Junggeselle oder Witwer, tippte Schäfer.

„Bitte schön“, Heim stellte einen Krug fast schwarzen Saft auf den kleinen Metalltisch, „Holunder, selbstgemacht.“

„Sehr gut“, bemerkte Schäfer, der sich insgeheim und warum auch immer gewünscht hätte, dass Heim vor ihm trank, „nicht so pickig süß wie die sonst sind.“

„Nur mit Agavendicksaft ... wenn man sich an das gewöhnt hat, kann man das klebrige Zeugs gar nicht mehr trinken“, sagte Heim und nahm endlich einen Schluck. „Also, wobei kann ich Ihnen helfen?“

„Es geht um den Fall Paulus ... wo Sie 1986 ...“

„Ich weiß schon, ja, brauchen Sie nicht glauben, dass ich so was vergesse.“

„Tschuldigung“, Schäfer bemerkte den vollen Aschenbecher zwischen den leeren Blumentrögen, nahm seine Zigarettenschachtel aus der Bauchtasche und hielt sie seinem Gastgeber hin.

„Danke“, murrte Heim, aus dem plötzlich alle eben noch vorhandene Herzlichkeit verschwunden schien. „Ist das jetzt so ein cold case?“

„Nein, nicht wirklich ... ich habe mir die Akten angeschaut, nachdem ich erfahren habe, dass Frederik Bosch entlassen worden ist und wieder in Schaching lebt."

„Der ist wieder da?", Heim schien ehrlich überrascht zu sein.

„Ja", antwortete Schäfer verwundert, „das haben Sie gar nicht mitbekommen? War sogar auf der Bezirkszeitung vorne drauf."

„Die schau ich mir doch nicht mehr an ... hab ich lange genug ausgetragen, das Blattl, interessiert mich nicht, was die schreiben. Ist doch eh das meiste erlogen in den Zeitungen."

„Da haben Sie nicht ganz unrecht", stimmte Schäfer zu und fragte sich, wie er den plötzlich so verstockten Mann etwas umgänglicher stimmen konnte.

„Zwei Monate danach hab ich aufgehört ... bei der Post", nahm Heim das Gespräch nach einer Schweigepause von selbst wieder auf. „Ich hätte auch woanders austragen können, sicher, bei der Logistik oder im Paketzentrum hätte ich sicher auch was bekommen, aber ... zwanzig Jahre sind eh mehr als genug, hab ich mir gedacht ... danach war ich im Lagerhaus ... Und: geht's mir jetzt schlecht?" Heim zwang sich zu einem Lächeln und öffnete die Arme, als würde er Schäfer stolz ein kleines Königreich präsentieren.

„Damals ist es Ihnen sicher schlecht gegangen", Schäfer vermied es, Heim in die Augen zu sehen, „Tote sind schlimm genug, Mordopfer noch einmal, aber Kinder ... das ist es, was mir am wenigsten abgeht, wenn ich an meine Zeit bei der Mordkommission denke."

„Da muss ich nur an irgendeinem Bach vorbeigehen", fuhr Heim fort, „und schon denk ich mir: Hättest du doch damals zehn Minuten früher angefangen, hättest du dich nicht so lange von der alten Pflügler aufhalten lassen ..."

„Die Schuld der Überlebenden ..."

„Schmarrn", erwiderte Heim bitter, „schuldig habe ich mich nie gefühlt, man fragt sich halt … wie so was überhaupt passieren kann, wer zu so was fähig ist …"

„Bevor Frederik Bosch verhaftet worden ist, also bevor Sie erfahren haben, dass er der Hauptverdächtige ist … haben Sie da irgendwen in Verdacht gehabt?"

„Da geht einem so viel durch den Kopf, nach so was", sagte Heim, nachdem er etwa eine halbe Minute auf die Straße gestarrt hatte, „als Briefträger kennst du ja so gut wie alle da und auf einmal … da ist viel kaputtgegangen damals."

„Sie haben meine Frage nicht beantwortet."

„Ob ich wen verdächtig habe?"

„Ja."

„Pff, nein, wahrscheinlich nicht, so genau erinnere ich mich da nicht mehr, vielleicht, dass es wer von außerhalb gewesen sein muss, weil … aber dann haben sie ihn eh gleich gehabt, den Bosch."

„Ja, sehr schnell ist er verhaftet worden", meinte Schäfer und schenkte sich Saft nach.

„War er's nicht?", fragte Heim plötzlich und so selbstverständlich, als erkundigte er sich nach der Uhrzeit.

„Ich habe ein paar Zweifel, die wahrscheinlich niemand mit mir teilt", konnte Schäfer nicht anders, als mit der Wahrheit herauszurücken. „Aber es wäre mir recht, wenn Sie das für sich behalten."

„Geht in Ordnung", meinte Heim und nahm sich ungefragt eine von Schäfers Zigaretten, „viel helfen hab ich Ihnen ja jetzt leider nicht können …"

„Das stellt sich oft erst später heraus", Schäfer packte seine Zigaretten ein und stand auf. „Vielleicht sollten Sie einmal mit einem Therapeuten reden, in Linz oder Wels … da gibt es Leute, die Ihnen wirklich helfen können."

„Haben Sie das gemacht? Mit so jemandem geredet, wenn irgendwas besonders schlimm war, Kinder oder so."

„Ja", gab Schäfer zu.
„Hat's geholfen?"
„Ein zwei Mal schon."

Obwohl seine Beine direkt nach Hause wollten, entschied Schäfer sich für einen Umweg. Irgendwann würde er die Stelle, an der Susanna Paulus ermordet worden war, sowieso aufsuchen; also warum nicht gleich. Doch je näher er kam, desto lauter wurde die Stimme, die ihn fernhalten wollte. Es fühlte sich nicht an wie eine routinierte Tatort-Schau; es schmeckte pietätlos, nach Verbrechenstourismus und dem Erwecken übler Geister. Also ein Kompromiss: die Straße entlang des Bachs langsam abfahren, bis zum Ende der Siedlung oder bis irgendwann eine Brücke kam, dort eine rauchen und auf der anderen Seite zurückradeln. Aufgrund der monströsen Verbauung konnte man den Bach von der Straße aus aber ohnehin nicht mehr sehen; selbst wenn Schäfer sich aufrichtete wie ein Zirkusreiter, erblickte er nur einbetonierte Felsblöcke, mehr einen unwirtlichen Kanal als einen lieblichen Bach, den irgendwann Kinder zum Spielen aufgesucht hatten. Er wandte seinen Blick wieder der Straße und den Einfamilienhäusern rechterhand zu. Irgendwo hier musste doch Luis Strommer wohnen. Da stand auch schon sein Porsche Cayenne, am Fuße der Einfahrt, die etwa zwanzig Meter zu einer riesigen Doppelgarage und einem entsprechend protzigen Wohnhaus führte. Stellt seine Karre nur da herunten ab, damit sie jeder sehen kann, erklärte sich Schäfer den seltsamen Parkplatz. Er bog in die schmale Wohnstraße hinter Strommers Haus ein, um einen Blick auf den Garten werfen zu können. Hoppla, da stand er, der Luis, mitten auf dem peniblen Kurzhaar-Rasen, wie angewachsen, das einzig bewegte der blaue Rauch, der von der Zigarre in seinem Mund aufstieg. Schäfer fuhr so langsam, dass er gerade nicht vom Rad fiel. Die Hände in die Hüften gestützt starrte Strommer konzentriert nach unten, wie eine Katze vor einem Mäuseloch.

„Grüß Sie Gott!“, rief Schäfer und blieb stehen. Strommer schaute kurz auf, hob die linke Hand zu einem nachlässigen Gruß, schlenderte ein paar Schritte in Schäfers Richtung, drehte ab und war wortlos verschwunden. „Ist schon recht“, murmelte Schäfer, „ich lass mich auch nicht von jedem stören.“

Er stellte sein Rad in die Garage und ging auf direktem Weg in den Keller, um die Ergebnisse seiner Befragungen zu notieren, solange die Erinnerung noch frisch war. Anton Larcher: nicht angetroffen, nach Vorarlberg verreist. Anita Unger: versuchte Vergewaltigung durch Bosch eher als pubertäres Teenager-Gerangel zu werten. Pädophilievorwurf zweifelhaft (Psychiater befragen!). Siegfried Heim: traumatisierter Ex-Postler; scheint nicht überrascht, dass es anderen Täter geben könnte. Alles in allem eine recht ergebnislose Runde, sagte sich Schäfer, während er noch versuchte, aus den nachmittäglichen Gesprächen zumindest ein paar Tropfen Erkenntnis zu pressen. Doch er sollte sich keine Vorwürfe machen. Schließlich war er ohne offizielles Mandat unterwegs, ein Hobby-Archäologe, der darum bittet, in einem fremden Garten stochern zu dürfen; ohne konkrete Spuren oder neue Indizien konnte er diesem Ort nicht mit schwerem Gerät an die Scholle rücken, um nachzusehen, was im Argen und Verborgenen lag. Zudem durfte er die Eigendynamik nicht unterschätzen, die auch ein oberflächliches Nachbohren mitunter verursachte: So wie die Menschen erfahrungsgemäß tickten – gerade dort, wo sich sonst wenig ereignete –, würde Unger nicht verschweigen, dass der Polizeichef sie besucht hatte. (Ah, nicht viel, ein paar

Fragen hat er halt gestellt; wie das damals wirklich war mit der angeblichen Vergewaltigung, ob ich glaube, dass der ein Pädophiler ist, na ja, irgendwie hab ich schon das Gefühl gehabt, dass er nicht ganz sicher ist, ob der Bosch die Susanna wirklich umgebracht hat, das hat er jetzt nicht so direkt gesagt, aber wieso würde er denn sonst da herumfragen?) Und vielleicht könnte das ja irgendwen nervös machen oder aus der Reserve locken, konnte so der eine oder andere Seelenschatten ans Licht kommen. Schäfers Handy meldete sich. S. Thurner. Oha.

„Guten Abend, Herr Schäfer, ich hoffe, ich störe Sie nicht ..."

„Überhaupt nicht."

„Gut, ahm ... das wird Ihnen jetzt vielleicht ein bisschen seltsam vorkommen, aber ich wollte Sie fragen, ob Sie mich heute zu einem Abendessen bei Freunden begleiten möchten? Ich habe denen schon zugesagt, und im Laufe des Nachmittags ist mir klar geworden, dass ich da nicht alleine hinfahren will wegen ... ich weiß schon, dass ich da mit der Tür ins Haus falle, weil wir uns ja gar nicht so gut kennen, aber ..."

„Na ja", Schäfer warf schnell einen Blick aufs Display, als ob hier eine Erklärung für diese seltsame Einladung zu finden wäre; ob die Frau vielleicht versehentlich einen falschen Schäfer angerufen hatte; aber das würde ihm sein eigenes Handy kaum verraten. „Verplant bin ich noch nicht, aber ... ehrlich gesagt bin ich halt auch nicht das, was man einen großartigen Begleiter nennt ... wer sind denn diese Leute? Keine ..."

„Keine Parteifreunde, nein", meinte sie und lachte, „ganz ungezwungen, keine Abendkleidung, ich fahre, Sie dürfen trinken."

„Na ja", erwiderte Schäfer, der im privaten Bereich für schnelle Ausreden und Lügen wenig begabt war. „Warum nicht ..."

„Da tun Sie mir einen riesigen Gefallen. Darf ich Sie um sieben abholen?“

„Ja ja, sieben ist eh bald …“

32.

Unter ungezwungen, casual oder wie auch immer Sylvia Thurner es genannt hatte, verstanden sie beide wohl etwas anderes. Wo Schäfer sich für Jeans, olivgrünes Hemd und einen dünnen, sandfarbenen Kaschmir-Pulli (immerhin) entschieden hatte, stand sie in auberginefarbener Seidenbluse und hellgrauem Kostüm auf der Schwelle. Schmuck und Make-up sprachen: Schaut her, was für eine modebewusste und sexy Powerlady ich bin. Und wie sie mit diesen High-Heels fahren wollte, wollte Schäfer gar nicht erst wissen.

„Hoffentlich haben Sie keinen zu Teuren eingepackt“, deutete sie auf die Weinflasche, die er in einer Papiertasche zum Wagen trug. „Er ist Biertrinker und sie spritzt ihn bestimmt auf.“

„Dann bleibt mehr für mich“, erwiderte Schäfer und ermahnte sich sofort, sich auch im Falle noch so geistloser Gastgeber nicht unstandesgemäß zu besaufen.

„Ich bin Ihnen wirklich dankbar, dass Sie mich begleiten“, sagte Thurner, nachdem sie auf die Bundesstraße gelangt waren, „dort alleine den Abend verbringen und die trauernde Witwe spielen müssen …“

„Immer noch besser, als eine fröhliche Person spielen zu müssen, oder?“, wandte Schäfer ein, der sich nicht sicher war, ob sich Thurner eben versprochen hatte.

„Oh, das hat jetzt sicher ganz falsch geklungen, so als ob …“, sie setzte zu einem Überholmanöver an, bei dem sie offensichtlich vergessen hatte, dass ein Polizist neben ihr saß. „Es war halt so, dass … der Günther und ich, das war schon lange keine Ehe mehr, die den Namen verdient und … oh Gott, jetzt denken Sie sicher: Was für eine herzlose Hexe …“

„Überhaupt nicht“, Schäfer klammerte seine Hand an den Haltegriff. „Solange Sie Ihren Ehemann nicht ermordet haben, muss ich mir gar nichts denken.“

„Wieso ermordet?“

„Wie bitte?“

„Wieso haben Sie gesagt ermordet?“, fragte sie und sah ihn verwirrt an. „Das war ein Unfall, oder?“

„Ja, natürlich, ich habe ja auch nichts anderes behauptet …“

„Sie haben aber gesagt: Solange *Sie* Ihren Mann nicht ermordet haben, mit Betonung auf *Sie* … das klingt für mich schon so, als ob jemand …“

„Nein, nein“, wehrte Schäfer ab, „das *Sie* habe ich wahrscheinlich so betont, weil uns gerade ein LKW entgegengekommen ist und ich mich schon im Straßengraben oder Leichenwagen gesehen habe.“

„Oh, Entschuldigung, fahre ich Ihnen zu schnell?“

„Na ja, im Fall einer Radarmessung hätten Sie keinen Führerschein mehr“, erwiderte Schäfer streng dienstlich, weil er nicht zugeben wollte, dass ihm ihre Fahrweise schlichtweg Angst machte.

„Tschuldigung“, sie ging vom Gas, bis die Tachonadel exakt auf 80 stand, „also … also deutet wirklich nichts darauf hin, dass es kein Unfall war, oder?“

„Ich weiß von nichts“, Schäfer griff sich an die Brusttasche und bemerkte, dass er seine Zigaretten vergessen hatte. „Außerdem: was hätte der Herr Kappl für ein Motiv gehabt, Ihren Mann zu ermorden? Die beiden haben doch nichts miteinander zu tun gehabt, oder?“

„Nein, eben … deswegen bin ich auch so erschrocken, wie Sie das gesagt haben, mit dem Ermorden.“

„Ihr Onkel hatte geschäftlich mit Herrn Kappl zu tun, oder?“

„Den einen oder anderen Auftrag ... und übers Jagen halt“, Thurner schüttelte leicht den Kopf, „der arme Mensch. Und ich hab mir noch gedacht, dass ich ihn einmal besuchen sollte und mit ihm reden, und dann bringt der sich plötzlich um ...“

„Hm, ja ... bei der Vernehmung hat er auch nicht den Eindruck gemacht, als würde ihn das dermaßen aus der Bahn werfen ... aber man kann halt in keinen hineinschauen.“

„Nein, wirklich nicht.“

„Frau Kappl hat gesagt, dass ihr Mann sich von Ihrem Onkel Geld geliehen hat“, meinte Schäfer nach ein zwei schweigsamen Minuten.

„Ja, das kann schon sein ... mein Onkel hilft immer wieder aus, wenn jemand was braucht.“

„Ein schöner Zug“, erwiderte Schäfer und sah aus dem Fenster. Der Himmel im Westen begann ins Rosa zu spielen. Jetzt im Garten zu sitzen und ein Lagerfeuer aufzuschlichten ... sein Handy meldete sich. Drobits. „Ja?“

„Servus, Meister“, tönte der Ermittler des LKA, „hast du Lust auf ein bisserl Kripo spielen?“

„Nein“, blaffte Schäfer. Was war das für eine respektlose Frage an den ehemaligen Superstar der Mordkommission?

„Okay“, kam es unsicher zurück, „ahm, stör ich dich?“

„Worum geht's denn?“

„Die Frau vom Kappl möchte ich mir morgen noch einmal vornehmen.“

„Warum?“

„Auf dem Schlauch, den ihr Mann vom Auspuff ins Auto gelegt hat, sind keine Abdrücke, auf der Tablettenschachtel auch nicht. Seltsam, oder?“

„Ja ... aber was wäre ihr Motiv?“

„Keine Ahnung“, erwiderte Drobits, „ist ja nicht gesagt, dass sie was damit zu tun hat.“

„Aber wer?“

„Kennst du eigentlich die Thurner besser? Die Witwe von dem, den der Kappl erschossen hat?“

„Nein, nicht wirklich“, meinte Schäfer und blickte aus dem Augenwinkel auf Sylvia Thurner, „wieso? Gibt's irgendwelche Hinweise, dass sie ...“

„Noch nicht ... aber Rache wäre ja auch kein schlechtes Motiv, oder?“

„Müsste man sich die Beziehung genauer anschauen.“

„Welche?“

„Die zwischen den Eheleuten“, erwiderte Schäfer und meinte eine leichte Irritation im Gesicht seiner Fahrerin wahrzunehmen.

„Von welchen jetzt?“, wollte Dobrits wissen. Herr im Himmel, war der begriffsstutzig.

„Von letzteren ... ob es überhaupt einen ... ob sie, also die Frau, emotional überhaupt einen entsprechenden Druck aufgebaut hat, das muss ja auch irgendwie aus Zuneigung entstehen, also im direkten Verhältnis stehen zu den negativen Gefühlen, die sie dann gegenüber einem ... potentiellen Opfer aufbringt ...“

„Hä?“

„Lass uns da später drüber reden“, sagte Schäfer, „ich ruf dich spätestens morgen Vormittag an, okay?“

„Die Arbeit?“, wollte Thurner wissen, als Schäfer das Gespräch beendet hatte.

„Ja ... nein, eigentlich nicht, nicht meine ... ein Kollege von einer anderen Dienststelle hat was, wo er ansteht und da wollte er meine Meinung hören.“

„Vom ehemaligen Star der Mordkommission sozusagen“, Thurner sah ihn kokett an. Oder machte sie sich lustig?

„Ach, manche Sachen verlernt man nicht so schnell“, erwiderte Schäfer und fragte sich umgehend, ob diese Aussage irgendeinen Sinn ergab. Er sah aus dem Fenster. Wo waren sie? Und wo zum Teufel wohnten diese Bekannten denn?

In Wels. Ein dreistöckiges Wohnhaus, allem Anschein nach erst in der jüngsten Vergangenheit erbaut, sonnige Ruhelage und doch zentrumsnah, wie ein Immobilienmakler das Objekt wohl angepriesen hätte. Die beiden Erdgeschoßwohnungen auf der Frontseite hatten jeweils einen eigenen Garten, der groß genug war für eine Sitzgruppe in Rattanoptik, Edelstahlgriller und Kinderplantschbecken, die Wohnungen darüber mit Terrassen, die mindestens 20 Quadratmeter einnahmen, Eigentum statt Miete, sagte sich Schäfer, als er einen Blick auf die acht Namen an der Klingelleiste warf, das Kameraauge darüber, die Briefkästen im Hausgang aus gebürstetem Aluminium, der Spiegel im Aufzug ohne einen einzigen Fettfleck. Schäfers bösen Ahnungen und Vorurteilen zum Trotz waren ihm die Gastgeber, Elke und Robert Tellian, sofort sympathisch. Beide waren sie Mitte bis Ende dreißig, übergewichtig, gehörten jedoch offensichtlich nicht zu den Menschen, die in diesem Zuviel an Fett Frust und Selbsthass stauten; sie schienen diese massigen Körper schlichtweg zu benötigen, um ihr sonniges Gemüt und ihre Warmherzigkeit bequem beherbergen zu können. Dass Robert Tellian, der sie mit Küchenschürze und verschwitzter Stirn begrüßte, zum Hauptgang Zwiebelrostbraten ankündigte, machte ihn in Schäfers Augen endgültig zum vorzeitigen Gewinner des Abends.

Wirklich entspannt verlief das Essen dennoch nicht. Was vor allem an Sylvia Thurner lag, die zu den Gastgebern – die wohl ursprünglich aus dem Freundeskreis ihres Mannes stammten – merkwürdig distanziert blieb und Schäfer bei ein paar Aussagen oder schrillen Lachern der Frau heimlich einen verdrehten Blick zuwarf, der wahrscheinlich bedeuten sollte: Mein Gott, was für Provinzeier!

„Du hast nicht zufällig irgendwo eine Zigarette herumliegen?“, wandte sich Schäfer nach dem Hauptgang an Robert Tellian.

Der dachte nicht länger als eine Sekunde nach, hob wortlos den Zeigefinger, sprang auf und verschwand aus der Wohnung, um kurz darauf mit einer Handvoll Zigaretten zurückzukommen, die er Schäfer überreichte.

„Gute nachbarschaftliche Beziehungen“, meinte er mit einem stolzen Grinsen, „ich geh mit hinaus, dann können wir das Klischee von den Männergesprächen im Rauchersalon auch abhaken.“

„Vergiss den Whisky nicht“, sagte Frau Tellian gespielt vorwurfsvoll.

„Magst du einen?“, wandte ihr Mann sich an Schäfer, in einem Tonfall, der einer Entschuldigung glich.

„Wenn du einen trinkst ...“

„Die Gelegenheit lasst er nicht aus“, brachte sich Frau Tellian wieder ein, „nimm den, den uns der Pauli geschenkt hat ... den trauen wir uns sonst eh nie aufmachen.“

Also standen die beiden Männer am Balkon, ließen sich aus schweren Gläsern pflichtschuldig die leichten Torf-, Tabak-, Zitrus- und Eukalyptusnoten des 18 Jahre alten Single-Malt in die Nase steigen und nippten dann genussvoll daran.

„Spirituosen trink ich ja nur mehr in Gesellschaft“, meinte Tellian.

„Ich auch ... deshalb hab ich mir einen Goldfisch zugelegt“, erwiderte Schäfer.

„Ah, ha ha“, kam es mit leichter Verspätung zurück.

„Sag ... ihr kennt die Sylvia über den Günther, oder?“

„Ja, warum?“

„Wirkt halt so ... als ob ...“, Schäfer hielt inne, um in kein Fettnäpfchen zu steigen.

„Ja, ich weiß, was du meinst ... dass sie distanziert ist, oder?“

„Schon irgendwie ... täuscht mich das?“

„Nein“, Tellian drehte sich zur Terrassentür um und bat Schäfer um eine Zigarette. „Das hat sich aber erst in den letzten ein zwei Jahren so ergeben ... da haben sie sich zerstritten und ... die Freunde vom einen sind dann plötzlich irgendwie die Feinde von einem selbst oder so, ist ja eh blöd, aber was will man machen ...“

„Wieso haben sich die beiden zerstritten?“

„Ach“, Tellian zuckte mit den Schultern, „die Sylvia ... ich kann da kein faires Urteil abgeben, das sage ich gleich, der Günther war einer von meinen besten Freunden ... sie ist halt nicht so einfach, vor allem, wenn einmal nicht alles nach ihrem Kopf geht.“

„Und was genau ist nicht nach ihrem Kopf gegangen?“

„Hm ... das bleibt aber bitte unter uns, ja“, Tellian sah Schäfer fragend an, „ich meine, ich weiß ja nicht, in welcher Beziehung du zu ihr stehst und ...“

„Quasi in gar keiner ... ich habe im Todesfall ermittelt und hab sie einmal getroffen, um ihr das Handy von ihrem Mann zurückzugeben ... heute bin ich glaub ich nur als Platzhalter mitgenommen worden, weil sie nicht alleine herfahren wollte.“

„Glaubst du?“, Tellian sah Schäfer zweifelnd an und trank sein Glas leer, „unter uns: die Frau macht meiner Meinung nach nichts ungeplant oder ohne Hintergedanken.“

„Und der wäre in meinem Fall?“, fragte sich Schäfer selbst. Als was konnte er ihr schon dienen? Informationsquelle? Sexpartner? Beichtvater?

„Zu wenig ehrgeizig war er ihr, der Günther“, sagte Tellian, „das war das Schlimmste für sie ... dass er mit seinem Boku-Studium auf Heilmasseur umsattelt, und dann nur so viel arbeitet, dass es zum Leben reicht, das war für sie halt schwer zum Akzeptieren ... vor allem, weil sie und ihr Onkel dem Günther ja genug Jobs verschaffen hätten wollen, wo er fünfmal so viel verdient ... und dann war da halt so eine blöde Geschichte mit einer anderen ... noch dazu eine Prostituierte."

„Jetzt werde ich aber wirklich neugierig", meinte Schäfer und zündete sich noch eine Zigarette an, um weitere fünf Minuten zu gewinnen.

„Ah, deppert war er halt ... ist er bei einem Polterabend ins Puff und hat sich agrat gleich in eine Hure verknallt, so eine zwanzigjährige Slowakin ... und die Sylvia ist ihm halt draufgekommen, weil sie hat eh schon länger was vermutet und ... ich weiß nicht, ist sie ihm hinterhergefahren oder hat sie ihn beschatten lassen ... ganz blöde Geschichte jedenfalls."

„Die Landesrätin wird von einer ausländischen Hure ausgestochen", Schäfer schnalzte mit der Zunge, „das tut sicher weh."

„Hundert pro ... der Günther war ja so daneben, dass er die sogar heiraten wollte, freikaufen und das ganze Klischee und ...", Tellian hielt inne, weil jemand an die Glasscheibe hinter ihnen klopfte, „okay, von mir weißt du das alles nicht, ich meine, mir wär's ja eh wurscht, wenn die Sylvia ... aber meine Frau ist halt so auf supersozial und Kontakte pflegen und so weiter, außerdem hat sie ihren jetzigen Job über die Sylvia, ja, weißt eh, wie's läuft ..."

„Ich kann schweigen", Schäfer hob die rechte Hand zum Indianerehrenwort.

„Ja, ich nicht so gut", erwiderte Tellian lachend.

33.

Jetzt frage ich mich schon wieder, ob ich mich für gestern schämen muss, sagte Schäfer am Sonntagmorgen zu seinem Badezimmerspiegelbild. Wofür denn? Weil er sich im Verlauf des Abends überraschenderweise als „ein richtiger Entertainer" erwiesen hatte, wie Thurner auf der Heimfahrt bemerkt hatte? Ob das als Kompliment oder Kritik gemeint war: keine Ahnung; fünf Minuten später war ihm das Kinn auf die Brust gesunken, erst in Schaching war er wieder zu sich gekommen, vorerst ohne Orientierung, weil die Seitenscheibe und ein Teil der Windschutzscheibe eingetrübt waren von seinen Alkoholdämpfen.

„Wir sind da, bei dir", hatte Thurner gesagt, leicht lächelnd, vielleicht belustigt, vielleicht verdrossen, wie sollte er das wissen.

„Entschuldigung, am Abend schlafe ich im Auto immer ein", hatte Schäfer erwiderte und die Hand an den Türgriff gelegt.

„Wäre mir auch fast passiert ... Scherz ... also dann, bis demnächst vielleicht."

„Ja", Schäfer hatte in seinem umnebelten Kopf nach irgendwelchen standardisierten Galanterien gesucht (Willst du noch auf einen Kaffee mit hinein kommen? Darf ich dich morgen anrufen?) und war dann seinem Fluchtinstinkt gefolgt. „Danke für die Einladung, hat mir gut getan, wieder einmal ... sozial zu sein."

„Ich hab's gemerkt ..."

Was hätte ich denn mit ihr geredet, wenn ich nicht eingeschlafen wäre, fragte sich Schäfer, während er in reduzierter Geschwindigkeit das Frühstück zubereitete. Jeden Satz hätte er sich zweimal überlegen müssen, um nicht in einen kommunikativen Stacheldrahtverhau zu stolpern. Smalltalk über die Vorhänge und Sitzmöbel der Tellians? Er wusste, wohin Sylvia Thurners enges Verhältnis zu Luis Strommer, das Telefonat mit seinem Kollegen vom LKA und schließlich Tellians Ausführungen über das Liebesleben von Günther Thurner geführt hätten. Zumindest in seinem Kopf wäre zwangsweise eine Verhörsituation entstanden. Und eine Person mit ihrer Fahrweise – ganz zu schweigen von ihrer bestimmt nicht mehr legalen Alkoholisierung – mitten in der Nacht mit den entsprechenden Fragen zu konfrontieren, wäre nicht sehr gescheit gewesen. Weißt du eigentlich, warum dein Onkel sich so auf den Bosch eingeschossen hat? Gibt es da irgendwas in eurer Vergangenheit, das diesen Hass begründet? Und weil wir schon dabei sind: Wie groß war eigentlich dein Hass auf deinen Mann, nachdem du das mit der slowakischen Prostituierten erfahren hast? Groß genug, um ihn umbringen zu wollen? Wie du das anstellen hättest sollen? Über Wolfgang Kappl vielleicht, der in der Schuld deines Onkels gestanden ist. Wegen des Geldes, das dieser ihm geliehen oder gar geschenkt hat. Ein Auftragsmord? Das ist doch absurd! Ich habe ja nicht einmal gewusst, dass mein Mann an diesem Tag in der Früh laufen geht. Du nicht, aber dein Onkel vielleicht. Er war immerhin der Letzte, der am Vorabend mit ihm telefoniert hat. Worüber haben sich die beiden deiner Meinung nach fast zehn Minuten lang unterhalten? Na gut, angenommen, es ging überhaupt nicht um euch und diese Puffgeschichte: Hat es da vielleicht irgendeinen anderen Konflikt gegeben? Hat Günther irgendetwas gewusst, das deinem Onkel gefährlich hätte werden können? Kommt hier wieder Frederik Bosch ins Spiel? Warum Bosch? Zum Ersten, weil Luis Strommer alle Hebel in Bewegung gesetzt hat, damit der im Gefängnis verrottet. Was zwangsläufig zu Punkt zwei führt, der Lage eures Hauses unweit des damaligen Tatorts. Hm, ja, ab hier wurde es noch undurchsichtiger als bisher, musste Schäfer sich am Ende seines fiktiven Dialogs eingestehen. Andererseits. Er holte sein Handy aus dem Schlafzimmer.

„Zwei Anrufe in weniger als einer Woche“, flötete Marlene ins Telefon, „darf ich das Sehnsucht nennen?“

„Klingt jedenfalls besser als Stalking“, erwiderte Schäfer, „bist du bei der Arbeit?“

„Ja, warum?“

„Nur so ... ich wollte dich noch was fragen wegen dem Sohn vom Strommer, dem Guido.“

„Ja?“, fragte Marlene nach, weil Schäfer verstummt war.

„Ja, wie lange er schon bei euch im Heim ist.“

„Wie ich angefangen habe, 98, da war er schon da ... also wahrscheinlich eh von Anfang an.“

„Das heißt?“

„Seit 92, da ist das Heim eröffnet worden.“

„Und davor?“

„Was davor?“

„Wo er vor 92 untergebracht war, der Guido.“

„Keine Ahnung“, erwiderte Marlene, „vielleicht woanders, vielleicht haben sie eine Pflegerin gehabt ... warum fragst du nicht seinen Vater?“

„Kommt schon noch“, murmelte Schäfer und rechnete still vor sich hin, „1970 ist er geboren, hast du gesagt, oder?“

„Ja.“

„Dann war er damals 16 ...“

„Ich nehme an, du redest mit dir selber ...“

„Ja, entschuldige ... kannst du mir einen Gefallen tun?“

„Sprich“, meinte Marlene und seufzte gekünstelt.

„Wenn der Strommer das nächste Mal auftaucht, lass ihn doch bitte so nebenbei wissen, dass ich mich nach seinem Sohn erkundigt habe.“

„Das klingt irgendwie hinterfotzig und das mag ich gar nicht so gerne."

„Du machst das als Dienst an deiner Heimat", erwiderte Schäfer, „der großartigen Republik Österreich, an deren Stelle ich dir hiermit offiziell danke."

„Und darf ich auch den Grund dafür erfahren?"

„Das würde dich nur unnötig kompromittieren."

„Sehr rücksichtsvoll von dir ... na gut, falls sich der Herr Strommer wieder einmal anschauen lässt, geb ich ihm Bescheid."

„Danke, ich schulde dir was."

Schäfer kannte das Risiko von Solo-Ermittlungen, das in der natürlichen Tendenz des Gehirns lag, Ordnung und Einsicht schaffen zu wollen. Wo es sich, seinem Ruf als Sitz der Vernunft widersprechend, nicht immer logisch und rational benahm, sondern vielmehr wie ein selbstgefälliges und hungriges Wesen, das mit minimalem Energieaufwand satt und zufrieden werden will. Indem er also die Möglichkeit eines unschuldigen Bosch in den Raum gestellt hatte, war ein Vakuum entstanden, das einen neuen Täter ansaugen wollte. Einen in Nahverbindung zu Luis Strommer. Also Guido, seinen geistig behinderten Sohn. 1986 war er 16 Jahre alt gewesen, hatte keine zweihundert Meter vom Tatort entfernt gewohnt. Fehler. Schäfer wusste nicht, wo der Junge sich in diesem Winter aufgehalten hatte. In den Ermittlungsakten war sein Name nirgends aufgetaucht. Und nur weil Schäfer das Bild eines übergewichtigen und sexuell enthemmten Mongoloiden vor Augen stand, der sich mit verdrehten Augen und sabberndem Mund auf ein siebenjähriges Mädchen stürzte, musste das mit der Wirklichkeit noch lange nichts zu tun haben. Nein. Musste nicht. Aber es ließ sich einpassen: der Fund des Messers, die zufällige Begegnung, das monströse Verlangen, die Tötung, die möglicherweise nicht einmal beabsichtigt gewesen war. Eine Theorie. Auf deren Basis kein Staatsanwalt eine Wiederaufnahme genehmigen würde; da musste Strommer seinen Freunden in Justiz und Politik nicht einmal eine Runde Schnaps ausgeben, so dünn war das Süppchen, das er hier aufsetzte, sagte sich Schäfer und schlüpfte in seine kurze Hose. Erst einmal das Hirn auslüften.

Eineinhalb Stunden später saß er am Ufer eines kleinen Waldsees und ließ die nackten Füße baumeln. Wäre das Wasser drei Grad wärmer gewesen, hatte er sich hineingetraut. Wäre es draußen heiß statt nur warm gewesen, hätte er ebenfalls nicht gezögert. So begnügte er sich damit, sehnsüchtig auf die gespiegelten Wolken zu schauen und vom nahen Sommer zu träumen. Er holte einen Apfel aus seinem Rucksack, biss hinein und ließ sich auf den Rücken fallen. Starrte in den Himmel, setzte sich halb auf und fischte sein Schweizermesser aus der Hosentasche. Er klappte die große Klinge aus und befühlte mit dem Daumen ihre Schärfe. Das Messer, mit dem Susanna Paulus verstümmelt worden war, war ebenfalls von der Firma Victorinox gewesen. Die Stiche und Schnittwunden an den Oberschenkeln, ihre Anordnung: nicht unähnlich den Probeverletzungen, die sich Selbstmörder oft zufügten, bevor sie den letalen Akt setzten, dieser erste Versuch: Wie weh tut das eigentlich, schaffe ich das überhaupt? Und im Fall des siebenjährigen Mädchens? Als Penetrationsersatz hatte es ein forensischer Psychiater beschrieben – im Hinblick auf den ohnehin als aggressiv und sexuell übergriffig bekannten Frederik Bosch. Und wenn man diesen Hintergrund vertauschte? Konnte es dann nicht ebenso gut die Tat eines geistig Zurückgebliebenen gewesen sein? Der von den Tierquälereien, die Kindheit und Jugend von Psychopathen oftmals begleiten, zum ersten menschlichen Opfer übergegangen war? Schäfer setzte sich auf, schleuderte den abgenagten Apfel ins Schilf und ohrfeigte sich selbst in mittlerer Stärke. Weil, erstens: Trisomie 21 und Psychopathie, das sind zwei Paar Schuhe. Da durfte er nicht dem landläufigen Vorurteil aufsitzen, dass jede geistige Anomalie automatisch mit einer erhöhten Verbrechensneigung einhergeht. Das traf seiner Erfahrung nach in erster Linie bei Suchtkrankheiten zu; Trinker und Spieler, das waren Zeitbomben, aber Menschen mit Down-Syndrom? Zugegeben, Schäfer hatte wenig Ahnung; da gab es Gudrun, die sich ihm und anderen Männer in sexueller Gier aufgedrängt und dabei beängstigende Kräfte entwickelte, die erst jüngst Marlene ein blaues Auge geschlagen hatte, was alles für einen Mangel an Impulskontrolle sprach; doch davon auf einen anderen Menschen mit derselben Krankheit zu schließen, war so wenig seriös wie professionell. Einfach ins Heim gehen und mit Guido Strommer reden? Dafür schien es Schäfer noch zu früh; er griff sich sein Handy.

„Kann ich für ein paar Minuten Ihre Aufmerksamkeit beanspruchen?“, ersuchte er Bergmann in untertänigem Tonfall.

„Sehr gerne ... ich bin schon fast soweit, dass ich mir den Grand Prix anschaue.“

„Wieso sind Sie nicht draußen, bei dem Wetter?“

„War ich eh, 120 Kilometer abgeradelt ... worum geht’s denn?“

„Also, folgende Theorie“, begann Schäfer und erzählte Bergmann von seinen jüngsten Gedankengängen.

„Hm, ja“, meinte Bergmann gut zwanzig Minuten später, „auf die Schnelle fällt mir da außer der Wahrscheinlichkeit nichts ein, was dem widerspricht ... Ihre Vorgehensweise halte ich allerdings für nicht sehr klug.“

„Inwiefern?"

„Na ja, aus diesem ganzen Konstrukt folgern Sie doch, dass Günther Thurner getötet worden sein könnte, weil er gewusst hat, dass Guido Strommer der wahre Mörder von Susanna Paulus ist, und weil Luis Strommer befürchtet hat, dass Thurner nach einer allfälligen Scheidung ein Risiko darstellt, oder?"

„So in etwa, ja."

„Und Wolfgang Kappl, quasi der Auftragsmörder, ist durch einen fingierten Selbstmord ebenfalls beseitigt worden, damit er Strommer nicht belasten kann."

„Womöglich", sagte Schäfer, „ich geb ja zu, dass das sehr konstruiert wirkt und ..."

„Kein Problem", unterbrach Bergmann, „ich wollte nur sagen, dass Luis Strommer ... wenn der über seine Beziehungen jemanden im Gefängnis behalten kann und dann noch zwei Mitwisser umbringt, ohne dass es ihm nachgewiesen werden kann, dann ist er sehr gefährlich. Und unter diesen Voraussetzungen Ihre Bekannte Schrägstrich Liebhaberin auf ihn ansetzen, um ihn aufzureizen ... das meine ich mit nicht sehr kluger Vorgehensweise ... und andererseits: wenn Günther Thurners Tod andererseits nur ein Unfall war und Kappl sich tatsächlich umgebracht hat, dann würde Strommers Vergehen nur darin bestehen, eine Straftat vertuscht zu haben, um seinen Sohn zu schützen ... das ist bald dreißig Jahre her, der Sohn war damals minderjährig und ist heute sowieso nicht verhandlungsfähig ... was bringt es da, Strommer wissen zu lassen, dass Sie sich für seinen Sohn interessieren? Ohne ein Geständnis kommen Sie da nicht weiter, und so schlau ist der auch, dass er das weiß ..."

„Also wie dann?", fragte Schäfer, leicht überfordert von Bergmanns Gedankenakrobatik.

„Pff ... was ist mit seiner Nichte?"

„Was ist mit der?"

„Die steht doch auf Sie, oder? Sonst würde sie Sie ja nicht in der Parte erwähnen und dann noch zu Freunden mitnehmen."

„Blödsinn ... sie wollte nicht alleine hinfahren, weil ... meinen Sie wirklich?"

„Na ja, als zufälligen Begleiter, ich weiß nicht ... also ich denke eher, dass sie irgendetwas von Ihnen will."

„Was? Sex?"

„Auch möglich", Schäfer hörte Gläser klirren, einen Wasserhahn rauschen. „Aber angenommen, ihr Cousin ist wirklich der Mörder: Dann ist es doch möglich, dass sie etwas davon weiß, oder?"

„Und sich an mich dranmacht, um herauszufinden, was ich im Schilde führe?", schloss Schäfer. „Glaub ich eher nicht ... also, so wie ich sie im Moment einschätze ... außerdem war sie damals noch ein Teenager, wieso sollte ihr Onkel sie mit so etwas belasten?"

„Vielleicht hat sie es irgendwie mitbekommen und jetzt ... jetzt will sie ihr Gewissen erleichtern. Endlich das dunkle Familiengeheimnis lüften ..."

„Und ihren Onkel in die Scheiße reiten?", meinte Schäfer, „nein, glaub ich auch nicht."

„Irgendwie hab ich das Gefühl, dass Sie binnen einer halben Stunde den Glauben an Ihre eigenen Theorien verloren haben", sagte Bergmann.

„Eh ... wenn ich sie aus einem fremden Mund höre, klingt sie eben gleich viel weniger glaubwürdig ..."

„Und wenn Sie einfach mit dem Guido reden? Über Ihre Freundin wird sich das wohl machen lassen, oder?"

„Hab ich mir eh schon überlegt", Schäfer seufzte, „ist wohl wirklich das Gescheiteste, ja."

34.

„Was ist los?“, wandte sich Sylvia Thurner an ihren Onkel, „schmeckt’s dir nicht?“

„Was?“, schreckte Strommer auf und machte sich hastig über das Schnitzel auf seinem Teller her, „doch doch, gut, wie immer.“

„Ich hab gestern den Schäfer zu den Tellians mitgenommen“, fuhr Thurner nach einem Moment des Schweigens fort.

„Den von der Polizei?“

„Ja.“

„Aha ... und warum?“, fragte Strommer, ohne seinen Blick vom Essen zu nehmen.

„Ich finde ihn interessant“, antwortete Thurner, „außerdem kann’s nicht schaden, gute Beziehungen zur Polizei zu haben, oder?“

„Sicher ... hat er irgendwas gesagt?“

„Worüber?“

„Keine Ahnung“, erwiderte Strommer mit einem übertriebenen Schulterzucken, „über den Bosch, über mich ...“

„Nicht direkt“, Thurner wich dem Blick ihres Onkels aus, „geredet haben wir halt ... über den Günther ... dass du mit ihm als Letzter telefoniert hast ...“

„Hab ich?“

„Anscheinend ... am Abend, bevor er gestorben ist.“

„Ach so, das ... ja, was weiß ich, Geld wollte er.“

„Geld?“, fragte Thurner ungläubig, „der Günther? Von dir?“

„Ja, hat mich eh auch gewundert ... ich hab ihm gesagt, dass er sich endlich eine ordentliche Arbeit besorgen soll.“

„Wie viel?“

„5.000.“

„5.000? Und wofür?“

„Hat er nicht gesagt“, Strommer trank sein Bierglas leer.

„Und wie du gesagt hast, dass du ihm nichts gibst?"

„Was wird das jetzt? Ein Verhör?", brauste Strommer plötzlich auf, „er hat gefragt, ich hab Nein gesagt, basta."

„Schrei nicht mit mir", sagte Thurner bestimmt, „ich wollte nur wissen, worum es bei dem Telefonat gegangen ist."

„Ja, jetzt weißt du's", murmelte Strommer und widmete sich wieder seinem Teller.

„Ich war heute beim Guido", brach Strommer ein etwa fünfminütiges angespanntes Schweigen.

„Hast du mir gesagt, dass du hinfährst, ja. Wie geht's ihm?"

„Schlecht schaut er aus, blass und ... die Dings ... ah, dass ich den Namen von der immer vergesse ..."

„Marlene?"

„Ja, genau die", Strommer trank sein Bierglas leer, „sie hat gesagt, dass sich der Schäfer nach ihm erkundigt hat."

„Nach dem Guido?"

„Ja."

„Und warum?"

„Weiß sie nicht", Strommer legte das Besteck ab und schob den Teller weg. „Was denkst du?"

„Was soll ich denken?"

„Warum er nach dem Guido fragt? Das wird ja wohl einen Grund haben, oder?"

„Woher soll ich das wissen", Thurner stand auf und räumte den Tisch ab. Kurz darauf kam sie zurück, in der einen Hand einen Aschenbecher, in der anderen einen gut gefüllten Cognacschwenker. Beides stellte sie ihrem Onkel hin, der eine Schachtel mit Zigarillos aus der Brusttasche seines Hemdes zog.

„Zu dir hat er nichts gesagt, oder?", sagte er, nahm einen Schluck und verzog das Gesicht.

„Der Schäfer? Über den Guido? Nein ... wie wir nach Wels gefahren sind, hat er eine komische Bemerkung gemacht über den Günther ... dass er sich nur Gedanken über mich machen müsste, wenn ich ihn ermordet hätte oder so was in der Richtung."

„Wieso ermordet?"

„Eben", Thurner sah ihren Onkel an und zuckte mit den Achseln, „wieso ermordet?"

„Was ...", Strommer verzog den Mund zu einem unsicheren Lachen, „das ist doch ein Blödsinn ... die haben doch eindeutig festgestellt, dass das ein Unfall war, dass der Wolfgang ... der will uns gegeneinander aufhetzen, das will er, dieser Sauhund!"

„Wer?"

„Na wer wohl ... der Schäfer natürlich."

„Glaub ich nicht", Thurner stand auf und kam mit einem Glas Rotwein zurück, „wieso sollte er ... ich meine ..."

„Was weiß denn ich, was in dem seinem Schädel vorgeht", Strommer umklammerte sein Glas und zog damit hastige kleine Kreise auf dem Tisch. „Aber wieso soll er nach dem Guido fragen, wenn er nicht irgendwas vorhat ... neulich, beim Höllriegel seinem Abschied, da hat er auch so komisch dahergeredet."

„Wie, was genau?"

„Ah, von wegen, dass man den Bosch integrieren muss und so linksliberalen Dreck halt ... so richtig, als ob er mich provozieren wollte."

„Vielleicht solltest du einmal mit dem Friedmann reden ... ob der vielleicht ..."

„Mit niemandem reden wir!", fuhr Strommer seine Nichte an und wandte sofort entschuldigend seinen Blick zu Boden, „der Schäfer ... der reimt sich halt irgendwas zusammen, weil ihm fad im Schädel ist und weil der Bosch jetzt wieder draußen ist ..."

„Blöd ist er nicht", meinte Thurner, nachdem sie beide ihren eigenen Gedanken nachgegangen waren.

„Das ist mir schon klar ... aber ich auch nicht, und da braucht es schon mehr, dass der sich mit mir anlegen kann", erwiderte Strommer und schüttete sich den restlichen Cognac in den Mund.

„Dein Telefon."

„Was?"

„Dein Telefon!", Thurner deutete mit dem Kopf Richtung Kaminsims, auf dem ein Handy sich langsam zur Kante zitterte.

„Wer ist denn das?", murmelte Strommer, während er aufs Display sah. „Ja?"

„Der Bosch", Strommer wandte sich wieder seiner Nichte zu und schob das Handy in die Hosentasche. „Will mit mir reden wegen dem Kaufpreis."

„Jetzt?", wunderte sich Thurner. „Woher hat der überhaupt deine Nummer?"

„Weil ich ihm eine Karte hingeschmissen habe, wie ich ... ich fahr schnell hin ... soll er seine 250 haben und sich schleichen, dann haben wir hoffentlich einen Frieden."

„Soll ich mitkommen?"

„Na, wozu", Strommer ging zur Garderobe und zog eine Lodenjacke über.

„Pass aber auf, ja", meinte Thurner, die ihm in den Vorraum gefolgt war. „Ganz dicht ist der nämlich nicht."

„Der macht mir keine Angst."

35.

Schäfer schlenderte durch den Garten, sah nach seinen Pflanzen, murmelte ihnen je nach Zustand Komplimente oder aufmunternde Parolen zu. Birnbäumchen, du bist ein zäher Bursche, das wird schon, in zwanzig Jahren werden wir aus deinen Früchten Schnaps brennen. He, zwanzig Jahre? Konnte er sich wirklich vorstellen, in diesem Kaff hier alt zu werden? Gut, die Träume von einem Ruhesitz am Comosee oder in Lausanne hatte er schon beerdigt, aber Schaching? Das durfte nicht ernsthaft die Endstation sein; da war ihm das Leben schon noch mehr schuldig. Was denn zum Beispiel? Sein Handy verschob diese Auseinandersetzung auf später.

„Was gibt's? Ehestreit? Willst du meine Couch?"

„Ganz falsch liegst du eh nicht", erwiderte Friedmann, „aber das ist ein anderes Thema ... kannst du mit mir zum Bosch hinauffahren? Der Strommer hat mich angerufen. Angeblich hat der Bosch versucht, ihn zu erschießen."

„Hol mich ab."

„Warum ruft er dich an und nicht den Notruf?", wollte Schäfer wissen, als sie im Auto saßen.

„Ts ... frag mich was Leichteres", erwiderte Friedmann mürrisch, „ich möchte erst einmal wissen, was der am Sonntagabend beim Bosch oben macht."

„Hat er gesagt, ob jemand verletzt ist?"

„Nein, sonst hätte ich schon die Rettung gerufen."

„Was ist los mit dir?", fragte Schäfer nun schärfer, dem Friedmanns ungewohnt herablassender Tonfall nicht gefiel, „hast du die Regel?"

„Ich nicht", Friedmann seufzte, „aber meine Weiber offenbar alle drei gleichzeitig."

Statt einer weiteren Frage ließ Schäfer die Scheibe herunter und zündete sich eine Zigarette an.

„Das geht ja schon die ganze Woche so, und ... verstehst, die Anna leiht sich das Scheißdings da von der Jasmin aus, den iPod, natürlich ohne zu fragen, bringt irgendwas durcheinander ... die Jasmin schnappt sich das

Handy von der Anna und schreibt irgendeinen Mist auf ihrer Facebook-Seite, dass sie in einen 25-jährigen Kebabstandler aus Wels verknallt ist ... ja, irgendwann gestern am Abend kommt die Jasmin plärrend ins Wohnzimmer, blutet übers ganze Gesicht ... eh nur eine Platzwunde, aber weißt ja, was für einen Schreck man da bekommt ... den iPod hat ihr die Schwester gegen die Stirn geschossen ..."

„Die moderne Technik bringt uns noch um", meinte Schäfer.

„Meine Rede ... jedenfalls bin ich hinauf in ihr Zimmer, sitzt sie ganz lässig am Schreibtisch vor ihrem Computer und chattet, die Krätzn ... da hab ich sie herumgerissen und ihr eine geschmiert ... eh nicht so fest, aber sie kippt natürlich mit dem ganzen Sessel um und knallt mit dem Kopf gegen das Bücherregal, blutet auch gleich wie ein Schwein, brüllt wie am Spieß, die Sonja kommt herein, schreit mich an, ob ich sie noch alle beisammen habe, ja ..."

„Bist du mit ins Krankenhaus?", wollte Schäfer wissen; bemüht, nicht zu lachen, da er hier viel mehr Komik als Tragik sah.

„Wollte ich ja! ... Dann bin ich in der Einfahrt gestanden und hab zugeschaut, wie die drei Spinnerten abrauschen, als wäre ich der dauerfette Schlägervater ... und die Nachbarn rundum, kannst dir ja vorstellen ..."

„Und dann?"

„Hab ich einen Sechserträger weggeputzt", Friedmann nickte störrisch, parkte den Wagen, sah Schäfer an und konnte wegen dessen Gesichtsausdrucks auch nicht anders als zu lachen.

„Das nenne ich einmal Konfliktbewältigung in meinem Sinne", Schäfer öffnete die Wagentür, „hast du die Waffe mit?"

„Nein, du?"

„Sicher."

Die beiden waren in der Küche. Bosch saß am Boden, an die Wand gelehnt, und presste ein blutiges Geschirrtuch an die rechte Schläfe; Strommer stand in der Mitte des Raums, mit der linken Hand stützte er sich am Küchentisch ab, in der rechten hielt er einen Hammer.

„Hammer weg und hinsetzen“, befahl Schäfer, sah die Pistole auf dem Tisch und nahm sie sofort an sich. Dann bückte er sich zu Bosch, der sich widerstandslos das Geschirrtuch aus der Hand nehmen und seine Wunde besehen ließ. Kann man euch denn keinen Moment alleine lassen, ging es Schäfer durch den Kopf, der wohl immer noch ein paar Gedanken bei Friedmanns Töchtern hatte.

„Der wollte mich umbringen“, keuchte Strommer, deutete zuerst auf Bosch und dann auf Schäfer. „Plötzlich hat er die Waffe da in der Hand gehabt.“

„Die ist nicht geladen“, erwiderte Schäfer, der aufgrund des Gewichts der ihm vertrauten Glock so gut wie sicher war, dass keine Munition drinnen war. Er zog das Magazin heraus, hielt es hoch.

„Er hat auch abgedrückt“, brachte Bosch nun ein und zeigte seinerseits auf Strommer, „da bin ich aber schon am Boden gelegen, weil er mich niedergeschlagen hat ... und dann hat er abgedrückt!“

„Wem gehört die Waffe?“, wollte Friedmann wissen, ging zur Abwasch, füllte ein Glas mit Wasser und trank es in einem Zug.

„Ist es die von Ihrem Stiefvater?“, wandte Schäfer sich an Bosch, nachdem keine Antwort gekommen war. Bosch nickte.

„Also gut“, Schäfer setzte sich, „von Anfang an. Warum sind Sie hier, Herr Strommer?“

„Weil er mich angerufen hat, die Drecksau da ... meine Nichte kann das bezeugen.“

„Stimmt das?“, Schäfer drehte sich zu Bosch hin.

„Ja.“

„Und warum?"

„Ich wollte", fing Bosch an, wurde aber sofort von Strommer unterbrochen.

„Umbringen wolltest du mich, du Scheißkerl, du verlogener … dass er mit mir über den Kaufpreis reden will, hat er gesagt, und ich, gutmütig wie ich bin, glaub ihm auch noch … aber jetzt ist sowieso Schluss mit lustig, jetzt gehst zurück in den Häfen!"

„Das entscheiden zum Glück nicht Sie", erwiderte Schäfer, „eine ungeladene Waffe ist für einen Mordversuch nicht wirklich brauchbar … und der Einzige mit einer Verletzung hier ist Herr Bosch, soweit ich das sehe."

„Ah, daher pfeift der Wind", fuhr Strommer Schäfer an, „einen Schwerverbrecher verteidigen und …"

„Luis!", brachte Friedmann Strommer zur Räson. „Du hättest genauso gut die Funkstreife rufen können, also beruhig dich jetzt."

„Und was ist Ihre Version?", fragte Schäfer Bosch.

„Ich wollte nur wissen, warum er mir … warum er meine Entlassung verhindert hat."

„Und dafür müssen Sie ihm eine Waffe an den Kopf halten?"

„Weil der freiwillig irgendwas zugibt", sprach Bosch zu Strommer hin, als wollte er ihn anspucken.

„Was denn verhindert?", meinte Friedmann verwundert, „Sie sind ja eh frei."

„Vor ein paar Jahren", erklärte Schäfer, was seinen Kollegen aber nicht zufriedenstellte.

„Gibt's da irgendwas, das ich wissen sollte?", Friedmann stellte sich mitten in den Raum, stützte seine Hände in die Hüften und wirkte alleine ob seiner Körpermaße wie ein Schuldirektor, der zwei Lausbuben zur Rede stellt.

„Gibt's da irgendwas, das wir wissen sollten?", sprach Schäfer Strommer an.

„Werde ich jetzt da verdächtigt oder wie“, brauste der erneut auf, „warum habe ich wohl wollen, dass er im Gefängnis bleibt, ha? Vielleicht weil er ein Kind umgebracht hat?“

„Aha“, erwiderte Friedmann und blickte Schäfer fragend an, „und jetzt?“

„Wenn's nach mir geht, legen wir uns jetzt alle hin und reden morgen weiter.“

„Sie wollen den ja wohl nicht“, meinte Strommer entrüstet und wandte sich an Friedmann, „du wirst ihn ja wohl mitnehmen, oder?“

„Ich bin nicht einmal im Dienst“, wehrte Friedmann ab, „wenn du das jetzt offiziell machen willst, musst du den Notruf wählen ... oder du kommst morgen auf den Posten.“

„Auf Ihren Stiefvater war noch eine zweite Waffe registriert. Wo ist das Gewehr?“, fragte Schäfer Bosch.

„Unter der Matratze“, meinte Bosch kleinlaut, worauf Schäfer die provisorische Bettstatt anhob und ein Gewehr herauszog. Ebenfalls ungeladen, stellte er nach einem Handgriff fest und reichte die Waffe an Friedmann weiter.

„Also“, wandte der sich nacheinander an Strommer und Bosch, „will jetzt wer eine Anzeige machen, muss ich die Kollegen anrufen, oder hat das Zeit bis morgen?“

„Leckt's mich doch alle miteinander“, murmelte Strommer gerade noch hörbar und stand auf, „das hat ein Nachspiel, das sag ich euch.“

„Jetzt beruhige dich, Luis“, erwiderte Friedmann, „fahr heim und um den Rest kümmern wir uns schon.“

Ohne ein weiteres Wort stampfte Strommer aus der Küche; kurz darauf hörte man seinen Wagen die üblichen Spuren in den Kies fräsen.

„Was Sie betrifft, geht's um Nötigung und unerlaubten Waffenbesitz“, wandte sich Schäfer nun an Bosch, „dass die Waffe nicht geladen war, haben Sie hoffentlich gewusst … und zu Ihren Gunsten gehe ich auch davon aus, dass Sie die Waffen erst gefunden haben, nachdem ich danach gefragt habe."

„Sicher", erwiderte Bosch und senkte den Blick.

„Wie im Wilden Westen geht's da zu", murrte Friedmann und deute auf Boschs Kopf. „Brauchen Sie einen Arzt?"

„Nein, hat eh schon aufgehört", Bosch starrte auf das Geschirrtuch. „Er hat gesagt, dass ich niemanden umbringen kann."

„Was?", fragte Schäfer nach, der Boschs Gemurmel nicht verstanden hatte.

„Wie ich mit der Pistole auf ihn gezielt habe … hat er nur gegrinst und gesagt, dass ich … dass ich ein feiges Bürscherl bin, das niemanden umbringen kann … dann hat er mir die Waffe aus der Hand gerissen und mich niedergeschlagen."

„Und?", Friedmann zuckte mit den Schultern.

„Aber ich habe doch wen umgebracht, oder?"

„Kapierst du, was der uns da jetzt sagen will?", wandte Friedmann sich an Schäfer.

„So circa", meinte Schäfer und griff zur Türschnalle, „ich erklär's dir im Auto."

36.

In der ersten ruhigen Minute, die ihm Montagvormittag zur Verfügung stand, rief Schäfer die ehemalige Psychiaterin von Frederik Bosch an. Ohne konkrete Fragen im Kopf, ohne unbedingt neue Erkenntnisse zu erwarten; doch irgendwas wollte er tun, um sich nach diesem turbulenten Wochenende wieder als Herr der Lage fühlen zu können. Dass sich Bosch und Strommer früher oder später in die Haare kriegen würden: absehbar; Schäfer selbst hatte es durch die Erwähnung dieses Artikels sogar provoziert. Aber so ein früher Showdown, der wohl nur deshalb ohne Leichen geblieben war, weil Bosch keine Ahnung von Waffen hatte. Obendrein hatte Strommer am Sonntag seinen Sohn besucht und war von Marlene wie abgemacht auf Schäfers Interesse an Guido unterrichtet worden. Diese Katze war also ebenfalls früher als erwartet aus dem Sack; jedenfalls bevor Schäfer tatsächlich mit Guido hatte reden und sich seinen nächsten Schritt überlegen hätte können.

Also die Psychiaterin. Astrid Liebhart. Hatte eine Praxis in Linz, arbeitete hauptsächlich mit delinquenten Jugendlichen und abnormen Rechtsbrechern, wie Schäfer mithilfe des Internets herausgefunden hatte. Zwei Fachbücher veröffentlicht – *Die Psychologie des Bösen* und *Zum Bösen gemacht?* –, deren Verkaufsrang bei Amazon jenseits der Million lag. Ein paar Fotos gab es auch: rote Haare, ziemlich sicher gefärbt, Anfang bis Mitte vierzig, wenngleich das jedes Mal übertrieben aufgetragene Make-up diese Einschätzung erschwerten. Eine Maske, fiel Schäfer dazu ein, und er notierte sich auf einem geistigen Spickzettel ein paar Stichwörter, die ihm als Leitfaden für dieses Telefonat dienen sollten: Resozialisierungs-Bestrebung, Bevölkerungssensibilisierung, Deeskalationsstrategie. Wenn ihm niemand gegenüber saß, brachte er so einen Schwulst locker heraus, ohne in Lachen auszubrechen.

Ich schleime mich nicht ein, ich drücke Respekt und Verständnis aus, murmelte er sich zu, während er Liebharts Nummer wählte. Etwas, das forensische Psychiaterinnen und Therapeutinnen gerade bei Polizisten oft vermissten, wie er aus Erfahrung wusste. Therapie statt Strafe war eben immer noch kein sehr populäres Konzept. Und wenn man einer ausgeweideten Frauenleichen in natura begegnete, musste man schon sehr professionell, abstraktionsfähig, abgebrüht, erleuchtet, was auch immer sein, um dem Verantwortlichen nicht das ganze Magazin der Dienstwaffe in den Kopf schießen zu wollen – davon, ihn verstehen oder gar ihm helfen zu wollen, ganz zu schweigen.

Sie hatten keine zwei Minuten miteinander telefoniert, als Liebhart vorschlug, sich noch am selben Abend mit ihm zu treffen. Ja, warum nicht, erwiderte Schäfer, der sich abermals überrumpelt fühlte. Würde er eben um sieben nach Linz fahren. Würden ihm schon noch ein paar Dinge einfallen, mit denen er ihr etwas über Frederik Bosch herauslocken konnte, Verschwiegenheitspflicht hin oder her.

Am frühen Nachmittag rückte die gesamte Besatzung bis auf Schäfer zu einem Alarmeinsatz aus. Eine Frau hatte von einem Einbruch in die Kellerabteile eines Mehrparteienhauses berichtet. Da sie bis zum Mittagessen mit Aufräumarbeiten im eigenen Keller beschäftigt gewesen war, müssten die Täter in den vergangenen zwei Stunden zugeschlagen haben. Reichlich Zeit, um über die Grenze nach Tschechien zu gelangen – aber vielleicht hatten sie ja diesmal Glück oder besonders dumme Einbrecher, die sich gleich noch ein paar Keller vornahmen, bevor rundum alles abgeriegelt war.

Auer, Friedmann und Hornig kamen kurz nach fünf zurück, strahlend, als ob sie gerade die Matura bestanden hätten.

„Waidmanns Heil", begrüßte Schäfer die euphorischen Gesichter, aus deren Mündern die Worte purzelten und sich überschlugen.

„Chef, da hätten Sie dabei sein müssen!", Auer hatte riesige Schweißflecken unter den Achseln. „Das war ein voller Wahnsinn!"

„Also darf ich davon ausgehen, dass ihr sie geschnappt habt."

„Ja ... aber knapp ...scheiß mich an, die sind gebrettert, die Schweine. Dafür liegen sie jetzt alle im Krankenhaus."

„Oha", meinte Schäfer überrascht, „so wild?"

„Viermal überschlagen ... und der, der noch aussteigen hat können, schießt auch noch."

„Drecksau die", brachte Hornig ein, „eine richtige Drecksau, der Piefke."

„Deutsche?", fragte Schäfer verblüfft.

„Ja", Auer nickte manisch mit dem Kopf.

„Die haben auch keinen Stolz mehr", meinte Schäfer, „erst kommen sie zum Kellnern und jetzt schon zum Stehlen." Er wandte sich an Friedmann: „Hat sich der Strommer noch einmal bei dir gemeldet?"

„Nein", erwiderte Friedmann und folgte Schäfer in dessen Büro. „Sollen wir von uns aus was unternehmen?"

„Fragt sich nur was", Schäfer stützte sich mit den Fäusten auf den Schreibtisch, „und wem wir damit einen Gefallen tun ..."

„Wenn's der Strommer drauf anlegt, ist der Bosch sowieso weg", Friedmann setzte sich. „In seiner Situation jemanden zu sich bestellen und mit einer Waffe bedrohen ... der fährt für ein Jahr ein, mindestens."

„Gut möglich", erwiderte Schäfer, „wobei man als Verteidiger natürlich auch argumentieren könnte, dass Strommer mit seinem ersten Besuch – bei dem er nota bene ein geladenes Gewehr gut sichtbar im Auto mitgeführt hat – den ohnehin traumatisierten Bosch schwer verängstigt hat ..."

„Glaubst du wirklich, dass jemand anderer die kleine Paulus umgebracht haben könnte?", unterbrach Friedmann Schäfers Sermon, „oder ist dir nur der Strommer so zuwider?"

„Was weiß ich, beides vielleicht", murrte Schäfer und fragte sich, ob er Friedmann am Vorabend nicht zu viel von seinen Recherchen und Theorien erzählt hatte.

Gut, zumindest Strommers Sohn hatte er nicht erwähnt. „Auf jeden Fall würde es mir keine Ruhe lassen, wenn der Bosch wegen dieser dummen Aktion wieder eingesperrt wird."

„Dafür hätten genug andere wieder ihre Ruhe."

„Ja", Schäfer setzte sich und legte die Hände übers Gesicht. „Aber ... versuch einmal, das aus meiner Perspektive zu sehen, neutraler, ohne den Hintergrund, dass da ein Mädchen aus deinem Ort ermordet worden ist ... warum tut sich der Strommer so was an, diese Klinkenputzerei, da seine Beziehungen spielen lassen, nur damit der Bosch länger im Gefängnis bleibt ... da ist es ja nicht darum gegangen, dass der nach sechs Monaten wieder frei kommt ... der hat schon zwanzig Jahre abgesessen gehabt!"

„Wer, wenn nicht der Bosch?", fragte Friedmann nach einer Pause und zuckte mit den Schultern.

„Ich treffe mich heute Abend mit seiner ehemaligen Psychiaterin."

„Und was erwartest du dir davon?"

„Weiß ich nicht", Schäfer begann, mit seiner Zigarettenschachtel zu spielen, „auf jeden Fall sollten wir schauen, dass die Sache nicht komplett aus dem Ruder läuft."

„Ganz deiner Meinung", Friedmann räusperte sich, was Schäfer als dezente Schuldzuweisung interpretierte.

„Und?", Schäfer zündete sich eine Zigarette an. „Wie geht's daheim?"

„Ja, eh", Friedmann seufzte und setzte ein gespieltes Grinsen auf. „Die Damen haben sich auf dem Weg ins Krankenhaus überlegt, was sie erzählen können, damit dort keiner auf die Idee kommt, Anzeige zu erstatten wegen häuslicher Gewalt."

„Gut erzogen", erwiderte Schäfer und erkannte an Friedmanns Gesichtsausdruck, dass er genau das Falsche gesagt hatte. „Ich meine, sei froh, dass ... das zeigt doch, dass sie dir verziehen haben, oder?"

„Ich mir nicht“, meinte Friedmann und stand schwerfällig auf.

„Ah, das ... sag: Willst du, also du und deine Frauen, die Woche einmal zum Essen kommen? Eröffnen wir die Grillsaison ...“

„Na ja, warum nicht, wenn ich ...“

„Soll ich die Sonja anrufen?“, setzte Schäfer nach, nachdem Friedmann offensichtlich nicht mehr fähig schien, seine Gedanken in Normalgeschwindigkeit auszudrücken.

„Ja, das wäre vielleicht gescheiter.“

37.

Liebhart hatte ihn gefragt, wo er sich mit ihr treffen wollte. Ob es in ihrer Ordination okay wäre, oder ob er ein Restaurant vorzöge. Sehr gerne an ihrem Arbeitsplatz, da musste Schäfer nicht lange überlegen. Nicht, dass er sich von Strommer und seinem Netzwerk beobachtet fühlte; aber wieso sich in so einer Angelegenheit den Blicken der Öffentlichkeit aussetzen. Lieber unter vier Augen und Ohren, sagte er sich und kaufte an einer Tankstelle zwischen Schaching und Linz ein Sandwich, damit ihm in Liebharts Ordination nicht der Magen zu knurren begänne.

„Greifen Sie zu“, forderte die Psychiaterin ihn auf, nachdem sie auf den kniehohen Tisch zwischen ihren Polstersesseln ein Tablett mit einem Dutzend belegter Brötchen gestellt hatte.

„Oh, das wäre nicht nötig gewesen“, erwiderte Schäfer und langte beherzt zu; den Eiaufstrich ließ er allerdings aus; nicht nur die Krustenbildung schreckte ihn ab, sondern auch ein traumatisches Erlebnis bei einer Tagung in

Leipzig Mitte der 90er Jahre, wo rund 50 Mordermittler aus ganz Europa nach dem Verzehr von solchen Brötchen ihre Hotelbetten vollgeschissen hatten.

„Ist von einem Vortrag übrig geblieben ... heute Mittag“, fügte sie hinzu, nachdem Schäfers Stirn sich in Skepsisfalten gelegt hatte. „Also, Frederik, wie geht’s ihm?“

„Na ja“, Schäfer kaute langsam weiter, um noch ein paar Sekunden für die richtige Wortwahl zu gewinnen. „Ich denke, es würde ihm besser tun, wenn er woanders leben würde.“

„Das hab ich ihm auch geraten ... aber die Alternative wäre halt eine Sozialwohnung gewesen. Dass er da den Hof seines Stiefvaters vorzieht, kann ich schon verstehen.“

„Er könnte verkaufen“, meinte Schäfer. „Er hat sogar ein Angebot.“

„Ach ja?“, Liebhart hob ihre Teetasse vorsichtig zum Mund und nippte daran. „Ich bezweifle allerdings, dass er ... Geld ist im Augenblick sicher nicht das Wichtigste, um ihm weiterzuhelfen. Er bräuchte Stabilität, Strukturen, ein soziales Netzwerk ...“

„Womit es in Schaching eher schlecht aussieht.“

„Ja, vermutlich ... am Telefon haben Sie etwas von Übergriffen erwähnt ...“

„Schmierereien an der Hausmauer, das Übliche ... aber es herrscht eine ungute Spannung, das lässt sich nicht abstreiten.“

„Und wie kann ich Ihnen dabei behilflich sein?“

„Deswegen bin ich eigentlich nicht hier“, erwiderte Schäfer, „also wenn Sie Bosch dabei helfen wollen, seinen Hof zu verkaufen und woanders neu anzufangen, nur zu ... aber mich interessiert im Augenblick mehr seine Vergangenheit ...“

„Da müssten Sie schon ein wenig präziser werden.“

„Weshalb hat er Ihrer Meinung nach so lange ein Geständnis verweigert?“

„Oh“, Liebhart sah Schäfer an, als ob er sie nach der Anzahl der Sterne im Universum gefragt hätte, „darf ich gegenfragen, warum Sie das wissen wollen?“

„Nein, noch nicht“, antwortete Schäfer und setzte ein, wie er hoffte, einnehmendes Lächeln auf.

„Warum geben wir nicht immer die Wahrheit preis?“, dozierte Liebhart, „das wissen Sie doch genauso gut wie ich ... die einen lügen, um sich einen Vorteil zu verschaffen, andere, weil sie sich schämen ... manche haben an ihr Vergehen tatsächlich keine Erinnerung, manche hoffen, durch beständiges Wiederholen ihrer Version eine tatsächliche Änderung der Geschichte herbeiführen zu können, so absurd das für Außenstehende auch klingen mag.“

„Und Frederik Bosch?“

„Ich habe ihn erst ab 2002 betreut“, Liebhart nahm eins der Eiaufstrich-Brötchen und biss hinein. „Da war das Geständnis respektive die Einsicht in sein Vergehen eigentlich kein Thema mehr ... unsere Arbeit war vielmehr darauf ausgerichtet, eine Basis für sein Leben außerhalb des Gefängnisses zu schaffen, potentielle Konfliktsituationen zu vermeiden, lernen, mit Frustration umzugehen ...“

„Was ist mit Schuldgefühlen, Albträumen ... hat es da während Ihrer Behandlung oder davor irgendwas in der Richtung gegeben?“

„Ich verstehe nicht ganz, worauf Sie hinauswollen.“

„Er hat ein siebenjähriges Mädchen ermordet, er streitet es ab, irgendwann gesteht er ... zwischen diesem Geständnis und den therapeutischen Fortschritten, die er ja gemacht haben muss, um überhaupt entlassen werden zu können, muss doch was passiert sein mit ihm, Reue, Schuld, Sühne ...“

„Natürlich“, behauptete Liebhart, „aber wie schon gesagt: dieser Prozess, die Aufarbeitung, das lag hauptsächlich in den Händen von Doktor Henisch.“

„Haben Sie seine Berichte gelesen?“

„Selbstverständlich“, Liebhart schüttelte leicht den Kopf, „ich habe auch mehrmals mit ihm über Frederik gesprochen. Aber wenn Sie mir nicht sagen, wonach Sie suchen, tue ich mich schwer, Ihnen weiterzuhelfen.“

„Entschuldigung“, meinte Schäfer, „typischer Ermittlerschaden: nur nicht zu viel verraten ... gut, ich bin in den letzten zwei Wochen auf ein paar Hinweise gestoßen, die ... den damaligen Tathergang in einem anderen Licht erscheinen lassen.“

„Was wollen Sie damit andeuten? Dass er unschuldig ist oder dass er noch immer gefährlich ist?“, fragte die Psychiaterin.

„Es besteht auch die Möglichkeit, dass er gerade wegen seiner Unschuld gefährlich ist.“

„Also jetzt wird’s wirklich kryptisch.“

„Okay“, Schäfer atmete tief durch, „ich spreche jetzt rein hypothetisch. Frederik Bosch wird für ein Verbrechen verurteilt, das er nicht begangen hat. Drei Jahre lang klammert er sich daran, dass er unschuldig ist und irgendwer ihn schon aus dem Gefängnis holen wird. Passiert aber nicht. Also denkt er sich folgerichtig: Voraussetzung für eine Entlassung ist eine erfolgreiche Therapie, Voraussetzung für eine Therapie ist ein Geständnis ...“

„Und Doktor Henisch war eine fachliche Null, die alles geglaubt hat, was ihm ein Häftling erzählt“, unterbrach Liebhart leicht gereizt, „weil mit Lügnern haben wir ja eh keine Erfahrung, oder?

„Wie? ... Nein, das will ich damit nicht sagen“, erwiderte Schäfer und hob beschwichtigend die Hände, „es ist ja eh jeder von Boschs Schuld ausgegangen ... also wäre ein Geständnis nichts gewesen, was man als Lüge oder Täuschungsmanöver abgetan hätte, oder?“

„Nein, aber Frederik hat selbst an seine Unschuld geglaubt ... er hat die Tat völlig isoliert und aus seiner Wahrnehmung verdrängt."

„Oder er hat sie gar nie begangen."

„Und was sagen Ihre Kollegen, die damals die Ermittlungen geführt haben, zu dieser Theorie?", fragte Liebhart leicht süffisant.

„Ich habe sie noch nicht damit konfrontiert", gestand Schäfer ein.

„Soweit ich Einsicht in die Akten genommen habe, wurde damals sehr gründlich gearbeitet."

„Ja, ganz meine Meinung ... es geht mir auch nicht darum, irgendjemanden anzupatzen", Schäfer sah aus dem Fenster. „Aber wenn Frederik Bosch tatsächlich 27 Jahre unschuldig im Gefängnis verbracht hat ..."

„Wäre das eine ziemliche Sauerei", Liebhart sah Schäfer in die Augen, dann durch ihn hindurch. „Es hat ein paar Sachen gegeben, die mich irritiert haben."

„Dieses Gespräch ist inoffiziell und muss nie stattgefunden haben", sagte Schäfer, dem schien, dass Liebhart sich selbst nicht ganz traute.

„Da waren diese Einzelsitzungen, mit Doktor Henisch, in denen Frederik sich seiner Tat bewusst werden sollte, den Schmerz nachvollziehen, den er verursacht hat"

„Eine seelische Tatortrekonstruktion."

„Hm? ... Ja, vereinfacht ausgedrückt", Liebhart stand auf, entschuldigte sich und kam nach zwei Minuten wieder. „Es gibt diese Aufnahmen, Kassetten, auf denen Frederik den Tathergang schildert ..."

„Und?"

„Ihm fehlte Täterwissen ... was Doktor Henisch mit besagten Verdrängungsprozessen und den Drogen erklärt hat ... am deutlichsten war das, wenn Frederik versucht hat, die Tötung selbst zu schildern. Da hat er mehrfach beschrieben, wie er dem Mädchen den Hals zugedrückt hat und sie ihn dabei angeschaut hat ..."

„Aber Susanna Paulus wurde nicht erwürgt und ist mit dem Gesicht nach unten aufgefunden worden", ergänzte Schäfer.

„Richtig."

„Das heißt, entweder hat er den Mord tatsächlich aus seiner Erinnerung verdrängt ... oder er hat sich eine Tat eingeredet, die er nie begangen hat, an die er jetzt aber glaubt. Ist das möglich?"

„Wenn er das Mädchen tatsächlich nicht getötet hat, dürfte das der Fall sein, ja", meinte Liebhart. „In unseren Sitzungen hatte ich nie das Gefühl, dass er mir etwas vorspielt ... außerdem ..."

„Außerdem?"

„Etwa ein Jahr nach seinem Geständnis hat er zwei Suizidversuche unternommen ... das fällt zeitlich mit besagten Aufnahmen zusammen, in denen er den Mord schildert."

„Ein Psychiater treibt seinen Patienten in den Selbstmord", rutschte es Schäfer heraus.

„Für die Klärung der Schuld waren andere zuständig", erwiderte Liebhart, „in der Regel vertraue ich auf unsere Justiz ... und auf die Exekutive."

„Bislang ist es ja wirklich nur eine vage Hypothese, der ich hier nachgehe."

„Haben Sie denn schon einen anderen Verdächtigen?"

„Sagen wir so: ich habe ein Umfeld."

„Die Familie?"

„Nein."

„Sie sind nicht irgendwer", sagte Liebhart nach ein paar stillen Sekunden.

„Bitte?"

„Ich meine, ich habe heute ein bisschen nachgeforscht, im Internet ... Sie haben ein paar recht spektakuläre Fälle gelöst."

„Ich, meine Gruppe ... wie kommen Sie jetzt darauf?"

„Na ja, damit steigt meiner Meinung nach die Wahrscheinlichkeit, dass an Ihrer Theorie etwas dran ist ... was einen gewaltigen Justizirrtum darstellen würde."

„So weit sind wir noch lange nicht", wiegelte Schäfer ab, „bin ich noch nicht, sollte ich sagen ... bislang ist das eher mein Privatvergnügen und eine Wiederaufnahme ist überhaupt noch kein Thema."

„Haben Sie mit Frederik über Ihren Verdacht gesprochen?"

„Nein, natürlich nicht."

„Hm ... das haben Sie mit unschuldig und gefährlich gemeint", schloss Liebhart, „dass seine Reaktion sehr heftig ausfallen könnte."

„Ja ... deshalb bemühe ich mich auch, sehr diskret vorzugehen", antwortete Schäfer und fragte sich, ob er selbst glaubte, was er hier verzapfte.

„Was mich betrifft, können Sie da ganz beruhigt sein ... nur würde ich Sie bitten, mich zu kontaktieren, wenn es zu Situationen kommt, die Frederik zusätzlich destabilisieren könnten."

„Sicher, versprochen", erwiderte Schäfer, ohne begriffen zu haben, was genau sie damit meinte. Er war ja nicht Boschs Pflegedienst.

„Gut", Liebhart sah auf ihre Armbanduhr und lächelte. Offensichtlich ein allgemein gebräuchliches Therapeuten-Schlusssignal.

„Ah, noch ganz was anderes", Schäfer griff sich an die Stirn, „weil mich das schon länger beschäftigt ... wir haben ja ein Pflegeheim der Lebenshilfe im Ort, wo es mit ein paar der, ähm, Bewohnern, immer wieder zu kleinen Konflikten gekommen ist, also speziell Trisomie ... 21 oder 23?"

„Kommt darauf an, von welchem Krankheitsbild Sie sprechen ... Trisomie 21 ist das Down-Syndrom."

„Ja, genau, ich wollte nicht Mongoloide sagen … jedenfalls gibt es da eine Frau, die sehr impulsiv und auch sehr kräftig ist …“

„Was auch unter Gesunden vorkommen soll“, warf Liebhart ein.

„Ja, natürlich, aber ich als Nicht-Mediziner tue mich halt schwer einzuschätzen, inwieweit solche Personen ihre Aggressionen unter Kontrolle haben und …“

„Menschen mit Trisomie 21 weisen diesbezüglich keine spezifischen Eigenarten auf … es gibt sensible, grobe, streitlustige, friedvolle, intelligentere, schwachsinnige, die ganze Palette …“

„Okay … und …“

„Haben Sie jemanden aus dem Haus der Lebenshilfe unter Verdacht, Susanna Paulus getötet zu haben?“, wollte Liebhart wissen.

„Was?“, entgegnete Schäfer völlig überrumpelt, „nein, das Heim hat es damals ja noch gar nicht gegeben.“

„Ah, das wusste ich nicht“, Liebhart sah ihn forschend an und legte die Hände auf die Sessellehne.

„Ich melde mich“, brachte Schäfer heraus und stand rasch auf.

„Bitte, machen Sie das.“

38.

Dienstag, Mittwoch, zwei Tage vergingen, ohne dass Schäfer irgendwelche Fortschritte im Fall Paulus gelungen wären. Wobei er diesbezüglich auch keine großen Anstrengungen unternommen hatte – ein paar Namen und Telefonnummern angefragt, das war’s. Auch das Gespräch mit Guido Strommer hatte er nochmals vertagt. Es gab genug andere Dinge, die ihn beschäftigten: unter anderem die Altpapiercontainer, von denen vier im vergangenen Monat von unbekannten Tätern in Brand gesetzt worden waren. Arbeitslose, Ausländer, meinten die üblichen Spinner und wedelten zur Unterstützung ihrer gesunden Volksmeinung mit der Kronenzeitung, in der über irgendwelche Unruhen an den Rändern einer Millionenstadt berichtet wurde. Wochenende, mitten in der Nacht, keine Wohnhäuser in unmittelbarer Nähe: eine besoffene Geschichte, wiegelte ein erfahrener Polizist wie Friedmann ab. Plastik und Papier: das ist doch geradezu eine Einladung zu einem nächtlichen Rauschfeuerchen, dachte der ehemalige Mordermittler Schäfer. Aber notorische Brandstifter hatten eben meist auch ein besonderes psychologisches Profil: Das Feuer erregte sie; Erregung tendierte dazu, gesteigert werden zu wollen; so könnte aus dem Container bald ein Heustadel oder Schlimmeres werden. Also nochmals einen öffentlichen Aufruf bringen, sagte sich Schäfer und delegierte die Pressearbeit an Auer. Vielleicht sollten sie eine bestimmte Anzahl an Delikten aber auch einfach unbearbeitet lassen. Um deutlich zu machen, wie notwendig ihre Arbeit, wie wichtig vor allem ihre Präsenz in Schaching war. Dienstagabend hatte die Innenministerin ein Fernsehinterview zu ihren Umstrukturierungsmaßnahmen gegeben. Von 200 Inspektionen im Evaluierungsprozess war nun die Rede. Wie viele davon geschlossen werden würden, hatte der Moderator der Ministerin nicht entlocken können. Einzige konkrete Aussage der Vogelscheuche: Zwei-Mann-Posten hätten in einem modernen Polizeiapparat keine Zukunft. Und sie wollte noch einmal betonen, dass es um Zusammenlegungen, nicht um Entlassungen ginge. Wie es im Falle einer Schließung der Polizeiinspektion Schaching für ihn persönlich weitergehen sollte, verdrängte Schäfer, so gut es ging. Irgendein anderes Kaff würde schon einen Inspektionskommandanten brauchen. Wenn er dazu überhaupt noch Lust hatte. Vielleicht käme er beim LKA in Linz unter. War schon genug Gras über die Sache damals gewachsen? War er überhaupt noch in der Lage, als Ermittler in Gewaltverbrechen zu arbeiten? Oder würden ihm dann früher oder später abermals die Sicherungen durchbrennen? Wie auch immer. Spekulationen um die Schließung des Postens plus ein Arbeitspensum, das für seine ohnehin geschrumpfte Truppe kaum zu bewältigen war, ergaben im Augenblick keine Mischung, aus der sich ein Gute-Laune-Tee bereiten ließ. Da hatte die Mannschafts-Moral Vorrang, Bosch und Strommer konnten bis zum Wochenende warten. Schäfer stand auf, um sich in der Gemeinschaftsküche etwas zu essen zu bereiten.

„Wie machen wir das morgen mit dem Keltenfest?", wandte Friedmann sich an Schäfer, der in die Spüle starrte und dort offensichtlich jedes Rucolablatt seines Salats einzeln wusch.

„Kel-ten-fest", wiederholte Schäfer und wartete, wie sein Gehirn darauf reagierte. Ratter, ratter, ratter, Ihre Anfrage wird in wenigen Sekunden beantwortet. „Als Zeichen des Respekts vor der lokalen Historie wird sich der Inspektionskommandant dort persönlich einfinden."

„Soll ich schnell noch eine Pressekonferenz organisieren, damit du das öffentlichkeitswirksam verkünden kannst?", Friedmann grinste. „Also kontrolliere ich morgen mit der Moni die Zufahrt ... wird eh ziemlich sicher nichts geben."

„Die von der Lebenshilfe kommen am Nachmittag hin, oder?", fiel Schäfer ein, dass ihm Marlene von ihrem Besuch bei besagtem Fest erzählt hatte.

„Ja, aber dass die randalieren, glaube ich weniger."

„Was ist mit diesen Nazi-Deppen?", fragte Schäfer.

„Fangen die Kollegen ab … falls da wirklich ein paar antanzen, kommen die nicht bis zu uns durch."

„Sehr gut … ah, wegen der Nummer vom Strommer seiner Ex, hast du da was herausgefunden?"

„Kriegst du bis zum Abend", erwiderte Friedmann. „Das mit der Einladung am Samstag steht noch?"

„Sicher."

Nach dem Essen sah sich Schäfer in seinem Büro die Homepage des Vereins an, der besagtes Fest organisierte. Der Vorstand war aller Wahrscheinlichkeit nach Lehrer oder pensionierter Beamter; unter dem Menüpunkt Geschichte fand sich ein von ihm verfasster Text zur Geschichte der Kelten in Österreich, mit dem man bestimmt ein Buch füllen konnte. Bisher war Schäfer davon ausgegangen, dass ein Hundeausführer oder Schwammerlsucher im Wald auf ein paar Tonscherben gestoßen war, die von Gemeinderat und Tourismusverband schnellerdings zu historischen Fundstücken erklärt worden waren, um dem Ort bei der Autobahnabfahrt ein braunes Schild *Keltenstadt* zu sichern. Glaubte man jedoch dem Internet-Text, waren in der Nähe des heutigen Schaching um 600 v. Chr. tatsächlich keltische Siedler ansässig gewesen, was durch die Überreste eines Walls namens Viereckschanze bezeugt war. Hügelgräber mitsamt unschätzbarer Prunkbeigaben waren zum Leidwesen der hiesigen Keltenfans allerdings keine gefunden worden. Müssten wir uns um Grabräuber auch noch kümmern, murmelte Schäfer und wechselte zum Menüpunkt Keltenfest. Das jedes Jahr im Mai am Wochenende um den ersten Vollmond stattfand; in Schaching allerdings nur jedes dritte Jahr, da der hiesige Kelten-Verein das Fest gemeinsam mit zwei Partnervereinen aus Niederösterreich und Tirol ausrichtete, die in den Jahren dazwischen zum Zug kamen.

Von Freitagmittag bis Sonntagmittag bot das Fest laut Homepage ein so vielfältiges wie attraktives Programm: altes Handwerk, eine keltische Modeschau, ein Theaterstück, keltische Küche, Druiden, sechs Musikgruppen ... und natürlich jede Menge Spiel und Spaß für Jung und Alt. Die Anwesenheit eines Rettungswagens und einer Handvoll Sanitäter war bei so einer Veranstaltung verpflichtend. Schließlich zog das Fest jedes Jahr ein paar Busladungen deutscher Senioren an, die stundenlang an den Biertischen saßen, sich im Stil römischer Orgien Unmengen an Gänsebraten, Kartoffelknödeln und Wildgulasch einverleibten und dazu Gerstenbier und Metwein soffen, bis die Gallenkolik anklingelte. Darüber hinaus kam es zu verstauchten Knöcheln, Schnittwunden beim Personal und anderen kleinen Blessuren; gröbere Verletzungen infolge von Schlägereien waren jedoch erstaunlicherweise nie gemeldet worden. Warum das gesamte Polizeiaufgebot des Bezirks an diesem Wochenende dennoch in Bereitschaft stand, lag an einer Facebookmeldung, die der Verfassungsschutz aufgeschnappt und – zu Schäfers Erstaunen – tatsächlich weitergeleitet hatte. Offensichtlich hatten ein paar Neonazis das Wort Kelten sofort mit Germanen, Teutonen, Runen, Walhalla und Waffen-SS assoziiert und waren überzeugt, an diesen Tagen den arischen Vorfahren ihre Aufwartung machen zu müssen; vielleicht würde sogar der Führer in einem Ufo vom Südpol kommen. Großes Aufsehen wollten weder die Polizei noch die Gemeinde um diese Tölpel machen; die Zufahrtsstraßen wurden kontrolliert, und für den Fall, dass in einem Wagen ein paar Glatzköpfe und Springerstiefel anzutreffen waren, wurden die eben höflich aber bestimmt wieder ausgeladen.

Schäfer hatte freilich nicht vor, sich in einer Ausweiche die Füße in den Bauch zu stehen oder im Streifenwagen Handy-Tetris zu spielen. Er hatte, für sich selbst überraschend, Lust auf Menschen und friedlich familiäre Ausgelassenheit. In Zivil würde er sich so eine Veranstaltung nicht antun; doch seine Uniform schützte ihn vor aufgedrängten Schnäpsen genauso wie vor angeheiterten Einheimischen, die ihn an ihren Tisch laden wollten. Er konnte auf Distanz bleiben, beobachten, ein wenig Smalltalk führen, den er mit Hinweis auf eine Funkmeldung jederzeit beenden konnte. Außerdem! Außerdem würde Marlene dort sein.

Kurz vor Dienstschluss bekam Schäfer eine Mail von Friedmann mit der Telefonnummer von Luis Strommers Ex-Frau, die nach der Scheidung wieder ihren Mädchennamen Holmstedt angenommen hatte. Deutsche Vorwahl. Sehr gut, dachte Schäfer für einen Augenblick. Und fragte sich im nächsten, wieso sein Kopf so beständig daran festhielt, dass Personen, die außerhalb der staatlichen Grenzen wohnten, kaum eine Gefahr darstellten. In Zeiten, wo sie jede Woche mehrere Anzeigen wegen Internetbetrugs aufnahmen, war diese Ansicht archaisch. Ach, die guten alten Zeiten, foppte Schäfer sich selbst und griff zum Telefon.

„Guten Tag, Frau Holmstedt, hier spricht Major Schäfer von der österreichischen Polizei in Schaching."

„Ist er tot?"

„Wie bitte?"

„Sie rufen doch sicher wegen meines ehemaligen Gatten an, oder?"

„Indirekt", erwiderte Schäfer, den die schroffe Stimme aus dem Konzept gebracht hatte, „und nein, er ist weder tot noch verunfallt noch in ein Verbrechen verwickelt."

„Letzteres möchte ich anzweifeln", kam es hämisch zurück.

„Ja ...", Schäfer überlegte, ob er aus der offenkundig immer noch verbitterten Frau ein paar Details über dubiose Geschäftspraktiken herauskitzeln sollte, als allfälliges Druckmittel oder als Bonus für seine Kollegen von der Wirtschaftskriminalität, entschied sich aber rasch dagegen. „Mir geht's aber weniger um Ihren Mann, als um Personen, die sich im Jahr 1986 regelmäßig in Ihrem Wohnhaus in Schaching aufgehalten haben."

„Das war das Jahr unserer Scheidung", meinte Holmstedt nach einer kurzen Pause. „Sagen Sie, Herr ..."

„Schäfer."

„Ja, Herr Schäfer, warum befragen Sie denn da nicht den Luis?"

„Ähm", Schäfer bemühte sich um ein Räuspern, das Solidarität schaffen könnte, „Ihr Ex-Mann ist aufgrund von ein paar Unstimmigkeiten nicht sehr gut auf mich zu sprechen."

„Ach, haben Sie sich nicht bestechen lassen?", wollte Holmstedt wissen und ließ ein Lachen folgen, das Schäfer erleichterte.

„Ich bin wahrscheinlich weniger kooperativ, als er es in seiner Stellung als Platzhirsch gewohnt ist."

„Das vergönne ich ihm ... also 1986 haben Sie gesagt, ja ... die Maike, meine Tochter, und ich sind ja im Sommer ausgezogen ..."

„Wer hat sich denn danach um den Guido gekümmert?"

„Na die Frieda, wie schon zuvor."

„Frieda, den Namen höre ich jetzt ehrlich gesagt zum ersten Mal", gab Schäfer zu und übertrieb dabei sein Erstaunen.

„Nein, nein ... die war damals schon sechs Jahre bei uns. Ein Engel, diese Frau ... wenn ich sie bewegen hätte können, nach Deutschland mitzugehen, dann hätte ich wohl den Guido auch mitgenommen, aber ich hab das auch akzeptieren müssen", kam Holmstedt nun in Fahrt, „jemand, der seiner Scholle so verbunden ist, der wird ja woanders gar nicht glücklich und das wäre dann auch nicht in unserem Sinne gewesen."

„Ja, ganz klar … sagen Sie, Frau Holmstedt, wie heißt denn diese Frieda mit Nachnamen?“

„Oh, jetzt haben Sie mich erwischt“, erwiderte Holmstedt, „wie hieß die nochmal, wir haben ja immer nur Frieda gesagt … was ganz Bodenständiges war das …“

„Huber, Schmidt, Bachler, Moser“, versuchte es Schäfer.

„Nee, nee … Koch! Ja, Koch war’s … mein Gott, die Frieda, nicht einmal eine Weihnachtskarte habe ich ihr geschrieben … da bricht man mit jemandem und alle rundum …“

„Kommen ganz unverdient zum Handkuss, wie man bei uns sagt“, unterbrach Schäfer die Frau. „Also haben nach Ihrem Auszug noch Guido, Sylvia, Frau Koch und Ihr Ex-Mann im Haus gelebt, ist das richtig?“

„Ja ja … wenn Sie seine Flittchen nicht dazuzählen, die er dann sicher mit nach Hause genommen hat.“

„Jetzt machen Sie aus Ihrem Herz doch keine Mördergrube“, versuchte Schäfer, diplomatisch an ein Ende zu kommen. „Was Ihnen beiden widerfahren ist, die Ehe möchte ich sehen, die das unbeschadet übersteht.“

„Ja“, kam es nach einem stillen Augenblick zurück. Oh je, weinte sie jetzt? „Nun denn, Herr Schäfer, wenn Sie weiter nichts benötigen …“

„Danke, nein, das war’s schon … alles Gute, Frau Holmstedt.“

39.

Mit Heimatverbundenheit – oder wie auch immer Holmstedt es ausgedrückt hatte – war sie völlig richtig gelegen. Frieda Koch lebte immer noch in Schaching. Und als sie Schäfer am Telefon geradezu aufforderte, ihr seine Fragen von Angesicht zu Angesicht zu stellen, zögerte er nicht lange und machte sich direkt nach Dienstschluss auf den Weg zu ihr.

Statt belegter Brote gab es diesmal Kalbsrahmgulasch mit Eierspätzle; das Leibgericht ihre Mannes, wie Frieda Koch ihrem Gast mitteilte, kaum, dass er an den Esstisch gesetzt worden war. Den Mann gab es nicht mehr – fünf Jahre ist es heuer her –, sein Lieblingsessen allerdings immer noch einmal in der Woche.

„Und da kochen Sie dann für wie viele Leute?“, wollte Schäfer wissen, als der dampfende Teller vor ihm landete. Schließlich war es auszuschließen, dass sie binnen der knappen halben Stunde, die seit ihrem Telefonat vergangen war, eine zweite Portion angerichtet hatte.

„Kommt drauf an, wie viel Fleisch ich habe“, gab sie zur Antwort, „aber das kannst du ja leicht zwei- dreimal aufwärmen.“

„Stimmt“, pflichtete Schäfer bei und nahm einen ersten Bissen. Fantastisch. „Wenn Sie ein Catering aufmachen wollen, hab ich sofort die ersten Kunden für Sie.“

„Ja ja“, Koch setzte sich Schäfer gegenüber und sah ihm versonnen zu.

„Sie essen nichts?“

„Ich hab schon ... schön, dass es Ihnen schmeckt.“

„Ganz ausgezeichnet, mhm, ich ... ich habe heute mit der Frau Holmstedt telefoniert.“

„Wer wäre jetzt das?“

„Die Frau vom Strommer Luis, seine geschiedene Frau, die Mutter vom Guido ...“

„Ah!“, Frau Koch griff sich an den Kopf, „die Fenja, freilich, Holmstedt, ja ... so hat sie damals ja nicht geheißen ... eine feine Person, wie geht’s ihr denn?“

„Ganz gut, glaub ich“, Schäfer zuckte mit den Schultern und sah sich nach einer Serviette um. Egal, Handrücken. „Auf ihren ehemaligen Gatten ist sie offenbar noch immer nicht so gut zu sprechen, aber sonst ...“

„Ja, was will man machen“, meinte Koch bekümmert und räumte den Teller ab, nachdem Schäfer einen Nachschlag abgelehnt hatte. „Ah, jetzt hab ich das Bier vergessen ... möchten Sie ein Bier?“

„Nein danke, aber wenn Sie ein Glas Wasser haben ...“

„Ja, das waren schon Schicksalsschläge, die die beiden hinnehmen haben müssen“, fuhr Koch fort, nachdem sie sich wieder gesetzt hatte, „erst der behinderte Bub, dann das mit dem Roland ... geht der mitten in der Nacht eislaufen, spinnerter Bub, ja, der Herr gibt's, der Herr nimmt's.“

„Wie lange waren Sie denn bei den Strommer im Haushalt, oder als Pflegerin?“

„19 Jahre“, sagte Koch, „vom 1. Februar 1970 bis zum 31. Dezember 1988.“

„Und in der Zeit haben Sie auch den Guido betreut.“

„Freilich ... in den letzten beiden Jahre dann nicht mehr so viel, da hat der Luis eine aus Linz gehabt, eine diplomierte, aber das war mir eh recht ...“

„Warum?“

„Bitte?“, blickte Koch auf und sah Schäfer etwas ratlos an.

„Warum es Ihnen recht war, dass die neue Pflegerin sich um den Guido gekümmert hat? Hat es irgendeinen Zwischenfall gegeben, einen Streit?“

„Nein, wo denken'S denn hin“, erwiderte Koch fast erschrocken, „aber wo die Frau Strommer nicht mehr im Haus war, hab ich so schon mehr als genug zu tun gehabt, da war ja dann auch noch die Sylvia, Kochen, Putzen, die Wäsche ... daheim hab ich auch noch den Haushalt gehabt ... jetzt hab ich glatt vergessen, was Sie mich gefragt haben ... “

„Wie es Ihnen damals mit dem Guido gegangen ist, 1986, in der Zeit, nachdem sich die Eltern getrennt haben“, nahm Schäfer einen zweiten Anlauf, „da sind Sie ja bestimmt eine Art Ersatzmutter gewesen, oder?“

„Ich hab selber nie Kinder kriegen können", sagte sie und sah Schäfer an, komplizenhaft, wie ihm schien. „Ja, sie waren schon meine Kinder, die Sylvia und der Guido ... ja, der Guido, in der Pubertät, da haben's solche schon auch schwierig, da braucht man gar nicht darum herumreden, sind halt auch Männer. Was sich der Herrgott dabei gedacht hat ..."

„Schwierig, ja", versuchte Schäfer ihr zu folgen; wie schwierig? Hatte er die Haushaltshilfe angegriffen? Versucht, seine Cousine zu vergewaltigen? „Aber der Guido hat zum Glück ja immer wen gehabt, der auf ihn aufgepasst hat ..."

„Ja", Koch seufzte; Schäfer spürte, dass da was war, aber er zögerte, sie darauf hinzustoßen. Er sah sie an, sie lächelte verklärt, das gegenseitige Schweigen schien sie überhaupt nicht zu stören. Wie alt war diese Frau? 60 sagte die Haut, die an die einer Nonne denken ließ, so gut wie faltenfrei, blass, rosige Backen; nein, mindestens 65 musste sie sein, wenn sie 1970 bei Strommer zu arbeiten begonnen hatte.

„Es hätte halt wieder eine richtige Frau gebraucht", fing Koch wieder zu reden an, „eine, die für Verlässlichkeit sorgt, das ist das Wichtigste für Kinder, dass sie wissen, wo sie hingehören."

„Im Dezember 86, als das mit der Susanna Paulus passiert ist", packte Schäfer den Stier nun bei den Hörnern, „waren Sie dort? Ich meine, im Haus von den Strommer?"

„Wie bitte? Das weiß ich nicht mehr", erwiderte sie, zu rasch für Schäfers Empfinden. „Das war ja ein Durcheinander damals, schrecklich."

„Können Sie sich erinnern, ob Herr Heim, der Briefträger, Ihnen an diesem Tag die Post zugestellt hat?"

„Ja ja, wer denn sonst?"

„Also waren Sie am frühen Vormittag zu Hause", schloss Schäfer.

„Wieso fangen Sie jetzt mit dieser Geschichte an“, wehrte sie ab, „ich habe mir gedacht, Sie wollten was über ... worüber wollten Sie denn was wissen?“

„Über den Tag, an dem Susanna Paulus getötet worden ist.“

„Ja“, meinte sie, sah an Schäfer vorbei und legte die Hände in den Schoß.

„Ich habe mit Herrn Heim über diesen Tag geredet“, fuhr Schäfer fort, bemüht um einen sanften Ton, „der kann sich heute noch an jedes Detail erinnern ... das geht doch Ihnen bestimmt auch so, oder, das ist ja quasi vor Ihrer Haustür passiert.“

„Ja freilich kann ich mich noch erinnern“, widersprach sie sich nun selbst.

„Wer war damals noch zu Hause?“

„Na ich, der Guido, der Luis ist am Vormittag noch einmal aus der Firma zurückgekommen, weil er irgendwas vergessen hat, glaub ich ...“

„Wissen Sie noch, was genau er vergessen hat?“

„Sie fragen mich Sachen ... Papiere, einen Schlüssel ... nein, jetzt fällt’s mir ein, ein frisches Hemd und eine frische Hose hat er sich geholt, weil ... irgendwas, dass ihm beim Mechaniker eine Motorschmiere draufgekommen ist.“

„Und wo war Guido zu der Zeit?“

„Der Guido? Na, bei mir, in der Küche ... oder im Garten“, sie setzte für einen Moment aus, „hat ja Schnee gehabt damals, das hat ihm gefallen, wie ein junger Hund ...“

„Das heißt, sie haben ihn gesehen, ihn nie aus den Augen verloren?“, wollte Schäfer wissen.

„Der, der die Kleine umgebracht hat ... der ist jetzt wieder da, oder?“

„Ja, er ist entlassen worden und wohnt am Hof von seinem Stiefvater.“

„Den hab ich gekannt, den Heinz, war mir nie sonderlich sympathisch", meinte Koch und schüttelte leicht den Kopf.

„Ja ... ähm, um noch einmal auf diesen Tag im Dezember 86 zurückzukommen: Sie haben also im Haus gearbeitet. Was genau ist denn da am Vormittag in der Regel so angefallen?"

„Ja was glauben Sie?", Koch machte eine wegwerfende Handbewegung, „die Betten, die Wäsche, Bügeln, davon habt's ihr Mannsbilder ja keine Ahnung", sagte sie, ohne Groll, vielmehr mit Stolz, „auf halb eins hab ich das Essen fertig haben müssen ... tu dir nicht immer so viel an mit dem Mittagessen, hat der Luis gemeint, der Herr Strommer ... weil er ist eh nur die halbe Zeit daheim gewesen, bei der Sylvia hat man auch nie genau gewusst, kommt sie heim nach der Schule oder strawanzt sie wieder irgendwo herum, bin ich halt meistens mit dem Guido alleine beim Essen gesessen ... aber mir war das halt wichtig, dass da eine Ordnung herrscht und nicht jeder tut, wie's ihm gerade passt ... sieht man eh, wo das hinführt."

„Ja", stimmte Schäfer zu und verdrehte seine inneren Augen. Wenn das so weiterging, würde er sie noch für ein paar Wochen als Haushaltshilfe anstellen müssen, nur um eine Antwort auf seine Fragen zu bekommen. Was angesichts des Saustalls in seinem Haus gar keine so schlechte Idee gewesen wäre. Ein sauberes Bad. Kein Knirschen mehr unter den Socken. Die Kleidung aus dem Schrank holen, statt sie irgendwo zusammenklauben und vor dem Anziehen einer Geruchsprobe unterziehen zu müssen. Und jeden Abend ein fertiges Essen auf dem Herd. Hm. Nein. „Also waren Sie im ganzen Haus unterwegs und der Guido außen im Garten."

„Ja, war ja kein Kind mehr ... der hat schon selber auf sich aufpassen können."

„Verstehe“, jetzt wusste Schäfer endgültig nicht mehr, was er von den Aussagen der Frau halten sollte. Was er jedoch wusste: Sollte er, oder ein Kollege vom LKA, irgendwann eine echte Zeugenaussage brauchen – noch dazu eine gegen ihren ehemaligen Arbeitgeber –, würde das eher schwierig werden. „Entschuldigen Sie, jetzt bin ich ein bisschen durcheinandergekommen ... also der Herr Heim, der Briefträger, hat die Post gebracht, wann war das ungefähr?“

„Wann er halt immer gekommen ist, zwischen neun und zehn, manchmal ist es auch später geworden, war ja bei ihm auch nicht immer gleich viel zu tun.“

„Ja, und nach dem Herrn Heim ist der Herr Strommer heimgekommen ...“

„Ja ja, wird schon so gewesen sein, wenn Sie das sagen“, erwiderte Koch, worauf Schäfer aufstand und sich selbst ein Glas Wasser aus der Küche holte.

„Und wo haben Sie ihn angetroffen?“

„Unten, bei der Wäsche.“

„Im Keller.“

„Ja, ich bin ja nur hinunter, weil ich den Guido gehört habe.“

„Der Guido war auch unten?“

„Ja, das habe ich Ihnen aber eh schon erzählt“, sagte Frau Koch und sah Schäfer verängstigt an. Hör jetzt auf, sagte er sich, dazu hast du kein Recht.

„Stimmt, mein Fehler“, er lächelte und klopfte sich locker auf den Bauch. „Irgendwas Süßes haben Sie nicht zufällig da, oder?“

„Jessas!“, meinte sie und hielt sich die Hand vor den Mund, „jetzt hab ich die Nachspeise vergessen ... einen Pudding habe ich, mit Ribiselmarmelade, selber gemacht, na, wo ist heute bloß mein Kopf ...“

„Pudding, großartig“, sagte Schäfer, erleichtert, dass die Frau so schnell ihre Fassung wiederfinden konnte.

40.

Du siehst aus wie ein Schrumpfkopf, giftete Liebhart nach dem Duschen ihr ungeschminktes Spiegelbild an und griff zur Tönungscreme. Zufrieden war sie mit ihrem Gesicht, mit ihrer Haut, schon lange nicht mehr – Altern, was für ein niederträchtiges Vergehen an der Weiblichkeit! –, doch die letzten beiden Tagen hatten noch für zusätzliche Verwüstungen gesorgt. Das wird schon, das wird schon, versuchte sie sich Hoffnung zuzusummen, zuzupudern, während sie mit dem Pinsel zu Werke ging. Dieser Polizist. Einer aus der Gattung unaufhaltbare Bohrmaschine, kein Zweifel. Das hatten ihr nicht nur die Internet-Recherchen gezeigt; das hatte sie in jeder Minute gespürt, die er ihr am Montag gegenübergesessen war. Anfangs surrte so einer ganz langsam, scheinbar diskret, leicht zu überhören, wenn man nicht genau aufpasste, doch irgendwann würde er loslegen, Druck und Drehzahl erhöhen, ein Betonbrecher werden; mein Gott, Frau Doktor, murmelte sie sich zu, während der Lidschatten zum Einsatz kam, hör dir zu, was sind das für Metaphern, bohren, drücken, erhöhen, das ist ja so offensichtlich sexuell, dass es schon peinlich ist. Ja, zugegeben, für gewöhnlich schenkte sie solchen Polizisten, Staatsanwälten oder auch Richtern großen Respekt, fühlte sich angezogen, erregt manchmal sogar von deren Virilität, die so eindeutig, so richtig und angstfrei schien; doch dieser Schäfer – ein charismatischer Mann, keine Frage –, er hatte sie auch im Schlechten aufgewühlt, so dass sie gar nicht anders konnte, als ihm deswegen böse zu sein.

Kaum war er weg gewesen, hatte sie ihren Computer und ihren Aktenschrank durchforstet nach allem, was sich im Laufe der letzten zwölf Jahre zum Thema Frederik Bosch angesammelt hatte. Aufgebracht, wie sie gewesen war, hatte sie freilich keine methodische Suche betreiben können; von ein paar handschriftlichen Notizen aus dem Jahr 2004 war sie zu einem zwanzig Jahre alten Gutachten gestolpert, wollte sich danach das Tonband eines Gesprächsmitschnitts anhören, musste feststellen, dass die Batterien in ihrem Diktiergerät leer waren, suchte passende in quasi jedem Elektrogerät ihrer Praxis, entschied sich währenddessen dafür, ein Milligramm Xanor zu nehmen, um wieder in die Spur zu kommen, fand Batterien in ihrem Anrufbeantworter, worauf der naturgemäß seinen Dienst einstellte, worauf das Telefon alle paar Minuten läutete, wohl die üblichen Verdächtigen, die außerhalb eines gesellschaftlich geregelten Zeitrahmens lebten, diesen Ärger spülte sie mit dem schalen Frizzante hinunter, der nebst der Brötchen von Mittag übriggeblieben war; kurz vor Mitternacht lag sie schließlich auf der Couch – zu erschöpft und benommen, um sich ins Auto setzen zu können, aber immer noch zu aufgekratzt, um einzuschlafen – und führte einen pseudoanalytischen Dialog mit sich selbst:

„Du hättest es sehen müssen."

„Können, nicht müssen ... ich gebe zu, dass da ein paar Sachen waren, die mich stutzig hätten machen ... können. Aber eben nur unter einer anderen funktionellen Voraussetzung ... wenn ich damals für das Erstgutachten zuständig gewesen wäre, vor seiner Verurteilung!, ich muss mich ja bis zu einem gewissen Grad darauf verlassen können, dass die Polizei und die Forensiker und Staatsanwaltschaft und die alle, dass die anständig arbeiten. Wo kämen wir da hin, wenn ich auch noch anfange, die Ermittlungsarbeit zu analysieren."

„Frederik hat dich gefragt: Was, wenn ich das Mädchen gar nicht umgebracht habe? ... mehr als einmal hat er dich das gefragt, er hat sich dem common sense ergeben, so wie du, aber zwischendrin haben sich immer wieder Zweifel bei ihm gemeldet, weil er sich nie als Täter gesehen hat, er hat kein Bild dazu gehabt, egal, was der Henisch und du ihm einreden wolltet."

„Ich wollte ihm gar nichts einreden, ein Bild vervollständigen wollte ich, mehr nicht, für ihn! ... dass er diesen dunklen Teil, diese Tat integriert in sein Selbst, ein ganzheitliches Verständnis erlangt ... Reflexion und Selbstkontrolle, Musterbeherrschung, Exit-Strategien entwickeln ..."

„Bla bla bla ... wenn du schon klugscheißen willst: Es gibt keine richtige Therapie in der falschen."

„Es gibt auch keinen Beweis, dass er es nicht war!"

„Nein, wie denn auch ... hat sich ja nach seiner Verurteilung niemand mehr um irgendwelche Widersprüche gekümmert."

„Bin ich Polizist? Jetzt ist eh dieser Schäfer da, der ..."

„27 Jahre ..."

„Es. Ist. Nicht. Meine. Schuld."

„Warum hat er dich wohl damals gefragt, ob du ihn hypnotisieren kannst?"

„Ich bin kein Hypnosearzt."

„Ausweiche ... du hättest es veranlassen können."

„Auf welcher Grundlage, hä? Das ist ja keine Wellnesskur, irgendwer hypnotisiert ihn, wer weiß, was er dabei erlebt ... und in der Nacht bringt er sich um. Damit hätte ich auch meine Probleme gehabt."

„Ausflüchte, Ausflüchte, Ausflüchte ..."

„Nein. Frederik Bosch ist ein verurteilter Mörder! Es gibt nichts, was das Gegenteil beweist!"

Liebhart fuhr auf, stellte die Füße auf den Boden und legte das Gesicht in ihre Hände. Eigentlich sollte sie einen Kollegen anrufen; eine Supervision beanspruchen, anstatt sich selbst verrückt zu machen. Alkohol und Tranquilizer, wenn das die Ärztekammer wüsste.

Sie wankte zum Telefon und rief ein Taxi. Schlief während der Fahrt ein, sah sich beim Begleichen des Fahrpreises im Rückspiegel, wie ein Zombie, stellte sich dann unter die Dusche, heiß-kalt, weil sie Angst vor einer Ohnmacht hatte, machte sie sich um halb zwei einen Kaffee, sah bis kurz vor drei fern, legte sich ins Bett, fand keinen Schlaf, nahm zehn Milligramm Zolpidem, der Holzhammer, der sie erlöste.

Völlig verantwortungslos, murmelte sie sich nun zu, nachdem sie Make-up und Garderobe beendet hatte und in der Küche ein Glas Buttermilch trank. Völlig aus der Bahn geworfen. Warum sie, ihr Geist, ihr Körper, so heftig auf diese Situation reagierten, verstand sie immer noch nicht genau. Sie war Expertin darin, sich – und andere – unter Kontrolle zu halten. Sie war gut darin; auch wenn ihr Fehler passierten, konnte sie besonnen damit umgehen. Aber die letzten beiden Tage, vor allem die Abende, wenn die Arbeit keine Ablenkung erzwang: ein Wesen, das sie schon lange nicht mehr erlebt hatte. Das vor dreißig Jahren wohl mit ein Grund gewesen war, warum sie sich entschieden hatte, Medizin und Psychologie zu studieren; aggressive Eruptionen, dieser unberechenbare Vulkan irgendwo, der Zorn und Angst nach oben pressen konnte, Ausbrüche, denen ein schwarzer Lavaschlaf folgte; all das hatte sie unter Kontrolle gebracht, Analyse, Therapie, Supervision, autogenes Training, Lexotanil, Seroxat, Lamictal, Seroquel ... wo ist der Autoschlüssel, wo ist der Autoschlüssel, summte sie und kramte in ihrer Handtasche. Zehn Minuten später saß sie im Wagen und fuhr Richtung Schaching.

Ein Händedruck schien ihnen zu förmlich, eine Umarmung hatten sie nie eingeübt; also standen sich Liebhart und Bosch im Hoftor gegenüber, wo er wie am Telefon verabredet auf sie gewartet hatte, und legten sich jeweils die Hände auf die Oberarme.

„Gut siehst du aus“, sagte sie, „Farbe hast du bekommen.“

„Wie ich zum ersten Mal länger als eine Stunde draußen war, hab ich eh gleich einen Sonnenbrand bekommen.“

„Auf so was hab ich dich nicht vorbereitet“, Liebhart lächelte, „mein Fehler.“

„Ja, ist im Reiseführer Freiheit nicht drinnen gestanden“, erwiderte Bosch, wobei sie das Gefühl hatte, dass ihm dieser Vergleich nicht spontan eingefallen war.

„Gehen wir hinein?“

„Sicher ... ich hab eine Flasche Wein gekauft, französischen.“

„Ich muss heute noch fahren“, sagte Liebhart.

„Gästezimmer gibt’s genug“, meinte Bosch und fragte sich umgehend, wie sie das wohl aufgefasst hatte.

41.

Wie eine Schwangere, dachte Schäfer, als er nach dem Besuch bei Frau Koch den Heimweg antrat. Praller Bauch, leichte Übelkeit, dazu stieß ihm das Kalbsrahmgulasch auf und brachte die süß-saure Schoko-Ribisel-Note des Puddings mit. Dagegen war auch der doppelte Obstler, den Frau Koch ihm auf Nachfrage gereicht hatte, machtlos geblieben. In diesem Zustand würde er zu Hause sehr unrund werden, sagte er sich, grinste über dieses Paradoxon und entschloss sich zu einem ausgedehnten Verdauungsspaziergang. Und so wie er am Computer beim Erstellen eines Dokuments regelmäßig den Schnellbefehl zum Sichern drückte, blieb er auch nun alle zehn Minuten stehen, schloss die Augen oder schrieb etwas in sein Notizbuch, um seine galoppierenden Gedanken in Zaum halten zu können.

Diese ganze Geschichte hatte eine Dynamik, der er keinen Rhythmus aufzwingen konnte. Begonnen hatte es mit einem Zwergenaufstand gegen den entlassenen Häftling; nun schien es ihm, als wäre ein Riese erwacht, der sich nur die Augen reiben musste und schon ging ein kleines Erdbeben durch den Ort. Hörte dieser Riese auf den Weckruf „Luis Strommer vertuscht einen Mord, den sein Sohn Guido begangen hat"? Nun, nach Kochs Aussagen, nach der Chronologie, die sie gegeben hatte, war dieser Verdacht noch drängender geworden. Schäfer setzte sich auf seine Lieblingsbank, zündete sich eine Zigarette an und ließ seinen inneren Filmprojektor anlaufen:

12. Dezember 1986. Gegen 8:30 sitzt Frederik Bosch inmitten von ein paar Bäumen und schnitzt an einem Ast. Als er sich an der Hand eine tiefe Schnittwunde zufügt, geht er zum nahegelegenen Bach und wäscht die Wunde aus; dabei fällt ihm das Messer aus der Jackentasche. Wenig später streunt Guido Strommer – aus Neugier, weil er Bosch gesehen hat oder schlicht zum Zeitvertreib – am Bach herum und findet das Messer. Parallel dazu verlässt Susanna Paulus ihr Elternhaus und macht sich auf den Weg zum gemeinsamen Weihnachtskeksebacken. Als sie Guido Strommer am Bachufer sieht, wundert sie sich, was der dort um diese Zeit treibt; ruft ihm zu oder bleibt einfach nur stehen, bis er sie wahrnimmt. Ich hab was gefunden, könnte er rufen; oder: Schau, was ich da Tolles gefunden habe. Sorglos – schließlich handelt es sich um ihren Nachbarn – steigt Susanna zum Bach hinunter. Lässt sich das Messer zeigen. Und dann? Haut es dem schwer Pubertierenden die Sicherungen heraus. Will er sie küssen. Sonst irgendwas tun, was ihm seine Triebe befehlen. Sie setzt sich zur Wehr, schreit, er gerät in Panik, packt sie, weiß gar nicht, welche Kräfte er eigentlich hat, drückt sie mit dem Gesicht voran ins Bach-

bett, schlägt ihre Stirn auf einen Stein, sie wird bewusstlos, er hält kurz inne, ein wehrloses Opfer, zieht ihr die Hose hinunter; heftig schüttelte Schäfer den Kopf, um den Film in seinem Kopf anzuhalten, vorzuspulen, Guido steigt die Böschung hinauf, torkelt nach Hause, völlig verdreckt, wahrscheinlich hat er auch Blut an den Kleidern, von seinem Opfer oder weil er sich in seiner Rage selbst geschnitten hat. Dann, Variante 1: trifft er auf Frau Koch, sie ruft den Vater an, der sofort nach Hause fährt, Guidos Kleider in die Waschmaschine stopft ... nein, dass Koch hier die Wahrheit gesagt hatte, stand für Schäfer fest; die alte Frau war niemand, der sich binnen Minuten eine Lügengeschichte zusammenreimte, noch dazu einem Polizisten gegenüber; also Variante 2: Guido selbst ruft seinen Vater an und teilt ihm mit, dass er etwas Schlimmes getan hat; der kommt heim – währenddessen hat Siegfried Heim die Leiche des Mädchens bereits gefunden –, Luis Strommer sieht das Blut an der Kleidung seines Sohnes, findet das Messer, zählt eins und eins zusammen, stopft die Wäsche in die Waschmaschine, geht zum Tatort, wo bereits die Polizei und ein paar Schaulustige zugegen sind, wirft in einem unbeobachteten Moment das Messer in den Bach, wo es die Spurensicherer später finden werden. Damit ließe sich auch erklären, warum sich nur an der Säge und der kleinen Klinge, nicht jedoch an der Messerschale Fingerabdrücke gefunden haben: Strommer hatte das Messer abgewischt.

Schäfer griff zu seinem Handy, hatte Bergmanns Nummer schon am Display, steckte es wieder weg. Zuerst in den Keller, an die Charts, diese Theorie in allen Variationen zu Papier bringen, auf Unstimmigkeiten und blinde Flecken abklopfen, eine Präsentation erstellen, die nicht überquoll vor lauter *Oder, Unter Umständen* und Fragezeichen. Dann mit Guido reden. Heute war es dafür schon zu spät; morgen beim Keltenfest, da könnte er sich zumindest einmal annähern, ein paar Reizwörter fallen lassen und sehen, wie er darauf reagierte.

Und dann? Im Fall einer offiziellen Wiederaufnahme würde ziemlich sicher das LKA eines anderen Bundeslandes die Ermittlungen übernehmen. Dort gäbe es weniger Befangenheiten und erzwungene Rücksichtsnahmen auf die Kollegen, die den Fall damals bearbeitet hatten. Geschickt eingefädelt könnte die Wahl auf Wien und Bergmann fallen, malte Schäfer sich schon eine kongeniale Zusammenarbeit mit seinem ehemaligen Assistenten aus.

42.

Schäfer zog die Laufschuhe an, öffnete die Haustür, schaute ein paar Sekunden in die kühle Morgenluft, ging zurück ins Haus und zog die Schuhe wieder aus. Morgen. Heute fehlte ihm die Energie, befand er sich in einem Modus beschränkter Aktionsbereitschaft. Kein Wunder. Bis halb eins war er im Keller gewesen, hatte sechs A4-Papierbögen vollgeschrieben, angefeuert vom Vogelbeerschnaps, mit dem er vorgeblich die Koch'sche Kalorienbombe entschärfen hatte wollen. Unverbesserlich, raunte er sich nun zu, staunte, dass zwischen dem Schneiden des Schwarzbrots und dem Öffnen des Marmeladeglases zehn Minuten vergehen konnten, zwischen dem Abziehen des Aludeckels und dem Verzehr des Joghurts weitere zehn; als er auf der Terrasse die Lippen an die Tasse führte, war der Tee darin kalt. Wenn ich eine persönliche Uhr hätte, sagte er sich, während er die Blumen an der Hauswand wässerte, ihre Blätter streichelte und ihnen gut zuredete, eine Uhr, die ich auf meine Zeitempfindung einstellen könnte, dann käme ich mit meiner Umwelt viel besser zurecht. Einen Schäfer-Chronograph. Dann würden die Autos mit 10 km/h durch den Ort fahren, herrlich. Und die Leute würden so langsam reden, dass man jedes Wort gemütlich mitschreiben könnte. Schäfer grinste in Gedanken daran, wie Landespolizeikommandant Wahrstätter am Posten stand und mit gedehnter Bassstimme seinen Sermon abließ.

Nachdem er sich ohne großen Einsatz durch den Vormittag gebracht hatte, unternahm er zu Mittag einen längeren Spaziergang und ließ sich schließlich um drei Uhr von Auer zum Keltenfest chauffieren; eine Wiese am Waldrand, die so augenscheinlich zwecklos vor sich hin dämmerte, dass wohl bald ein Schild mit *Gewerbeflächen günstig zu vergeben* in den fetten Boden gerammt werden würde.

„Wann wird denn jetzt eigentlich diese Liste veröffentlicht, welche Inspektionen geschlossen werden?“, wollte Auer wissen.

„Ich hoffe doch, dass wir es vor der Öffentlichkeit erfahren“, erwiderte Schäfer und gähnte.

„Eh, aber gibt’s irgendwelche ... hat der Wahrstätter nie was durchblicken lassen?“

„Mir gegenüber nicht.“

„Was würden Sie denn tun, wenn ...“

„Eine Lehre zum Landschaftsgärtner machen.“

„Nicht Ihr Ernst.“

„Sicher“, meinte Schäfer und erlaubte sich einen kurzen Tagtraum, „ein bisschen was gespart hab ich mir, das Haus kann ich wahrscheinlich auch behalten, mit der Matura hab ich in zwei Jahren den Gesellen ... ein Bekannter von mir hat im Weinviertel einen Hof, wo er Heilkräuter und lauter so Zeugs anbaut.“

„Der Wahnsinnige, der letztes Jahr mit seinen Wundertees angetanzt ist?“

„Wolkinger, genau der."

„Aber der ist doch", Auer sah kurz zu ihm hinüber, unschlüssig, was sie von seinen Ausführungen halten sollte, „der war doch wegen Ihnen mehrmals im Gefängnis ..."

„Womit man sagen könnte, dass ich ihn auf den richtigen Weg gebracht habe ... was ist denn dein Plan, wenn sie uns die Hütte zudrehen?"

„Ach, ich komm schon wo unter."

„Geh zum LKA."

„Ist das Ihr Ernst?"

„Sicher, meine Empfehlungen hast du."

„Danke", meinte Auer strahlend und hielt neben dem Rot-Kreuz-Wagen, vor dem zwei junge Sanitäter an einem Biertisch Karten spielten.

„Oh, ist das nicht der Charmeur, mit dem du beim letzten Feuerwehrfest ...", Schäfer grinste.

„Wer?", tat Auer erstaunt und wurde rot.

„Dann sichere ich jetzt das Gelände und du überprüfst, ob die Infusionsbeutel gefüllt sind", meinte Schäfer belustigt; kam drauf, dass er gerade etwas ordinär Zweideutiges gesagt hatte und stieg schnell aus.

Über der Wiese hing eine Aromakuppel aus Lagerfeuerrauch, Bratenfett und warmem Brot, die unterschwellig noch von zusätzlichen Gerüchen – Heilkräuter, Lehm, Bier – Verstärkung erhielt. Das Festgelände war von einem simplen und eher symbolischen Zaun umgeben: grobe, ungeschälte Holzpfähle, die durch ein dickes Hanfseil verbunden waren. Für das Eingangsportal hatten die Organisatoren offenbar den Maibaum entzweigesägt und in Höhe von etwa vier Metern ein Transparent *3. Schachinger Keltenfest* angebracht. Während Schäfer vergeblich versuchte, den in bunte Stoffteile gehüllten Frauen an der Kassabudel das Eintrittsgeld aufzudrängen, hörte er vom Parkplatz ein freudiges

Gejohle, gegen das mahnende Rufe ankämpften. Er drehte sich um und sah, wie aus einem Kleinbus eine Schar von Männern und Frauen undefinierbaren Alters stürmte und stolperte; zwei wurden vom rotgesichtigen Busfahrer und den herbeigeeilten Sanitätern in Rollstühlen herausgehoben.

„Das sind die von der Lebenshilfe“, erklärte eine der beiden Frauen an der Kassa, als müsste sie etwas rechtfertigen.

„Weiß ich“, gab Schäfer zurück, „die bringen sicher Schwung in die Bude.“

Sprach's und bekam im nächsten Moment eine grizzlyhafte Umarmung ab.

„Gudrun!“, hörte er Marlene rufen, „lass den Johannes los!“

„Schon in Ordnung“, meinte Schäfer, nachdem er sich aus Gudruns Armen befreit hatte. Er steckte das Hemd in die Hose zurück und prüfte, ob seine Waffe noch im Holster steckte. „Männer in Uniform sind unwiderstehlich.“

„Vor allem ohne“, mauschelte Marlene und nahm ihren Schützling an die Hand, „sehen wir uns später?“

„Sicher, gerne“, erwiderte Schäfer, wollte sie noch etwas fragen und konnte nur mehr zusehen, wie sie weggerissen wurde, als hätte sie eine Dogge an der Leine, die einen Hasen gesichtet hat.

Er wartete beim Eingang, bis die übrigen Teilnehmer dieser fidelen Ausflugsschar an ihn vorüber waren und versuchte, Strommers Sohn auszumachen. Eigentlich kam nur einer dafür in Frage. Massiger Körperbau, mindestens eins fünfundachtzig groß, in der zerzausten Bubifrisur schon die ersten grauen Haare. Insgesamt machte er trotz seiner kräftigen Physiognomie einen kränklichen Eindruck und bestätigte damit den Zustand, den Marlene vor geraumer Zeit geschildert hatte.

„Hallo Guido", rief Schäfer, worauf sich der Mann tatsächlich zu ihm hindrehte, ein verstörtes Gesicht aufsetzte und die Hand eines der beiden Betreuer ergriff.

„Er ist ein bisschen schwach zurzeit", erklärte dieser leise und sagte dann zu seinem Schützling; „Das ist der Herr Schäfer, ein Polizist. Der fängt die Gudrun immer ein, wenn sie wegläuft."

„Ja, die Gudrun, ist immer so geil, die geile Sau", erwiderte Guido nun merklich interessierter, „reibt immer ihre Muschi überall, pfui Deifi!"

„Ja, gut, das wissen wir", der Betreuer lächelte leicht betreten und zog Guido weiter, der mit verdrehtem Kopf noch ein paar Meter weiterlief und dann von anderen Attraktionen gefangen wurde.

Gut gelaunt schlenderte Schäfer über das Festgelände. Das Zentrum markierte eine riesige Feuerstelle, über der an einem Dreibein ein dampfender Eisenkessel hing; rundherum waren ein paar Stände aufgebaut, die neben Speisen wie Hallstatt-Eintopf und Keltensuppe auch Bratwürstel, Burger und dergleichen anboten. Die spärlich besetzten Biertische und -bänke waren in einer noch erkennbaren Symmetrie angeordnet, während die restlichen Attraktionen wie vom Zufall hingeworfen schienen. Der Bogenschützen-Verein hatte eine Holzwand mit Zielscheiben aufgestellt, auf die man mit einer kleinen Armbrust schießen konnte. Spätestens um zehn – wenn die ersten Angetrunkenen mit ihren Schießkünsten auftrumpfen wollten – dürfte hinter dieser Wand niemand mehr vorbeigehen, dachte Schäfer und teilte seine Bedenken dem in verschiedenfarbige Lederfetzen gehüllten Standhüter mit. Zwanzig Meter weiter stand ein Pavillonzelt mit Pagodendach, an dem schief ein Holzschild mit der Aufschrift *Druidendoktor* hing. Als Schäfer daran vorbeiging, sah er im Inneren einen Mann in einer beigen Kutte und mit einem bauchnabellangen weißen Bart, der sich mit dem Pfarrer unterhielt. An den Tischen im Zelt standen ein paar Frauen, die an Glasgefäßen mit Kräutern rochen.

„Herr Major!“, rief Merlin, der Zauberer.

„Ja“, Schäfer betrat das Zelt und erkannte erst jetzt seinen Hausarzt, Doktor Lind. „Oh, Sie sind’s, Grüß Gott, Grüß Gott, Herr Pfarrer ... schauen Sie sich nach Alternativen zum Weihrauch um?“

„Ha ha“, Lind lachte aufgekratzt, „haben Sie Lust auf eine Führung durch die wundersame Welt der Heilpflanzen?“

„Na gut, Herr Doktor“, meinte der Pfarrer, „ich schau dann weiter.“

„Haben die Kelten eigentlich auch so Rituale durchgeführt wie die Dings ... die in Südamerika, mit Ayahuasca, Peyote und so?“, fragte Schäfer, während er ein paar der Petrischalen betrachtete, die Lind in einer Glasvitrine platziert hatte. Diese kleinen getrockneten Pilze, das waren doch eindeutig Spitzkegelige Kahlköpfe, Psilocybe semilanceata.

„Die Wirkung von einigen heimischen Gewächsen, die starke Alkaloide enthalten, dürften sie gekannt haben“, der Arzt grinste selig, „zumindest legen das Funde von verschiedenen Samen nahe.“

„Haben Sie was davon genascht?“, Schäfer zog die Augenbrauen hoch, schnüffelte in die Luft und trat dann spöttisch grinsend an Lind heran, der eine Tonschale in seinen Händen drehte.

„Wo denken Sie hin, Herr Schäfer ... einen ganz legalen Tee aus Wermut, Salbei und Sassafras habe ich mir zubereitet.“

„So so, und wie wirkt der?“

„Das ist ein natürliches Stimulans, wie es schon Hildegard von Bingen ...“

„Kann ich ein Tässchen haben“, befahl Schäfer.

„Na ja, eigentlich ist der ja ... ähm, individuell abgestimmt auf mich und ...“

„Muss ich jetzt Verdacht schöpfen?“

„Nein, natürlich nicht“, Lind holte aus einer Sporttasche unter seinem Pult eine Thermoskanne, goss vorsichtig eine trübe, gelbgrüne Flüssigkeit in ein Glas.

„Machen Sie ruhig voll“, forderte Schäfer, „ich vertrag das schon.“

„Wenn Sie meinen“, meinte Lind und reichte Schäfer das Glas.

„Sehr eigen“, bekannte Schäfer nach dem ersten Schluck und verzog das Gesicht, „muss gesund sein.“

„Aus biologischem Anbau“, betonte Lind und begrüßte zwei Neuankömmlinge mit einem freundlichen Kopfnicken.

„Was sind das für Kräuter?“, wollte Schäfer wissen und trat an einen versperrten Glaskasten.

„Hm“, Lind räusperte sich, „verschiedenste Gewächse, die alte Kulturen zur Stimulation, Beruhigung, zu Heilzwecken oder auch zur Traumschau verwendet haben.“

„Traumschau, aha ... Salvia divinorum“, las Schäfer von einem der kleinen Zettel, „Salvia ist Salbei, oder?“

„Ja, aber diese Sorte stammt aus Mexiko“, Lind bückte sich, sperrte den Schrank auf und nahm die Glasschale heraus. „Die Schamanen des Mazatec-Stammes reisten damit durch das Unterbewusstsein einer kranken Person, um die Ursache ihres Leidens zu finden.“

„Interessant“, Schäfer griff in die Schale, nahm ein paar der Blätter heraus und roch daran, „hab ich irgendwann schon einmal gesehen, glaub ich ... nun denn“, er kippte seinen Tee hinunter, „Herr Doktor, wir sehen uns.“

Keine halbe Stunde später fühlten Schäfers Mundwinkel sich an, als hingen Schnüre daran, die ein verrückter

Marionettenspieler nach oben riss. Auch seine Knie schienen fremdbestimmt; ihm war, als ginge er wie ein Cowboy nach einem stundenlangen Ritt. Sapperlot, mir wird so wunderlich, so leicht und doch absunderlich, dichtete er, blieb stehen und fragte sich, aus welchen tiefen Quellen dieser Reim in sein Bewusstsein gesprudelt war. Sein Zwerchfell fing an zu beben; das kannte er, so kündigte sich ein Lachanfall an; hui, was hatte Lind da zusammengepanscht, der hatte doch noch einigermaßen bei Sinnen gewirkt. Wenn mich nur die Uniform nicht so zur Beherrschung zwänge, sagte er sich und peilte hochkonzentriert eine wuchtige Eiche am Rand des Festgeländes an, wo er sich niederlassen und eine rauchen wollte. Was war jetzt das? Aus dem Augenwinkel nahm Schäfer eine Gestalt wahr, Kopf und Oberkörper in einem Jutesack, die auf ihn zustürmte wie ein geköpftes Huhn. Instinktiv griff er zur Waffe. Dann sah er Marlene, die dem Kopflosen lachend hinterherlief und Guido, Guido, bleib stehen!, rief. Also machte Schäfer ein paar schnelle Schritte, fing diesen auf und zog ihm den Sack vom Kopf, worauf ein euphorisch grinsendes Gesicht zum Vorschein kam, das dem von Schäfer – abgesehen von den trisometrischen Abweichungen – wohl sehr ähnlich sah.

„Ah!", Marlene beugte sich nach vorne, stützte die Hände auf die Knie und schnaufte durch, „den Unterschied zwischen Sackhüpfen und blinde Kuh wird er nie lernen."

„Sackhüpfen", plapperte Schäfer grinsend nach. Hm, diese Truppe war eine willkommene Gelegenheit, sich in ein Umfeld zu begeben, in dem sein Zustand nicht auffiel.

„Komm, Guido, gehen wir zu den anderen!", Schäfer packte dessen klobige Hand und zwinkerte Marlene zu.

Wenig später fand Schäfer sich auf einer Wiese, wo die Pfadfinder zu allerhand Spielchen luden, die mit der keltischen Kultur eher wenig zu tun hatten: Dosen-Schießen, Lasso-Werfen, Baumstamm-Balancieren und dergleichen mehr. Warum er sich kurz darauf von Gudrun überreden ließ, mit ihr an einem Schubkarren-Rennen teilzunehmen, blieb der Fantasie der amüsierten bis verwunderten Zuseher überlassen. Schäfer ging in Liegestütz-Stellung, legte seine Hände ans Seil, das die Startlinie markierte, und lachte wild drauf los, als seine Partnerin seine Füße anhob. Mit dem Startsignal schob sie Schäfer allerdings nicht wie vorgesehen an, sondern zog rückwärts laufend an ihm. Was Schäfer köstlich amüsierte, bis seine Arme nachgaben, er mit dem Kinn auf dem Rasen landete und Gudrun anflehte stehenzubleiben. Die hatte inzwischen bemerkt, dass ihre Gegner in die andere Richtung unterwegs waren, schnaubte erbost auf, drehte sich mit Schäfer im Schlepptau um 180 Grad und legte los wie ein Stier auf Amphetaminen. Dass sie eine Sekunde später Schäfers Schuhe in Händen hielt, wusste der nicht schnell genug zu nutzen. Schon hatte Gudrun seine Hosenenden gepackt und stürmte weiter; dann gelang es Schäfer, seine Finger in die Erde zu krallen, worauf sein Zugpferd stolperte und der Länge nach hinfiel. Schneller als seine Partnerin rappelte Schäfer sich auf, spuckte Erde, zog seine Hose hinauf und stopfte das Hemd hinein. Hoffentlich war niemand so geistesgegenwärtig gewesen, eine Kamera zu zücken. Er wischte sich notdürftig ab und für den Bruchteil einer Sekunde sah er …

„Da“, eine von Lachkrämpfen geschüttelte Marlene stand neben ihm und reichte ihm ein Handtuch.

„Jetzt ist es weg“, Schäfer rieb sich die Schläfen und schüttelte den Kopf, „weg ist’s, verdammt!“

„Was denn?“, fragte Marlene mit leicht besorgter Stimme.

„Egal“, Schäfer grinste, „darf ich später bei dir duschen?“

43.

„Den 133-Award gewinne ich damit eher nicht“, meinte Schäfer, als Marlene ihm am Frühstückstisch ihr Notebook unter die Nase hielt. *Erster Tag beim Keltenfest ein voller Erfolg. Auch unser Inspektionskommandant zeigte vollen Einsatz,* berichtete die Website der Bezirkszeitung. Dazu drei Bilder: Schäfer zu Beginn des Schubkarrenrennens mit euphorischer Grimasse, mit lehmverschmierter Uniform, dann in der Gruppe mit Marlene, Guido und Gudrun.

„Davon hast du eh schon mehr als genug“, erwiderte Marlene und struppelte ihm durchs Haar wie einem Schuljungen.

„Aha, und woher weißt du das?“

„Google?“

„Hm, stimmt ... sag, der Guido ...“

„Der Guido“, wiederholte Marlene, da Schäfer in einer Art Selbsthypnose zu stecken schien.

„Er ist immer noch ziemlich kräftig ...“

„Ja, eindeutig Strommer’sche Gene ... warum?“

„Weil ... ist er eigentlich auch manchmal so impulsiv, aggressiv wie die Gudrun? Ich meine, dass er seine eigene Kraft nicht einschätzen kann?“

„Weißt du, was mich stört an dir?“, fragte Marlene in einer Mischung aus sanftem Ärger und Enttäuschung.

„Ist es eine lange Liste?“

„Dass ich das Gefühl habe, ausgenutzt zu werden ... nicht jetzt, weil ich dich zu mir mitgenommen habe, da bin ich auch eigennützig, gebe ich zu ... aber so Sachen wie mit dem Guido, diese Nur-so und Wie-nebenbei-Fragerei ... so blöd bin ich auch nicht, dass ich mir nicht zusammenreimen kann, dass du ihn oder seinen Vater wegen irgendwas verdächtigst."

„Ja", meinte Schäfer und räusperte sich. Ja, sie hatte recht; zumindest was seine Heimlichtuerei betraf. Aber Ausnützen? Hier ging es um eine laufende Ermittlung. Und um diese nicht zu gefährden, war es notwendig, brisante Informationen ... ach, Scheiß drauf. „Du weißt, wofür Frederik Bosch verurteilt worden ist, oder?"

„Ja."

„Ja ... und ... kurz, ich habe mir die alten Akten angeschaut, habe mit ein paar Zeugen und seiner Psychiaterin gesprochen ... und jetzt habe ich das Gefühl, dass er es vielleicht gar nicht gewesen ist."

„Aber", Marlene stand auf, stapelte die leeren Teller übereinander und trug sie zur Abwasch, „also glaubst du, dass der Guido ..."

„Glauben ... er war zur Tatzeit in der Nähe, war unbeobachtet ..."

„Und weil er das Down-Syndrom hat, muss er natürlich automatisch fähig sein, eine Siebenjährige ... das ist widerlich, im Ernst."

„Nein, es geht nicht um seine Krankheit", wehrte sich Schäfer und stand ebenfalls auf. „Sein Vater ist derjenige, der sich verdächtig gemacht hat."

„Sein Vater, aha, und wieso?", wollte Marlene wissen; in einer Schärfe, die Schäfer vor die Wahl stellte, sich anzuziehen und die Wohnung zu verlassen oder ehrlich zu antworten.

„Du hast echt eine beschissene Arbeit", meinte Marlene eine halbe Stunde später; nachdem Schäfer ihr so gut wie alles erzählt hatte, was er über Luis Strommer, seine

Familie und den Mord an Susanna Paulus in Erfahrung gebracht hatte.

„Danke", erwiderte Schäfer.

„So hab ich das nicht gemeint ... du machst sie ja eh super, aber ... da gibt's einfach so wenig Positives."

„Wenn Bosch tatsächlich unschuldig ist und ich mithelfen kann, ihn zu rehabilitieren, ist das doch ziemlich positiv, oder?"

„Ja, eh ... aber eben auf Kosten von ...", sie schüttelte den Kopf, „mir wäre das zu heftig, ehrlich."

„Deswegen wollte ich dir auch so wenig wie möglich darüber erzählen."

Am frühen Nachmittag holte er sein Mountainbike aus der Garage und fuhr ohne bestimmtes Ziel los. Hauptsache verausgaben. Hauptsache, den Dreck ausschwemmen, der sich in den letzten Tagen angesammelt hatte. Weniger den Alkohol oder das Zeugs, das Doktor Lind ihm eingeschenkt hatte, als vielmehr die Giftstoffe, die im Zusammentreffen mit Liebhart, Koch und jetzt auch Marlene entstanden waren. Ihre Aversion gegen das, was er eben tat und damit auch war, sie hatte ihn verletzt; und so schnell eingeschnappt, wie er eben sein konnte, hatte er es nicht einmal zugegeben. Weiber!, fluchte er und trat noch kräftiger in die Pedale. Zicke!, schimpfte er sich selbst zurück. War eben nicht jeder dafür geeignet, mit den scheußlichsten Seiten der Menschen umzugehen. So wie er nicht dafür taugen würde, Behinderte zu betreuen. Aber ich achte ihre Arbeit und tue nicht so, als würde sie in einer Tierkörperverwertungsanlage arbeiten! Hatte sie überhaupt so getan? Oder war es sein eigener Widerwille, den er auf sie projizierte? Warum verstand er sich umso weniger, je enger eine Beziehung wurde? Warum war immer alles so kompliziert, wenn es ... er hatte es ja gesagt: eng wurde. Er blieb stehen, lehnte das Fahrrad an einen Baum und setzte sich in die Wiese. Trank gierig aus seiner Wasserflasche, ließ sich auf den Rücken fallen. Setzte sich wieder auf und holte sein Handy aus dem Rucksack.

„Hast du es mittlerweile integriert?", fragte sein Bruder leicht spöttisch zur Begrüßung.

„Wie, was integriert?"

„Dass du noch einmal Onkel wirst, du Kanaille ... hast du das schon wieder vergessen?"

„Kanaille, so hat der Sprenger uns immer genannt", erinnerte sich Schäfer grinsend an einen Lehrer im Gymnasium.

„Dich hat er so genannt", präzisierte Jakob.

„Eh ... Onkel, ach ja, da war was, sorry ... ich freue mich und gratuliere euch von Herzen", meinte Schäfer theatralisch, womit er sein schlechtes Gewissen zu übertrumpfen versuchte. Er hatte ja wirklich anrufen wollen, aber. „Hoffentlich wird's wieder ein Mädchen ... ist die Chance, dass sie im Gefängnis landet, immer noch wesentlich geringer."

„Wir wissen schon, was es wird, aber ich sag's dir nicht", giftete Jakob zurück.

„Weiß es Lisa?"

„Sicher ... wo bist du eigentlich? Da rauscht es nämlich so ..."

„Warte", Schäfer stand auf und setzte sich an die Rückseite eines Ahorns, wo der Wind weniger zu spüren war. „Besser?"

„Ja ... passt alles bei dir?"

„Ja ja", erwiderte Schäfer, der seinem Bruder noch drei Minuten zuvor von der Kompliziertheit seines Gefühlslebens hatte berichten wollen. „Gestern war ich beim Keltenfest ... sind ein paar interessante Fotos im Internet ..."

„Ah, wo genau?"

„Auf der Homepage von der Bezirkszeitung“, antwortete Schäfer und hörte Finger, die eine Tastatur bedienten.

„Na Servas ... deine Augen ... spinnst du? Hast du was eingeworfen? Im Dienst?“

„Iwo, das ist vom Blitz ... die Frau auf dem einen Bild, das ist die, von der ich dir schon einmal erzählt habe.“

„Ah, die Dings, Pflegerin, fesch ... wird das jetzt doch noch was?“

„Eher nicht, denk ich.“

„Schade, schaut sympathisch aus.“

„Ist sie auch ... ja, und bei euch? Monika geht’s gut?“

„Ja, nervös ist sie schon ... weißt eh, über 40 wird man ja quasi automatisch zur Risiko-Schwangeren erklärt.“

„Jetzt seid ihr aber eh schon über der kritischen Zeit, oder?“

„17. Woche ... nein, eigentlich dürfte jetzt nichts mehr passieren, Nackenfaltenmessung war auch okay.“

„Cool, wird die Mama ziemlich aus dem Häuschen sein ... hat sie sicher schon kiloweise rosa Wolle eingekauft zum Stricken.“

„Woher weißt du, dass“, stutzte Jakob, „ah, sehr clever, Herr Major, okay, ja, es wird wieder ein Mädel.“

„Super ... kannst du dich dann mit meinem Kollegen austauschen ... dessen beide Töchter schlagen sich gerade die Schädel ein.“

„Kann von dir auch einmal länger als zwei Minuten etwas Positives kommen?“

Positiv. Schon das zweite Mal binnen weniger Stunden, dass ihm jemand nahegelegt hatte, bitteschön etwas positiver zu sein. Was wollten sie ihm damit sagen? Dass er bei den Farben, in denen er sich die Welt ausmalte, zu helleren Tönen greifen sollte? Doch mit Verlaub: Er hatte sie nicht erschaffen, diese Welt. Genauso wenig wie er Susanna Paulus getötet, Günther Thurner mit einem Wildschwein verwechselt, Wolfgang Kappl zum Suizid geraten oder Friedmanns Tochter einen iPod an die Stirn geschossen hatte. Vielleicht war mit positiv gemeint, diese Dinge zu ignorieren oder zumindest nicht darüber zu reden, wenn man einen saftigen Schweinsbraten auf dem Teller hatte. Als ob er sich diese Fragen nicht schon tausendmal gestellt hätte.

Was hatte er an sich, das die Fröhlichen und Glücklichen nicht mochten? Ein negatives Energiefeld? An seinem Beruf alleine konnte es nicht liegen. Friedmann und zahlreiche andere Kollegen waren der Beweis dafür, dass das Böse keine Krankheit war, mit der man sich und andere infizierte. Vielleicht verhielt es sich so ähnlich wie bei diesen Tauchern. Vor gut einem Monat hatte er eine Fernsehdokumentation über ein paar der extremen Sorte gesehen. Extrem tief, extrem kalt, extrem finster – wo sich die am liebsten hinbegaben, gab es keine lustigen Fische, keine bunten Korallen, keine spannenden Schiffswracks. Schäfer konnte sich nicht mehr genau erinnern, welche Beweggründe einer der Interviewten für seine Unternehmungen angegeben hatte; mit Ruhe, Weite, Leere hatte es zu tun gehabt, vielleicht war auch der Begriff *Nichts* gefallen; der eine böse Ironie geschaffen hatte, da noch während der Dreharbeiten einer der Taucher verunglückt war, zu schnell an die Oberfläche, Koma, das Gehirn irreparabel geschädigt, Exitus. Und während in der Schlusssequenz zu pathetischer Musik gezeigt worden war, wie die weinende Lebensgefährtin und zwei Freunde einen Blumenkranz im Meer versenkten, hatte sich Schäfer gefragt, ob im Dekompressionsstopp, den der Verstorbene verabsäumt hatte, nicht eine passable Metapher, vielleicht sogar eine hilfreiche Taktik für ihn lag. Dass er nach dem Abstieg zu den dunklen, bösen Seiten der Menschheit einen Zwischenstopp brauchte, wo sich die schädlichen Substanzen lösen konnten, die solche Begegnungen eben mit sich brachten. Es gab genug solcher Schleusen, seine Kollegen hatten es ihm aufgezeigt: Bergmann trieb Sport, Leitner hatte irgendwann mit dem Malen angefangen, Kamp ging fischen, und das Abstellen des Fußes auf der Metallleiste am Tresen inklusive dem stummen Nicken des Barkeepers war wohl auch nicht anders zu werten; wenngleich es langfristig alles nur schlimmer machte, wie Schäfer aus eigener Erfahrung wusste. Womöglich wollte er diese Schatten aber auch gar nicht loswerden. Brauchte sie für irgendwas. Nur was?

Abgekämpft und schwermütig kam er zuhause an; legte sich ungeduscht auf die Couch; wo ihm plötzlich wieder einfiel, dass er am Abend Familie Friedmann zu Besuch hatte. Sollte er absagen? Und damit genau die Stimmen bestätigen, die ihm vorwarfen, zu wenig positiv zu sein. Nein. Es würde ihm gut tun, ganz sicher. Blieb die Frage, was er seinen Gästen auftischen wollte. Blick auf die Uhr: fünf. Hatte er genau eine Stunde, von der er mindestens die Hälfte brauchen würde, um sich und sein Heim präsentabel zu machen. Er klappte seinen Laptop auf und ging auf die Seite der lokalen Pizzeria. Obgleich er sich seit seiner Wiener Zeit vor gastronomischen Barbareien à la Rio Grande (Cordon Bleu eingebacken in ein Wiener Schnitzel) hütete, entschied er sich für eine Pizza Riesenrad für fünf Personen, bepackt wie der VW-Bus eines Roma-Clans. So was gibt's nicht alle Tage, so was schweißt zusammen, sagte er sich, als er die Bestellung aufgab. Lieferservice gab es eigentlich nicht, aber irgendwelche Vorteile musste sein Beruf ja haben: Um halb sieben würde der Sohn des Hauses das Teil abliefern.

Sechs war ausgemacht, um zehn nach stand die Familie auf der Schwelle wie die Sternsinger. Friedmann hielt verlegen eine Flasche Supermarkt-Chianti in Händen (er wusste Bescheid um Schäfers Kellerschätze), Frau Friedmann kam mit einem kleinen Stock Thai-Basilikum, wofür Schäfer sich so herzlich wie ehrlich bedankte. Um die beiden Töchter ein wenig echte Sheriff-Luft schnuppern zu lassen, hatte Schäfer nicht aufgeräumt, sondern dem Cowboy-Chaos sogar noch ein paar Dekoelemente hinzugefügt. Auf dem Küchentisch lagen eine Beretta und eine Glock, erstere zerlegt, daneben ein Fläschchen Waffenöl, ein Fetzen und ein Pfeifenreiniger. Im Wohnzimmer würden wie zufällig ...

„Ist das ein Aztekensalbei?“, fragte die ältere Tochter erstaunt, als sie den schwarzen Müllbeutel mit den halblegalen Pflanzen erblickte, die Herr Seelig von seinem Sohn konfisziert und Schäfer auf den Posten gebracht hatte; von wo sie wie von Zauberhand zu ihm nach Hause gewandert waren und dort nun, oh, oh, wirklich unbeabsichtigt, in der Küchenecke lagen.

„Ja“, meinte Schäfer lässig und vermied es, in Blickkontakt mit seinem Kollegen zu treten, „haben wir neulich beschlagnahmt.“

„Aber das darf man doch eh anbauen, oder?“, zeigte Jasmin echtes Interesse und begann in dem Sack zu wühlen. „Und das da?“

„Meerträubel“, erwiderte Schäfer, packte den Sack in den Unterschrank neben den Mistkübel und wies seine Gäste Richtung Garten, „was haltet ihr von Pizza am Lagerfeuer?“

„Wow, ist das pervers!“, brach es aus der jüngeren Tochter hervor, als sie den Pizzakarton sah, der wenig später von einem achtzehnjährigen Feschak in den Garten gebracht wurde.

„Pervers heißt sehr sehr gut“, beeilte Frau Friedmann sich zu erklären.

„Kräuter aus dem Eigenanbau hast du eh keine drübergestreut, oder?“, fragte Friedmann und grinste.

„Die sind in der bombe surprise“, Schäfer gab dem Boten ein sattes Trinkgeld und blickte ihn streng an. „Helmpflicht gilt auch für Kurzstrecken.“

„Ich weiß, Tschuldigung“, murmelte der Junge, trollte sich aus dem Garten und startete seine Vespa.

Nachdem Schäfer drei Pizzaecken verdrückt hatte, ging er hinters Haus, um Holz nachzuholen. Stolz war er auf sich; auf diese Versöhnungsfeier, die er anscheinend ganz gut hingekriegt hatte. Eigentlich nur logisch: Ans Lagerfeuer des Majors geladen zu werden, war schließlich das Pendant zu einem indianischen Pow-Wow; und wer dieses Ereignis mit Groll im Herzen verließ, den würden in der folgenden Nacht die übelsten Geister peinigen. Ja ja, blas dich nur auf, sagte er sich, während er die Buchenscheite unter die Arme klemmte; wahrscheinlich fängt die Frau in einer halben Stunde demonstrativ zu gähnen an und die Töchter haben vergessen, irgendeine Serie zu programmieren. Also wunderte er sich umso mehr, als gegen neun die Töchter gemeinsam verschwanden und kurz darauf mit einem in Geschenkpapier gehüllten ... Buch, Bonbonniere, Reiseschach, ja, was konnte das denn sein? zurückkamen. Papa Friedmann bekam auf jede Wange einen dicken Kuss und das Geschenk überreicht. Im orangen Schein des Lagerfeuers sah Schäfer Frau Friedmann, wie sie mit den Tränen kämpfte; er selbst griff sich den monströsen Schürhaken und stocherte wie beiläufig in der Glut.

„Wofür ist das?“, wollte Friedmann wissen, als er ein iPad aus der Kartonhülle nahm.

„Das. Ist. Die. Macht!“, antwortete Jasmin mit verstellter Stimme.

„Damit kannst du lesen, Musik hören, Filme schauen, fotografieren ...“, Anna nahm ihrem Vater das Gerät aus der Hand, schaltete es ein und hielt es ihm unter die Nase.

„Aha“, meinte Friedmann, während sein Gesicht in einem gespenstischen Blau leuchtete.

„Ich geh noch Wein holen“, Schäfer sprang auf und ging ins Haus.

Im Keller angelangt lehnte er die Stirn an den kühlen Beton und brach in ungehemmtes Schluchzen aus. Er wankte zum Waschbecken, schüttete sich Hände voll kaltem Wasser ins Gesicht, stützte sich an den Waschbeckenrand, richtete den Kopf auf und sah sich im taschenbuchgroßen Rasierspiegel. Es schüttelte ihn, er weinte Rotz und Wasser. Hört das jetzt bald auf, ermahnte er sich, du bist ja kein Vulkan, der sich nicht unter Kontrolle hat. Was ist denn heute los mit dir? Nur weil dir wieder einmal klar geworden ist, dass das mit Marlene wohl doch nichts wird? Oder ist es wegen der neuen Nichte? Oder ... er hörte Friedmann durchs Kellerfenster rufen. Telefon. Er schnappte sich eine Flasche Wein, schüttelte den Kopf wie ein nasser Hund und hopste mit erzwungenem Frohsinn die Stiegen hinauf.

„Da“, meinte Friedmann und hielt ihm das Handy hin, „hat schon zweimal geläutet, ist vielleicht wichtig.“

„Danke“, Schäfer drückte seinem Kollegen die Flasche in die Hand und entfernte sich ein paar Schritte. Doktor Liebhart hatte ihn angerufen. Endlich wieder Arbeit, sagt er sich zynisch und drückte auf die Wähltaste.

„Herr Schäfer, können Sie bitte ganz schnell zum Keltenfest kommen, der Frederik, ich weiß, dass das ein Blödsinn war von mir, aber ich hab mir gedacht ... nachdem, was Sie mir erzählt haben und dass er sich irgendwann sowieso...“

„Ganz ruhig!“, unterbrach Schäfer die sich überschlagende Stimme der Frau, „was ist passiert?“

„Geschlagen ist er worden von so einem ... das sind doch Tiere! ... Und jetzt ...“

„Ich komme“, erwiderte Schäfer und drückte sie weg.

44.

Frau Friedmann hatte darauf bestanden, dass ihr Mann mit zum Keltenfest fuhr. Obwohl Schäfer mehrfach betont hatte, dass er das nicht wollte. Es war ihr Familienabend, sie sollten ihn genießen, mit ein paar Rowdies würde er schon fertig werden. Keine Diskussion, diese Frau trug den Korpsgeist am Ringfinger.

Schäfer war allerdings nicht nur wegen des zerrissenen Versöhnungsabends wenig erfreut darüber, dass Friedmann ihn begleitete. Zwar wusste er noch nicht genau, was vorgefallen war; doch der Umstand, dass Liebhart nicht die 133, sondern ihn persönlich angerufen hatte, um ihm mitzuteilen, dass sie mit dem Mädchenmörder Frederik Bosch bei einer Veranstaltung aufgetaucht war, wo sich der Großteil der heimischen Familien vergnügte, konnte ihn gehörig in Verlegenheit bringen.

„Wer ist diese Liebhart?“, wollte Friedmann wie zur Bestätigung von Schäfers Befürchtungen wissen.

„Die Psychiaterin vom Bosch.“

„Ist die komplett deppert, mit dem da aufzukreuzen?“

„Keine Ahnung“, Schäfer sah in den Rückspiegel, wo sich ein Wagen mit Blaulicht näherte. „Oh, die Kavallerie“, meinte er trocken und drückte das Gaspedal durch.

Um den Rettungswagen am Rand des Areals hatte sich eine Gruppe von etwa dreißig Menschen versammelt. Beschimpfungen und Drohungen stiegen von der Meute auf: „Drecksau!“ „Aufgehängt gehörst du!“ „Die Eier sollten wir dir abschneiden!“

„Auseinander!“, brüllte Schäfer, der sein Schulterholster gut sichtbar unter der offenen Lederjacke trug, und teilte die Menge wie Moses das Rote Meer.

Vor der offenen Schiebetür der Rettungswagens standen zwei sichtlich überforderte Sanitäter sowie Doktor Liebhart, die sofort auf Schäfer zustürmte und seinen Unterarm ergriff wie eine enge Vertraute.

„Danke, dass Sie so schnell ...“

„Wer war das?“, Schäfer schob Liebhart beiseite und trat zu Frederik Bosch, der im Wageninneren auf der Bahre saß und sich einen Kühlbeutel aufs rechte Auge drückte. In der Nase steckten zwei blutgetränkte Wattebausche.

„Ist nicht so schlimm“, meinte Bosch fast verlegen, „ich würde nur gerne weg von da, wenn das geht.“

„Ja“, Schäfer wandte sich den beiden Sanitätern zu. Wollte sie schon anherrschen, worauf sie hier eigentlich noch warteten, und überlegte es sich im letzten Moment anders. „Bringt ihn ins Krankenhaus ... die sollen ihn über Nacht zur Beobachtung behalten.“

„Ist gut, ja“, erwiderte der Ältere erleichtert, schob die Seitentür energisch zu, sprang auf den Fahrersitz und drehte das Blaulicht auf.

Mittlerweile waren auch die beiden Polizisten eingetroffen, die Schäfer auf der Landstraße gefolgt waren. Gemeinsam mit Friedmann standen sie bei ein paar breitschultrigen und rotgesichtigen Jungbauern. Einer der Uniformierten ließ sich gerade Feuer geben, Notizbuch zum Zweck einer Zeugenbefragung war keins zu sehen. Ideologisch eingekeilt zwischen diesen Provinzgendarmen, die aus ihrer Parteinahme keinen Hehl machten, und der aufgeschreckten Psychiaterin, die ihm keinen Meter von der Seite wich, entschied Schäfer sich, das weitere Vorgehen an seinen Kollegen zu delegieren.

„Mach ich, passt schon", meinte Friedmann, nachdem Schäfer ihn gebeten hatte, den verantwortlichen Schläger zu ermitteln.

„Ich fahr ins Krankenhaus", sagte Schäfer im Weggehen und wartete bis zu seinem eigenen Wagen damit, Frau Liebhart anzusprechen. „Können Sie fahren?"

„Ja, natürlich, ich hab nichts getrunken."

„Gut ... treffen wir uns im Krankenhaus?"

„In welchem?"

„Rohrbach."

„Wessen grandiose Idee war das?", wollte Schäfer wissen, als er mit Liebhart im Warteraum der Ambulanz saß.

„Sie meinen ..."

„Dass Sie und Herr Bosch bei einem Volksfest auftauchen."

„Er ist ein freier Mensch und ...", meinte Liebhart trotzig.

„Kommen Sie mir nicht auf die Tour", Schäfer stand auf, machte ein paar Schritte zum Kaffeeautomaten und ließ sich einen doppelten Espresso herunter. „Dass das eine dumme Provokation ist, hätten Sie schon vorher wissen müssen."

„Und wen wollen Sie provozieren?", Liebhart war ebenfalls aufgestanden, um sich einen Kaffee zu holen.

„Was soll das heißen?"

„Ihre Ermittlungen ... ganz zufällig kommen Sie bei mir auf einen Menschen mit Down-Syndrom zu sprechen und dann darf Ihnen der ganze Ort zusehen, wie Sie sich mit denen von der Lebenshilfe im Schlamm wälzen."

„Und?", Schäfer zuckte mit den Schultern, bemüht, gleichgültig zu wirken.

„Ganz blöd bin ich auch nicht", setzte Liebhart spitz hinzu.

„Das habe ich auch nie behauptet."

„Ich hab mich gestern Abend länger mit Frederik unterhalten“, fuhr Liebhart fort, nachdem sie beide für eine Minute geschwiegen hatten. „Sie haben ihn auf einen Artikel aufmerksam gemacht, in dem das dubiose Engagement von Herrn Strommer erwähnt wird.“

„Ja, hab ich.“

„Der Herr Strommer, der einen Sohn mit Down-Syndrom hat, wie Frederik mir erzählt hat ... einen Sohn, der im Dezember 1986 nahe des Tatorts gewohnt hat ...“

„Ebender“, erwiderte Schäfer und wünschte sich zurück an sein Lagerfeuer, unter den klaren Nachthimmel und ohne Menschen.

„So ein Zufall“, meinte Liebhart süffisant, worauf Schäfer sich ihr so rasch zuwandte, dass er den Rest seines Kaffees verschüttete.

„Und deshalb!“, wetterte er, während er eine Tageszeitung auf die Flüssigkeit drückte, „deshalb entscheiden Sie sich spontan zu einer Konfrontationstherapie und schicken Herrn Bosch in den Circus Maximus, damit er sich gegen die wilden Tiere behaupten darf!“

„Was? ... Nein, ich“, stotterte Liebhart zu Schäfers Genugtuung, „das war unklug, das geb ich zu, aber wenn es wirklich so ist, dass ...“

„Nichts aber“, brummte Schäfer, worauf sie beide verstummten, weil sich die automatische Schiebetür ihnen gegenüber öffnete und ein Arzt auf sie zukam.

„Ah“, seine ernste Medizinermiene entspannte sich, als er Schäfer erkannte. „Na dann brauch ich mit den Formalitäten eh nicht lange herumtun ... Raufhandel, oder?“

„Ja“, antwortete Schäfer und erhob sich. „Wie schaut’s aus?“

„Vier Stiche für die Platzwunde, aber die hat er angeblich schon vorher gehabt, die Nase ist angeknackst, aber sonst ist zum Glück nichts gebrochen ... Gehirnerschütterung dürfte er auch keine haben, also kann er eigentlich heimgehen.“

„Ich kann ihn fahren“, meinte Liebhart bestimmt.

„Von mir aus“, fügte sich Schäfer. Wer für die Verletzungen in Boschs Gesicht verantwortlich war, konnte er auch später in Erfahrung bringen. Und wenn sich nach dem Tumult beim Keltenfest ein paar dieser Halbstarken entschieden, mit Mistgabeln und Benzinkanister auszurücken? „Würde es Ihnen etwas ausmachen, ihn mit zu sich nach Linz zu nehmen? Nur für heute Nacht?“, wandte er sich an Liebhart.

„Nein, da haben Sie recht, das machen wir“, stimmte sie zu. Abermals schob sich die Tür auf, Bosch erschien, bleich und müde lächelnd.

„Fahren Sie vorsichtig“, brummte Schäfer noch und verabschiedete sich.

Im Auto rief er Friedmann an. Der inzwischen mitsamt seiner Familie zu Hause war und mit einer Flasche Bier vor dem Fernseher saß. Wie es zu dem Zwischenfall beim Keltenfest gekommen war, wollten sie offenkundig beide nicht bereden. Friedmann bedankte sich im Namen seiner Frau und der Töchter für die Einladung, sie tauschten noch ein paar Floskeln zum Sonntagsprogramm aus und wünschten sich eine gute Nacht.

Auf dem Gartentisch stand die volle Weinflasche, die Schäfer ein paar Stunden zuvor aus dem Keller geholt hatte und beschwerte einen zusammengefalteten Zettel: Vielen Dank für die Einladung, Sonja, Jasmin und Anna. Schäfer öffnete die Flasche, hallo Dekompressions-Stopp, nahm einen kräftigen Schluck und setzte sich an die Hausmauer. Dumme Nuss, diese Liebhart. Was wollte sie mit so einer Aktion erreichen? Eine Vorstrafe wegen Körperverletzung für irgendeinen Einheimischen. Was ganz bestimmt stark zu Frederik Boschs Beliebtheit beitrug. Die Frau sollte sich doch auskennen mit der menschlichen Psyche; genau wissen, welche Komponenten sie da zu einer kritischen Masse zusammengeschoben hatte. War das vielleicht sogar ihre Absicht gewesen? Ein großer Knall, um die eigenen Ungewissheit und die starre Überzeugung der anderen in die Luft zu jagen? Nein, so skrupellos und zielgerichtet war sie ihm nicht vorgekommen, eher wahrscheinlich: Liebhart und Bosch hatten sich am Vorabend bei einer oder mehreren Flaschen Wein in eine neue Wirklichkeit hineingeredet. In der sich niemand an dem entlassenen Mörder störte, man ihn vielleicht sogar an einen Tisch bitten würde, wo er mit Hilfe von Doktor Liebhart seine neue Version der Geschichte unter die Leute bringen konnte. So ähnlich wie er selbst auch, musste sich Schäfer nun eingestehen und stand mühselig auf. Am nächsten Tag, versprach er sich, würde er Guido aufsuchen, dann Bergmann anrufen und sich mit ihm eingehend beraten, wie er diese verfahrene Situation sauber und seriös bereinigen konnte. Ansuchen um Verfahrenswiederaufnahme, LKA, Staatsanwaltschaft, was auch immer, nur keine von diesen üblen Überraschungen mehr.

45.

Was war das gewesen? Schäfer fuhr auf und griff zur Nachttischlampe. Ein Schrei? Angespannt horchte er zum Fenster hin. Ja, da war wer, stöhnte? Er rollte sich aus dem Bett, zog seine Hose an und schlich ins Wohnzimmer. Spähte in den Garten hinaus. Jemand saß mit dem Rücken zu ihm und wiegte mit dem Kopf nach vorne und zurück. Schäfer griff sich seine Waffe und öffnete die Terrassentür. Drehte die Außenbeleuchtung an, worauf die Gestalt im Garten sich umwandte.

„Sie?“, Schäfer machte ein paar Schritte auf Luis Strommer zu, der sich auf die Seite rollte und mit schmerzverzerrtem Gesicht seinen linken Knöchel umklammerte. Oh, registrierte Schäfer den Grund für die Verletzung: Strommer war in eins der Bewässerungslöcher gestolpert. „Was machen Sie da?“

„Du Drecksau“, stieß Strommer zwischen Winseln und Stöhnen aus, „du elendige Drecksau du!“

„Ja, genau“, Schäfer ging in die Knie und nahm wahr, dass Strommer etwas mit seinem Oberkörper zu verdecken suchte. Er zog ihn zu sich und griff danach: ein 10-Liter-Benzinkanister, voll.

„Ich mach dich fertig, du Sau“, keuchte Strommer und versuchte, Schäfer den Kanister zu entreißen. Dann wurde sein eben noch hochrotes Gesicht weiß, er führte seine rechte Hand zur linken Schulter, atmete ein paar Mal schwer und klappte zusammen.

„Scheiße!“, stieß Schäfer aus, schleuderte den Kanister weg, packte Strommer unter den Achseln und legte ihn auf den Rücken. Er ohrfeigte ihn zweimal kräftig, stach ihm den Zeigefinger in den Schmerzpunkt hinterm Ohr, keine Reaktion. Er tastete Strommers Jacke nach einem Handy ab, nichts, stürzte ins Haus, rief die 144, lief in den Garten zurück und begann mit der Reanimation.

„Du dummes Schwein“, fluchte er, während seine Hände Strommers Brustkorb bearbeiteten. „Meine Schuld ist das nicht!“, er hob Strommers Kinn an und presste seine Lippen an dessen Mund. „Verrecken lassen sollte ich dich“, er pumpte weiter, nahm das Krachen der brechenden Rippen wahr, „mich abfackeln wollen, du Arschloch!“, der Schweiß brannte in den Augen, tropfte auf Strommers Gesicht, dessen violette Lippen, wo blieb denn diese verdammte Rettung?

Die Sanitäter rückten mit dem Defibrillator an, im Flackern des Blaulichts krampfte sich Strommers Oberkörper nach oben, die Notärztin führte den Tubus in die

Luftröhre, am Gartenzaun standen ein paar Nachbarn, wehrten sich mit über Bademänteln und Jogginganzügen verschränkten Armen gegen die nächtliche Kühle und den Schrecken, der immer von einem leblosen Körper ausgeht. Strommer wurde auf die Bahre gelegt, in den Rettungswagen verfrachtet, keinerlei Fragen an Schäfer, er war schließlich der Sheriff, er würde die korrekten Antworten schon liefern.

„Gute Nacht!“, rief er den Zaungästen zu und winkte sie zurück in ihre Betten. Er hob den Benzinkanister auf, starrte ein paar Sekunden in den versenkten Blumentopf, nickte ihm dankbar zu und zog sich ins Haus zurück. Dreiviertel Vier, sagte die Küchenuhr. Hatten seine Wiederbelebungsmaßnahmen also höchstens zwanzig Minuten gedauert. Dennoch fühlte er sich, als hätte er einen Triathlon hinter sich. Er trank zwei Gläser Wasser und setzte sich an den Küchentisch. Dachte nach. Versuchte es zumindest. Dann nahm er sein Handy und rief Sylvia Thurner an.

„Entschuldigen Sie die späte Störung“, sagte er, monoton wie eine Computerstimme, „es geht um Ihren Onkel, er hatte einen Herzinfarkt und ist auf dem Weg ins Krankenhaus.“

„Was? Aber er war ... wann? Wo denn?“

„In meinem Garten“, erwiderte Schäfer und wunderte sich selbst über diese Antwort.

„Wieso in Ihrem Garten?“, jetzt erlebte Schäfer die sonst so beherrschte Thurner erstmals hysterisch, „was haben Sie mit ihm gemacht?“

„Ich?“, Schäfer stieß ein verblüfftes Lachen aus. „Was soll ich mit Ihrem Onkel mitten in der Nacht in meinem Garten machen? Vielleicht haben Sie eine Erklärung dafür, warum er hier unangemeldet auftaucht und ...“, gut, die Sache mit dem Benzinkanister behielt er einstweilen besser für sich.

„Ich fahre jetzt zu ihm“, sagte Thurner und legte auf.

Schäfer wechselte vom Küchentisch zur Couch, drehte den Fernseher auf und zappte durch die Kanäle, bis er auf eine Folge von *Magnum* stieß. Privatdetektiv auf Hawaii, vielleicht war das eine Option, versuchte er sich aufzuheitern, während Tom Selleck in rotem Polo-Shirt und Jeans-Hot-Pants seinen Leih-Ferrari bestieg. Was sollte er jetzt tun? Hoffen, dass Strommer starb und sich in seinem Nachlass ein Geständnis fand? Um meinen geliebten Sohn Guido zu schützen, unterließ ich, Luis Strommer, es, Polizei und Justiz über den wahren Sachverhalt aufzuklären et cetera. Hoffen, dass Strommer überlebte und dann eigentlich gar nicht anders konnte, als mit der Wahrheit herauszurücken? Denn welchen glaubhaften Beweggrund konnte er dafür angeben, mitten in der Nacht zum Haus des Inspektionskommandanten gefahren zu sein, sich über den Garten angeschlichen zu haben, ausgerüstet mit einem vollen Benzinkanister? In den USA gab es bestimmt Anwälte, die sich nicht schämten, daraus die absurdeste Version zu stricken: Als der allseits beliebte, wohlverdiente und unbescholtene Gemeindebürger L. Strommer zu später Stunde nach Hause fuhr, teilte ihm die Warnleuchte mit, dass der Treibstoff im Tank seines Wagens zur Neige ging. Wohl aufgrund einer Fehleinschätzung ging Herr Strommer nun davon aus, dass er es nicht mehr bis zu seinem Domizil schaffen würde. Die für L. Strommer naheliegendste Lösung – und hier könnte sein bescheidener Alkoholkonsum zugegebenermaßen eine das klare Urteilsvermögen trübende Kraft gehabt haben – schien ihm nun, den ihm gut bekannten und von ihm tatsächlich als „Freund und Helfer" eingeschätzten Inspektionskommandanten Herrn Major Johannes Schäfer aufzusuchen und um Benzin zu bitten. Dass der Kanister, den er aus seinem Kofferraum holte, gefüllt war, kann hier nicht als gegen die Intention meines Mandanten sprechendes Indiz gewertet werden. Im Zuge dieser Handlung war er nämlich schon so weit in der eigenen Überzeugung eines Treibstoffmangels verhaftet, dass die tatsächlichen Umstände seinem Verstand nicht mehr zugänglich waren. Auch der kurz darauf erfolgte Infarkt spricht schließlich dafür, dass Herr Strommer schon zuvor einer Stresssituation ausgesetzt war et cetera.

Ja, würde ich einem Ami zutrauen, sagte sich Schäfer; aber hierzulande würde jeder Polizist, Staatsanwalt und Richter auf so einen Mumpitz mit dem Zeigefinger an der Schläfe reagieren. Das war versuchter Mord. Strommer hatte ihm tatsächlich die Bude anzünden wollen. So weit war bislang noch keiner gegangen, oder? Falsch. Erst vergangenes Jahr war auf ihn geschossen worden. Nicht mit einer Maschinenpistole wie der Uzi, die Magnum gerade dazu veranlasste, die Hände über den Kopf zu heben, aber angenehm war die Kugel in seinem Oberschenkel auch nicht gewesen. Schäfer ging ins Bad, kramte seine Hausapotheke durch und schluckte eine Zolpidem. Legte sich wieder auf die Couch. Wartete auf den Schlaf.

46.

Wenn ein Werktag ihm gleich nach dem Aufstehen den Arm auf den Rücken drehte, ihn mit dem Gesicht zur Wand presste und böse Dinge in sein Ohr fauchte. Dann hatte Schäfer eine bewährte Gegenmaßnahme: Schulwegsicherung. Früher als alle anderen am Posten auftauchen, spontane Dienstplanänderung, der Chef kümmert sich heute um die Kinder. So konnte er gleichzeitig gedankenverloren und hochkonzentriert am Zebrastreifen stehen – normalerweise reichte schon sein Anblick, um die Durchschnittsgeschwindigkeit der Autofahrer auf 25 km/h zu senken – und sich als Heiliger Christophorus des Schachinger Nachwuchses fühlen. Jetzt kamen zwei Volksschülerinnen in Schäfer hörte die beiden schnattern, lachen, zanken. Als sie ihn wahrnahmen, schalteten sie unisono in den Modus gehorsamer Kinder – „Grüß Gott, Herr Schäfer" –, warteten, bis er die Straße sicherte und gingen schweigsam an ihm vorbei, als ob er ein strenger Grenzbeamter wäre. Kaum war die unsichtbare Einflusszone verlassen, flüsterten und kicherten sie verhalten und hatten ein paar Sekunden später zu ihrer gewohnten Ausgelassenheit zurückgefunden.

Versonnen sah Schäfer den beiden nach, bis sie hinter dem Schultor verschwanden. Es konnte so schön sein hier. So verstörend schön, dass er sich zeitweise fühlte, als hätte man ihn nach seiner Verabschiedung aus Wien ohne sein Wissen in eine Heile-Welt-Show versetzt; wie in diesem Film, dessen Titel ihm jetzt nicht einfallen wollte; die Frühlingssonne, die gnädig erlaubte, dass die Kaffeehäuser ihre Terrassen besetzten, der blaue Himmel mit seinen Idealwolken, das sanfte Plätschern des Stadtbrunnens, die Vögel, tjiüt, tjiüt, wieso konnte er sich an diesem Bild nicht ohne Schmerz erfreuen? Weil es nichts als eine riesige Hinterglasmalerei war, Lug und Trug, die jeden Augenblick zusammenfallen konnte? Weil ich ein Schwarzmaler bin, sagte er sich und grüßte freundlich eine Mutter, die ihre zwei aufgekratzten Kinder in die Schule scheuchte wie Hühner; einer, der der sogar in das lieblichste Bild den Teufel hineinschmiert. Teufel, ja. Der eine lag in der Klinik in Linz, hatte eine Bypass-Operation hinter sich gebracht und war praktisch außer Lebensgefahr, wie der zuständige Arzt Schäfer am Vorabend mitgeteilt hatte. Einstweilen würden allerdings nur Angehörige zu ihm gelassen, da jede unnötige Aufregung und so weiter. Woraus hatte der Arzt denn geschlossen, dass Schäfer den Patienten aufregen wollte? Nichts dergleichen; eine Beichte wollte er ihm abnehmen, ein Geständnis, das die Last auf seinem Herzen nur erleichtern konnte.

Vor dem Anruf in der Klinik hatte Schäfer zuerst mit Bergmann, dann mit seinem Kollegen Dobrits vom LKA Linz telefoniert. Er war davon ausgegangen, dass zumindest einer der beiden auf sein Kommando alles stehen und liegen lassen und blitzartig nach Schaching kommen würde. Dafür war er schließlich gleich nach dem späten Frühstück – das Zolpidem hatte ihn bis kurz vor Mittag im Tiefschlaf gehalten – in den Keller hinunter und hatte seine Ermittlungen so akkurat und deppensicher zusammengefasst, dass ein ordentlicher Kriminalbeamter gar nicht anders konnte, als dem Fall Bosch noch einmal ein paar Stunden oder Tage zu widmen. Da, schau her: Am Tag des Mordes treibt sich Guido Strommer – fünfzehn Jahre alt, sehr kräftig, schwer im Testosteron und obendrein geistig minderbemittelt – meistens unbeobachtet ums Haus herum. In einem Zeitraum von etwa fünfzehn Minuten bis eine Stunde nach der Tat kommt Luis Strommer unvorhergesehen nach Hause, begibt sich in den Keller und setzt die Waschmaschine in Betrieb. Dort wird er zusammen mit seinem Sohn von der Haushälterin Frieda Koch angetroffen. Ihr erzählt Strommer, dass er seine Kleidung mit Motoröl beschmutzt hätte. Was Frau Koch einigermaßen erstaunt, zumal der Hausherr sich ihrer Erinnerung nach noch nie um die Wäsche gekümmert hat. Viel Zeit zum Wundern bleibt ihr allerdings nicht, denn kurz darauf ist sowieso die Hölle los. Der Briefträger Siegfried Heim, der kurz zuvor im Hause Strommer die Post abgeliefert hat, entdeckt die Leiche von Susanna Paulus. Funkstreife, LKA, Schaulustige, nicht weiter auffällig, dass sich auch Luis Strommer am Tatort einfindet; wo er in einem unbeobachteten Moment das Messer, das er bei seinem Sohn Guido gefunden hat, ins Bachbett wirft.

Natürlich hat er es davor abgewischt. Weshalb sich auf der Schale auch keine Fingerabdrücke finden; gar keine, auch die von Frederik Bosch nicht. Die aber dort hätten sein müssen, wenn er es am Tatort verloren hätte. Ja, Vermutungen, Indizien, schon klar. Dann gibt's allerdings auch noch Anton Larcher, der Bosch weitab vom Tatort gesehen haben will, dessen Zeugenaussage aber nie ernst genommen worden ist. Der sich, kaum ist Bosch wieder im Lande, zu seinem Bruder nach Vorarlberg absetzt. Dann gibt's die Belastungszeugin Unger, die ihre damalige Aussage, wonach Bosch sie zu vergewaltigen versucht habe, nun als Fehlinterpretation abtut. Dann dieses Geständnis, fünf Jahre nach dem Urteilsspruch; die psychiatrischen Forensiker, die Boschs Erinnerungslücke als Verdrängung abtun und sich nicht einmal die Frage stellen, ob er sich vielleicht deshalb an die Tat nicht erinnern kann, weil er es gar nicht war. Kann alles rechtens sein, gebe ich zu, aber erklär mir einer, warum Luis Strommer fast zwanzig Jahre nach dem Mord immer noch wie ein Blutegel an dem Fall hängt und alles in seiner Macht Stehende tut, damit Bosch nicht freigelassen wird?

Ja, so oder so ähnlich hatte Schäfer es seinen Kollegen präsentieren wollen. Die allerdings gar nicht erst gekommen waren. Bergmann: auf Radtour mit einem neuen Freund. Dobrits: Noch ein Wochenende, wo ich wegen der Arbeit weg bin, und sie reicht die Scheidung ein. War Schäfer also am frühen Nachmittag ohne Voranmeldung zum Heim der Lebenshilfe gefahren, um sich endlich mit Guido Strommer zu unterhalten. Der kurz zuvor zu einer Untersuchung seines Gesundheitszustandes nach Linz gebracht worden war. Blieb der Vater, den Schäfer am Abend besuchen wollte. Was ihm der diensthabende Arzt untersagte.

Er sah auf die Uhr, eine halbe Stunde nach Schulbeginn, Auftrag erfüllt, Abzug. Doch die Vorstellung, in seinem

Büro zu sitzen, auf denselben Nadeln, die im Stehen und Gehen wenigstens etwas erträglicher waren; er querte die Straße, betrat eine Bäckerei, ließ sich eine Zimtschnecke und einen Apfelsaft geben, ein paar neckische Komplimente zu seinem Auftritt beim Keltenfest machen, spazierte zum Friedhof und suchte seine Stammbank auf. Die besetzt war. Zwei Mädchen, höchstens fünfzehn, die eine gemeinsame Zigarette rauchten und die Kopfhörer eines MP3-Players teilten. Sie nahmen ihn erst wahr, als er ein paar Meter vor ihnen stand. Blickten ihn erschrocken an, grüßten verlegen; schwiegen beklommen, als er sich neben sie setzte. Keine Minute später sah eine der beiden auf ihr Handy, tat überrascht, hastig packten sie zusammen, verabschiedeten sich und marschierten los. Wegen mir hättet ihr nicht gehen müssen, murmelte Schäfer zufrieden, ich schwänze ja selber. Er aß seine Zimtschnecke, trank einen Schluck, rauchte eine Zigarette und nahm dann sein Handy heraus, um seine Mails abzurufen. Landespolizeikommandant Wahrstätter. Ersuchte die Empfänger – werte Inspektionskommandanten, liebe Kollegen und Freunde – am folgenden Tag um 17:00 im Landespolizeikommando in Linz zu erscheinen. Informationsveranstaltung. Weiters anwesend sein wird die Ministerin für Inneres. Schäfer sah sich den Verteiler an, den Wahrstätter bewusst oder aus Unfähigkeit nicht verborgen hatte. 15 Inspektionskommandanten aus Oberösterreich hatten die Mail erhalten. Entsprach in etwa den zehn Prozent, von denen bisher die Rede gewesen war, wenn es um die neue Polizeireform und die Schließung kleinerer Inspektionen ging. Was lavieren die Säcke da noch herum, fragte sich Schäfer und spuckte ein Stück Nussschale oder was auch immer da in die Zimtschnecke geraten war, auf den Asphalt. Die sperren uns die Bude zu, juhu.

In der Viertelstunde, die er vom Friedhof zur Arbeit brauchte, sah Schäfer sich mit widersprüchlichen Gefühlen und Gedanken konfrontiert. Wut und Enttäuschung: weil er und seine Kollegen doch keine unnötig subventionierten Beamten waren, die aus Langeweile und Arbeitsmangel ihren nackten Arsch auf den Kopierer setzten. Sie waren ein hochfunktionelles, leistungsfähiges und unverzichtbares Organ in diesem großen Körper namens Gesellschaft, das stellten sie Tag für Tag unter Beweis. An wen sollte sich Frau Spielmann wenden, wenn ein falscher Stromableser ihr den Schmuck aus dem Schlafzimmerschrank stahl? Wohin konnte die Mutter laufen, deren Kind eine Stunde nach Schulschluss noch immer nicht zu Hause war? Zugleich Erleichterung und Euphorie: Endlich wurde ihm die Entscheidung abgenommen, mit der er ohnehin immer wieder gehadert hatte. Jetzt musste er Frau Spielmann & Co nicht mehr zum Vorwand nehmen, um seine Beschäftigung zu rechtfertigen. Musste er nicht mehr mitleiden oder so tun, als ob er mitleide. Jetzt würde er endlich Zeit und Muße finden, auf seine innere Stimme zu hören, die ihm seit Jahren schon Alternativen zum Polizistendasein unterbreitete. Vergiss den Kindergärtner; das war doch eher eine Radikalopposition, reine Unschuld versus das totale Böse. Irgendeine körperliche Arbeit im Freien, beim Wolkinger anfangen und Bio-Kräuter ziehen; konnte er vielleicht sogar Bosch und seinen brachliegenden Hof mit ins Boot holen? Utopisch? Taugte er überhaupt zu etwas anderem? Schließlich Zweifel und Existenzängste: Was, wenn nicht so bald eine entsprechende Stelle frei würde? War er mit 47 schon ein Fall, den sie in die Frühpension drängten? Würde seine ohnehin labile Psyche damit umgehen können? Was war er denn schon ohne die Uniform?

47.

Kurz vor sechs – Schäfer befand sich in Gedanken bereits in seinem Garten und riss den Korken aus einer Weinflasche – betrat Sylvia Thurner die Inspektion; begleitet von einem Mann Mitte fünfzig, der alle Merkmale eines Provinz-Anwalts trug, wie Schäfer durch die Büroverglasung wahrnahm: dunkelgraue Anzughose, die um die Beine schlackerte, zweireihiges Jackett in Marineblau mit goldenen Knöpfen, hellblaues Hemd mit weißem Kragen, burgunderrote Krawatte. Bluthochdruck, vermutete Schäfer, als er beobachtete, wie die beiden Auer ihr Ansuchen vortrugen. Schweißgeruch, der ihm unangenehm auffiel, als der Mann ihm kurz darauf eine quallenweiche Hand reichte.

„Wilhelm Wahrig, ich vertrete die Familie Strommer", erklärte der Mann überflüssigerweise, setzte sich, legte seinen Aktenkoffer auf den Schoß, klappte ihn auf und nahm eine Klarsichtfolie heraus, in der sich ein fingerdicker Stapel bedruckter Papiere befand. Schäfer ahnte, nein, er wusste im selben Moment, worum er sich handelte. Flucht nach vorne. Der einzige Ausweg, der Strommer noch blieb.

„Mein Onkel will endlich reinen Tisch machen", fügte Sylvia Thurner hinzu, als ob sie Schäfers Gedanken erraten hätte.

„Wie geht's ihm?", fragte Schäfer nach; weniger aus Interesse als um einen Blickkontakt zu erzwingen, den sie ihm bislang verweigert hatte.

„Den Umständen entsprechend ganz gut."

„Also ist er vernehmungsfähig", meinte Schäfer und schnalzte mit der Zunge.

„Das wird nicht notwendig sein", erwiderte der Anwalt und reichte ein paar zusammengeheftete Ausdrucke über den Schreibtisch.

„Ich glaube, Sie haben vergessen, dass vor Ihrem Beruf Rechts- und nicht Staats- steht", giftete Schäfer und erntete eine begriffsstutzige Miene. „Also, was wollen Sie?"

„Wir, also Herr Luis Strommer und ich als sein Vertreter, sind zur Ansicht gelangt, dass es im Interesse aller beteiligten Parteien ist, in dieser Situation die Öffentlichkeit so weit als möglich außen vor zu halten und ...", der Anwalt hielt inne, weil Schäfer aufgestanden, zum Kühlschrank gegangen war und sich ein Glas randvoll mit Weißwein eingeschenkt hatte. Seinen beiden Gästen bot er nichts an.

„Machen Sie's so kurz wie möglich oder kommen Sie morgen wieder", Schäfer setzte sich und wandte sich für einen Moment seinem Bildschirm zu. Sollte er nicht neugierig sein, was genau die beiden ihm zu unterbreiten hatten? Das war doch der Moment, in dem sich entschied, wofür seine Anstrengungen der letzten Wochen gut gewesen waren. Sollte er nicht eine triumphierende Miene aufsetzen, den Lorbeerkranz und das Kinn hoch wie Caesar, als die renitenten Gallier ihm die Waffen zu Füßen legten.

„In dieser beglaubigten Aussage", der Anwalt hob die Papiere hoch, die Schäfer sich geweigert hatte entgegenzunehmen, „schildert Herr Strommer detailliert die Vorgänge am und nach dem 12.12.1986, dem Tag, an dem Susanna Paulus aufgrund der gewaltsamen Einwirkung seines Sohnes, Guido Strommer, zu Tode kam."

„Ah!", Schäfer lachte auf und musste heftig husten; im Laufe des Nachmittags hatte er bestimmt eine halbe Schachtel geraucht. „Zu Tode gekommen aufgrund gewaltsamen Einwirkens ... dass Ihnen nicht selber das Kotzen kommt bei solchen Formulierungen ... die Drecksau hat eine Siebenjährige ermordet! Ihr die Hose heruntergerissen und ..."

„Herr Schäfer, bitte!", rief Sylvia Thurner, die offensichtlich vergessen hatte, dass sie schon einmal per Du gewesen waren, „weder Herr Wahrig noch ich sind in irgendwelcher Weise verantwortlich für das, was damals vorgefallen ist … und auch nicht für die Vertuschung dieser Tat.“

„Herr Strommer übernimmt diesbezüglich die volle …“, versuchte der Anwalt einen neuen Anlauf.

„Verantwortung … das wollten Sie gerade sagen, oder?“, unterbrach Schäfer ihn und trank sein Glas auf ex, „das ist schön. Endlich einmal ein rechtschaffener Bürger, der sich nicht vor seiner Verantwortung drückt … stattdessen will er einen Polizisten ermorden, der dann auch noch so blöd ist und ihm das Leben rettet!“

„Herr Schäfer, bitte!“, wiederholte Thurner, mittlerweile doch etwas verängstigt, „genau darum geht es ja … dass mein Onkel, auch im Sinne einer Wiedergutmachung, und von ermorden kann bitteschön gar keine Rede sein … dass er einen Deal vorschlägt …“

„Ah, ein Deal … und wie soll der ausschauen?“

„Hm, ja“, der Anwalt zögerte eine Sekunde und deutete dann auf die mitgebrachten Dokumente, „Herr Luis Strommer erklärt sich alleinig verantwortlich für die Vertuschung besagter Straftat und ist bereit, Herrn Bosch im außergerichtlichen Verfahren mit einer noch auszuhandelnden Summe zur Abgeltung allfälliger Ansprüche zu bedenken.“

„Hä?“, fragte Schäfer, dem solche Phrasen schon im nüchternen Zustand Schwierigkeiten bereiteten. „Das ist doch völliger Schwachsinn … das Verfahren wird auf jeden Fall wieder aufgenommen. Das ist ja kein Zivilprozess, in dem Sie irgendwen mit ein paar hunderttausend zum Schweigen bringen können.“

„Natürlich nicht“, beschwichtigte der Anwalt, „was das strafrechtliche Verfahren betrifft, haben wir die entsprechenden Schritte schon in die Wege geleitet. Herrn Strommers Sohn ist zwecks einer allfälligen Befragung bereits in eine entsprechende Einrichtung gebracht worden, die

Staatsanwaltschaft in Linz hat das Ihnen hier vorliegende Schreiben ebenfalls erhalten und wird dementsprechend handeln."

„Aha", erwiderte Schäfer, schüttelte ohne Absicht den Kopf – von wegen zur Untersuchung seines Gesundheitszustandes – und sah seine Gäste ein paar Sekunden schweigend an. „Und warum sind Sie dann überhaupt hier? Wenn das eh alles geregelt ist ... der Guido war damals noch minderjährig, heute ist er haftunfähig, das haben Sie sich bestimmt schon beglaubigen lassen ... der Vater bekommt mildernde Umstände aufgrund des Verwandtschaftsverhältnisses ... hopp hopp, was kostet ein Jahr Gefängnis, mal 27 und die Strommer'sche Welt ist wieder im Lot."

„So ist mein Onkel nicht", Thurner sah Schäfer an. „Er hat einen Fehler gemacht und er ist bereit, dafür zu bezahlen."

„Ja, schön", Schäfer hob die Arme und glotzte die beiden an, „aber was wollt ihr dann von mir? Wenn das jetzt eh alles bei der Staatsanwaltschaft liegt, geht es mich nichts mehr an, oder?"

„Sie haben", sagte Thurner, „du hast die Wahrheit ans Licht gebracht ... das ist eine schmerzliche Erfahrung für uns alle, aber ..."

„Also gehen wir davon aus, dass du nichts von alldem gewusst hast", Schäfer verzog den Mund zu einem falschen Lächeln, „alles andere wäre natürlich verheerend für deine Karriere, oder? Im Herbst die Wahlen ..."

„Ich verstehe nicht ganz, warum Sie sich so sperren", wechselte der Anwalt in einen jovialeren Tonfall. „Ihrer Arbeit ist es doch zu verdanken, dass Herr Bosch rehabilitiert wird und eine angemessene Entschädigung erhält ... alles, was wir wollen, ist ein Mindestmaß an Diskretion."

„Ja, eh klar", erwiderte Schäfer und stieß einen ungewollten Seufzer aus. Wahrscheinlich hatte der Anwalt teilweise sogar recht. Der Fall war geklärt, Bosch ein freier, unschuldiger und reicher Mann ... wieso also begegnete er den beiden dennoch mit so viel Zorn? Weil der Fall rascher und auf andere Weise zu einem Ende geführt wurde, als er es erhofft hatte? Weil sie ihm keine Zeit gelassen hatten, den Fangschuss abzufeuern; die Beute aus dem Busch zu schleifen und die Trophäe den staunenden Bewunderer zu präsentieren? Doch dass seine Zeiten als Großwildjäger in der Mordkommission vorbei waren, wusste er ja nicht erst seit gestern. Er war längst nicht mehr Herr über Ermittler, Forensiker. Sonderfahnder, Gerichtsmediziner, Streifenpolizisten, den ganzen Trupp, den er in Bewegung setzen hatte können, um das Böse aus dem Dickicht zu treiben. Nein, an einem vergessenen Kadaver durfte er noch schnüffeln und mutmaßen, ob Fuchs oder Dachs zugebissen hatten, er war ... seit dem Mail vom Vormittag konnte er sich nicht einmal mehr darauf ausruhen, dass er der hiesige Inspektionskommandant war.

„Herr Schäfer?", der Anwalt räusperte sich.

„Lassen Sie mir das da", Schäfer deutete auf die Dokumente, „ich seh's mir an und dann ..."

„Es wäre wirklich wichtig für ihn", bat Thurner, „auch was seine Gesundheit betrifft ... dass er da jetzt nicht noch weiter aufgeregt wird."

„Ja, schon klar", erwiderte Schäfer, ohne zu wissen, wovon genau sie sprach. „Ich schlaf darüber."

48.

„Ich hab dich da in was Fürchterliches hineingezogen", meinte Strommer und drückte die Hand seiner Nichte so fest es ihm möglich war. „Das war ein Riesenfehler ... vor allem, dass ich dich damit belastet habe ... in einem Alter, wo du ..."

„Ich bin froh, dass du mir vertraut hast“, erwiderte Thurner, „war ich immer ... du hast mir was zugetraut, obwohl ich noch nicht zu den Erwachsenen gehört habe.“

„Ja, das hab ich mir auch ein paarmal vorgeworfen ... dass ich dich vielleicht nicht genug Kind sein habe lassen ... du hast zu früh erwachsen werden müssen. Und der Guido, bei dem hab ich's nicht geschafft, dass ...“

„Schmarrn“, sagte Thurner, der diese weinerliche Seite an ihrem Onkel so neu wie unangenehm war. „Du warst der beste Papa, den ich mir hätte wünschen können.“

„Sag so was nicht. Einen Mörder als Sohn, da ist immer auch der Vater schuld ...“

„Hör auf jetzt“, entfuhr es ihr lauter als gewollt.

„Hm ... und der Schäfer?“, fragte Strommer, nachdem seine Nicht ihm ein paar Tränen aus dem Gesicht gewischt hatte, „glaubst du, dass er dich jetzt in Ruhe lässt?“

„Außer dir und mir weiß keiner, dass ich Bescheid gewusst habe.“

„Was ist mit der Frieda? Wie sie mich am ... sie war schon recht durcheinander, wie sie mich angerufen hat ...“

„Um die brauchst du dir keine Sorgen machen“, antwortete Thurner, „ich war bei ihr und hab ihr genau erklärt, was sie sagen soll, falls sie sie einvernehmen wollen. Außerdem ist eh immer der Willi dabei.“

„Was jetzt wohl mit dem Guido wird ...“

„Was soll schon werden“, Thurner räusperte sich, verlegen darüber, dass sie sich vielleicht genervt angehört hatte, „Körperverletzung mit Todesfolge, höchstens, sagt der Willi, er war sechzehn, unzurechnungsfähig ... und in seinem Zustand ... Papa!“, meinte Thurner fast vorwurfsvoll, als sie sah, dass Strommer mit geschlossenen Augen weinte.

„Lass mich“, er drückte ihre Hand weg, „ich bin so froh, dass das jetzt alles vorbei ist.“

„Ja.“

„Nur dass er dich da nicht hineinzieht, der Schäfer ...“
„Wird er nicht.“
„Wäre so schade um alles, was du erreicht hast.“
„Wie geht’s unserem unverwüstlichen Herrn Strommer denn?“, tönte der Primar, der das Zimmer ohne Anklopfen betreten hatte. „Ah, Frau Landesrätin, Grüß Gott ...“

49.

„Ich fahr nach Horni Dings irgendwas, ins Laufhaus“, erklärte er Bergmann, der das Motorengeräusch wahrgenommen und sofort Bedenken bezüglich Schäfers Fahrtüchtigkeit angemeldet hatte.
„Noch pubertärer geht’s nicht, oder?“, schnauzte Bergmann ihn an, „kaum kommt eine schlechte Nachricht, schütten wir uns zu, dann ab ins Puff und auf dem Rückweg setzen wir den Wagen an den nächstbesten Baum. Meine Hochachtung, Herr Major.“
„Ah ah“, erwiderte Schäfer, dessen Stimmung seltsamerweise jedesmal stieg, wenn Bergmann ihn wie einen Lausbuben abkanzelte. „Keine Sorge, ich nehme meinen Freund Werner mit, der wird ein Auge auf mich haben ... außerdem geht es hier nicht um Frustbewältigung, sondern gewissermaßen um, ähm, ermittlungstechnische Restbestände.“
„Restbestand sind bald Sie, wenn Sie so weiter machen ... von welchen Ermittlungen reden Sie jetzt noch?“
„Thurner, der Ehemann ... das verwechselte Wildschwein“, Schäfer kicherte, „klingt wie der Titel von einem Stück des Bauerntheaters, oder?“
„Und weswegen ... wieso soll mich das überhaupt interessieren“, brummte Bergmann, „ist ja eh Hopfen und Malz verloren ... da lösen Sie einen Fall ... löst sich ein Fall,

sollte man wohl eher sagen, wenn Ihnen ein Anwalt ein Geständnis ins Haus trägt ... und statt dass Sie sich freuen, führen Sie sich auf wie ..."

„Die sperren uns die Bude zu!", unterbrach Schäfer Bergmanns Strafpredigt. „Da darf ich doch wohl ein bisschen außer mir sein."

„Ja ja, weil Sie einen Grund brauchen, um außer sich zu sein ... welche Ermittlungen?"

„Hm?"

„Sie haben gerade gesagt, dass Sie sich da oben um irgendwelche Ermittlungen kümmern", meinte Bergmann, bemüht, nicht zu neugierig zu klingen.

„Ja ... sicher ... das ist doch mehr als verdächtig, oder ... dass die jetzt plötzlich mit offenen Karten spielen, hier der Täter, da der Vertuscher und das war's."

„Sie denken, dass Günther Thurner davon gewusst hat und deshalb ..."

„Möglich wär's, oder?", meinte Schäfer, „ich mein, wenn der Strommer fähig ist, das Haus eines Polizisten anzuzünden, nur damit ... dann trau ich ihm auch zu, einen Bekannten zu beauftragen, einen Mitwisser abzuknallen ..."

„Pff ... und diese Dings da, diese Prostituierte ..."

„Camilla", wiederholte Schäfer den Namen, den ihm Thurners Freund Robert Tellian genannt hatte. „Wäre nicht das erste Mal, dass ein sorgenschwerer Ehemann sich einer Nutte anvertraut."

„Ja, schon ..."

„Sie wären jetzt gerne bei mir, stimmt's?", polterte Schäfer, „das Duo infernale auf dem Weg in den Guglwald ..."

„Haben Sie wenigstens überprüft, ob irgendwo kontrolliert wird?"

„Yep ... nichts weitum, Montag scheinen's die Kollegen wie die Friseure zu halten, kommen wir ungeschoren davon, he he he ..."

„Versprechen Sie mir, dass ... ah, vergessen Sie's, ich bin doch nicht Ihr Vormund."

„Werner wird am Rückweg fahren, der trinkt nichts, versprochen", meinte Schäfer fröhlich, „also, lieber Bergmann, küss die Hand und liebe Grüße nach Wien."

Im Traktortempo steuerte Schäfer die Diskothek Karmakura an, wo er seinen Freund Werner abholen sollte. Seine Stimmung war während des Telefonats mit Bergmann gestiegen wie die Quecksilbersäule eines Fieberthermometers, das man in heißes Wasser taucht. Den Ärger von der Seele geredet, hätte jemand behaupten können, der mit der Beziehung der beiden Polizisten wenig vertraut war. Gewiss, indem Schäfer seinen ehemaligen Assistenten über die jüngsten Entwicklungen im Fall Bosch aufgeklärt hatte, war auch ein gehöriger Druck von seiner Brust verschwunden. Doch ein anderer Gesprächspartner wäre nie in der Lage gewesen, das dazugehörige Geflecht an Emotionen so zu entwirren, wie Bergmann es schaffte. Er ist so verdammt gut, murmelte Schäfer lächelnd. Als Polizist, und als Mensch; das musste man erst einmal hinkriegen. Noch dazu, wo sich Bergmann diese Qualitäten über Jahre, Jahrzehnte erarbeitet hatte, so konsequent und offensichtlich, dass er Schäfer oft wie ein streberhafter Sammler vorgekommen war, der in Ohnmacht fällt, wenn jemand seine Briefmarken ohne Handschuhe und Pinzette angreift.

Kein Jahr hatte Schäfer ihm gegeben, als Bergmann in seine Ermittlungsgruppe gekommen war. Zu wenig Gespür bei Vernehmungen, zu wenig Vorstellungskraft bei komplexen Ermittlungen, ein solider Computer, der beim Betrugsdezernat sicher besser aufgehoben gewesen wäre als in der Einheit für Gewaltverbrechen. Dann die erste wirklich grauenhafte Obduktion, der sie gemeinsam beigewohnt hatten. Verdacht auf erweiterten Suizid, die Mutter hatte ihre beiden Kinder wahrscheinlich im Schlaf erstickt, dann sich selbst die Pulsadern aufgeschnitten und anschließend noch Feuer gelegt. Fünfzehn Jahre danach musste nur der Familienname der Toten irgendwo auftauchen und Schäfer stieg der Geruch der halbverbrannten Leichen in die Nase. Oder war es der Gestank nach verbrannten Knochen, der entstand, als der Gerichtsmediziner den Schädel des Dreijährigen aufsägte; wie auch immer, Bergmann hatte sich professioneller verhalten als jeder andere Neuling, den Schäfer erlebt hatte; wenn er seine eigene Kotze hinuntergeschluckt hatte, dann so, dass es niemand bemerkt hatte.

Über die Jahre war ihm schließlich in Bergmann ein Partner erwachsen, wie er sich keinen besseren wünschen hätte können; sagte Schäfer sich auf dem Parkplatz hinter dem Karmakura, wo er auf Werner wartete. Gefühlsduselig spielte er sich ein paar große Momente dieser Partnerschaft ein, Erfolge wie Konflikte, Büroszenen wie die, als Bergmann ihm eine Tageslichtlampe gegen seine Depressionen geschenkt hatte, Einsätze wie die beim Unterweltler Mladic, wo Bergmann angeschossen wurde, das gemeinsame Laufen auf den Steinhofgründen, die Stunden in den Vernehmungsräumen, bis zum Telefonat von heute, das Bergmann von ihrem einstigen gemeinsamen Schreibtisch geführt hatte, mittlerweile selbst im Chefsessel als Gruppenleiter, auf Schäfers Platz, nachdem dieser ... es eben nicht mehr geschafft hatte.

„Weißt du zufällig, ob es heute irgendeine besondere Sternenkonstellation gibt?“, fragte Schäfer Werner, als der, wie üblich verspätet, ins Auto stieg.

„Hä?“, Werner rückte nach vorne und sah durch die Windschutzscheibe in den Himmel, „ich seh keine ... warum?“

„Wurscht ... deppert sentimental bin ich heute, angerührt, egal.“

„Und die Fahne ist auch nicht schlecht ... soll ich lieber fahren?"

„Ja, ist gescheiter", erwiderte Schäfer und löste den Gurt.

„Na dann", rief Werner aus, nachdem er den Fahrersitz eingenommen hatte, „Hasenstall, wir kommen!"

Die Fahrt in den tschechischen Grenzort, dessen Namen sich Schäfer nicht merken konnte, wirkte geradezu hypnotisch auf ihn. Atmen Sie ruhig und gleichmäßig. Ihr Körper wird schwer und schwerer. Ihre Gedanken kommen zur Ruhe, sinken hinab wie ein Stein auf den Grund eines stillen Sees. Sie sind an einem sicheren Ort, nichts kann Ihnen geschehen. Zu einem guten Teil war sein Freund für diese Stimmung verantwortlich, war sich Schäfer sicher. Wäre Werner nicht über ein paar Umwege im Musik- und Drogengeschäft in der Gastronomie gelandet, gäbe er bestimmt einen famosen Therapeuten ab; mit dieser speziellen Gabe, einem das Gefühl zu vermitteln, ein Teil von ihm sei immer für einen da. Mochte sein, dass er sich diese Fähigkeit als Barkeeper angeeignet hatte; doch wahrscheinlicher war sie etwas Genetisches, ein Zipfel dieses riesigen urmütterlichen Rocks, nach dem man in Zeiten von Angst und Kummer gerne greifen möchte. Schäfer kam fast in Versuchung, Strommers Geständnis auszuplappern. Hätte er wahrscheinlich auch getan, wenn die Sache für ihn gegessen gewesen wäre. Warum war sie es nicht?, fragte er sich, während Werner einen kleinen Joint anzündete und den Rauch gewissenhaft aus dem handbreiten Spalt im Fenster blies – immerhin saß er quasi in einem zivilen Einsatzfahrzeug.

„Magst du?"

„Warum nicht", erwiderte Schäfer und griff sich den Joint.

Danach war ihm, als hätte sich ein Teil seines Bewusstseins abgekapselt und stünde wie ein Beobachtungssatellit über seinem gegenwärtigen Treiben. Zum Glück handelte es sich um einen gnädigen Beobachter, der sich mit Wertungen zurückhielt und Schäfer das Surrogat an schlechten Gefühlen von Scham über Selbstekel bis zu bloßer Verzweiflung ersparte, das ihn üblicherweise befiel, wenn er in galligen Zeiten zur Selbstreflexion gezwungen wurde. Also. Warum ließ er den Fall nicht einfach los, wie der Anwalt es ihm nahegelegt hatte? Aus Trotz, weil er nicht der Superheld sein durfte, dem die Medaille des tapferen Aufklärers in aller Öffentlichkeit umgehängt wurde? Nein, solche kindlichen Reaktionen gab es, doch sie verpufften auch recht schnell. Es ging tiefer. Es ging um die Ordnung, die wiederherzustellen war, nachdem ein Verbrechen sie in Chaos verwandelt hatte. Das Verbrechen des Mordes an Susanna Paulus war geklärt; was mit Guido Strommer geschah, darum sollten sich die Kollegen vom LKA, die Staatsanwaltschaft und sonstwer kümmern. Doch was war mit dem Dreck, der in allen übrigen Winkeln hing? Mit Sylvia Thurner, die angeblich nichts gewusst hatte. Mit Frieda Koch, Anton Larcher ... was war mit Günther Thurner? Hatte er das blutige Familiengeheimnis gekannt, geahnt, erraten? Und hing das mit seinem gewaltsamen Tod zusammen?

„Na, wie schwer hat er es heute wieder?", fragte Werner grinsend, nachdem Schäfer laut aufgeseufzt hatte.

„Ah, nichts", Schäfer rieb sich die Augen. Versuchte sich noch einmal dorthin zu denken, wo er eben gewesen war. Wo war die Unordnung, die ihn störte? Gab es wirklich die Möglichkeit, dass Strommer – oder vielleicht sogar seine Nichte – Wolfgang Kappl dazu angestiftet, dafür bezahlt hatten, den Mitwisser Günther Thurner aus dem Weg zu räumen? Aus kriminalistischer Sicht eine Hypothese, die man bis zur Bestätigung oder Verwerfung mit Indizien, Beweisen und Aussagen bearbeiten konnte. Wenn die Kollegen vom LKA nicht selbst drauf kamen, müsste Schäfer sie nur anrufen und sagen: Burschen, angesichts der neuen Umstände solltet ihr auch diesen Jagdunfall noch einmal unter die Lupe nehmen, Telefonverbindungen überprüfen, Kontoein- und -ausgänge et cetera.

„Das ist es auch nicht", sprach er versehentlich aus, was er eben gedacht hatte.

„Was ist was nicht?", wollte Werner wissen und schlug mit dem Handballen aufs Autoradio, dessen CD-Spieler immer wieder ausfiel.

„Irgendwas lässt mir keine Ruhe und ich weiß nicht genau was."

„Du gehörst wieder einmal ordentlich durchgevögelt!", stieß Werner aus und grinste verschämt, als ob diese Wortwahl überhaupt nicht zu ihm passte. „Weißt eh, dass heute Happy Monday ist, oder?"

„Das heißt was?"

„Drei von den Mädels für drei Stunden um nur 300 Euro!"

„Drei Stunden?", erwiderte Schäfer paff, „was soll ich drei Stunden mit drei Frauen? Ich bin ja keine neunzehn mehr ... außerdem wollte ich sowieso nur reden mit der ...", Schäfer hielt inne, weil er merkte, wie seltsam er sich gerade anhörte.

„Reden ... wenn du da nur reden willst, halten sie dich für einen Perversen, das ist dir eh klar, oder?", meinte Werner.

„Dafür habe ich meinen Dienstausweis."

„Doppelt pervers!"

50.

„Wisst ihr schon das Neueste?“, fragte Gernot Reindl selbstbewusst, nachdem er sich auf die Eckbank am Stammtisch gesetzt und einen der Kartenspieler mit der Hüfte einen halben Meter nach innen geschoben hatte.

„Wäre mir neu, dass du einmal das Neueste weißt“, kam es aus der Runde. „Zehner sag ich.“

„Was jetzt?“, wollte einer der Spieler wissen, weil sich der Wirt plötzlich verstockt gab.

„Na na, wenn's euch nicht interessiert, dass einer aus dem Ort bald dreißig Jahre unschuldig im Gefängnis gesessen ist ...“

„Was?“, Spieler zwei drückte sein Blatt gegen den linken Unterarm. „Aber nicht der Bosch ...“

„Genau der“, trumpfte der Wirt auf, als er sich der Aufmerksamkeit aller Umsitzenden sicher war, wischte über die Tischecke und erhob sich langsam, „will noch wer was?“

„Jetzt bleib da“, Spieler drei griff den Wirt am Unterarm und drückte ihn auf die Bank. „Wer sagt so was, red schon.“

„Der Strommer Luis“, meinte Reindl, „im Krankenhaus.“

„Der hat einen Infarkt gehabt, oder?“, fragte Spieler vier und legte als letzter der Runde seine Karten verdeckt auf die Tischplatte.

„Ja, und kaum ist es ihm besser gegangen, war schon die Sylvia mit einem Anwalt da“, sagte Reindl und nickte leicht mit dem Kopf, als hätte er das alles eh schon immer gewusst.

„Jetzt sag bloß, dass er, der Luis ...“

„Na, bist deppert“, winkte Reindl ab, „sein Bub, der Guido war's.“

„Geh leck mich", fand Spieler zwei als erster die Sprache wieder, „der Mongo?"

„Und woher weißt du das?", wandte sich Spieler eins an den Wirt, „oder ist das wieder so eine von deinen halbseidenen Geschichteln?"

„Musst es ja nicht glauben", Reindl stand langsam auf und sah in die Runde, auf die Gläser, die sich in der vergangenen Minute allesamt geleert hatten.

„Ja jetzt bring halt noch eine Runde", meinte Spieler vier ungeduldig, „oder willst uns da verdursten lassen ..."

„Und vier ... fünf Obstler, wenn du auch einen magst", rief Spieler zwei dem Wirt zu, der sich betont gelassen hinter dem Zapfhahn aufgebaut hatte.

„Hat ihm sicher seine Schwägerin gesteckt, die ist Krankenschwester", sagte Spieler drei und sammelte ohne Widerrede die Karten ein.

„Scheiß mich an, der junge Strommer", meinte Spieler vier kopfschüttelnd, „dass sie auf den nicht früher gekommen sind ... da hat's doch eh einmal was gegeben mit seiner Cousine, oder? Hat's halt einmal geheißen ..."

„Was genau?", wollte Spieler drei wissen.

„Dass er sie ... weißt schon ... wie alt war die denn, wie sie der Luis, wie die Schwester von ihm gestorben ist?"

„Zehn, zwölf", schätzte Spieler eins, „ein paar Jahre jünger wie der Guido."

„Eine so eine Drecksau", sagte Spieler vier, nahm dem Wirt, der gerade an den Tisch trat, ein Bierglas vom Tablett, und trank die Hälfte in einem Zug, „na, eine so eine Drecksau."

„Und der Strommer, der Luis ... der hat das alles gewusst oder wie?", wandte sich Spieler zwei an den Wirt.

„Sicher", erwiderte Reindl, „27 Jahre hat er den Bosch sitzen lassen, obwohl er genau gewusst hat, dass der es nicht war."

„Aber ganz unschuldig kann der auch nicht gewesen sein, wenn du mich fragst“, brachte Spieler vier ein, „das kann’s ja nicht geben, dass ... ich mein, ganz deppert sind unsere Schantinger damals auch nicht gewesen.“

„Das kostet“, meinte Spieler eins mit verschwörerischer Stimme, „was glaubst, was ihn das kostet ...“

„Wen?“, fragte Reindl.

„Na den Strommer ... so eine Straftat vertuschen, die Haftentschädigung, das geht in die Millionen, das sag ich dir!“

„Ah, Schmarrn“, erwiderte Spieler zwei, „wir sind doch nicht in Amerika.“

„Soll er sich halt so einen nehmen, so einen Judenanwalt, der Bosch“, sagte Spieler eins, „der lasst den Strommer bluten, bis nichts mehr da ist.“

„Und das weißt du gewiss?“, wandte sich Spieler drei skeptisch an den Wirt, „hundertprozentig?“

„Heute in der Früh war der Anwalt vom Strommer da, am Nachmittag die Kriminaler“, tönte der Wirt, als wäre er selbst mit Tarnkappe vor Ort gewesen, „und die Tür zu seinem Zimmer war nicht immer ganz zu.“

„Sakra, da ist was“, meinte Spieler eins und kippte seinen Schnaps hinunter, „mir waren sie ja nie ganz geheuer, die Bosch, muss ich ehrlich zugeben ... aber so was, das hat keiner verdient.“

„Der braucht jetzt eh Polizeischutz, der Strommer“, sagte Spieler zwei, „wenn ich der Bosch wär ... da könnten mich keine vier Ochsen halten, dass ich dem nicht an die Gurgel geh ... so eine Sau.“

„Na ja, Familie ist Familie“, meinte Spieler vier und schaute in die Runde, „ich meine ...“

„Red doch keinen Schmarrn“, erwiderte Spieler drei, „wenn ich ... also wenn mein Bub ein siebenjähriges Mädel ... da nehm ich selber einen Fäustel und schlag ihn tot, da kannst Gift drauf nehmen.“

„Und wie geht das jetzt weiter?“, wandte sich Spieler vier leicht eingeschüchtert dem Wirt zu, „sperren’s den jetzt ein, den Guido, oder …“

„Ah, einsperren“, Spieler eins machte eine wegwerfende Handbewegung, „hast du den in der letzten Zeit einmal gesehen? Der weiß doch selber gerade einmal, wie er mit Vornamen heißt, und das war’s … geistig minderbemittelt, unzurechnungsfähig, da schaut der Anwalt vom Strommer schon, dass da nichts herauskommt.“

„Und beim Fest haben sie ihn noch verdroschen, den Bosch“, meinte Spieler eins zurückhaltend, „dass es so was gibt …“

„Ja, aber der hat doch gestanden, dass er die Paulus umgebracht hat“, sagte Spieler vier, „ist ja nicht so, dass … ich meine, was erwartest du dir denn, wenn du, vor allen Leuten …“

„Geht noch eine Runde?“, warf Reindl mit Blick auf die leeren Gläser ein und stand auf.

„Bei mir braucht sich der jedenfalls nicht mehr anschauen lassen, der Luis“, meinte Spieler drei mürrisch und nickte dem Wirt zu.

51.

Schäfer hatte mit einem heruntergekommenen Wohnhaus gerechnet, auch eine aufgelassene Grenzstation hätte ihn nicht verwundert, irgendein Funktionsbau, in dem ein Dutzend Prostituierte aus dem ehemaligen Ostblock ihre Dienste in 12-Quadratmeter-Appartments anboten, die nach LKW-Fahrer-Socken rochen. Stattdessen:

„Schaut wie ein Golfclub für reiche Russen aus“, sagte er zu Werner, als sie sich vor dem ausladenden Gebäude einparkten, dessen Außenbeleuchtung bestimmt aus dem Weltall zu sehen war. Der Eingangsbereich war mit einer asiatisch anmutenden Pagode überdacht, bis zur Drehtür aus blitzsauberem Messing ein weinroter Teppich ausgelegt.

„Errichtet aus Hilfsmitteln des EU-Fonds für zwischenmenschliche Begegnung", erwiderte Werner sachlich, kramte in seiner Jackentasche und holte einen Kontaktlinsenbehälter heraus, in dem sich ein paar Pillen befanden. „Magst du? Rein auf Kräuterbasis ..."

„Vielleicht später", winkte Schäfer ab und drückte die Wagentür auf, stemmte sich müde nach draußen, lustlos, als hätte er den zwanzigsten Zeugen in einem Traktorreifendiebstahl zu befragen. „Hoffentlich haben die eine ordentliche Lounge mit Fernseher."

„Dir ist echt nicht mehr zu helfen", erwiderte Werner und spülte vier seiner Pillen mit einem Energy-Drink hinunter.

Im Foyer trat Werner in schon verdächtiger Leutseligkeit an die Rezeption, begrüßte die Empfangsdame auf Tschechisch, tauschte ein paar Floskeln über Familienväter am Montag aus und überreichte schließlich seine Kreditkarte. Als Schäfer nach seinen Wünschen gefragt wurde – The happy three auch für ihn? –, kam er ins Stottern und meinte, dass er sich vorerst nur an die Bar setzen würde.

„Möchten Sie Gesellschaft?", kam es umgehend zurück.

„Na ja ... ist Camilla zufällig da?"

„Camilla", wiederholte die Rezeptionistin, mit einem wie ihm schien scheelen Lächeln, und sah auf ihren Bildschirm, „können Sie auch gleich auf Zimmer ... 18 ... oder ich hole sie ..."

„Ja dann", Schäfer zögerte. Ach, war ihm das alles peinlich, umso mehr, als an der Decke hinter der Rezeption zwei Überwachungskameras angebracht waren. „Ich schau zu ihr und dann, ja ...“

„Das geht auf mich“, Werner zwinkerte der Rezeptionistin zu, schob seine Kreditkarte ein und sah auf die Uhr. „Um Mitternacht an der Bar?“

„Gibt’s hier eine Sauna?“, wollte Schäfer wissen.

„Sicher“, antwortete Werner, „eine mit und eine ohne.“

„Was ohne?“

„Na“, Werner verdrehte die Augen, winkelte die Arme an und vollführte ein paar typische Stoßbewegungen.

„Wollen Sie in Sauna und Schwimmbad?“, mischte sich die Rezeptionistin ein, „soll ich Camilla dorthin bestellen?“

„Ja, warum nicht“, meinte Schäfer, „aber die ohne bitte.“

Eine Viertelstunde später saß er alleine in der Bio-Sauna und blätterte eine dreisprachige Hochglanz-Broschüre durch, in der die Leistungen des Hauses vorgestellt wurden. Übernachtungen für Geschäftsreisende, ja, genau, Firmenevents in prickelnder Atmosphäre, Junggesellenabschiede, die letzten zehn Doppelseiten waren „our ladies“ gewidmet. Schäfer wischte sich den Schweiß aus dem Gesicht und überlegte, welche er wählen würde, falls er sich auf dieses Dreier-Paket einließe. Jemand klopfte an die Guckscheibe, Schäfer blickte auf und sah ein lächelndes Gesicht sowie eine Hand, deren Finger sich in einem wohl aufreizend gemeinten Takt bewegten. Er stand auf, schlug das Handtuch um die Hüften und drückte die Tür auf.

„Hallo ... ich bin Camilla. Und du?“

„Jo ... sef“, erwiderte Schäfer, drückte kurz ihre Hand und deutete zu den Duschen. „Ich geh noch schnell brausen.“

„Soll ich einseifen?“

„Oh ... vielleicht später“, Schäfer grinste verlegen. Himmel, was bist du denn so verklemmt, schau sie dir an, Anfang zwanzig, hübsches Gesicht, da hatte die Broschüre nicht einmal gelogen mit: „eine verführerische Naturschönheit, die dir mit ihren Reizen den Kopf verdreht."

„Dann warte ich in Jacuzzi?"

„Ja, gute Idee", antwortete Schäfer und jaulte auf, als ihn das eiskalte Wasser der Schwallbrause traf.

„Können wir ... erst einmal ... reden?", sagte er, als sich ihr Fuß unter dem Geblubber des Whirlpools zwischen seine Beine schob.

„Oh, sicher, Kunde ist König bei uns", erwiderte sie, und alleine diese Phrase reichte aus, um Schäfers Erregungslevel unten zu halten. „Was ist deine Arbeit, Josef?"

„Ich bin ... Lehrer", antwortete Schäfer in der Hoffnung, damit ihren Zuckerguss etwas aufbrechen zu können.

„Oh, ich mag Lehrer", kam es zurück. Und Tankstellenpächter und Teppichknüpfer und Versicherungsvertreter auch, dachte Schäfer.

„Ich war ein Freund von Günther."

„Günther?"

„Günther Thurner ... der Mann, der vor drei Wochen erschossen worden ist, im Wald ..."

„Ah, Günther", sie ließ sich bis über den Kopf in den Pool sinken, tauchte wieder auf und strich sich die Haare zurück. „Ja, schlimm, Günther war gute Mann ..."

„Wie alle, die nicht schlagen und gutes Trinkgeld geben", dachte Schäfer und sagte: „Er hat mir von dir erzählt ... war vielleicht ein bisschen verliebt, oder?"

„Ah, viele Männer reden von Liebe", ihr naturschönes Gesicht litt kurz unter einem offenbar unschönen Gedanken, „aber Günther vielleicht wirklich, weiß nicht ... hat mich immer massiert, war sehr gut ..."

„Gratis?"

„Was?"

„War ein Scherz“, erwiderte Schäfer, „ja, der Günther, hat er dir von seiner Frau erzählt?“

„Die Chefin?“, meinte sie nach einem kurzen Zögern und lächelte, „hat sie Chefin genannt, weil sie immer wollte anschaffen und ihm sagen, wie er besser leben soll, mehr Geld verdienen und so.“

„Sie wollte auch anschaffen?“, erwiderte Schäfer und sah den nächsten Witzversuch sich wirkungslos im Whirlpool auflösen, „also war er nicht so glücklich in seiner Ehe ...“

„Du warst nicht sein Freund?“, kombinierte sie zu Schäfers Verwunderung, „machst du Polizeiarbeit?“

„Ich? Nein!“, wehrte Schäfer mit einem künstlichen Auflachen ab, „ich war nur ... geschockt, dass er so plötzlich gestorben ist ... und da wollte ich halt wissen, wie du so bist, nachdem er so geschwärmt hat von dir ... er hat ja sogar gesagt, dass er dich heiraten will.“

„Wirklich?“, fragte sie skeptisch und sah zur Milchglastür, durch die zwei beleibte Männer kamen, ihnen wissend zunickten und sich in die Sauna verzogen. „Manche Männer reden immer und ich kann nicht alles merken.“

„So so“, Schäfer fragte sich, ob jetzt der Zeitpunkt gekommen war, ihr Geld anzubieten; doch das verdiente sie mit ihm hier ohnehin.

„Bruder von Chefin hat er gemocht“, sagte sie ohne weitere Aufforderung, „war bisschen“, sie klopfte an ihre Schläfe, „aber Günther immer gut zu ihm, weil in Heim und Chefin keine Zeit.“

„Er hat Guido im Heim besucht?“

„Weiß nicht ... aber Ausflüge und bei sich zu Hause, hat massiert, weil Guido auch oft krank ... mich auch, wie ich Schmerzen gehabt habe überall an Rücken nach ... eine Stunde und wie ...“

„Wie weggeblasen“, ergänzte Schäfer und grinste für sich selbst. „Hat Günther irgendwann einmal etwas erzählt über ... irgendein Geheimnis in seiner Familie, also etwas, das niemand wissen darf?“

„Was für Geheimnis?“

„Ich weiß es nicht“, erwiderte Schäfer und fragte sich, ob es seine Schuld war, dass er von ihren mangelhaften Deutschkenntnissen auf verminderte Intelligenz schloss oder ob sie ihn vielleicht für blöd verkaufte. „Hat er einmal etwas erwähnt, dass er Angst vor seiner Frau hat, oder vor ihrem Vater?“

„Nein ... Angst nicht, glaube ich ... wollte Scheidung, aber kompliziert wegen Chefin in Politik und gute Ehe wichtig ... außerdem er alleine nicht viel Geld gehabt ...“

„Na ja, dich hat er sich leisten können, oder?“

„Ja“, sagte sie und zum ersten Mal gelang es ihr nicht, ihr Missfallen über Schäfers Fragerei zu verbergen.

„Hat seine Frau eigentlich von dir gewusst?“

„Mag ich nicht deine Fragen, machst schon wie Polizei“, sie machte einen Schmollmund und spritzte im Wasser ins Gesicht.

„Tschuldigung“, Schäfer stieg aus dem Whirlpool und schlüpfte in seinen Bademantel. „Ich geh noch einmal in die Sauna ... kommst du mit?“

„Sicher ... hast du genug geredet?“, meinte sie schnippisch.

„Ich hab geglaubt, dass der Kunde König ist“, brummte Schäfer.

„Ja, aber gute König fickt gerne“, erwiderte sie und klopfte ihm aufs Gesäß.

52.

„Ich war’s nicht“, stammelte Bosch ins Telefon, setzte sich auf die Matratze, weil seine Beine nachgaben.

„Frederik?“, erwiderte Liebhart besorgt. „Was, wieso ...“

„Ich hab sie nicht umgebracht, die Susanna, das war nicht ich.“

„Frederik, ist irgendwas passiert, das ...“

„Die waren gerade da, zwei Männer, von der Staatsanwaltschaft einer, und der andere ... von der Kriminalpolizei, sie haben mir gesagt, dass ich es nicht war. Der Guido war’s, der Sohn vom Strommer.“

„Oh, mein Gott“, stieß Liebhart aus, „das ist ... wie geht’s dir, soll ich zu dir kommen?“

„Ich weiß es nicht, es ist alles so ... ich weiß gar nicht, wie ich mich fühlen soll ...“

„Das verstehe ich, Frederik“, bemühte sich Liebhart um einen professionellen Ton, „das ist eine sehr sehr gute Nachricht, das verstehst du, oder?“

„Ja, schon, aber ...“

„Aber es wird dich auch furchtbar wütend machen, das ist ganz normal.“

„Warum wütend?“, fragte Bosch wie ein kleines Kind.

„Weil“, Liebhart zögerte, „sie haben dir Unrecht getan ... das kann man nicht einfach wieder gut machen, indem man sagt: Tut uns leid, aber ein anderer war’s.“

„Der Strommer will zahlen, der alte ...“

„Ja, natürlich wird der zahlen, der wird zahlen müssen, aber darum geht’s jetzt gar nicht, da darfst du dich auch nicht zu schnell auf was einlassen, oder ... mein Gott, Frederik, ich kann dir gar nicht sagen, wie ich mich jetzt ... in mir geht’s gerade drüber und drunter, was ... was haben die denn gesagt, wie das passiert ist, haben sie dir das erzählt?“

„Nicht alles, glaub ich ... mein Messer soll er gefunden haben, am Bach ... und dann ist die Susanna zu ihm und dann ... was sie halt von mir geglaubt haben ... so genau weiß ich es auch nicht, die haben ja nur das Geständnis vom alten Strommer, weil den Guido, aus dem werden sie nicht viel herauskriegen, haben sie gemeint ... die waren eigentlich eh recht nett, zu mir jetzt ..."

„Die haben auch gefälligst nett zu sein, nach dem, was ... ach Frederik, weißt du was, ich hab noch zwei Patienten, aber um fünf, da kann ich zu dir kommen, ist dir das recht?"

„Ja, sicher, gerne ... ich weiß nur nicht ... was soll ich denn jetzt machen?"

„Das besprechen wir am Abend, dafür hast du jetzt viel Zeit, um dir das zu überlegen."

53.

„Was ist los, Brummbär?", Sonja Friedmann setzte sich auf die Couch zu ihrem Mann, der mit missmutiger Miene eine Quizshow verfolgte.

„Hm?", murrte Friedmann und gab seiner Frau die Fernbedienung, als Zeichen, dass sie ruhig umschalten könnte.

„Machst du dir Sorgen?"

„Wegen was?"

„Weil du so dreinschaust", sie legte ihren Kopf auf seine Brust und las die Quizfrage mit, die auf dem Bildschirm erschien. „Wo fließt der fast 3.000 Kilometer lange Fluss mit dem Namen Darling ... weißt du's?"

„Keine Ahnung", erwiderte Friedmann und strich seiner Frau übers Haar, „England eher nicht, die sind ja keine 3.000 Kilometer lang, oder?"

„Machst du dir Sorgen wegen der Arbeit?"

„Na ja", sagte Friedmann, als die nächste Frage erschien, „nein, indirekt vielleicht, wegen dem Schäfer."

„Wieso?"

„Ah", Friedmann drückte seine Frau sanft weg, stand auf und kam mit einer Bierflasche und zwei Gläsern zurück. „Ich weiß es ja auch nicht ... komisch ist er in letzter Zeit."

„In letzter Zeit?", meinte Frau Friedmann spöttisch.

„Ja, eh ... trotzdem ist er ein super Polizist und ... gefällt mir halt nicht, wie er momentan drauf ist."

„Wie denn?", zeigte sich Frau Friedmann nun doch etwas besorgt.

„Neben den Schuhen halt ... weiß ich nicht, sauft er so viel oder nimmt er was anderes ..."

„Das wird ihn halt auch mitnehmen, dass sie euch den Posten zusperren, oder?"

„Wenn ich's wüsste ... so wie er heute nach Linz gefahren ist, hat's ausgeschaut, als wäre ihm das sowieso alles egal."

„Und dann die Geschichte mit dem Strommer", fuhr Frau Friedmann fort, „das muss er ja alles in seiner Freizeit gemacht haben, oder? Der wird einfach überarbeitet sein."

„Nächste Woche hat er sich eh frei genommen", meinte Friedmann, „bin ich gespannt, ob er sich danach wieder einkriegt."

„Wegen dem Strommer und dem Bosch ... denkst du, dass die Sylvia da was gewusst hat?"

„Kann ich mir nicht vorstellen, aber ... wissen tut man's nie ... Wahnsinn, 27 Jahre ... dass der Luis so was macht, hätte ich ja auch nie geglaubt."

„Ja ... und ich hab Angst gehabt, dass der Bosch unseren Mädls was antut ... der arme Mensch ..."

„Du kennst die Sylvia besser", sagte Friedmann, nachdem sie schweigend einem Fragedurchgang zugeschaut hatten, „glaubst du, sie hat ..."

„Ich hab grad heute daran gedacht", erwiderte Frau Friedmann zögerlich, „die war in der Schule drei Klassen unter mir und trotzdem war sie schon so ... erwachsen irgendwie."

„Na ja, bei der Familiengeschichte ... hat sie wahrscheinlich nicht viel Zeit zum Kindsein gehabt."

„Zutrauen tät ich's ihr."

„Was?", wollte Friedmann wissen.

„Dass sie's gewusst hat und nichts sagt ... die Strommer waren schon immer so ein bisschen, wie eine kleine Mafia, oder?"

„Hm", Friedmann schmunzelte, „der Luis ist ja tatsächlich ihr Pate."

54.

Keine fünf Minuten hatte die Innenministerin geredet, als ein lauter Schnarcher die Anwesenden aufschreckte, einen Teil bestimmt auch erheiterte; dennoch musste es wie störrischer, kindischer Aktionismus anmuten, zumal der Major erstens nicht an Narkolepsie litt, zweitens doch bestimmt nicht nach einem Bordellbesuch erst um fünf Uhr ins Bett gekommen war, drittens doch ganz gewiss nicht auf der Fahrt nach Linz noch den Rest des Joints geraucht hatte, den irgendein dubioser Bekannter im Aschenbecher vergessen hatte.

„Tschuldigung, Nachteinsatz", murmelte Schäfer, nachdem sein Sitznachbar ihm den Ellbogen dezent in die Rippen gerammt hatte, „kommt nicht wieder vor, versprochen."

„Ja, dann", die Ministerin räusperte sich und fuhr fort, sich und ihre Arbeit zu loben.

Schäfers Kollegen hatten die Nachricht von der Schließung der Inspektion – die im Laufe des Dienstags mehr oder weniger offiziell geworden war – mürrisch, aber keineswegs verzweifelt aufgenommen. Hornig würde sich aller Wahrscheinlichkeit nach in eine großzügig bemessene Frühpension verabschieden; für die anderen drei bedeutete es vorerst nicht mehr, als eine längere Anfahrt zu einer anderen Inspektion auf sich zu nehmen und sich an neue Kollegen zu gewöhnen. Wohin genau sie versetzt werden sollten, würde sich in den kommenden Monaten entscheiden; bis Ende September war die Inspektion schließlich noch besetzt, und die Innenministerin war zuversichtlich, dass der Einsatz, mit dem sich alle Polizisten dort schon bislang ausgezeichnet hatten ... an dieser Stelle fiel Schäfer eine Folge von Tom & Jerry ein, wo sich der übermüdete Kater die Augenlider mit Streichhölzern aufgespreizt hatte.

Als er um halb elf nach Hause kam, sich in die Badewanne setzte und an die abblätternde Farbe an der Decke starrte, fühlte er sich: befreit. Erleichtert, heiter, er probierte die Begriffe durch, um einen zu finden, der seinen Zustand exakt beschrieb. Heiter gelöst traf es am besten, fand er; wären Wut oder Enttäuschung im Spiel, hätte er doch bestimmt ein Glas Schnaps in der Hand und würde in den Badeschaum fluchen, dass die ihn doch alle am Arsch lecken konnten. Das war immer noch seine Meinung, wenn er an die Innenministerin und ihre Ressortmitarbeiter dachte, an Luis Strommer, Sylvia Thurner, ihren Anwalt und die ganze verlogene Bagage, an den miesen Mob, mit dem er es Tag für Tag zu tun hatte, diese primitiven Landeier, diese verkommene Menschheit im Ganzen, um die es sowieso nicht schade war, stopp, mahnte er sich, sonst war es das mit der heiteren Leichtigkeit, er stieg aus der Wanne, trocknete sich ab, zog sich an und stieg in den Keller hinunter.

In der rechten Hand ein Glas zwölf Jahre alten Riesling – irgendwie musste er diesen Tag, diese Woche ja feiern –, schritt er die behängten Kellerwände ab wie ein Museumsbesucher, warf einen letzten Blick auf seine Aufzeichnungen, berührte fast zärtlich die Tatortbilder, löste die Reißnägel, stapelte alles auf der Werkbank, die er vor

Wochen gemeinsam mit Bergmann in die Mitte des Raums gezogen hatte. Morgen würde er den ganzen Akt an Dobrits übergeben. Dann durften sich ein paar Experten darum kümmern, wie es zu diesen Ermittlungsfehlern und dem daraus resultierenden Urteil gekommen war. Es würde einen Abschlussbericht geben, der die Verkettung unglücklicher Umstände betonte – schließlich war Frederik Bosch durch seinen Drogenrausch und das verlorenen Messer tatsächlich kausal in das Verbrechen verwickelt – und zum Ergebnis käme, dass seitens der Exekutive und der Justiz keine gravierenden Fehler begangen worden wären.

Schäfer drehte den Fernseher auf, den Ton ab, setzte sich auf die Couch und schaltete durch die fünf Kanäle, die hier unten zur Verfügung standen. Auf ORF III stürzte ein Skirennfahrer auf einer steilen Traverse, überschlug sich mehrmals, durchbrach einen Streckenzaun und blieb dahinter im Tiefschnee liegen. Wohl eine Dokumentation über die Gefährlichkeit des Spitzensports, mutmaßte Schäfer, während der Skifahrer sich hochrappelte und erschöpft die Hand hob als Zeichen, dass er noch lebte. Na gut, dann bitte zum nächsten Crash, murmelte Schäfer, als das Starthäuschen ins Bild kam, auf dem der Schriftzug *Kitzbühel* prangte. Oha, die Streif, na das wird lustig! Doch der Fahrer gelangte sturzfrei ins Ziel, nahm die Skibrille ab, lächelte unsicher, warf noch einen Blick zurück auf die Rennstrecke – ob das Monster ihm wirklich nichts mehr anhaben konnte –, schnallte die Ski ab und verließ das Zielgelände. Zurück ins Starthäuschen. Irritiert setzte Schäfer sich auf. Die Rennanzüge, die Kleidung der Zuschauer, die Sicherungszäune: Die ließen hier ein Abfahrtsrennen aus den 70ern laufen – und für so was zahlte er Gebühren! Wobei ihm nun einfiel, dass er seit seinem Einzug noch keinen entsprechenden Brief der Rundfunkbehörde empfangen hatte. Wahnsinn: diese Zäune, und direkt dahinter die Zuschauer. Die Abfahrtsrennen auf heimischen Bergen waren die einzigen Ereignisse gewesen, zu denen in Schäfers Elternhaus beim Mittagessen der Fernseher laufen durfte. Um die Aufmerksamkeit nicht zu stören, gab es nur eine Hauptspeise, die auch lauwarm gut schmeckte, Gulasch oder Auflauf oder Kaiserschmarren. Das Hahnenkammrennen. Habemus papam auf tirolerisch. Wenn Schäfers Erinnerung nicht trog, war an diesen Samstagen spätestens um 11 Uhr Schulschluss gewesen; vielleicht waren sie aber einfach nach Hause gegangen im Wissen, dass ohnehin alle Eltern ihren Kindern irgendeine Entschuldigung schreiben würden, um an diesem Ereignis teilhaben zu können. Franz Klammer ging an den Start, worauf Schäfer sich aufrichtete und den Ton aufdrehte.

55.

„Und? Bewerbungsschreiben schon fertig?“, foppte Dobrits, als Schäfer sich zu ihm an den Wirtshaustisch setzte.

„Wofür soll ich mich noch bewerben?“

„Der Flurfunk spricht, dass es dich zurück zu uns zieht“, Dobrits hob den Deckel der Schachtel, die Schäfer auf die Bank gestellt hatte, und spähte hinein.

„Ich will dich nicht arbeitslos machen“, wollte Schäfer nicht näher auf das Thema Zukunft eingehen, „wie tut der Strommer?“

„Handzahm, nicht wiederzuerkennen ... dem tut das alles offenbar wirklich leid, bricht alle zehn Minuten in Tränen aus, im Ernst ... ich sag dir, der hat den Infarkt gebraucht, damit er endlich so was wie Menschlichkeit lernt.“

„Ja, ausgerechnet in meinem Garten“, murrte Schäfer und winkte dem Wirt. „Irgendwas Neues beim Kappl?“

„Allerdings“, erwiderte Dobrits und hielt kurz inne, weil der Wirt an ihren Tisch getreten war. „Ich hab endlich die Daten von der Telekom bekommen und damit ein Bewegungsprofil erstellen können … schaut so aus, als wären die beiden in den letzten sechs Wochen recht viel zusammen unterwegs gewesen.“

„Wer?“

„Der Kappl und der Thurner, der Schütze und sein Opfer.“

„Wie hast du die Handydaten vom Thurner bekommen?“, wollte Schäfer wissen.

„Na ja“, Dobrits zog die Lippen zu einem künstlichen Grinsen hoch, „unnatürlicher Todesfall … da gibt man ein Ansuchen an die Staatsanwaltschaft …“

„Ja ja, schon gut … was soll das heißen, dass sie zusammen unterwegs waren?“

„Dass ihre Handys sich zur selben Zeit bei den gleichen Sendemasten eingeloggt haben.“

„Ja, danke, mir ist schon klar, was das technisch heißt“, erwiderte Schäfer, „was du daraus schließt, interessiert mich.“

„Sag du’s mir“, meinte Dobrits mit hochgezogenen Schultern, „Wolfgang Kappl hat sich über einen Zeitraum von über sechs Wochen vor allem am Abend mindestens vier Mal in der Woche in der Nähe von Günther Thurner aufgehalten.“

„Wo genau?“

„Gesamter Bezirk mit Schwerpunkt auf den Norden, Guglwald bis zur Grenze.“

„Bis zur Grenze“, wiederholte Schäfer gedankenverloren. „Der Thurner hat was gehabt mit einer von den Nutten in einem Puff da oben.“

„Sagt wer?“

„Sag ich“, antwortete Schäfer und nickte dem Wirt, der seinen Saft abstellte, ein Danke zu.

„Weißt du, wie die heißt?“

„Ts ts ts“, machte Schäfer, nahm sein Handy, öffnete den Browser und gab die Web-Adresse des Bordells ein. „Die da, Naturschönheit Camilla.“

„Aha“, meinte Dobrits perplex, „und dass das für mich von Interesse sein könnte ...“

„Ist mir eben klar geworden, als du mir das mit dem Bewegungsprofil gesagt hast“, konterte Schäfer. „Friedmann hat einen guten Draht zu den Tschechen ... soll er anrufen und sie überprüfen lassen?“

„Ja, sicher, aber“, Dobrits stockte, „ich kapier nur nicht, was das, wie das zusammenhängen soll.“

„Das solltest du die Witwe fragen.“

„Welche?“

„Zuerst die Thurner“, meinte Schäfer und überlegte kurz, ob er sein Gespräch mit Robert Tellian erwähnen sollte, „was man so munkelt, hat sie ihren Mann überwachen lassen, weil sie vermutet hat, dass er was mit einer anderen hat ... gut möglich, dass sie dafür den Kappl engagiert hat, weil der immer schon ein braver Diener vom Hause Strommer war ... außerdem passt es zu deinem Bewegungsprofil.“

„Hm“, Dobrits schrieb ein paar Wörter in sein Notizbuch, „und dass sie ihm dann aufgetragen hat, den treulosen Gatten zu ermorden?“

„Pff“, machte Schäfer, „glaube ich ehrlich gesagt nicht ... was ist denn mit den Kontodaten? Hat Kappl irgendwelche auffällig hohen Summen überwiesen bekommen?“

„Genau“, murrte Dobrits, „weil die das offiziell übers Girokonto machen ... nein, Einzahlungen gibt’s keine auffälligen, aber drei Abhebungen über jeweils 10.000 Euro, von denen auch seine Frau nichts gewusst hat ... er hat sogar das Haus belastet, wahrscheinlich die Unterschrift seiner Frau gefälscht, weil das läuft ja alles auf ihren Namen.“

„Abgehoben, bevor oder nachdem er den Thurner erschossen hat?"

„Zwei davor, eine danach."

„30.000 Euro", grübelte Schäfer, „wenn er alles zusammen nach Thurners Tod abgehoben hätte, könnte man auf Erpressung tippen."

„Ja, aber wer soll den Kappl erpresst haben?", Dobrits sah sich um, als hätte er versehentlich zu laut gesprochen. „Da müsste ja irgendwer Beweise haben, dass er den Thurner absichtlich erschossen hat, und die gibt's nicht."

„Nein, die gibt's nicht", murmelte Schäfer, verstummte für eine gute Minute und meinte dann: „Cherchez la femme ..."

„Was?", fragte Dobrits, nun sichtlich genervt von Schäfers Entrücktheit.

„Red du mit der Thurner, ich kümmere mich um diese Camilla", Schäfer deutete dem Wirt, dass sie zahlen wollten. „Und dann werden wir uns noch einmal die andere Witwe vornehmen, die Frau Kappl."

„Ja, von mir aus", Dobrits zog seine Geldtasche heraus und seufzte. „Wie der Bergmann das mit dir zehn Jahre ausgehalten hat, ist mir ein Rätsel."

Zurück auf dem Posten zeigte Schäfer Friedmann das Foto besagter Camilla und bat ihn, bei seinem Bekannten von der tschechischen Polizei einen Strafregisterauszug anzufordern. Auf dem inoffiziellen Weg, wie sie es meistens bei grenzüberschreitender Amtshilfe handhabten. Da es sich um eine Prostituierte und keinen Politiker handelte, würden kaum Skrupel bezüglich der Legalität dieses Ansuchens auftauchen, war sich Schäfer sicher. Und hatte recht. Keine Stunde später kam Friedmann in sein Büro und legte ihm ein paar A4-Seiten auf den Schreibtisch.

„Oha“, kommentierte Schäfer die Liste an Delikten, an denen Aneta Kratochvilova – so ihr bürgerlicher Name – als Haupttäterin, Komplizin oder Mitwisserin beteiligt gewesen war. Ladendiebstahl, Taschendiebstahl, Einbrüche in Kraftfahrzeuge, Betrug, Erpressung ... von ihren 24 Lebensjahren hatte sie zwei im Gefängnis verbracht, wobei ihr weitere Haftstrafen allein deshalb erspart geblieben waren, weil sie zum Zeitpunkt der Tatbegehung noch minderjährig gewesen war. „Compromising with pornographic material“, las er vor.

„Also kann man davon ausgehen, dass es eine hohe Dunkelziffer gibt von seriösen Herren, die lieber gezahlt haben, als dass irgendwelche pikanten Bilder oder Filme auftauchen“, meinte Friedmann. „Wer ist die Flitschen? Zufallsbekanntschaft?“

„Im Gegenteil“, erwiderte Schäfer und räusperte sich, „das ist die Nutte, in die sich Günther Thurner verliebt hat.“

„Aha“, Friedmann setzte sich und sah Schäfer fragend an.

„Der Dobrits hat ein Bewegungsprofil von Thurners und Kappls Handys erstellt ... demzufolge waren die beiden in den letzten Monaten öfter als zufällig in derselben Gegend, vor allem dort, wo sich das Laufhaus befindet, in dem unsere Aneta arbeitet ... was den Schluss nahelegt, dass Sylvia Thurner Wolfgang Kappl beauftragt hat, ihren Mann zu beschatten.“

„Aha“, meinte Friedmann, „und wie ... die Geschichte im Wald ...“

„Warum der Kappl den Thurner erschossen hat?“

„Ja.“

„Entweder“, Schäfer stand auf und stellte sich vor die Scheibe, als wäre sie die Tafel in einem Hörsaal, „war’s genau so, wie er’s uns erzählt hat: Er hat ein Wildschwein gesehen, abgedrückt und den Thurner erwischt ... oder Sylvia Thurner hat ihn beauftragt."

„Schmarrn", fiel Friedmann Schäfer ins Wort, „das glaubst du doch selber nicht, oder?"

„Nicht wirklich, nein", erwiderte Schäfer, der zuerst an Friedmanns Meinung zu dieser Theorie interessiert gewesen war. „Dritte Variante: Aneta Kratochvilova hat was damit zu tun."

„Kapier ich nicht", gab Friedmann zu.

„Was auf der Homepage steht", meinte Schäfer und zuckte mit den Achseln, „die bildhübsche Naturschönheit, die Männern den Kopf verdreht ... Kappl hat in den letzten zwei Monaten drei Mal 10.000 Euro abgehoben, Destination unbekannt ... ich würde mal mutmaßen, die fesche Tschechin hat ihm was vorgespielt und ihn auch finanziell ausgesaugt."

„Eifersucht", schloss Friedmann, „eh ein Motiv, ja ... aber was bringt's?"

„Wie, was bringt's?"

„Na ja, der Thurner ist hin, der Kappl ebenfalls ... Geständnis werden wir also keines mehr kriegen, oder?"

„Da wäre ich mir nicht so sicher", murmelte Schäfer und nahm seine Jacke vom Haken.

56.

Räuber und Gendarm saßen ihm zugleich im Nacken, als er den Posten verließ. Mit gesenktem Kopf, als hätte er etwas gestohlen, marschierte er zielstrebig stadtauswärts; im Bewusstsein, ein Unrecht dem gerechten Urteil zuzuführen, aber auch in der Absicht, dabei jemanden zu übervorteilen: Dobrits.

Frau Kappl sagte gar nichts, als sie ihm die Tür öffnete. Ein paar Sekunden standen sie sich gegenüber, Schäfer mit dem Blick des Wissenden, des Erhabenen, dem man nichts verbergen kann, sie fahrig, ein Geschirrtuch in ihren Händen knetend.

„Brauchen Sie noch was?"

„Ja", erwiderte Schäfer und hängte seine Jacke auf. „Ein paar Fragen hätte ich noch."

„Ach so", meinte sie und folgte ihm in die Küche, wo er sich auf demselben Stuhl niederließ, den er am Tag von Kappls Suizid besetzt hatte. „Ja dann ..."

„Ja dann", wiederholte Schäfer und spähte zum Kühlschrank. „Trinken wir was?"

„Ach so, ja", Frau Kappl nahm wie ferngesteuert zwei Gläser aus dem Oberschrank und stellte sie auf den Tisch. „Einen Weißen haben Sie gehabt, oder?"

„Gerne, ja."

„Ja, dann", sagte sie, als sie sich gegenübersaßen und ein Anstoßen andeuteten, „was wollen'S denn wissen?"

„Ich glaub, ich weiß inzwischen, was Ihr Mann nach seinem Unfall gemeint hat mit ‚Nur wegen dem Geld' ..."

„So?", Frau Kappl nahm einen kräftigen Schluck. „Was hat er denn gemeint?"

„30.000 Euro waren's, oder?", fragte Schäfer und sah die Lider der Frau zittern.

„Ts", tat sie verächtlich und schüttelte den Kopf.

„Frau Kappl?"

„45!", sagte sie scharf, trank ihr Glas leer und schenkte nach. „45.000 Euro ... für diese Dreckshur!"

„Das ist ziemlich hinterfotzig ... vor allem, weil es quasi Ihr Geld war, das er so locker verschenkt hat."

„Geht sich nicht aus, geht sich nicht aus", presste sie hervor, „das war's, was ich gehört habe, wenn ich einmal auf Urlaub fahren wollte, geht sich nicht aus ... weil die

Firma, die Firma, von wegen. Über dreißig Jahre verheiratet, Kinder großgezogen, Haus gebaut, und dann spürt der gnädige Herr plötzlich seinen zweiten Frühling, das Speiben kommt mir da!“

„Wann hat er es Ihnen erzählt?“, Schäfer wischte sich unauffällig ein wenig fremden Speichel aus dem Gesicht.

„Wie er mit dem Auto in den Garten von der Irmi ist“, sie hielt kurz inne und blickte Schäfer an, als begriff sie erst jetzt, weshalb er hier war, „dass er sich das Genick brechen hätte sollen, hab ich mir gewünscht, wie ich ins Krankenhaus bin, sturzbesoffen und das Auto ein Totalschaden ...“

„Und dann noch so eine Beichte“, riet Schäfer.

„Wenn der ... der Polizist da von euch nicht gekommen wäre, ich hätte ihn gleich am Krankenbett erwürgt, da kannst Gift drauf nehmen“, sagte sie, „die Flennerei, anspeiben hätte ich ihn können ... wer hat er denn geglaubt, dass er ist? Hat er sich einmal in den Spiegel geschaut, der fette Zwerg, der schiache? Aber ja, klar, wenn man mit den Hundertern wachelt, dann tun sie gleich einmal auf verliebt, diese Dreckshuren, diese tschechischen. Wissen'S, was mir leid tut?“, bellte sie Schäfer an.

„Dass Sie ihn nicht schon viel früher umgebracht haben?“

„Ja!“, sie trank ihr Glas auf ex und knallte es auf den Tisch. „Wie oft der in der Garage im Wagen gelegen ist, angespieben, angebrunzt, so besoffen, dass er nicht einmal das mehr geschafft hat, die Sau, die grauslige ... aber nein, Verständnis hab ich zeigen müssen, die Arbeit, der Stress, die Schulden, eh alles für die Familie ... auf die Pension hin, hab ich mir gedacht, da wird's schon besser ... was ist denn das für ein Leben, ha?“, klagte sie Schäfer an, „auf die Pension hin warten! Ach leck mich doch am Arsch!“

„Ja“, pflichtete Schäfer bei und wartete, bis die Wutwelle verebbte. „Hat er Ihnen eigentlich gesagt, dass Sylvia Thurner ihn beauftragt hat, ihren Mann zu beschatten?“

„Ja, beschatten“, spuckte sie das Wort heraus, „und was hat’s gebracht? Dass er sich selber was anfängt mit der …“

„Tschechischen Dreckshure“, ergänzte Schäfer solidarisch. „Da sind die Männer leider ziemlich deppert, was das betrifft, da braucht man gar nichts beschönigen, aber … was mich da jetzt schon interessiert: Hat er den Günther Thurner aus Eifersucht erschossen oder …“

„Ah wo“, sie machte eine wegwerfende Handbewegung, „er wollte ihn ja gar nicht erschießen … erschrecken, einschüchtern, was weiß ich denn … schauen Sie so einem Mannsbild ins Hirnkastl und was finden Sie? Einen Saustall!“

„Also hat er zugegeben, dass er absichtlich auf ihn gezielt hat.“

„Freilich“, murmelte Frau Kappl und stand auf, um eine neue Flasche zu holen. „Und das Beste“, sie blieb mitten in der Küche stehen und lachte künstlich auf, „das Beste war ja, dass er es ihr, der Thurner, in die Schuhe hat schieben wollen … weil sie ihn ja praktisch gezwungen hat, ihren Mann zu beobachten, meiner Seel, was der geschimpft hat, nur damit ja nix an ihm hängen bleibt … 45.000 Euro schenkt er so einer Flitschen und dann ist natürlich wieder wer anderer schuld, eh klar … er hat ja nie was falsch gemacht …“

„Na ja“, warf Schäfer ein und hielt pflichtbewusst sein Glas hin, „irgendwo wird er dann doch ein schlechtes Gewissen gehabt haben, wenn er Ihnen das alles beichtet, oder?“

„Beichten … hat er ja nicht mehr auskönnen, wie der Dieter von der Bank mich angerufen und nachgefragt hat, ob das eh alles seine Ordnung hat mit dem neuen Kredit … weil er meine Unterschrift gefälscht hat, der Sauhund …“

„Verstehe … und dann?“

„Was dann?“

„Der Sonntag …“

„Ah so“, sie atmete schwer aus und sah an die Decke. „Was soll ich da jetzt noch groß sagen ...“

„Na ja“, Schäfer zwang ein unwillkürliches Schmunzeln nieder, „was genau passiert ist.“

„Heimgekommen bin ich ... von der Kirche, in die Küche, Essen richten ... ich hab geglaubt, dass er gar nicht da ist.“

„Und dann?“

„Musik hab ich gehört“, fuhr sie fort, nun wesentlich gefasster, fast, als erzählte sie einen Traum, „hab ich zuerst gedacht von den Nachbarn, aber da sind die Kinder ja gar nicht da gewesen ... bin ich in die Garage, ja ... wissen'S, was er gesagt hat, da, wie er im Auto gesessen ist?“

„Nein.“

„Gitti ... Gitti, ich liebe dich“, sie wischte sich über die Augen, „da hab ich gewusst, jetzt ist's so weit, jetzt musst gehen.“

„Die Musik war vom Autoradio?“, fragte Schäfer wie benommen. Dumme Frage. Kein Wunder. Der Wein war scheußlich, aber stark. „Ja. An das Lied erinnere ich mich sogar noch: ‚Jenseits von Eden‘, vom Dings ...“

„Nino de Angelo“, half Schäfer aus. Ja, in seiner Jugend hatten auch manche Schlager sein Herz bluten lassen.

„Genau“, sie sah Schäfer an, als erwartete sie mehr von ihm als nur die Nennung dieses Namens. Eine Erklärung, eine Absolution, was auch immer.

„Und die Tabletten?“

„Bin ich ins Bad, hab sie geholt“, antwortete sie wie ein Computer, „vier waren noch drinnen, die hab ich zerstampft, im Mörser, in der Küche, in ein Glas hinein und Orangensaft drauf, das hab ich ihm gebracht ... da, Wolfgang, trink was, hab ich gesagt, dann geht's dir besser ... ja ... dann geht's dir besser ...“

„Sie haben Handschuhe angehabt, als Sie den Schlauch an den Auspuff gesteckt haben, oder?“

„Sicher … weiß man doch, vom Fernsehen, dass man da keine Fingerabdrücke hinterlassen darf."

„Na ja, manchmal ist es besser, wenn man's tut", sagte Schäfer und drehte das Glas zwischen seinen Händen.

„Wieso?"

„Weil", er zuckte mit den Achseln, „wenn Fingerabdrücke drauf sind, kann das heißen, dass Sie nicht überlegt haben … dass es quasi im Affekt geschehen ist … aber wenn Sie extra Handschuhe anziehen, schaut's eben wie ein geplanter Mord aus, oder?"

„Ja, schaut so aus", sagte sie und betrachtete ihre Hände, die schrundige Haut der Finger, die sich wie von selbst ineinander flochten.

„Aber vielleicht haben Sie schon Handschuhe angehabt", meinte Schäfer nach einer stummen Minute. „Weil Sie beim Geschirrwaschen waren, haben Sie vielleicht davor schon Gummihandschuhe getragen, wegen der Haut … und die haben Sie einfach nicht ausgezogen … vergessen, weil Sie so in Rage waren, wegen Ihrem Mann … der Ihnen da das alles erzählt hat von dieser Hure …"

„Das hat er mir schon im Krankenhaus erzählt", erwiderte Frau Kappl stur.

„Wer weiß das schon", antwortete Schäfer und seufzte. „Sie sind in der Küche, beim Geschirrabwaschen, hören die laute Musik aus der Garage, gehen hinunter, finden Ihren Mann, schwer betrunken … und der gesteht Ihnen dann, dass er sich in eine tschechische Hure verliebt hat, wegen der er nicht nur 45.000 Euro von Ihrem gemeinsamen Konto behoben, sondern außerdem einen Mann erschossen hat … ich meine, welche Ehefrau schmeißt da nicht die Nerven weg."

„Ja", pflichtete Frau Kappl benommen bei, „da kann man schon einmal die Nerven wegschmeißen …"

„Richtig … da haben Sie einfach nur gedacht: Was für ein Schwein … nicht nur, dass er unser Geld einer Hure schenkt, er ermordet auch noch einen unschuldigen Mann."

„Unschuldig, ja", meinte Frau Kappl und lachte bitte auf.

„Sie sollen mir zustimmen und nicht widersprechen", fuhr Schäfer sie an.

„Was bringt denn das alles noch", murmelte sie in ihre Kleiderschürze.

„Ungefähr zwischen fünf und fünfzehn Jahren", erklärte Schäfer, „liegt ganz bei Ihnen."

57.

Obwohl es schon nach sieben war, saßen Inspektorin Auer und Inspektor Plank noch an ihren Schreibtischen. Sie aus Dienstbeflissenheit – alles, was sie jetzt noch aufarbeitete, konnte nur gut sein für ihre Bewerbung beim LKA – und er:

„Was machst du noch?", wollte Auer wissen, da ihr Kollege außer in Notfällen kein Freund von Überstunden war.

„Ah, nur ein paar ... wegen der Papiercontainer ..."

„Okay", meinte sie gedankenverloren und widmete sich wieder ihrer Arbeit.

„Ist der Schäfer ... hat er irgendwas gesagt, dass er da was ..."

„Was?", fragte Auer leicht genervt.

„Ob er da schon weiter ist, mit den Brandstiftungen ..."

„Dann hätte er wohl was gesagt, oder?"

„Na ja, bei der Geschichte mit den Sprayern", meinte Plank zögerlich, „immer weiß ich auch nicht, was er wie, oder wie weit er schon ist ... könnte ja sein, dass er dir ..."

„Dass er mir was?", blaffte sie. Diese Mauscheleien von wegen sie das Schatzi vom Chef konnte sie gar nicht leiden. Insgeheim genoss sie es natürlich, wenn Schäfer ihr signalisierte, dass er sie mehr als ihre Kollegen schätzte, aber das musste ja niemand wissen.

„Dass er irgendwas angedeutet hat ... einen Verdacht oder“, Plank wurde rot.

„Nicht dein Ernst!“, meinte Auer nach ein paar Sekunden, in denen die Luft zwischen ihnen geknistert hatte vor Spannung.

„Was jetzt?“, versuchte Plank sich vergeblich zu verteidigen.

„Du hast die Container abgefackelt?“, stieß Auer gleichzeitig verstört und belustigt aus.

„Ich“, versuchte Plank eine Erklärung, „ja.“

„Scheiße ... das ist aber jetzt wirklich krass.“

„Ich wollte doch nur ... ist ja jetzt eh alles wurscht“, meinte Plank und versteckte sich hinter einem gekränkten Gesicht.

„Na, sicher nicht“, erwiderte Auer und stieß sich vom Schreibtisch ab, „das erklärst du mir jetzt ganz genau.“

„Und du versprichst mir, dass du ihm nichts sagst“, flehte Plank, nachdem er zwei Bierflaschen aus dem Kühlschrank geholt und auf den Schreibtisch gestellt hatte.

„Großes Klabauterehrenwort“, erwiderte Auer, die sich entschieden hatte, das Geständnis ihres Kollegen mit Humor statt Entsetzen zu nehmen.

„Wegen der Sicherheitsgefährdung“, meinte Plank, wohl im Glauben, dass ein großes Wort das Vergehen kleiner machen könnte, „war eh deppert, weiß ich, aber ich hab mir gedacht, wenn da in der Statistik steht, dass ...“

„Ein paar abgefackelte Altpapiercontainer und die Bude ist gerettet?“, schloss Auer und grinste.

„Na was? ... Weißt du, wie viel an Delikten gar nicht aufscheint, weil der Herr Major entscheidet, dass ... Marihuanakonsum nicht strafbar ist ... dass er diese Nazi-Sprayer lieber auf seine Art abstraft ... das ist auch nicht ganz rechtskonform, oder?“

„Das ist eben der Unterschied zwischen Papst und Ministrant“, zitierte Auer, sah sich das Nervenbündel ihr gegenüber an und meinte entspannt: „Hast eh recht, er biegt sich's schon so hin, wie er's mag ... aber er ist halt auch ein hundertmal besserer Polizist als wir beide zusammen.“

„Wenn ich's ihm sage“, fuhr Plank nach einer Nachdenkpause fort, „glaubst, dass er es meldet?“

„Nein“, Auer schüttelte den Kopf. „Egal, was du von ihm hältst ... wenn ich ihm was anvertraut habe, hat er noch nie was verraten.“

„Was hast du ihm anvertraut?“

„Geht dich einen Scheißdreck an“, antwortete Auer und zog das Kinn nach oben, „gesteh und es geht dir besser.“

„Ich hätte noch so einen sündteuren Wein daheim“, meinte Plank.

„Vergiss es!“, fuhr Auer ihn an, „frühestens eine Woche nach dem Geständnis ... sonst ist es Bestechung ... Hirsch!“

58.

Schäfer saß im Garten, schlichtete Feuerholz auf und spielte mit dem Gedanken, nein, wehrte sich gegen den inneren Druck, Bergmann anzurufen und seinen Triumph zu verkünden. Dass er so schnell ein Motiv für den Mord an Wolfgang Kappl gefunden hatte, war auch Dobrits' hartnäckigen Ermittlungen zu verdanken; dass Frau Kappl sich geradezu nach einem Geständnis gesehnt zu haben schien, wohl auch dem günstigen Moment. Beides hatte er ausgenutzt, um einen Fall aufzuklären und sich prahlerisch auf die Schulter zu klopfen. Mochte Dobrits das Geständnis unterschrieben bekommen und die Fanfaren im LKA spielen hören, was kümmerte es ihn; er hatte einen Mordfall aufgeklärt und abgeschlossen, so sah es aus. Warum also der Anflug eines schlechten Gewissens? Weil er der Gattenmörderin eine kleine Hilfestellung gegeben hatte, wie man eine kaltblütige Hinrichtung zu einem Verbrechen im Affekt drehen konnte? Ja mei, dahinspekuliert, zwei Viertel weiß hatte er auch schon intus gehabt, was man halt so redet, wenn man einer zerbrochenen Seele gegenübersitzt. Herrschaftszeiten, wenn sich ein Mann schon so blöd aufführt, darf man seiner Frau doch ein wenig Verständnis entgegenbringen, wenn sie ihn nicht mehr ertragen will, oder?, stemmte sich Schäfer gegen die hehre Polizistenstimme in ihm, die aufbegehrte und ihm nahelegte, Dobrits anzurufen und ihm detailgenau die Unterredung mit Frau Kappl weiterzugeben. Als jemand in den Garten rief:

„Herr Schäfer!"

„Ja, hier", wandte Schäfer sich zum Gartenzaun, wo Frederik Bosch stand und verlegen eine Papiertasche hochhielt. „Ich habe geläutet ..."

„Ah, das höre ich da heraußen nie", erwiderte Schäfer, wischte sich den nicht vorhandenen Schweiß von der Stirn und trat zum Gartentor.

„Ich wollte Ihnen nur", sagte Bosch, überreichte Schäfer die Tasche und verstummte.

„Danke", Schäfer schielte auf die Weinflasche, zog sie heraus und gab ein anerkennendes Ho-ho-ho von sich. „In einem laufenden Verfahren dürfte ich so was ja gar nicht annehmen ... andererseits läuft es eh ohne mich ... kommen Sie herein, den trinken wir zusammen."

„Im Ernst?", fragte Bosch verblüfft.

„Na was? Auf die Freiheit, oder?"

„Ja ... gerne", erwiderte Bosch und trat zögerlichen Schritts durchs Gartentor.

„Wäre gut gewesen, wenn Sie schon damals hier gewesen wären“, meinte Bosch, nachdem sie ein paar Minuten unter verlegenem Schweigen am Feuer gesessen hatten.

„Vielleicht“, erwiderte Schäfer, schwenkte sein Glas und roch genießerisch daran. Neben den Waffen hatte Stiefvater Heinz offensichtlich auch noch ein paar Jahrhundertweine im Keller gelagert. „Vielleicht wäre ich damals aber auch ein strunzdummer Bulle gewesen, der Ihnen am liebsten alle Knochen gebrochen hätte.“

„Hm“, Bosch zuckte mit den Schultern, „jetzt ist ja ... die sperren den Posten hier zu, ist heute in der Zeitung gestanden.“

„Darauf das nächste Glas“, Schäfer hob die Flasche und goss aus hohem Abstand ein, „hat Ihr Stiefvater noch mehr von solchen Kalibern?“

„Woher ... ach so, wegen dem kaputten Etikett, ja“, meinte Bosch entschuldigend, „aber ich hab die Astrid gefragt und die hat gesagt, der ist sicher gut ... ja, da liegen schon sicher noch fünfzig oder so herum, wollen Sie einmal schauen kommen? Ich kenne mich da ja nicht so aus.“

„Ja, kann ich schon machen. Was wollen Sie ... eigentlich könnten wir ja Du sagen“, schlug Schäfer vor, „ist ja nicht so, dass ich mich mit einem Sträfling solidarisiere ... Tschuldigung, das war jetzt ...“

„Nein, nein, schon okay ... was ich jetzt mache, wollten Sie, wolltest du wahrscheinlich fragen, oder?“

„Ja, Standardfrage, nehm ich an, quasi frisch nach der Matura ...“

„Vielleicht was mit dem Hof?“, erwiderte Bosch, „also Landwirtschaft interessiert mich schon, ich kenn mich halt noch nicht so aus ...“

„Ich habe einen guten Bekannten im Weinviertel, der den Hof von seinen Eltern übernommen hat und jetzt Heilkräuter, Tees, Obst und Biogemüse anbaut ... Wolkinger ... geht ziemlich gut, sein Geschäft.“

„Okay … vielleicht …“

„Ich ruf ihn an“, ergänzte Schäfer, „sag ihm, dass du interessiert bist und obendrein Ackerfläche hast … das spukt mir ja selber schon seit ein paar Wochen im Kopf herum.“

„Was?“

„Gartenbau, Landwirtschaft, so Sachen halt“, sprach Schäfer in sein Weinglas hinein. „Jetzt, wo meine Zeit als Dorfsheriff vorbei ist.“

„Verdenken kann ich's Ihnen, kann ich's dir nicht“, meinte Bosch, „ist schon ziemlich hart, oder, der Beruf?“

„Ich hab nie was anderes gemacht“, sagte Schäfer und dehnte die Worte, als wollte er sich selbst eine unliebsame Wahrheit mitteilen. „Also schon irgendwelche Studentenjobs … aber sonst … Bulle von der Pieke auf.“

„Das ist super“, pflichtete Bosch nach einer kurzen Pause bei.

„Was?“

„So ein Beruf, eine Berufung, ich meine, so wie du dich bei mir hineingebissen hast, das mal … also mal die Jahre, die du halt Polizist bist … da bist du voll der Held, John McClane oder so …“

„Ja, unbedingt“, erwiderte Schäfer lächelnd, stolz. „Sicher, aber irgendwann … ich bin … ah, Scheiße, was rede ich da, ja, es taugt mir eh, nur manchmal wünsche ich mir halt was anderes … wo ich mir am Abend die Erde unter den Fingernägeln herauskratze und nicht das Blut von, also symbolisch gesprochen, oder auch nicht … wo ich halt weiß, dass ich was getan habe, das … eben Früchte trägt und nicht nur, so halt, ah, entschuldige, ich bin schon betrunken.“

„Nein, nein“, rief Bosch fast pathetisch aus, „ich weiß genau, was du meinst, ich hab das … das war bei mir … wie ich jung war, wollte ich immer Bauer werden oder Tischler oder so was … irgendwas, wo ich mich voll vergessen kann dabei, weil … in der Hauptschule, das war mir gleich immer zu hoch, also Mathematik und Physik und so, da habe ich mich nie konzentrieren können ... ich wollte echt was Einfaches, egal, ob ich da jetzt wenig verdiene oder ob das imagemäßig nicht so super ist."

„Dann hättest du dich auch bei der Gendarmerie bewerben können", warf Schäfer grinsend ein; auch, um Boschs plötzlichen Überschwang zu bremsen.

„Lach nicht, aber das hab ich mir eh überlegt", antwortete Bosch, „mit sechzehn hab ich geglaubt, das wäre was für mich ... ich war ein guter Leichtathlet in der Schule, und da war gerade so eine Werbekampagne ... hat mich echt interessiert, auch wegen dem Gemeinschaftsgefühl und so, glaub ich."

„Aber?", fragte Schäfer nach, der diesen testosterongestärkten Bubentraum kannte.

„Pf ... ja, war halt dann doch nicht so das Ideale ..."

„Ja ... denk dir einfach, du wärst bei deinem ersten Einsatz zu einem Banküberfall gekommen und erschossen worden."

„Das ist ganz schön zynisch", merkte Bosch an.

„Sorry", Schäfer stand auf und warf ein Scheit ins Feuer, „so bin ich halt ... geworden."

„Ich hab gehört, dass der alte Strommer da in deinem Garten fast verreckt ist."

„Yep", bestätigte Schäfer und schenkte sich nach, „und ich hab ihm ein paar Rippen gebrochen."

„Wieso?", fragte Bosch verstört.

„Wieso? ... na ja, Wiederbelebung", Schäfer ahmte mit den Händen die Herzmassage nach, „da gibt's eben Kollateralschäden."

„Okay, hab ich nicht gewusst", Bosch schüttelte den Kopf, „mir haben sie im Häfen auch ein paarmal die Rippen gebrochen."

„Ja, beschissen", murrte Schäfer, „aber die werden dafür bezahlen."

„Die?“

„Hä?“, machte Schäfer, „ach so, der Strommer, meine ich, keine Ahnung, warum ich *die* gesagt habe, die Justiz, der Staat ... alle, auf die du halt eine mordsmäßige Wut haben musst.“

„Hab ich gar nicht“, murmelte Bosch, „vielleicht kommt das noch, aber im Moment ... ich bin vom Hof zu Fuß hierher, das hätte ich mich davor nie getraut, völlig ohne Angst, mit so einem Gefühl, ich weiß gar nicht, wie ich es sagen soll, wie auf Drogen, nur ohne Drogen.“

„Euphorisch“, half Schäfer aus.

„Genau ... und wenn ich anfange, an den Strommer und an den Guido zu denken, das wird dann sicher kaputt, verstehst du?“

„Keine Frage ... wenn dir das gelingt: Hut ab“, Schäfer sah auf eine Stelle am Gartenzaun, weil er dort eine Bewegung wahrgenommen zu haben glaubte. Eine Katze? „Ich würde dem Guido und seinem Vater wahrscheinlich ein Aug ausstechen.“

„Im Ernst?“, fragte Bosch leicht verstört, „ich meine, damals, wie der Strommer zu mir auf den Hof gekommen ist und ich die Pistole gehabt hab, da war ich auch so zornig, dass ich ihn niederschießen wollte ... aber der Guido, der ist ja eh gestraft genug mit dem, wie er ist, oder?“

„Er hat ein Kind ermordet“, erwiderte Schäfer.

„Ja, furchtbar ... ich habe den immer nur als gutmütigen Trottel gesehen ... der debile Grinser, wenn du ihn getroffen hast, oder er hat dich umarmt wie ein Bär, dass dir die Luft weggeblieben ist ... Tschuldigung, das hat jetzt zynisch geklungen wegen der, ma, was rede ich da ... ganz schön stark ist der Wein, oder?“

„Daran gewöhnst du dich am schnellsten wieder“, meinte Schäfer und teilte den Rest der Flasche auf ihre Gläser auf.

59.

Freitag, später Nachmittag. Schäfer saß faul an seinem Schreibtisch und dachte an die zehn freien Tage, die ihm bevorstanden. Für einen Menschen wie ihn, der sich ohne klare Strukturen stets zu verlieren drohte, waren das, pathetisch gesagt, unendliche Räume, deren Schweigen ihn schaudern machte. Also hieß er sie sprechen; plante für den Samstag einen umfassenden Hausputz mit Kübel, Klobesen und Kalkentferner; bei planmäßigem Vorankommen sah er sogar das Reinigen der Fenster im Bereich des Möglichen. Mit unvorhergesehenen Gästen rechnete er nicht; nachdem am Mittwochabend Bosch und tags darauf Inspektor Plank am Gartenzaun gekratzt hatten wie zwei hungrige Haustiere, sprach die Wahrscheinlichkeit für einen ungestörten Abend. Er hatte doch keine Lichtleiste auf der Dachrinne, die regelmäßig von rot auf grün schaltete und Bürger mit schwerem Herzen zur Aussprache lud. Plank. Ja. Irgendwas in der Richtung hätte Schäfer wittern können. Alle in Brand gesetzten Altpapiercontainer waren entweder bereits abseits gefährdeter Objekte gestanden, auf die das Feuer hätte übergreifen können, oder der Täter hatte sie selbst weit genug weggerückt. Und zweimal war die Feuerwehr von einer Telefonzelle in der Nähe alarmiert worden, an deren Armaturen sich keine Fingerabdrücke hatten finden lassen.

„Soll ich Selbstanzeige erstatten?“, hatte Plank ihn gefragt, als er mit eingezogenen Schultern an Schäfers Küchentisch gesessen war.

„Willst du Polizist bleiben?“, fragte Schäfer nach.

„Ja, schon.“

„Dann lässt du das bleiben.“

„Aber der Schaden ...“

„Spende was an die Caritas, an den WWF, Greenpeace ... genug, dass es dir wehtut, aber nicht so viel, dass deine Frau misstrauisch wird“, hatte Schäfer gleichgültig gemeint und gegähnt. Plank war eben kein Gast, mit dem er es länger als nötig aushalten wollte. „Deiner Frau hast du eh nichts erzählt, oder?“

„Nein, noch nicht“, erwiderte Plank verunsichert.

„Dann belass es dabei ... Frauen plaudern irgendwann alles aus“, schärfte Schäfer seinem Untergebenen ein; nicht, weil er das für eine gesicherte Wahrheit hielt, sondern weil er keine Lust hatte, zusätzlich durch einen Ehekrach kompromittiert zu werden.

Zu Mittag hatte Dobrits angerufen und ihn über sein Gespräch mit Sylvia Thurner aufgeklärt. Ja, sie hatte Wolfgang Kappl gebeten, ihren Mann zu beschatten, und ihm dafür auch eine Bezahlung in Aussicht gestellt, zu der es allerdings nicht gekommen war, weil sich Kappl bald nach dem tödlichen Zwischenfall das Leben genommen hatte. Was so viel hieß wie: Ja, sie hatte ihm Geld zugesteckt, aber das sollte in keiner Steuererklärung auftauchen. Und was hatte die Observation ergeben? Das längst Vermutete. Ihr Mann, Günther Thurner, hatte ein außereheliches Verhältnis. Mit einer Prostituierten, ja. Der er über die übliche Bezahlung hinaus Geld überlassen hatte? Davon wusste sie nichts. Hatte sie ihren Mann deswegen irgendwann zur Rede gestellt? Nein. Aha. Und hatte sie vorgehabt, das zu tun? Ja, gewiss. Aber da wäre eben Wolfgang Kappl mit seinem Gewehr dazwischengekommen. Kappl. Den sie, Sylvia Thurner, nicht vielleicht dazu angestiftet haben könnte, den untreuen Gemahl auf diese Weise loszuwerden? Noch so eine Unterstellung und wir reden nur mehr über meinen Anwalt.

Schäfer konnte sich die Unterredung, die sein Kollege mit Sylvia Thurner geführt hatte, lebhaft vorstellen. Dobrits mochte ein genauer und engagierter Kriminalbeamter sein, aber die feine Klinge führte er nicht. Der Chefinspektor sah A: Kappl hat Thurner im Auftrag von dessen Gattin beschattet, B: es gab ein Verhältnis, C: es könnte ein Auftragsmord gewesen sein. Und genau so hatte er wohl seine Verdächtige damit konfrontiert. Was Schäfer egal war. Er war sich sicher, dass Thurner keinen Mord in Auftrag gegeben hatte. Nicht weil er sie dazu nicht für fähig hielt, sondern weil sie keinen fettleibigen und hochverschuldeten Trinker wie Kappl dafür ausgewählt hätte. Günther Thurner war einer dämlichen Eifersuchts-Einschüchterungs-Geschichte und einem miserablen Schützen zum Opfer gefallen; das hätte Schäfer Dobrits auch beinahe verraten, hätte ihm wohl den Tipp gegeben, bei Frau Kappl vorbeizuschauen, wenn dieser nicht so plötzlich auflegen hätte müssen, weil ein anderer Anrufer anklopfte. Frau Kappl hatte bislang keine Selbstanzeige erstattet, wie Schäfer ihr in ihrem eigenen Interesse nahegelegt hatte, und eine allzu lange Gnadenfrist wollte er ihr auch nicht zugestehen. Samstag und Sonntag noch, aber dann war Schluss.

Als er schließlich um kurz nach sieben den Posten verließ, blieb er auf dem Parkplatz stehen, atmete tief ein und aus, streckte sich durch und vollzog ein paar verhatschte Tanzschritte. Danach sah er sich peinlich berührt um. Was jetzt? War er plötzlich in die Rolle eines Teenagers gefallen, der nach dem schlecht bezahlten Praktikum in der Reifenfabrik die Freiheit begrüßt? Schäferlein, mahnte er sich, du gerätst neben die Spur. Auch das ein Thema für die folgenden zehn Tage: Seelenputz. Nicht jeden Tag Wein wie Wasser trinken und bei Schlaflosigkeit Milch mit Honig statt der abgelaufenen Tabletten. Dachte er an die vergangenen Wochen, war die Liste an, ähm, verwegenen Aktionen lange genug, um ihn ohne weiteren Kommentar seines Amts entheben zu können. Zwar hatte er als Bonus einen aufgedeckten Justizirrtum, doch dass er sich damit nur Freunde gemacht hatte, wagte er zu bezweifeln. Also war für die nahe Zukunft Nüchternheit und Reflexion angesagt; und den Plastiksack mit den Kräutern von Seelig junior, der immer noch unter der Abwasch lag, den würde er schleunigst entsorgen und auf das halluzinogene Experiment verzichten, mit dem er ein paar Mal geliebäugelt hatte.

60.

Marlenes Anruf mit der Einladung, sie zum Einkaufen nach Wels zu begleiten, kam Schäfer gelegen. Vier Stunden hatte er gesaugt, geschrubbt, gewischt, die Nase gerümpft, das Gesicht verzogen, sich selbst als Schwein bezeichnet. Da konnte er sich zu Mittag guten Gewissens unter die Dusche stellen, danach ein Wurstbrot essen und über der Samstagszeitung auf die Ankunft seiner Freundin warten. Massaker im Südsudan, vier Tote in der Ostukraine, Syrien, Afghanistan, Irak ... in Steyr hatte sich ein Familienvater erschossen, als er seinen Freunden die neuerworbene Waffe vorführte, sie zur Belustigung an den Kopf hielt und abdrückte. Merke: Auch wenn das Magazin draußen ist, kann eine Patrone im Lauf sein. Schäfer blätterte das Feuilleton durch und notierte sich zwei Bücher. Wenn Marlene in mehr als ein Schuhgeschäft gehen wollte, würde er sich in eine Buchhandlung verziehen, ein paar Romane mitnehmen, die von Dingen erzählten, die mit seinem Leben nichts gemein hatten. Ja ja, ich komme schon, murrte er, als es in der Einfahrt hupte.

„Das mit dem Guido kann ich immer noch nicht glauben“, meinte Marlene, nachdem sie etwa fünf Minuten schweigend unterwegs gewesen waren.

„Hm“, erwiderte Schäfer, der darauf wetten hätte können, dass dieser Satz genau so von ihr kommen würde. „Du hast ihn halt auch erst später kennengelernt, oder? Als er schon, wie alt, dreißig war?“

„Ja, eh ... aber ein Mörder ... und noch dazu ... ich darf gar nicht daran denken, sonst wird mir gleich wieder schlecht ...und das mit dem Messer“, Marlene sah kurz zu Schäfer hinüber und schüttelte den Kopf, „der Guido, der ist doch so patschert, dass er nicht einmal seine Schuhe alleine binden kann.“

„Sag ehrlich“, Schäfer grinste, „willst du mich als Shopping-Begleitung oder weil dir die Geschichte mit dem Guido keine Ruhe lässt?“

„Beides“, antwortete sie rasch, „ehrlich, ich wollte echt nicht alleine fahren ... und das andere ... ich kenne ihn halt schon so lange ... seit drei Tagen kann ich an nichts anderes denken.“

„Für ihn wird es keinen großen Unterschied machen, denk ich.“

„Was?“

„Na ja, ob er jetzt bei euch im Heim ist oder ...“

„Pf“, stieß sie verächtlich aus, „das kann auch nur einer sagen, der keine Ahnung von diesen Menschen hat.“

„Nein, nein, so war das nicht ... ich habe gemeint, dass er eh nicht ins Gefängnis kommt, sondern in eine Einrichtung, wo er ... eben entsprechend betreut wird.“

„Das reißt ihn trotzdem aus seiner gewohnte Umgebung heraus“, meinte Marlene aufgebracht, „das ist das Wichtigste überhaupt für Menschen wie ihn, dass alles einer vertrauten Struktur folgt und ... wieso können sie ihn nicht bei uns lassen? Der Guido hat nie irgendwem was getan, seit er bei uns ist.“

„Das kann ich nicht entscheiden“, erwiderte Schäfer leicht gereizt. Diesen Ausflug hatte er sich entspannter vorgestellt. „Wenn der Fall durch alle Instanzen ist ... vielleicht kommt er eh wieder zurück, was weiß ich ... aber vergiss nicht, was er getan hat.“

„Tschuldigung“, sagte sie nach einer angespannten stillen Minute, „ich weiß eh, dass du nur ... dass du da nichts dafür kannst.“

„Sicher kann ich was dafür“, Schäfer lachte auf, „ich hab den Strommer überführt und dafür gesorgt, dass der Bosch rehabilitiert wird ... der ist nämlich 27 Jahre im Gefängnis gesessen, ohne dass er ein Kind im Bach ertränkt hat!“

„Reden wir über was anderes.“

„In wie viele Schuhgeschäfte willst du in Wels gehen?“

„Zuerst möchte ich zum Ikea nach Haid.“

„Ach du Scheiße“, rutschte es Schäfer heraus. Das grenzte an Folter.

„Das hab ich dir gesagt!“

„Hast du nicht.“

„Wenn du nie zuhörst ...“

„Okay“, Schäfer seufzte, „ich brauch eh einen neuen Klobesen.“

„Und neue Vorhänge, Teppiche, Bettwäsche, Teller, Tassen ...“, Marlene grinste und legte ihm eine Hand auf den Oberschenkel.

„Ja“, erwiderte Schäfer gedankenverloren und sah ein paar Sekunden aus dem Fenster. „Weil du gesagt hast, dass sich der Guido nicht einmal die Schuhe alleine zubinden kann ...“

„Ja?“

„Kann er alleine telefonieren?“

„Der Guido?“, sie lachte, „wenn du für ihn wählst und ihm den Hörer in die Hand drückst, dann schon, warum?“

„Ach, nur so“, Schäfer ließ das Fenster hinunter und holte seine Zigaretten heraus. „Darf ich rauchen?“

„Eine, ausnahmsweise.“

61.

Nachdem Marlene ihm noch geholfen hatte, seine Einkäufe ins Haus zu bringen, bevor sie zum Nachtdienst musste, war Schäfer erleichtert, wieder alleine zu sein. Das Möbelhaus hatte ihn aufgebracht; die trägen Menschenmassen und ihr einfältiges Gegrunze, die schlechte Luft, der Lärmpegel, dieses Labyrinth ohne Aussicht, jemals wieder ins Freie zu kommen. Angesichts dieser Zustände, denen sich tausende Bürger regelmäßig aussetzten, sprach die Anzahl der häuslichen Konflikte, die er und seine Kollegen zu bearbeiten hatten, ja für ein geradezu unglaubliches Maß an Selbstbeherrschung, sagte er sich. Der Spaziergang durch Wels war ebenfalls anstrengend gewesen. Weil Marlene sich bei ihm eingehängt und ihn so von einem Geschäft ihrer Wahl zum nächsten bugsiert hatte. Keine zwanzig Minuten waren ihm vor Ladenschluss in der Buchhandlung geblieben, die Vinothek hatte überhaupt schon geschlossen gehabt. Am anstrengendsten war es allerdings gewesen, seine zunehmend schlechte Laune zu verbergen.

Gut. Jetzt hatte er zumindest ein paar Dinge fürs Haus, die tatsächlich ersetzt gehörten. Er füllte ein Halbliterglas mit Wasser, trank die Hälfte, stellte es ab und rollte den Küchenteppich zusammen, dessen zerbröselnde Gummimattierung mehr Dreck machte, als er es je beim Kochen schaffen konnte. Gleich verfuhr er mit dem Badezimmerteppich und dem Ausleger im Flur, anschließend schleppte er die drei muffigen Trümmer in die Garage.

Dieses hässliche Fichtenholzregal dort – das beleidigte ihn schon seit seinem Einzug. Schäfer warf die halbleeren Farbdosen, abgeriebenen Sandpapierstreifen, angerosteten Schrauben und den ganzen anderen Plunder, den Stark dort halbherzig aufbewahrt hatte, in eine schwarze Plastikwanne, in der augenscheinlich einmal Beton angerührt worden war, kippte das Regal auf den Boden und zerlegte es mit ein paar Tritten in feuergerechte Stücke.

So kam er in Fahrt. Suchte die Garage nach allem ab, was er ohne schlechtes Gewissen und giftigen Rauch verheizen konnte, und brachte es in den Garten. Da ihn die Ausbeute noch nicht zufriedenstellte, machte er im Keller weiter. Eine alte Rodel, ab auf den Scheiterhaufen; ein Dutzend Penthouse-Magazine aus den 80ern, brenn, sündhafter Schund! Borstenschwache Pinsel, eine Kuckucksuhr, ein Bild aus Streichhölzern, furio, das wird ein Flammenfest!

Gegen zehn Uhr rief Schäfer einen Bekannten von der Freiwilligen Feuerwehr an und teilte ihm mit, dass sein Gartenfeuer an diesem Abend ein wenig heller brennen würde; allfälligen besorgten Bürgern sollte er mitteilen, dass der Noch-Inspektionskommandant ein Agnihotra durchführte, ein vedisches Ritual, um den Ort von bösen Energien zu säubern.

„Ja, ja, ist schon recht“, erwiderte der 122-Kollege, der Schäfers Nummer nicht zum ersten Mal spätabends am Handy-Display hatte, „schau nur, dass vorm Schlafengehen alles aus ist.“

„Zu Befehl, Herr Kommandant“, erwiderte Schäfer und warf seine Zigarette auf das spiritusgetränkte Spanholz.

Feuer, sagte er sich, während die Flammen sich gierig über die erste Ladung hermachten, fantastisch, um Spannungen abzubauen, fast so gut wie Alkohol. Er ging in die Küche, nahm die halbvolle Weißweinflasche aus dem Kühlschrank und kippte sie in das Glas, das an der Spüle stand. Trank einen gehörigen Schluck. Ah, verdammt, wie gut, prostete er der Decke, dem Himmel zu. Auf das Leben, die Löcher im Garten, die Strommer und seinen Benzinkanister gestoppt hatten; auf seine kurze Karriere als Postenkommandant in Schaching, und auf all das, was darauf folgen mochte. Schlagartig kippte seine Euphorie in Schwermut; wie erbärmlich, wie traurig, in dieser abgefuckten Küche mit sich selbst anzustoßen.

Er trank das Glas leer, wandte sich der Kellertreppe zu, um eine neue Flasche zu holen, als sein Blick auf den schwarzen Müllsack fiel, dessen Inhalt auch schon die Aufmerksamkeit von Friedmanns älterer Tochter erregt hatte. Salvia divinorum. Zur Traumschau, wie Doktor Lind am Keltenfest gemeint hatte. Nein, entschied sich Schäfer nach ein paar Sekunden, du bist keine zwanzig mehr. Er packte den Sack und ging in den Garten zurück, wo das eben noch springlebendige Feuer zu einem kümmerlichen Glutrest geschrumpft war. Er zerstampfte die Rodel zu Kleinholz, warf sie in die Feuerstelle, die Kuckucksuhr obendrauf. Wartete, bis das alte Holz sich verzehren ließ. Stülpte den Sack um und leerte seinen Inhalt ins Feuer. Schade drum, sprach es irgendwo in seinem Kopf. Er trat einen Schritt nach vorne, beugte sich in den qualmenden Kräuterrauch und atmete tief ein. Hustete, spuckte, torkelte zum Anschluss des Gartenschlauchs. Spülte sich die Augen aus, trank gierig, ließ sich das kalte Wasser über den Kopf laufen. Ließ den Schlauch fallen und ging Richtung Feuer, dessen Flammen nun eigenartige Figuren zu formen begannen. Wow, sprach Schäfer, dessen Beine nun leicht, aber auch so schwach wurden, dass er es vorzog, das Spektakel vor ihm zuerst im Knien, dann in liegender Position zu bewundern. Tiere sprangen aus dem Feuer, eine Katze, dann ein Rabe, was denn sonst, ging es ihm durch den Kopf, als sich die beiden vor ihm aufbauen und ihn – nun ja, mitleidig – betrachteten.

„So also“, maunzte die Katze, „sehen wir dich wieder.“

„Wie gehabt, darnieder“, folgte der Rabe.

„Mein Kopf ist so schwer“, flüsterte Schäfer, der sich keinen Millimeter bewegen konnte.

„Ei, wird's vom Wein sein?“

„Oder geht er uns endgültig ein?“

„Hm ... Unkraut vergeht nicht“, brummte Schäfer.

„Dann richte dich auf, bevor wir entschwinden!“, keifte die Katze.

„Sie will dir geheime Wahrheit verkünden!“, käffte der Rabe.

„Bin ganz Ohr.“

„Falschen Fährten folgen alle hier!“

„Lausch nun, Schäfer, dem klugen Katzentier.“

„Wo lagst du denn, dort bei dem Feste?“

„Die Hose, die rutschte, war nicht die beste!“

„Und wer schlug ein auf Schwesters Stirn?“

„War's nicht die kleine Friedmann-Dirn?“

„Doch sag nun, damals in nothaften Stunden ...“

„Brachte nicht auch Rettung manche Wunden?

„Mir ist ziemlich schlecht“, keuchte Schäfer und drehte sich auf die andere Seite, wo ebenfalls eine Katze und ein Rabe, wohl die gleichen, saßen. „Was wollt ihr mir sagen?“

„Hör, hör, mein Vetter Huckebein“, lachte die Katze.

„Er denkt so viel als wie ein Stein.“

„Sieh ihn an, den armen Wicht.“

„Dem hilft demnach kein Wahrgedicht.“

„So soll er in die Schule gehen!“

„Dem Schwänzen auf den Grund zu gehen?“

„Du sagst es, Rabe. Ganz wie die beiden ... welche am Friedhof ...“

„Seinen Blick nicht konnten meiden?“

„So gibt's schon seit Jahren ...“

„Mädchen, die an der Bildung sparen!“

„Wie lange dauert denn der Zauber noch?“, presste Schäfer hervor.

„Heiz auf den ganzen Lügenkoch!“

„Sag, Kätzchen, mir wird nun zu kalt ...“

„Nun spring ins Feuer ... ich folg dir bald!“

„Adieu, mein Schäfer, lebe wohl!“, krächzte der Rabe und verschwand.

„Nun“, sprach die Katze mit zärtlicher Stimme, „wo wir nun für uns beide sind ... hast du nicht verraten das falsche Kind?“

„Bist du das, Miss Rost?“, fragte Schäfer und versuchte, sich auf den Ellbogen zu stützen. War das wirklich die Katze, die im vorigen Jahr Quartier bei ihm gesucht hatte?

„Sei's wie's sei, ich spend dir Trost.“

„Das ist nett von dir“, Schäfer legte sich auf den Rücken und starrte in den Sternenhimmel. Langsam schien die Wirkung der Droge nachzulassen. „Ich hab oft an dich gedacht ...“

„Ich geh nun, Schäfer, gute Nacht.“

62.

Sylvia Thurner stand im Garten und hielt sich die Zigarette vor die Augen, an der sie eben zweimal gezogen hatte. So hatte sie das Rauchen nicht in Erinnerung, so heiß und kratzend im Hals; vielleicht lag es daran, dass der Tabak ausgetrocknet war; die Schachtel Marlboro light, die sie im Keller gefunden hatte, war mindestens sieben Jahre und vier Monate alt. An ihrem dreißigsten Geburtstag hatte sie beschlossen aufzuhören, und sie hatte aufgehört. Dreißig. Was hatte sie sich damals noch gewünscht und vorgenommen? Kinder? Nein. War sie danach gefragt worden, hatte sie ausweichend geantwortet – weniger vertrauten Personen so, dass die wohl vermuteten, mit ihren Eierstöcken oder Günthers Spermien wäre etwas nicht in Ordnung, und ein anderes Thema anschnitten; ihren Freunden unbestimmt, schauen wir mal, vielleicht später, dreißig ist ja heutzutage noch kein Alter für eine Frau. Der einzig wirklich Lästige diesbezüglich war – natürlich – ihr Onkel Luis. Circa einmal im Monat kam er auf Enkel zu sprechen, und auch wenn sie das als seine Nichte biologisch korrekt nicht erfüllen konnte, wusste sie doch, was er sich wünschte.

Vielleicht würde er jetzt, wo Günther tot war, Ruhe geben. Vielleicht würde auch plötzlich ein Mann auftauchen, mit dem sie sich tatsächlich vorstellen konnte, Nachwuchs in die Welt zu setzen. Dazu müsste sie sich aber wohl auch eine etwas romantischere Art aneignen, darüber zu sprechen, spottete sie nun über sich selbst. Babies, ach, wie süß. Kinder, so herzig. Das klang nicht echt, wenn sie es sich vorsagte. Ich mag Kinder einfach nicht, murmelte sie sich zu und zündete die nächste Zigarette an.

Wieso hab ich mir dann eingebildet, Kinderärztin werden zu wollen? Andererseits mochte sie auch die Arbeit im Landtag nicht, wie sie in den vergangenen Tagen wieder einmal feststellen hatte müssen; dieses öde, hundertfach gehörte Gelabere, egal, wer von welcher Fraktion sich über was auch immer ausließ. Außerdem: dieser Geruch, abgestandener Männerschweiß, Raucheratem und Mittagsbierfahnen, der Kantinenmief, zu deftig aufgetragene Aftershaves und Parfums ... geradezu geflüchtet war sie gestern vor der Einladung zweier Parteikollegen, am Abend noch etwas trinken zu gehen, in diese eine Bar ... wo sich dieselben Idioten aufhielten, nur dass die sich nach dem zweiten Viertel kein Blatt mehr vor den Mund nahmen und ihren debilen Chauvinismus ... ah!, keifte Thurner sich selbst an, hör auf jetzt mit dem Gegifte, nur immer den anderen die Schuld geben.

Wenn es einen Hauptverantwortlichen für ihre aktuelle Stimmung gab, dann diesen beschissenen Polizisten, diesen Dobrits, der sie am Vortag ins Landeskriminalamt bestellt und fast drei Stunden vernommen hatte. Als Auskunftsperson, wie er gemeint hatte; natürlich, als ob sie nicht genau gemerkt hätte, was in seinem kleinen Beamtenschädel vorging: Kappl fährt meinem Mann hinterher, weil ich es ihm aufgetragen habe; Kappl erschießt meinen Mann, also muss ich es ihm auch aufgetragen haben. Ha! Als ob sie einen Koffer wie Kappl ... dass sie überhaupt jemanden beauftragt hatte, Günter zu beschatten, das war der einzige Fehler, den sie gemacht hatte. Statt dass sie ihn einfach in den Wind geschossen hätte, den Waschlappen, diesen ... aber dafür war sie wahrscheinlich zu stolz gewesen, zu, was auch immer, als dass sie auf einem unbestätigten Verdacht hatte sitzen bleiben wollen, der sie ja tatsächlich zerfressen hatte, diese Ahnungen und Verdächtigungen, ja, sie wollte einen Beweis und den hatte sie bekommen. Doch was Kappl geritten hatte, auf Günther zu schießen, war ihr selbst ein Rätsel. Hatte sie vielleicht irgendwann einmal etwas in der Richtung gesagt?, hatte Dobrits wissen wollen; etwas, dass Kappl missverstehen hätte können, sozusagen in vorauseilenden Gehorsam, weil er der Familie Strommer doch schon lange Jahre verbunden war. Fast hätte sie ihm den Vogel gezeigt; wie sollte sie das verstehen? Kappl war doch nicht ihr Freund gewesen, niemand, dem sie ihr Gefühlsleben offenbart hätte; also wenn, dann hätte sie es schon ganz klar sagen müssen: He, Wolfgang, sag, du brauchst doch eh immer Geld, oder? Willst du nicht nächste Woche wieder einmal zeitig aufstehen und jagen gehen? Wie peinlich! Wenn hier jemand das Recht gehabt hatte, Günther zu ermorden, dann sie!

Thurner warf die glimmende Zigarette in den Garten, ging ins Wohnzimmer und nahm ihr Handy aus der Handtasche. Schäfer. Der war zwar auch ein hinterfotziger Hund, aber nicht so dumm, dass er an so eine Auftragsmordgeschichte glauben würde. Nur die Mailbox. Thurner schleuderte das Handy auf die Couch, ging zur Hausbar und schenkte sich einen dreifachen Cognac ein. Trank ihn auf ex und schüttelte sich. Pfui Teufel, wie konnte ihr Onkel dieses Zeug hinunterschlucken wie Saft? Erneut nahm sie ihr Telefon, wählte Schäfers Nummer. Wieder nur die Mailbox. Diesmal hinterließ sie ihm eine Nachricht. Dass sie ihn dringend in einer beruflichen Angelegenheit zu sprechen wünschte.

Eine halbe Stunde – und vierzig Fernseh-Kanäle, die nur Mist brachten – später hielt sie es nicht mehr aus. Sie lief ins Schlafzimmer, tauschte das Kostüm gegen Jeans und Bluse, zog im Vorraum Sneakers und eine Lederjacke an und griff sich den Autoschlüssel.

In seinem Garten brannte ein Feuer, wie sie beim Vorbeifahren bemerkte. Im Schritttempo ließ sie den Wagen in die Einfahrt rollen, wartete, ob sich etwas rührte, ob er sich nicht bequemen wollte, sie zu begrüßen. Nichts. Sie stieg aus, knallte die Wagentür zu, hielt einen Augenblick inne, letzte Chance, und trat auf den Rasen. Da lag er. Neben dem Feuer wie ein eingerolltes Kätzchen. Schnellen Schritts ging sie auf ihn zu. Bückte sich. Gott sei Dank, er lebte, er schnarchte. Sie rüttelte ihn leicht an der Schulter, Herr Schäfer, Johannes, ist alles in Ordnung mit dir?

„Die Katze“, grummelte er, ohne die Augen zu öffnen, „die Katze ist doch tot.“

„Welche Katze?“, fragte sie erstaunt und sah sich um. Rund um das nur mehr schwach flackernde Feuer war einiges Gerümpel verstreut, zerbrochenes Holz, ein Nachtkästchen vielleicht, ein paar Männermagazine; was hatte der Verrückte hier veranstaltet? Die Terrassentür stand offen; Thurner ging darauf zu, wartete an der Schwelle einen Moment, drehte sich noch einmal zu Schäfer um und betrat das Haus. Wenig später kam sie mit zwei Wolldecken zurück, breitete sie über Schäfer aus, strich ihm lächelnd über die Wange und ging zu ihrem Wagen.

63.

Schäfer richtete sich auf, griff sich an den Kopf und wunderte sich kurzzeitig, dass der nicht schmerzte. Ach ja, mit dem Alkohol war er gestern ja sparsam gewesen; es war dieses Kraut gewesen, das ihn außer Gefecht gesetzt hatte. Aber immerhin war er noch so geistesgegenwärtig gewesen, sich zuzudecken, sagte er sich und schob die taunassen Wolldecken zurück. Wobei. Er war ins Haus gegangen und dann noch einmal zurück in den Garten? Hatten ihm das die beiden närrischen Viecher nahegelegt, die aus seinem Feuer gestiegen waren? Schäfer richtete sich auf, ging zum Terrassentisch und zündete sich eine Zigarette an. Durst. Er schritt zum Gartenschlauch, trank wie ein Tier, beugte sich nach vorne und ließ das Wasser über seinen Kopf laufen, bis es wehtat.

In der Küche frühstückte er im Stehen, Brot, Schinken, Käse, zwei weiche Eier, ein Paar Hartwürste, ein halbes Kilo Joghurt; sein Appetit war enorm, was ihn angesichts des ausgefallenen Abendessens nicht verwunderte. Eigentlich sollte es regnen, murmelte er, während er aus dem Fenster starrte, in den trägen Himmel, der zwar bedeckt war, aber nicht nach Niederschlag aussah. Mit einer Banane in der Hand suchte Schäfer die Wohnung nach seinem Handy ab, um den Wetterbericht abzurufen, fand es im Badezimmer und sah, dass Sylvia Thurner zwei Mal angerufen und eine Sprachnachricht hinterlassen hatte. Um 22:34? Er hörte die Mailbox ab, sie wollte ihn in einer beruflichen Angelegenheit sprechen. Ein paar Sekunden bemühte sich die erwachende Neugier, sich gegen den immer noch zähen Nebel in seinem Gehirn zu behaupten; und scheiterte. Im Augenblick würde es ihn schon überfordern, eine Pizza zu bestellen, von einem dienstlichen Telefonat ganz zu schweigen. Er sah sich den Wetterbericht an: Regen ab Mittag. Er duschte kurz, zog Sportkleidung an, füllte seine Trinkflasche und schnappte sich sein Fahrrad.

Mit dem Rotieren der Pedale setzten sich auch seine Gedanken in Bewegung. Versuchten nachzuerzählen, was er am Vorabend am Feuer vernommen hatte: Wunden in rettenden Stunden, Dirn und Stirn, Hose beim Feste, schwänzende Mädchen am Friedhof, ein Lügenkoch, den er aufheizen sollte, so so, brummte Schäfer in sich hinein, was wollte ich mir sagen? Die Wunden: Strommers Rippen, als ich ihn wiederbelebt habe? Die Friedmann-Dirn, eh klar, der iPod und die Platzwunde der Schwester; die Mädchen am Friedhof, ja, die haben wahrscheinlich die Schule geschwänzt. Was war das mit der Hose?, nicht die Beste am Feste, ah, das verkehrte Schubkarren-Rennen mit Gudrun, schön schön, ein feines Kaleidoskop an Ereignissen der jüngeren Vergangenheit. Aber wo war der Lügenkoch? Das war ihm doch alles widerfahren, das hatte ja nicht einmal die symbolistische Gestalt eines Traums. Doch irgendwas hakte ein in seinem Gehirn, dort, wo es schon einmal gewesen war, eben am Keltenfest, dieser Moment, nachdem er sich die Hose hinaufgezogen und von Marlene das Handtuch entgegengenommen hatte, er schaltetet einen Gang tiefer, trat kräftiger, in der Hoffnung, dass die Zahnräder da oben zu stocken aufhörten, dann lösten sie sich tatsächlich, und die Erkenntnis traf ihn so heftig, dass er zu treten aufhörte, fassungslos und mit offenem Mund vor sich hin starrte, eine Fliege in den Rachen bekam, hustete, spuckte, bremste, vom Rad stieg und sich in die Wiese setzte. Das ist keine Theorie, wusste er, so war es geschehen, damals am 12. Dezember 1986, das war die Wahrheit.

Vielleicht eine halbe Stunde später rief er Friedmann an.

„Du als Eingeborener ... wer war denn zu deiner Zeit Direktor in der Hauptschule?“

„Wie ich in der Schule war?“

„Ja, Mitte Ende der 80er halt.“

„Das war der Lahmer“, antworte Friedmann, „aber der ist vor ein paar Jahren gestorben. Warum?“

„Weil ... glaubst du, dass irgendwer die Klassenbücher von damals aufbehalten hat?“

„Pfa, du stellst Fragen“, Friedmann begleitete seine Überlegungen mit leisem Summen und Brummen, „ja wenn, dann am ehesten die Weichselbaumer, die war so ein ... wie sagt man, eine Institution halt, vierzig Jahre Lehrerin, hat jeden beim Vornamen gekannt, also zwanzig Jahre später auch noch ... die kennst doch eh, mit so einem zerzausten Collie spaziert sie immer herum.“

„Die mit der komischen ... mit der Doppel-Gretel-Frisur ...“

„Genau die ... wohnt beim Schafberg oben, in einem von den kleinen Nachkriegshäuser da, die freut sich sicher, wenn sie wer besucht ... hat eh keine Familie.“

„Wieso?“, wollte Schäfer wissen.

„Weil's nie einen Mann gehabt hat“, kam es lapidar zurück.

„Ah, okay ... na dann Danke einstweilen ... und schönen Sonntag noch."

„Passt schon, dir auch."

Er hätte Friedmann auch gleich um die genaue Adresse oder Telefonnummer der Lehrerin bitten sollen. Andererseits war es ihm nur recht gewesen, dass sein Kollege sich nicht weiter um den Grund für sein Interesse an irgendwelchen alten Schulangelegenheiten kümmerte. Beneidenswert, dieses laissez-faire. Aber Friedmann hatte auch eine Frau und zwei Töchter, die so einen Sonntag bestimmt besser – oder zumindest anders – erfüllten als mit der Suche nach einer Wahrheit, die einem während einer halluzinogenen Erfahrung vermittelt wurde.

Zum Schafberg, einem bescheidenen Hügel am östlichen Ortsrand, benötigte Schäfer keine zwanzig Minuten. Die Siedlung, von der Friedmann gesprochen hatte, kannte er: an die zwanzig eingeschoßige Holzhäuser, die in den 50er Jahren in einfachster Blockhaustechnik errichtet worden waren; aus Mangel an anderen Baumaterialien oder weil es ein paar nordamerikanische Besatzungssoldaten in die Gegend verschlagen hatte, Schäfer wusste es nicht. Ein paar wurden wohl mittlerweile nur mehr als Gartenhäuser genutzt, wie er beim Vorbeifahren mutmaßte; gebrochene und moosbemantelte Schindeln auf den Dächern, die Farbe an den Fensterstöcken blätterte ab, die Holzveranda schief und morsch, dafür strahlten die Gemüse- und Blumenbeete zwischen Haus und Gartenzaun Fruchtbarkeit und Erneuerung aus. Als Schäfer durch einen Maschendrahtzaun eine Frau mit einem Gartenschlauch in der Hand erblickte – die hatte offensichtlich kein Vertrauen in den Wetterbericht –, hielt er an, machte auf sich aufmerksam und fragte nach der Adresse von Frau Weichselbaumer. Ganz hinten, wo die

Straße aufhört, das mit dem ganzen Unkraut, erklärte die Frau mit einem leicht höhnischen Lächeln.

Als Schäfer das hüfthohe Gartentor aufdrückte, das quietschte und ächzte, als wäre ihm diese stereotype Melodie beigebracht worden, verstand er augenblicklich die verächtliche Miene der Nachbarin mit dem Katalog-Garten. Hier wucherte wirklich alles, was rundum dem Pestizid- oder Sensentod erlag: Brennnesseln, Bärenklau, Gänsedisteln, Greiskraut, Kamille, Rittersporn, aber auch sehr hübsch anzusehende Gewächse wie Acker-Vergissmeinnicht, Storchschnabel, Margeriten, Hyazinthen und ein ausladender Sommerflieder, der von unzähligen Schmetterlingen, Hummeln und Bienen belagert wurde.

„Suchen Sie wen?", riss eine resolute Stimme Schäfer aus der Betrachtung des zauberhaften Insektenzirkus; es folgte ein schwaches, heiseres Bellen.

„Ja, Sie", gab er zur Antwort und ging auf den kaum noch sichtbaren Steinplatten aufs Haus zu, wo Frau Weichselbaumer mit verschränkten Armen die Türschwelle sicherte, während der altersschwache Collie vorsichtig dem Gast entgegentapste.

„Ah, der Herr Schäfer", sagte sie, freundlich erleichtert, „jetzt habe ich sie gar nicht erkannt so ... sportlich."

„Grüß Gott, Frau Weichselbaumer ... Tschuldigung, ich wollte Sie nicht erschrecken."

„Ah wo, erschrecken", winkte sie ab, „man muss halt schauen, wer sich so herumtreibt."

„Du bist ja auch nicht mehr die beste Alarmanlage", sprach Schäfer den Hund an und kraulte ihm den Hals.

„Das können'S laut sagen", Frau Weichselbaumer trat unter dem Vordach heraus und reichte Schäfer die Hand. „Sobald er das Tor hört, versteckt er sich hinterm Diwan ... was führt Sie denn zu mir?"

„Ah, eine alte Geschichte."

„Alt, da sind Sie bei mir genau richtig ... aber gehen wir hinein, jetzt wird's eh bald regnen."

Schäfers Augen brauchten ein paar Sekunden, bis sie sich auf die – nobel ausgedrückt – gedämpften Lichtverhältnisse im Haus eingestellt hatten. Die kleinen Fenster wurden außen vom überhängenden Efeu und drinnen von Blumentöpfen, Büchern, Zeitungen und sonstigem Kram auf den Fensterbrettern so gut wie blickdicht gemacht. In der winzigen Küche brannte ein nackte 20-Watt-Birne, das Wohnzimmer bot gerade Platz für einen Tisch mit Eckbank, einen abgewetzten Polstersessel sowie einen Einbauschrank, in dem ein Chaos aus Geschirr, Büchern, Likörflaschen, Holzfiguren und Keramik herrschte.

„Ja, willkommen in meinem Hexenhäuschen", schien Frau Weichselbaumer Schäfers Gedanken erraten zu haben. „Möchten'S einen Tee? Kaffee hab ich leider keinen, weil ich keinen trinke."

„Ja, gerne, Tee ist mir eh lieber", Schäfer schob einen Pack Werbeprospekte beiseite und setzte sich auf die Eckbank. Der Hund kletterte mühsam auf den Polstersessel und sah mit heraushängender Zunge den Gast an.

„Also, um was für Geschichten geht's denn?", wollte sie wissen, nachdem sie den Tee abgestellt hatte.

„Um Klassenbücher aus den 80ern ... genauer gesagt um Fehlstunden einer bestimmten Person."

„Wer hat Sie denn da zu mir geschickt?", fragte sie mit einem Anflug von Misstrauen.

„Geschickt? Niemand ... nur ist der Herr ... der Direktor von damals ..."

„Der Lahmer", half sie ihm aus.

„Ja, der ist eben schon tot und ein Kollege hat gemeint, dass Sie da am besten Bescheid wüssten."

„Stimmt schon, wegschmeißen kann ich selten was", meinte sie und sah sich bedeutungsvoll um, „und was für ein Jahr genau?"

„Haben Sie die Klassenbücher hier bei sich?", fragte Schäfer erstaunt.

„Ja ja, meine halt."

„Ach so, und war die Sylvia Thurner zufällig in Ihrer Klasse?"

„Die Strommer?"

„Ja, die Nichte von Luis Strommer."

„Sicher", sie stand auf und verließ ohne eine weitere Erklärung das Zimmer. Schäfer warf dem Hund, der ihn immer noch gleich teilnahmslos oder interessiert anstarrte, einen fragenden Blick zu und schnappte sich das Werbeprospekt eines Möbelhauses.

„Na also, wer sagt's denn", meinte Frau Weichselbaumer, als sie ein paar Minuten später mit einem Stapel in weinrotes Kunstleder gebundener Klassenbücher zurückkam. „1980–89, jedes Halbjahr eins", sie legte die Bücher auf den Tisch, worauf Schäfer ein penetranter Geruch nach Moder und Moschus in die Nase stieg.

„Der Winter 86 würde mich interessieren", sagte er, traute sich aber nicht, nach den Büchern zu greifen.

„Winter 86", wiederholte sie und sah ihn forschend an, „hat das was mit der Susanna Paulus zu tun? Mit dem Guido?"

„Ja", gab Schäfer zu, „ich will wissen, ob Sylvia Thurner damals in der Schule war."

„Dezember 86", murmelte Weichselbaumer und blätterte schon im entsprechenden Exemplar. „Der 12. war das, oder?"

„Genau", bestätigte Schäfer und versuchte, einen Blick auf die Seiten zu werfen.

„Das war eine Renitente, die Sylvia", fuhr die Lehrerin fast flüsternd fort, „wie der Vater ... da haben wir's, 12.12., ja, da hat sie gefehlt, unentschuldigt, das Lausdirndl ..."

„Kann ich davon“, Schäfer hielt sein Handy hoch, „darf ich die Seite fotografieren?“

„Na ja, wenn’S wollen“, stimmte sie etwas missbilligend zu; als könnte ein Foto dem Buch die Seele rauben, wunderte sich Schäfer und beeilte sich, die Bilder zu machen.

64.

So schwarz, wie der Himmel schlagartig wurde, so schwer, wie die ersten Tropfen auf den Asphalt klatschten: Als Schäfers aufs Rad stieg, wusste er, dass ein heftiger Wolkenbruch bevorstand. Noch einmal zurück und unter dem Hypnoseblick des Hundes auf ein Ende des Regens warten? Da zog er es vor, nass bis auf die Knochen zu werden und sich daheim gleich in die dampfende Badewanne zu legen. Er zurrte die Kapuze der Regenjacke zu und fuhr los. Als keine hundert Meter neben ihm ein Blitz ins Feld einschlug, ein Krachen so heftig, dass er fast vom Rad fiel, änderte er seine Meinung und suchte Zuflucht unter dem nächsten Vordach. Kaum hatte er sich gesetzt und eine Zigarette angezündet, meldete sich sein Handy.

„Die Kappl ist uns durch!“, bellte Dobrits ohne vorherige Begrüßung ins Telefon.

„Das heißt was? Uns, durch?“, fragte Schäfer vorsichtig zurück.

„Weg! München–Madrid, Madrid–Rio de Janeiro, ohne Rückflug.“

„Na ja ... hat ihr wer verboten, das Land zu verlassen?“

„Donnerstag am Abend hat sie gebucht, Freitag in der Früh ist sie geflogen“, fuhr Dobrits fort, „das sagt uns was?“

„Dass sie dringend Urlaub gebraucht hat?“, bemühte Schäfer sich, so gleichgültig wie möglich zu klingen.

„Genau, einen Tag, bevor sie bei uns zu einer neuerlichen Vernehmung geladen war … so eine …"

„Was regst du dich so auf?", musste Schäfer nun gegen den immer heftigeren Regen anschreien, „die kommt schon wieder zurück … vielleicht wollte sie nur einmal noch das Meer sehen, bevor sie … was auch immer."

„Das Meer kann ich aber in Kroatien auch sehen", motzte Dobrits, „was ist denn da so laut bei dir? Stehst du im Regen?"

„Fast … gerade noch ein Dach gefunden … was willst du jetzt tun?"

„Was soll ich schon machen … Haftbefehl hab ich ja noch keinen … aber dass die ihren Mann auf dem Gewissen hat, davon gehe ich jetzt schon einmal ganz stark aus … du nicht?"

„Na ja", versuchte Schäfer, sich die für ihn beste Strategie zurechtzulegen. Was, wenn Frau Kappl von seinem Besuch erzählen würde? „Können wir da später drüber reden? Da regnet's gerade so stark, dass mir das Wasser ins Telefon spritzt."

„Ja, machen wir, Servus", murrte Dobrits und legte auf.

So ein Luder, sagte sich Schäfer, während Blitz und Donner im Zehn-Sekunden-Takt das Lied des Weltuntergangs spielten, haut die einfach nach Rio ab, das hätte er wirklich nicht von ihr erwartet. Wobei er, im Gegensatz zu Dobrits, durchaus auch Respekt für Frau Kappls kühne Entscheidung empfand. Oder sollte er wütend auf sie sein, weil sie ihn Länge mal Breite verarscht hatte? Die gebrochene und zur Rache getriebene Gattin gespielt; und kaum war er – nachsichtiger Idiotenbulle, der sie nicht gleich verhaften hatte wollen – aus dem Haus, startet sie den Computer und bucht den Flug in die Freiheit. So gesehen konnte er nur hoffen, dass sie nicht daran dachte, so bald wieder in ihre Heimat zurückzukehren. Lass dir das eine Lehre sein bei deiner nächsten Unterredung, murmelte er und überlegte, ob er den verschobenen Anruf bei Thurner jetzt nachholen sollte. Nein, dazu brauchte er eine andere Umgebung als diesen zugigen Unterstand, wo der Wind ihm nun den Regen entgegenpeitschte. Er sah auf die Straße, die mehr einem Bachbett als einer Fahrbahn glich, hüpfte ein paar Mal auf der Stelle wie ein Boxer vor dem Gong und stieg aufs Rad.

Nachdem er sich in einem Eukalyptus-Melisse-Bad eine halbe Stunde schrumplig gegart hatte, rasierte er sich, zog sich an und setzte sich in die Küche. Auf einem Kollegblock fasste er seine Gedankengänge vom Nachmittag zusammen; überprüfte, ob die neue Version des Tathergangs auch in Schriftform noch ihre Überzeugungskraft behielt. Ja, befand er, so muss es gewesen sein. Und du bist immer noch einer der besten Polizisten aller Zeiten. Er nahm sein Handy. Zögerte. Weil es ihm widerstrebte, dass Thurner und er sich duzten. Das passte nicht zu der Beziehung, in der sie zueinander standen, nicht mehr. Aufs Sie zurückzugreifen wäre allerdings auch nicht hilfreich. Bring es hinter dich.

„Servus ... Tschuldigung, dass ich mich erst jetzt melde, ich war mit dem Rad unterwegs und bin in den Regen gekommen und ...“

„Na Hauptsache, du bist nicht erfroren“, meinte Thurner süffisant.

„Ah, so ein Weichei bin ich jetzt auch nicht“, erwiderte Schäfer. „Du hast gesagt, dass es um was Berufliches geht?“

„Ja ... dein Kollege aus Linz, dieser Dobrits ...“

„Er hat dich am Freitag vernommen, hat er mir erzählt.“

„Ah, dann sprecht ihr euch eh untereinander ab, gut zu wissen“, sagte sie aufgebracht.

„Nein, also“, was war denn mit der los, fragte sich Schäfer, „wir haben wegen was anderem telefoniert und da hat er mir gesagt, dass du in Linz warst ... war’s so schlimm?“

„Ja! Der glaubt, dass ich den Kappl beauftragt habe, meinen Mann umzubringen!"

„Ah ... ganz so hat er mir das nicht gesagt", antwortete Schäfer und sah zum Kühlschrank. Pawlow'scher Hund!, schimpfte er sich, kaum läutet die Stressglocke ein bisschen, denkst du an die Weinflasche, zum Schämen. „Er hat aufgrund der Handydaten von deinem Mann und vom Kappl halt ein Bewegungsprofil erstellt, das ergeben hat, dass die beiden auffällig oft in der gleichen Gegend waren."

„Ja. Weil ich den Kappl gebeten habe nachzuschauen, was für komische Kunden der Günther da immer am Abend massieren muss."

„Weil du ihn verdächtigt hast, eine Affäre zu haben."

„Ja. Und? Ich hab auch recht gehabt ... aber das heißt nicht, dass ich ihn umbringen habe lassen!"

„Eh nicht, nur ... dass der Dobrits sich das genauer anschaut, ist normal, ich würde das genauso machen bei einem gewaltsamen Tod, das ist unser Beruf."

„Wenn das an die Öffentlichkeit kommt", meinte Thurner halb drohend, halb verzweifelt, „alleine, dass er was mit der Hure da gehabt hat."

„Ich glaube, dass ich dir helfen kann, diesen Verdacht aus der Welt zu räumen", sagte Schäfer.

„Ah, und wie?"

„Bist du jetzt daheim?"

„Ja, schon, warum?"

„Dann komme ich in einer halben Stunde vorbei und wir reden das in aller Ruhe durch, okay?"

„Okay, ja ... danke."

In den folgenden zehn Minuten wuchs Schäfers Nervosität, sank sein Selbstvertrauen, kamen ihm Zweifel an der Richtigkeit seiner Überlegungen. Was genau widersprach denn dem Umstand, dass Guido Strommer Susanna Paulus umgebracht haben sollte? Die Tatsache, dass er kein Telefon bedienen und demzufolge seinen Vater nach der Tat nicht angerufen haben konnte? Dann war es eben Frieda Koch, die das für ihn übernommen hatte. Nein. Die hatte ihn bei seinem Besuch nicht belogen, soweit vertraute Schäfer seiner Menschenkenntnis. Er trommelte mit den Fingern auf die Tischplatte, ließ das Handy kreiseln, Flaschendrehen, fiel ihm dazu ein, die Spitze zeigt auf den Auserwählten. Bergmann.

„Ich habe ein Problem."

„Ja", erwiderte Bergmann.

„Da war jetzt kein Fragezeichen am Ende", erwiderte Schäfer bissig, „das muss heißen: Ja?"

„Oh", Bergmann kicherte, „also: Ja? Was ist denn Ihr Problem?"

„Guido Strommer hat Susanna Paulus nicht umgebracht."

„Wollen Sie jetzt beweisen, dass es doch der Bosch war?", erwiderte Bergmann heiter, „so einsame Sonntage am Land scheinen eine ganz besondere Dynamik zu entfalten."

„Sind Sie betrunken?"

„Nein, ich mache gerade Himbeerkuchen ... sollten Sie auch einmal probieren, Backen, ein vorzüglicher Stimmungsaufheller."

„Ja, und Sie tragen bestimmt so eine Schürze, auf der ein nackter Mann mit Six-Pack drauf ist."

„Ich trage gar nichts unter der Schürze!"

„Ah, pfui Teufel", erwiderte Schäfer, „manche Bilder ... egal, wollen Sie mir jetzt zuhören, bitte?"

„Moment, ich steck noch schnell das Headset ein ... ja, geht."

„Hm", machte Bergmann, nachdem Schäfer mit seinem Bericht fertig war, „hm ... auf jeden Fall gratuliere ich

Ihnen zu Ihrer Fähigkeit, neue Fährten zu erschließen ... ja, auf so was wäre ich nie gekommen."

„Ist es möglich?"

„Ja, sicher ... nur werden Sie keine Beweise finden ... aber das wissen Sie eh selbst."

„Ich brauche keine Beweise, ich brauche ein Geständnis", erwiderte Schäfer.

„Klar ... nur sehe ich keinen Grund, warum Sie das bekommen sollten", Schäfer hörte das Reiben eines Feuerzeugsteins und schüttelte automatisch den Kopf über Bergmanns späte Entwicklung zum Raucher.

„Ich muss es probieren."

„Das verstehe ich ... rufen Sie mich nachher noch einmal an?"

„Darauf können Sie sich verlassen."

65.

Der Esstisch weckte in Schäfer augenblicklich die Erinnerung an die Fressgemälde niederländischer Maler, auf denen vom erlegten Wildhasen bis zum Artischockenbündel eine fürstliche Speisekammer in fetten Ölfarben prunkt.

„Wer kommt denn noch aller?", fragte er und nahm ein Glas mit eingelegtem Gemüse in die Hand. A la mama, hier hatte wer ein Abo im Delikatessenladen.

„Niemand", erwiderte sie, merkte, dass er einen Scherz gemacht hatte, und schüttelte den Kopf. „Ja, ich bin wohl ... das mit dem Papa ... und jetzt dieser depperte Kollege von dir ... ich glaube, ich hab alles hergeräumt, was zum Essen im Haus ist."

„Schaut so aus", Schäfer setzte sich und wartete, dass Thurner es ihm gleichtat. Dann nahm er sich ein Stück

Weißbrot, eine tellergroße Scheibe Prosciutto, ein paar Cornichons, Oliven, Salzkapern, Sardellen und Cocktailtomaten.

„Zum Trinken“, Thurner sprang auf, eilte in die Küche und kam mit einer Flasche Rotwein zurück. „Kannst du?“, hielt sie Schäfer den Korkenzieher hin.

„Du isst nichts?“, wollte Schäfer wissen, nachdem er den ersten Antipastischub verdrückt hatte.

„Ich hab schon“, erwiderte sie und nippte an ihrem Weinglas.

„Das geht nicht“, sagte Schäfer ernst, „wenn du einen Polizisten einlädst, musst du auch was essen ... sonst glaubt er, du vergiftest ihn.“

„Was?“, sie sah ihn geschockt an. „Ah, Scherz, okay“, sie setzte ein künstliches Grinsen auf, „Tschuldigung, ich bin ein bisschen durch den Wind.“

„Der Kappl hat deinen Mann aus Eifersucht erschossen.“

„Was? ... Wieso?“

„Er hat sich in dieselbe Frau verliebt, diese Prostituierte.“

„Ist das jetzt wieder ein Witz, oder ...“

„Nein“, antwortete Schäfer, „ich habe eine Aussage von Frau Kappl ... ihr Mann hat es ihr gestanden ... er wollte, dass Günther diese Frau in Ruhe lässt ... angeblich wollte er ihm nur einen Schreck einjagen, im Wald, nur dass er halt ein schlechter Schütze war.“

„Das ist ja“, Thurner stand auf und holte ihre Zigaretten. „Stört es dich?“

„Nein, überhaupt nicht.“

„Und wie ... also wie geht das jetzt weiter?“

„Genau das ist das Problem“, Schäfer nahm einen Schluck Wein und zündete sich ebenfalls eine Zigarette an. „Frau Kappl ist nach Brasilien geflohen und ich habe ihre Aussage nur mündlich.“

„Aber das reicht doch, oder?“, meinte Thurner zuversichtlich, „du bist Polizist, warum sollst du da lügen?“

„Ja, wahrscheinlich ...“

„Also wo ist das Problem?“, wollte sie wissen, nachdem sich Schäfer offensichtlich in Gedanken verloren hatte.

„Das hier“, erwiderte Schäfer, holte sein Handy heraus und hielt Thurner das Foto des Klassenbucheintrags hin.

„Was soll das sein?“, fragte sie.

„Schau aufs Datum.“

„12. Dezember 1986 ... verstehe ich nicht“, sie zuckte mit den Achseln, sah Schäfer an, der den Blick starr erwiderte; dann begriff sie, versuchte die Erschütterung zu verbergen, die durch ihren Körper ging, das Zittern unter Kontrolle zu halten, das ihre Gesichtsmuskeln befiel, zog zweimal hastig an ihrer Zigarette, drückte sie in den Aschenbecher. „Was soll das?“

„Der 12. Dezember 1986 ist der Tag, an dem Susanna Paulus gestorben ist“, sagte Schäfer betont ruhig.

„Ja, und? Dass der Guido ... das haben wir doch alles geklärt.“

„Wirklich?“

„Das“, sie räusperte sich, wischte sich etwas aus dem rechten Auge, sie schien kurz davor zu explodieren. „Was willst du von mir?“

„Die Wahrheit“, wollte Schäfer schon sagen. „Erzähl mir, was damals wirklich passiert ist“, forderte er sie stattdessen auf.

„Was soll damals passiert sein?“, sie sah ihn trotzig an, Tränen in den Augen.

„Ein Streit? Worum ging es? Um das Messer? Hat Susanna es gefunden oder du?“

„Ich will ...“, Thurner stand auf, sah sich im Raum um, als wäre sie an einem unbekannten Ort, was wollte sie? Einen Anwalt, ein Glas Wasser, eine Waffe?

„Setz dich hin“, Schäfer stand ebenfalls auf, ging auf sie zu, nahm sie an den Schultern und drückte sie sanft auf ihren Stuhl. „Wie lange willst du das noch mit dir herumschleppen?“

„Warum weißt du es?“, flüsterte sie nach einem langen Schweigen. „Seit wann?“

„Seit eben“, erwiderte Schäfer, rückte seinen Stuhl näher an sie heran und setzte sich. „Dass irgendwas an der ganzen Geschichte nicht stimmt, habe ich schon länger gespürt ... glaube ich zumindest ... ich hab mich aber genauso täuschen lassen von den Bildern, da kann man ja erst gar nicht anders, als an ein Sexualverbrechen zu denken, die heruntergezogene Hose, die Schnitte ... hast du eigentlich die Bilder gesehen vom Keltenfest, von mir mit der Gruppe von der Lebenshilfe?“

„Ja.“

„Völlig idiotisch“, Schäfer lächelte, „die haben so ein Schubkarrenrennen veranstaltet, du weißt schon, wo einer den anderen an den Füßen packt ... und diese Gudrun, die hat das nicht kapiert und hat gezogen ... dabei hätte sie mir fast die Hose heruntergerissen ... und irgendwo in meinem Hirnkastl muss ich das mit den Tatortbildern verknüpft haben ... da war keiner, der die Susanna ausziehen wollte.“

„Nein.“

„Du wolltest sie herausziehen aus dem Bach.“

„Ja.“

„Okay“, meinte Schäfer und atmete ein paar Mal tief durch. „Und was ist davor passiert?“

„Das weißt du doch sicher auch schon“, erwiderte Thurner mit geschlossenen Augen.

„Wer war zuerst am Bach unten?“

„Die Susanna.“

„Was hat sie dort gemacht? Hat sie das Messer von Bosch gefunden?“

„Ja."

„Und weiter?"

„Ich war da", Thurner schluckte, räusperte ihre verlorene Stimme zurück, „ich hab die erste Stunde geschwänzt, weil da war eh nur Religion und ... eigentlich wollte ich gar nicht, mir war kalt und ich wollte mir eine dickere Jacke von daheim holen, aber dann hab ich die Frieda im Wohnzimmer gesehen, ich wollte nicht, dass sie mich sieht, also bin ich wieder weg ... und dann hab ich die Susanna gesehen, sie hat mir zugeschrien, dass sie was gefunden hat, ich war ... was?, wollte ich wissen, obwohl es mich eh nicht wirklich interessiert hat ..."

„Dann bist du doch zum Bach hinunter", half Schäfer ihr weiter.

„Ja."

„Und dann?"

„Ich hab's ihr weggenommen, das Messer ... dann bin ich zurück auf den Weg, aber sie hat mir nachgeschrien, dass sie mich bei meinem Vater verpetzt und ihm sagt, dass ich Schule geschwänzt habe und beim Wald hinten immer heimlich rauche ... ich bin plötzlich so zornig geworden ... da bin ich zu ihr hin und hab sie geschubst, dass sie hingefallen ist, da hat sie zum Kreischen angefangen, dass ich ... ich hab sie gepackt, am Kopf und eben ... auf die Steine, im Bach ... ich hab nicht geglaubt ... ich bin weggegangen, dann hab ich mich auf der Böschung noch einmal umgedreht und gesehen, dass sie sich nicht mehr rührt ... dann bin ich hin und wollte sie herausziehen, ich bin ausgerutscht und selber ins Wasser gefallen, ich hab an ihrer Hose gerissen, aber die ..."

„Ich verstehe", meinte Schäfer und legte seine Hand auf Thurners Unterarm.

„Dann hab ich sie gezwickt, richtig fest ... ich war doch sicher, dass die nur ... dann hab ich ... damit sie, damit der Schmerz sie aufweckt, hab ich das Messer genommen und ihr in ... die markiert doch nur, hab ich geglaubt, deswegen habe ich fester geschnitten, ich hab mir selber in die Hand geschnitten ... und dann ruft plötzlich der Guido herunter, was ich ...“

„Er war tatsächlich da, der Guido?“, fragte Schäfer überrascht. „Und hat es gesehen?“

„Ja, sicher, was hast du denn geglaubt?“

„Keine Ahnung ... dass du nach Hause bist, dort dem Guido das Telefon in die Hand gedrückt hast ...“

„Ich hab den Papa, also meinen Onkel angerufen.“

„Was hast du ihm erzählt?“

„Dass ich den Guido gesehen habe, am Bach unten, mit dem Messer ... und die Susanna, die sich nicht mehr gerührt hat.“

„Hm“, machte Schäfer, beugte sich über den Tisch und griff sich die Weinflasche. „Und dann?“

„Hab ich dem Guido mein Blut in den Pullover geschmiert und ihn in den Keller gebracht ... dann ist eh schon mein Onkel gekommen, hat dem Guido ein paar Mal ins Gesicht geschlagen, ich bin dazwischen gegangen, weil ich geglaubt hab, der bringt ihn um ... ich soll verschwinden, hat er mir gesagt, er kümmert sich schon um alles, wieso ich überhaupt daheim bin und nicht in der Schule ... ich bin durch die Garage hinaus und zur Schule gelaufen ... aber das hab ich nicht geschafft, in die Klasse zu gehen ...“

„Wieso hat der Guido nie was verraten?“, fragte Schäfer mehr sich selbst, „ich meine, Down-Syndrom hin oder her, aber ...“

„Länger als ein paar Tage hat er sich nie was merken können ... oder wollen“, antwortete Thurner müde. „Und wenn er einmal irgendwas gesagt hat, zu wem denn?, und wer hätte irgendwas drauf gegeben?“

„Wo am selben Tag noch ein passender Täter gefunden worden ist“, sagte Schäfer und schüttelte den Kopf.

„Ich hab“, begann Thurner, sank für einen Moment in sich zusammen, nahm sich eine Zigarette und ließ sich von Schäfer Feuer geben. „Ich hab nicht mehr viel nachgedacht darüber, danach ... das war ...“

„Du hast einen Unschuldigen 27 Jahre lang im Gefängnis sitzen lassen.“

„Ich ... ja.“

„Weil dein Onkel dir gedroht hat?“

„Nein, es war ... der Bosch war weg und ich ...“

„Wir sollten jetzt nach Linz fahren“, sagte Schäfer, den die Person ihm gegenüber, der Raum, das ganze Haus plötzlich mit einem Ekel erfüllten, einer Abscheu so heftig, dass er am liebsten alles zusammengeschlagen hätte, „auf die Polizeidirektion, damit du eine offizielle Aussage machen kannst.“

„Ah“, sie presste ihre Lippen aufeinander und sah ihn an, enttäuscht, erbost, was auch immer. „Okay, dann ... zieh ich mir schnell noch was anderes an.“

„Ja“, Schäfer stand auf und ging durchs Wohnzimmer zur Terrassentür, riss sie auf und sog die kühle, regenfrische Abendluft ein, als wollte er sie trinken, als könnte sie ihn waschen. Er zog einen der Gartenstühle heran, prüfte ihn auf Feuchtigkeit, setzte sich und rauchte. Er hörte ein Geräusch, das er im ersten Moment nicht zuordnen konnte. Dann: Das ist ein Garagentor. Dann: Scheiße, die wird doch nicht. Da raste Thurners Wagen schon auf die Straße und ließ den linken Rückspiegel am steinernen Pfeiler der Einfahrt zurück.

Schäfer war aufgesprungen und ein paar Schritte auf den Rasen hinaus gelaufen; hier endete seine Handlungsfähigkeit. Thurner nachzufahren: sinnlos; ihr Wagen hatte 200 PS mehr und ihre Fahrweise war schon unverfolgt kriminell. Anrufen: würde dazu führen, dass sie eine Hand weniger am Steuer hatte. Zur Fahndung ausschreiben: dazu fehlte ihm die rechtliche Handhabe. Entgeistert ging er zurück ins Esszimmer, schenkte sich ein Glas Wein ein, setzte sich und zog den Teller mit den Pasteten heran.

66.

„Papa?"

„Ja? Sylvia? ... Was ist denn?", fragte Luis Strommer, zuerst verschlafen, dann augenblicklich besorgt, weil seine Nichte aufgelöst klang. „Sylvia, was ist denn? Wo bist du?"

„Im Auto ..."

„Im Auto", wiederholte Strommer und stieg vorsichtig aus dem Krankenbett, „ist was passiert?"

„Das mit der Susanna ... das war nicht der Guido."

„Wieso? Wer denn dann?"

„Ich."

„Geh, Mädel, red doch keinen Blödsinn", erwiderte Strommer, versuchte ein Lachen, das es nicht ins Freie schaffte.

„Doch, ich war's!", schrie sie, „ich war's, aber ich wollte das nicht! Die ist ... ich habe sie nur in den Bach, ich hab sie nur geschubst und dann ... hab ich sie an den Haaren gepackt und ihren Kopf ... da ist sie bewusstlos geworden und ertrunken, aber das hab ich nicht gewusst ... ich wollte sie eh wieder ... ich hab eh probiert, sie aus dem Wasser zu ziehen ..."

„Mädel, ich", Strommer setzte sich auf den Besucherstuhl und griff sich an die Brust. Kalter Schweiß auf der Stirn, ihm wurde übel. „Komm her, dann reden wir drüber, das können wir alles ..."

„Nichts können wir, Papa! Wegen mir ist die Susanna tot und ihre ganze Familie kaputt und ein anderer ist ins Gefängnis gegangen und du bist fast gestorben und ..."

„Das stimmt doch nicht, Sylvia“, versuchte Strommer, seine Nichte zu beruhigen. „Dass ich mit dem Herz aufpassen muss, sagt mir der Doktor schon seit Jahren, da kannst du doch nichts dafür, dass ich ... und das andere, das war ... wenn das so war, war das ein Unfall und du ... du warst ja noch ein Kind ...“

„Ich hab dich angelogen. Du hast geglaubt, dass der Guido ein Mörder ist, dein Sohn, verstehst du?“

„Ja, sicher, sicher war das schlimm, aber ... du bist auch, du bist auch mein Kind und ich“, Strommer versagte die Stimme. „Komm her und ...“

„Ja, gut“, sagte sie. Strommer hörte ein Schluchzen. Dann die Hupe eines LKW. Einen Schrei.

„Sylvia!“

Reifenquietschen. Ein Knall.

„Sylvia!“

Nichts mehr.

67.

Luis Strommer kam nicht auf den Friedhof. Am Abend des Unfalls hatte er einen neuerlichen Infarkt erlitten, den er nur überlebt hatte, weil er ohnehin unter ärztlicher Beobachtung stand. Die Landesregierung war da, der Gemeinderat, zahlreiche Uniformen, Feuerwehr, Rotes Kreuz, Polizei, Schäfer war in Zivil erschienen, stand an der Friedhofsmauer unter zahlreichen anderen, die nicht zum engsten Kreis gehörten, quasi der halbe Ort, der sich aufgemacht hatte, um einer der, Zitat Bürgermeister: engagiertesten, hoffnungsvollsten, aber auch beliebtesten Töchter unserer Gemeinde das letzte Geleit zu geben. Während der Messe war Schäfer außerhalb der ohnehin überfüllten Kirche geblieben; eine Zigarettenlänge auf seiner Bank, die er danach für drei alte Frauen freigab, denen das lange Stehen und die stechende Sonne bereits ziemlich zugesetzt hatten. Schäfer fühlte sich ebenfalls immer wieder am Rande einer Ohnmacht. Die vergangenen drei Tage hatte er mit Wein-wie-Wasser-Trinken, Kampf-Mountainbiken und weggetreten in Werners Büro oder im Garten Liegen zugebracht. Montagabend war Bergmann überraschend aufgetaucht, wohl aus Sorge um den Kollegen, Freund, der am Telefon mit apathischer Stimme zusammenhangloses Zeug von sich gegeben hatte.

„Worüber haben Sie mit Strommer geredet?“, hatte Bergmann mehr über Schäfers Besuch im Krankenhaus wissen wollen.

„Ah, nichts ... und alles“, hatte Schäfer geantwortet, war zum Holunderstrauch gewankt und hatte dorthin uriniert wie ein Abrüster im Endstadium. „Zwei kaputte ... Männer ... geweint hab ich, ich! beim Strommer!“

„Nichts, für das man sich schämen müsste.“

„Er auch ... Scheiß ... Dings, Leben ...“

„Haben Sie ihm erzählt, dass seine Nichte ...“

„Sie hat’s ihm erzählt“, Schäfer hatte sich in den Liegestuhl fallen gelassen und beobachtete Bergmann, der ein Spielzeug-Feuer errichtete. Eine zerknüllte Zeitungsseite, ein bisschen Spanholz, drei Prügel Holz. Lächerlich. „Er hat mit ihr telefoniert, wie’s passiert ist.“

„Und?“

„Und was?“

„Wie Sie mit dem Geständnis umgehen wollen, interessiert mich.“

„Das überlasse ich ihm“, erwiderte Schäfer störrisch. „Ich misch mich da in gar nichts mehr ein.“

„Dass Sie keine Schuld an ... an diesen Vorfällen tragen, muss ich Ihnen eh nicht extra sagen, oder?“

„Ha!“, Schäfer schüttelte den Kopf, griff zu seinem Weinglas und schüttete sich die Hälfte übers Hemd.

„Schuld, was soll der Scheiß, Schuld ... wie das passiert ist, hab ich gerade ihre Küche aufgeräumt ... Sie rast mit ... und ich stehe in ihrer Küche, fresse mir ein halbes Kilo Parmesan hinein und räume den Kühlschrank ein, als ob ich dort wohnen täte ... geisteskrank."

„Es war ein Unfall, kein Selbstmord", betonte Bergmann, „sie hat mit 120 in einer Kurve überholt, alkoholisiert, eine Hand am Telefon ... so ein Verhalten liegt in der Eigenverantwortung und das wissen Sie ... sie hätte genauso gut einen anderen töten können. Wenn das kein Lastwagen gewesen wäre ..."

„Ah, hören Sie auf!"

68.

Fast vier Stunden brauchte er für die Fahrt nach Linz. Kaum, dass er die Tachonadel einmal auf 70 klettern ließ. Eine überlange Kaffeepause an einer Tankstelle, wo er wie benommen die Autofahrer an den Zapfsäulen betrachtete und ihnen eine Geschichte andichtete, eine Kindheit, eine Jugend, einen Beruf, eine Familie oder keine, einen Charakter, eine Komödie, eine Tragödie. Eine halbe Stunde später der nächste Halt: eine Waldeinfahrt, die Sonne, die fast senkrecht durch die Blätter strahlte, einen Lichtfächer schuf, der ihm wie ein Zeichen des Himmels erschien, eine Frage oder eine Antwort. Er schob eine CD in das Autoradio, eine von den mittlerweile 72, die ihm seine Nichte Lisa über die letzten Jahre geschickt hatte, seine erste Nichte, wie ihm jetzt einfiel, auf dieser friedlichen Lichtung, wo ein Piano einsetzte, zögerlich, als wollte es den Rhythmus des sacht schwankenden Blätterdachs finden. Die Zufälligkeit der Lieder – Lisas CDs waren alle nur mit einer Nummer beschriftet –, und doch gab es eine versteckte Region in seinem Gehirn, die eine Bestimmung darin sah, dass er zu diesem Zeitpunkt genau diese Melodie hörte. Er sollte seine Nichte anrufen. Sie würde sich bestimmt freuen. Er drehte die Lautstärke hinauf, stieg aus dem Wagen und legte sich rücklings auf die Motorhaube. Kurz bevor ihm die Augen zufielen, setzte er sich auf, starrte ein paar Minuten in den Wald, versuchte sich seine Zukunft vorzustellen; kam nicht sehr weit, darin war er noch nie gut gewesen. Um vier musste er in der Landespolizeidirektion sein, das war fix, also sollte er langsam daran denken, sich ins Auto zu setzen und loszufahren.

„Nun, Herr Major, was führt Sie zu mir?", wollte Landespolizeikommandant Wahrstätter nach ein paar wechselseitigen Phrasen über die Stimmung in den Polizeiinspektionen und das subjektive Sicherheitsgefühl in der Bevölkerung wissen. „Wenn ich raten darf: Sie wollen zurück zum LKA."

„Nein", meinte Schäfer schmunzelnd und zog ein Kuvert aus der Innentasche seiner Jacke, „ich möchte meine Kündigung einreichen."

„Kündigung", wiederholte Wahrstätter, für den Fall, dass er sich verhört hatte. Ein Polizist mit Schäfers Rang und seinen Dienstjahren kündigte nicht. Er ließ sich in den Innendienst versetzen, auf die Sicherheitsakademie oder glitt sonst irgendwie friedvoll in die Frühpension.

„Ja", bestätigte Schäfer. „Also natürlich bleibe ich noch bis Ende August im Dienst, bis zur Schließung."

„So so", Wahrstätter streckte seinen Bauch nach vorne und legte seine ineinander verschränkten Hände darauf. „Und was ist der Grund für diesen Entschluss? Wenn es mit der Schließung Ihrer Dienststelle zu tun hat, kann ich Ihnen versichern ..."

„Nein“, wehrte Schäfer ab, „das ist es nicht.“

„Sie haben gute Arbeit geleistet, dort ... unkonventionell, aber ... erfolgreich.“

„Danke“, erwiderte Schäfer, der sich nun einen Vorgesetzten wie einst Oberst Kamp wünschte, der ihm den Kündigungsbrief entweder um die Ohren gehaut und gesagt hätte, dass das überhaupt nicht in Frage käme, oder ihm einen Schnaps eingeschenkt und erklärt hätte, dass er selbst diesen Schritt auch schon längst unternehmen hätte sollen.

„Hängt es mit den jüngsten ... unerfreulichen Entwicklungen im Fall Strommer zusammen?“

„Vielleicht war das der Tropfen, der das Fass zum Überlaufen gebracht hat, möglich, ja.“

„Ich verstehe Sie“, sagte Wahrstätter, mit einem Mal weniger förmlich. „Das ist wahrscheinlich das Los der guten Polizisten ... Je mehr man sich engagiert und sein Herzblut in den Beruf einbringt, desto eher ... nun ja, was erzähle ich Ihnen ... wenn Sie sich's anders überlegen, wissen Sie ohnehin, dass Sie mehr als willkommen in unserem Verein sind, oder?“

„Danke“, meinte Schäfer, dem jetzt fast zum Weinen war, „aber ich bin mir sicher, dass es besser so ist, für beide Seiten.“

„Na ja“, Wahrstätter zuckte mit den Schultern, „schade ... haben Sie denn schon Pläne für ... das Leben danach?“

„Nein“, gab Schäfer zu, „aber irgendwas wird sich schon ergeben.“

„Wenn Sie ein paar Kontakte brauchen, Sicherheitsdienste, Beratung ... zögern Sie nicht, mich anzurufen.“

„Mach ich“, sagte Schäfer, erhob sich und reichte Wahrstätter die Hand, „wir werden uns ohnehin noch ein paar Mal sehen.“

„Bestimmt“, erwiderte Wahrstätter, „also, Herr Major, schweren Herzens lasse ich Sie ziehen, aber ein Mann wie Sie weiß schon, wann er welche Entscheidungen zu treffen hat.“

„Wollen wir’s hoffen“, antwortete Schäfer und salutierte.

69.

Frei sollte er sich doch fühlen. Von neuen Energien erfüllt, die Welt offen, das Leben ein ... ein Tanz ... von Kraft um eine Mitte, in der betäubt ein großer Wille steht, erinnerte er sich an das große Gedicht, als er nach der Rückkehr aus Linz in seinem Haus von einem Raum in den nächsten ging, da ein Kleidungsstück verräumte, dort ein leeres Glas nahm und in die Küche trug, auf den Stuhl sank und ins Leere starrte, ach, Freiheit, deine Fesseln. Damals, vor Jahren, als er von Depressionen und Angstanfällen gepeinigt in seiner Wiener Wohnung litt, Krankenstand, bezahlte Freizeit, und kaum, dass er die Kraft gefunden hatte, außer Haus zu gehen, ein paar kurze Spaziergänge im Wald, auf den Steinhofgründen, endlose Zeit, die ab Mittag immer noch länger geworden war. Der Therapeut, der ihm helfen wollte, aus seiner Gefangenschaft auszubrechen, wie hatte er es genannt?, einen Schlüsselbund, kleine goldene Schlüssel, einer für jede Tür, die ihm einen Ausweg ermöglichen sollte, ein Museumsbesuch, eine Nachmittagsvorstellung im Kino, wenigstens ein Buchgeschäft, oder die Familie, ja, nein, dort wären die Fesseln noch enger geworden, wie er geargwöhnt hatte, das Unverständnis, das er vorausgesetzt hatte, weil er sich selbst nicht so annehmen konnte, wie er war, schwach, sprachlos, überflüssig, der Welt abhandengekommen, suizidgefährdet laut Krankenblatt. War es all das, was ihn erwartete, im Herbst, wenn die Blätter fallen würden, die Tage kürzer, der Nebel dichter, zwecklos der Weg die Schafgasse hinunter, zum Posten, keine Uniform mehr, die noch Halt gab, stattdessen: die Stiegen hinunter in den Keller, wo Wein und Schnaps als polternde Gesellen auf ihn warten würden; ja leck mich doch am Arsch, sagte er sich, schlug mit der Faust auf den Küchentisch wie dazumal sein Vater, wenn sich die Söhne beim Essen nicht zu benehmen gewusst hatten, Schluss jetzt!, er ging ins Schlafzimmer, riss die Reisetasche aus dem Kasten und packte, was er für ein Wochenende bei seinem Bruder in Salzburg brauchen würde.

So parkte er um zehn Uhr abends vor Jakobs Haus, Überraschung! Aber was, wenn sie sich ebenfalls entschieden hatten, übers Wochenende wegzufahren, befürchtete Schäfer angesichts der dunklen Räume. Er nahm sein Handy und wählte die Nummer. Essen waren sie, in einem Restaurant in der Altstadt, doch ohnehin schon gleich beim Gehen; nein, Schlüssel hatte Jakob keinen mehr aufgelegt, verging eh keine Woche, in der nicht irgendwo in der Nachbarschaft die Rumänen einbrachen, musste man es ihnen nicht noch leichter machen, aber warum er nicht vorher angerufen hatte? Weil eben. Kein Problem, er würde sich in den Garten setzen und warten. Auf der Bank mit den kunstvoll geschwungenen Gusseisenbeinen, die Monika auf einem Antiquitätenmarkt erstanden hatte. Wahrscheinlich, weil das schwere und unbequeme Trumm sie an die Parks in Paris erinnerte, oder an kleine italienische Bahnhöfe, wo sie – damals! ein riesiger Tramperrucksack, das Interrailticket, die Freiheit! – spontan aus dem Zug gestiegen waren, weil der Ort sie angelacht hatte. Er musste aufhören, über seine Schwägerin zu spotten, ermahnte Schäfer sich und fuhr mit der Hand durch die Luft, um den Bewegungsmelder für die Außenbeleuchtung zu aktivieren. In seinen Augen mochte sie spießig sein, kleinkariert, humorlos, was auch immer, aber sie war die Frau seines Bruders, Mutter seiner geliebten Nichte, da sollte es ihm doch gelingen, über Perlenohrstecker, Hermès-Tücher und ihren panischen Gesichtsausdruck, sobald ein Tropfen Rotwein ihre Designermöbel bedrohte, hinwegzusehen. Er sollte eine Liste erstellen mit Dingen, die er an sich ändern wollte. Punkt eins: nicht so negativ sein, murmelte er in den Garten hinaus. Vielleicht kam das automatisch, wenn er nicht mehr Tag für Tag mit den schlechten Seiten der Menschheit konfrontiert wäre. In drei Monaten schon. Der Gedanke daran, vor allem an das Danach, engte ihm abermals die Brust ein. Doch Wahrstätter anzurufen und ihn zu bitten, das Kündigungsschreiben in den Papierkorb zu werfen: Diese Option hatte sich aufgelöst, als er dessen Büro verlassen hatte.

Er schlug das Buch auf, das er eine Woche zuvor in Wels gekauft hatte, Richard Yates, *Eine strahlende Zukunft*; ha!, wer Yates einmal gelesen hatte, wusste, dass es nur um zerstörte Hoffnungen und versenkte Träume gehen konnte. Er hätte sich lieber einen Ratgeber kaufen sollen: Ändere dein Leben. Jetzt! oder *Fünf Schritte zum neuen Ich*, doch an die Kraft des positiven Denkens und den ganzen Schmafu, den diese Lebenshilfepfeifen verkauften, hatte er schon einmal zu oft geglaubt, nein, da lieber ehrlich und ängstlich die eigene Finsternis in den Sätzen von Yates erkennen, täglich eine Dosis literarische Depression, das mochte eher zur Immunisierung beitragen als sich in die eigene Tasche zu lügen. Punkt zwei: Weniger selbst belügen, sagte er sich und hörte einen Wagen in die Einfahrt rollen, das Schlagen von Autotüren, die Stimme seiner Schwägerin, die ihm ganz und gar nicht schrill vorkommen wollte, seine Nichte kam in den Garten, rief über ihre Schulter: Papa, da hat sich ein Penner einquartiert, hopste grinsend auf ihn zu, Punkt drei: öfter geliebte Menschen umarmen.

Am Samstag unternahmen sie eine Wanderung auf dem Untersberg. Nur Schäfer und sein Bruder, weil Monika: Bauch, und Lisa: Kopf. Zu Weihnachten bekommt ihr Partner-Look-Windjacken vom Eduscho, meinte sie, während ihr Vater eine Jause für unterwegs richtete. Fast wäre Schäfer in Versuchung geraten und hätte ihr von seinem Lagerfeuer-Trip erzählt; nur um das Altherren-Image zu entmachten, das sein Bruder gerade mitsamt Landjägern, Roggenbrotschnitten, hartgekochten Eiern und Radieschen zubereitete.

„Hoffentlich erdrücke ich deine kleine Schwester nicht mit den Hoffnungen, die bei dir unerfüllt geblieben sind“, erwiderte Schäfers Bruder gelassen.

„Pff“, machte Lisa und schnappte sich eine der Apfelspalten, die ihr Vater gerade in eine kleine Tupperware-Box legen wollte.

„Du kannst ja mitkommen und dich unterwegs irgendwo mit einem Buch in die Wiese legen“, sagte Schäfer. Wenn ihre schlechte Laune daher rührte, dass sie nicht die oberste Priorität in seinem Salzburger Wochenende darstellte, hatte sie zumindest einen zweiten Versuch verdient.

„Ja, damit ich mich von den Zecken verseuchen lasse.“

„Du bist geimpft“, stellte ihr Vater fest.

„Gegen Borreliose gibt’s keine Impfung“, gab sie patzig zurück, „außerdem hab ich schon was ausgemacht.“

„Bist du am Abend da?“, wollte Schäfer wissen.

„Kann sein, wieso?“

„Weil ich da bin“, er packte sie an den Hüften und zwang ihr einen Kuss auf die Wange.

„Rasieren wäre auch wieder einmal fällig.“

„Und ich sag jetzt nichts über Haare auf den Zähnen“, murmelte Schäfers Bruder und schob die prall gefüllte Alubox in den Rucksack.

„Ich hab gekündigt“, sagte Schäfer, als sie nach einem gut einstündigen Marsch auf einem schmalen Steig in einen Mischwald kamen, wo sie nebeneinander gehen konnten.

„Im Ernst?“, Jakob blieb kurz stehen, sah seinen Bruder an, um zu prüfen, ob der keinen Scherz machte, und ging dann langsamer weiter. Was Schäfer nur recht war.

„Ja ... drei Monate noch ...“

„Aha ... und ... wieso, weshalb, warum?“

„Ich hab die Schnauze voll.“

„Okay, und ...“, Jakob blieb stehen, setzte den Rucksack ab und nahm seine Trinkflasche heraus. „Ich meine, das haben wir alle einmal, oder öfter.“

„Eh“, erwiderte Schäfer und packte ebenfalls seine Flasche aus, „nur ... es geht einfach nicht mehr.“

„Was genau?“, wollte Jakob wissen, in einem Ton, in dem Schäfer etwas zu viel Väterlichkeit war.

„Was wohl ... alles“, erwiderte er mürrisch, „die Leute, dieses ... früher oder später murkse ich einen ab von dem Gesindel“, fügte er leise hinzu, wohl wissend, dass er über dieses Stadium längst schon hinaus war. Aber das wussten nur Bergmann und er, und dabei sollte es auch bleiben.

„Aha, verstehe ... und was ... hast du schon was für danach?“

„Que sera, sera“, sagte Schäfer und merkte sich diesen Satz als vierten Punkt für seine Liste.

Um halb zwei standen sie auf dem Hochthron. Schäfer ausgelaugt und nur froh, dass einen Großteil des Abstiegs die Untersbergbahn übernehmen würde. Sich in der Ebene fit zu halten, hieß noch lange nicht, dass man bei einer Gipfeltour mithalten konnte. Berg Heil, murmelte Jakob, als sie sich vor dem Kreuz für ein Handyfoto in Pose stellten. Dann suchten sie sich einen Rastplatz etwas unterhalb des Gipfels, abseits der zahlreichen anderen Wanderer, die sich gegenseitig den ersehnten Bergfrieden zerstörten.

„Und zurück zum LKA, das wäre nichts?“, fragte Jakob, nachdem sie ein paar Minuten schweigend in die Ferne gestarrt hatten.

„Auch nicht viel Unterschied.“

„Eh ... aber von irgendwas muss man halt leben.“

„Billiges Haus, keine Familie ... ums Geld mach ich mir jetzt einmal keine Sorgen“, erwiderte Schäfer.

„Na ja ... hast eh recht“, meinte Jakob, „hackeln bis zum Herzinfarkt und dann ... könntest ja eine Weltreise machen.“

„Nicht so ganz meins ... außerdem: alleine?“

„Was ist denn jetzt mit der Dings, mit der Marlene?“

„Ein halbes Wochenende halten wir's miteinander aus“, antwortete Schäfer, schmunzelnd, weil er beim Aufstieg daran gedacht hatte, dass es schön wäre, sie an seiner Seite zu haben.

„Hältst du es mit ihr aus.“

„Ja, was soll ich machen.“

„Misanthropie verschlimmert sich mit dem Alter.“

„Ich komme eben am besten zurecht mit mir, wenn ich allein bin.“

„Privatdetektei Johannes Schäfer“, Jakob grinste und biss in eine Apfelspalte. „Wäre das nichts?“

„Ich will irgendwas Archaisches machen“, erwiderte Schäfer und ballte unwillkürlich seine Fäuste, „Bäume einpflanzen, oder von mir aus auch umschneiden ... ich will am Abend heimkommen, was essen und ohnmächtig ins Bett fallen.“

„Unfallchirurg", sagte Jakob und legte sich die Hände auf die Brust, „manchmal schlafe ich schon beim Abendessen ein."

„Nein danke, nichts mit kaputten Menschen", fügte Schäfer seiner Liste einen weiteren Punkt hinzu.

„Dann wird's eng ... die Kindergärtnersache ist eh schon länger nicht mehr aktuell, oder?"

„Pf ... eher noch Altenpfleger ... da gibt's wenigstens eine Chance, was zu erben."

„Irgendwas braucht man halt doch", meinte Jakob nach einer abermaligen Schweigepause, „wird man ja stumpfsinnig ohne Arbeit."

„Irgendwas wird sich schon ergeben", sagte Schäfer, legte sich auf den Rücken und sah in die Wolken, „irgendwo werde ich schon gebraucht werden."

Georg Haderer
Engel und Dämonen
Kriminalroman
392 Seiten, gebunden mit Schutzumschlag
€ 19.90
ISBN 978-3-85218-717-4

23 Tage – und noch immer keine Spur von Major Schäfer. Sein Assistent, Chefinspektor Bergmann, hat obendrein nicht viel Zeit, sich mit dem Verschwinden seines Vorgesetzten zu befassen: ein hingerichteter Prostituiertenmörder, ein unter seltsamen Umständen verstorbener Kroate ... und dann auch noch ein toter IT-Spezialist, der offenbar einen Bombenanschlag geplant hat. Die Spuren führen Bergmann zu einem obskuren Geheimbund – und bald deutet alles darauf hin, dass Schäfer in die Fänge dieser Männer geraten ist.
Als der Chefinspektor schließlich einem Hinweis zweier Wanderer nachgeht, die den Major in einem Schweizer Gebirgswald gesehen haben wollen, pfeift er auf alle Regeln und macht sich auf den Weg in den Westen.
In seinem Kriminalroman lässt Georg Haderer den harten Realismus der Polizeiarbeit auf surreale Heilsversprechen treffen, die Wiener Unterwelt auf Erzengelseminare im Waldviertel und ein Jahrhunderthochwasser auf die Prophezeiungen einer Sekte – höllisch spannend, himmlisch humorvoll, mit viel Herz und noch mehr Blut.

„Geistreich, mitreißend, süchtig machend.“
Der Standard, Ingeborg Sperl

€ 3,–

Georg Haderer
Es wird Tote geben
Kriminalroman
328 Seiten, fest gebunden mit Schutzumschlag
€ 19.90
ISBN 978-3-7099-7049-2

Kann Major Schäfer endlich seinen Frieden finden? Die Voraussetzungen sind gut: Aufs Land versetzt macht er Dienst nach Vorschrift und genießt laue Sommerabende am Lagerfeuer. Gestört wird die Ruhe nur durch ein deutsches Filmteam, das in Schäfers idyllischem Revier eine Krimiserie drehen will. Kurz darauf kommt eine Schülerin unter rätselhaften Umständen zu Tode. Und schon spielt Schäfer die Hauptrolle in einem bösen Fall, zu dessen Aufklärung ihm ausgerechnet ein Drehbuchautor mit ausufernder Fantasie verhelfen will.
In seinem neuesten Roman treibt Georg Haderer ein so spannendes wie satirisches Spiel mit Fakten und Fiktion. Kuriose Provinzdelikte, eiskalte Verbrecher und jede Menge Verdächtige treffen sich zwischen Wald und Wirtshaus und jagen gemeinsam einem filmreifen Showdown entgegen.

„Ein Krimi, wie man ihn gern hat: Der Plot fern der politischen Korrektheit, witzige Sprache, abgründiger Schmäh und eine Hauptfigur voll galligem Humor.“
format.at, Michaela Knapp

20